# 星座宫恋人

曹金跃 著

天津出版传媒集团

天津人民出版社

**图书在版编目（CIP）数据**

星座宫恋人 / 曹金跃著. —— 天津：天津人民出版
社，2018.1
ISBN 978-7-201-12445-2

Ⅰ.①星… Ⅱ.①曹… Ⅲ.①长篇小说—中国—当代
Ⅳ.①I247.5

中国版本图书馆CIP数据核字（2017）第288910号

# 星座宫恋人
## XINGZUOGONG LIANREN
曹金跃 著

| | |
|---|---|
| 出　　版 | 天津人民出版社 |
| 出 版 人 | 黄　沛 |
| 地　　址 | 天津市和平区西康路35号康岳大厦 |
| 邮政编码 | 300051 |
| 网　　址 | http://www.tjrmcbs.com |
| 电子邮箱 | tjrmcbs@126.com |

| | |
|---|---|
| 责任编辑 | 张　凯 |
| 封面设计 | 郑晓萍 |

| | |
|---|---|
| 制版印刷 | 三河市天润建兴印务有限公司 |
| 经　　销 | 新华书店 |
| 开　　本 | 660×960毫米　1/16 |
| 印　　张 | 20.75 |
| 字　　数 | 198千字 |
| 版次印次 | 2018年1月第1版　2018年1月第1次印刷 |
| 定　　价 | 59.80元 |

# 目　录

# 第一章　落雨人孤立，花零雁双飞

如果遇见你是美丽的缘

玫瑰花下演绎着怎样的缠绵

失效的诺言雾化了永远

回忆也就成为一种负担

因为太相信未来才丢失现在

回过头会不会还有幸福可期待


爱情不是为了伤害对方而存在

最怕是彼此对冷漠养成依赖

当太阳再次从东方升出地平线

回头看你却消失在海平面

我路过海角靠近天涯

才发现走不出你的世界


——《丹桂雁》

　　情人节晚上，星座宫咖啡馆。柔柔的音乐、幽幽的意境似乎专为情人约会而设定。陈石提前两天预订了双鱼座情侣包厢，记得当时他和沈菲儿见面时，也特地选了这个包厢，因为他和沈菲儿都是双鱼座，两人的缘分好像天注定。他将一束鲜花放到桌上。服务生走过来俯身问："先生，请问需要点什么？"陈石起身朝门口望了一眼，说："等一会儿吧。"服务员转身离开。陈石看了看手表，显得很着急。快到约定时间时，陈石见到自己期待的人来了，这曾是他和菲儿第一次见面的地方，他选择这个地方具有独特的意义。

　　"菲儿，你每次都那么准时。"陈石微笑着为沈菲儿抽出椅子。

　　沈菲儿冷着面孔，她从陈石对面抽出椅子，坐下，冷冷地说："你有什么事吗？"

　　陈石缓缓坐下，他见沈菲儿的目光很锐利，简直要把他当仇人了。"菲儿，我，上次的事情想解释一下，我希望……"

　　"不用解释，也不要抱任何幻想了，今天我来是希望我们能和平分手。两年前我们在这里认识，现在就让我们在这里分开吧。你没叫吃的吗？"陈石见沈菲儿无所谓而且冷漠的表情，心中仅存的温情彻底冷却了。他抬头看着沈菲儿问："真的没有补救的机会？"

　　沈菲儿看着外面的行人，冷冷地摇了摇头。

　　"服务员。"

　　一位很秀气的小女孩走了过来轻声问："先生，小姐，请问需要点什么？"沈菲儿见陈石哑口不语，她看着服务员，说："给我们来两份牛排，外加两杯咖啡，谢谢！"

　　服务员用笔记下，刚要转身离开。"等等，小姐，一份咖啡不要加太多的糖块。"陈石低着头说。

　　沈菲儿用异样的目光看陈石，陈石此刻做出无所谓的样子说："你不要这样看着我，每次都是我说的，习惯了，改不了口。"一位男服务生托着盘子走过来放下东西后刚要离开，"请等一下。"

"先生，您还有什么吩咐吗？"

"你有女朋友吗？"服务生有点吃惊地看着陈石，客人问这样的问题，他可是第一次遇到，他腼腆地点点头。陈石把身旁的一束鲜花递给服务生，"你把这花送给你女朋友，希望能给你带来好运，我已经不需要它了，请快点接受吧。情人节快乐！"

服务生怔了一下，双手接过鲜花："那好，谢谢您，先生！"陈石脸上露出一丝微笑，他看着沈菲儿，"菲儿，我尊重你的决定，这将是我们相聚的最后一顿晚餐，这是一个值得留恋的时光。你记不记得，我们第一次见面，也是在这个双鱼座包厢，你当时还夸我呢，说我真会挑地方，将来肯定会有很多人追求……"

菲儿沉默不语。

陈石走出咖啡馆，夜色笼罩下的这个城市此刻竟然万分凄凉与悲伤。他走在寂静的街道上，不知道此刻该去哪儿，仿佛整个世界一下子抛弃了他。

"嘀！"陈石漫不经心地取出手机，手机屏上显示"一条新短信息"，陈石打开手机查看着。

"一千朵玫瑰给你，要你好好爱自己，一千只仙鹤给你，让烦恼远离你，一千颗幸运星给你，让好运围绕着你，一千颗开心果给你，让好心情天天都能找到你。欣欣芸儿。"陈石看着不禁微笑起来，他忙按键回道："你怎么知道我不开心了，我现在很痛苦，你有时间吗？我想请你喝酒。"按下发送键后他合上机盖，仰头看着星空，觉得自己并不孤独，只是在强迫自己孤独。

不一会儿，又一声短信息提示音响起："原来我们心有灵犀啊，喝酒？我可不会，不过陪你聊天倒是乐意奉陪，怎么了？有什么心事可以跟我说说吗？"

"当然，你现在在哪儿，我们能约个地方吗？"

"不行。"

"为什么？"

"我们不是有个约定吗，只通过短信息来交流，不见面，你忘了？"

"我不记得了。"

"这怪不得你，你现在是不是觉得世界很黑啊，一切好像都不属于你了。"

"能告诉我，你怎么知道的吗？"

"你是不是还准备要跳楼啊？哈哈"

"你怎么这么清楚啊，连我心里想什么都知道，真厉害！"

"你真是个懦弱的男人！哈哈"

"是吗？难得你这么抬举我，你怎么对我了解得这么清楚啊。"

"因为我是神仙姐姐啊！"

看到这，陈石不禁失声笑了起来，他想了想，回道："你不会是个十七八岁的小女生吧？"过了好一会儿，他没有等到信息，心里莫名的焦急，"怎么了，不想跟我这个超级聪明的大哥哥聊天了吧？"不一会儿，手机短信息提示音响起："可能吗，真的很搞笑噢！对了，你是杭州本地人吗？我看手机号是杭州的。"

"不是，我是外地人，不过在杭州工作，想不通你怎么会有那么多幼稚的想法呢？"

"唉，我可是好心陪你聊天想为你解除烦恼，可你却要惹本小姐生气，小心我不理你了。"

"对不起，我可不敢，我这边都自顾不暇了，把你惹生气了，还要花力气去哄你，那我真的要准备去跳楼了。"

"谁要你哄，自作多情，不理你了，你跳楼好了，看谁管你！"

"真的这么狠心？"

"谁让你不识好人心。不过用跳楼来惩罚你也太重了噢，怎么办呢？"

"想办法惩罚我，太不心疼我了吧！"

"想得美，你！谁疼你啊，你真无聊！"

"是，我的心已经碎了。"

"啊，我想到了惩罚你的好办法了。"

"什么？"

"罚你把你碎了的心重新粘到一起，而且和原来的不准走样。"

"这个很难的。"

"如果你做到了，我就答应你，陪你大醉一场，怎么样，好好努力吧，晚安！"

陈石看了一眼时间，已经是深夜了。此时夜更深，风更凉，可他的心却有了暖意，一丝丝地升温。他大脑中不断想象那个叫欣欣芸儿的女孩的模样，努力通过文字表述找出这个女生的性格。原本准备大醉一场，现在酒未饮心却醉了。

第二天早上，陈石睁开眼睛，仿佛一切都是一场梦。他从冰箱取出一罐饮料和一块面包，坐到客厅的沙发上。简单的早餐对付过去后，他换上外衣，从床前柜上取出手机，发现屏幕上显示"新短信息"，以为是菲儿发来的，忙打开手机，手机号码有点眼熟。

"晨曦出现的第一缕阳光是我对你深深的祝福，夕阳收起的最后一抹嫣红是我对你衷心的问候，我送上最真挚的忠告：想不开，别选择跳楼！"陈石微微一笑，将手机放入包中，拎着包上班去了。

车上，陈石给欣欣芸儿发短信："放心，感谢你对我的真诚关心，我不会跳楼了，我倒想去跳海。"

"哈哈，到现在才回信息，是不是睡过头了？如果要跳海，那你肯定是游泳冠军，有机会一定要向您讨教一下。"

"冠军不敢当,你抬举了,我倒是一个标准的旱鸭子。不好意思,我让你失望了,抱歉啊!"

"没关系,我倒是很喜欢旱鸭子,因为我也是。呵呵!"

"那好,我们两人的朋友关系看样子定了。"

"嗯,那我们就建立起这样一种关系了,不过在这一段时间里我有个要求。"

"什么要求?请说。"

"我们只在手机上交往,不要见面。"

"为什么?"

"无可奉告,如果你不遵守,那我们连手机上的交往都不会存在。"

"那好,有机会一定要一睹真容。"

"也许吧,你要有耐心才行喔!"

"好的!"

陈石收起手机,微微一笑。走进自己的办公室,一切都很平淡地重复着。陈石在抽屉里整理时,发现沈菲儿的照片,他心中如波涛汹涌。拿着照片看了许久,如果不是欣欣芸儿在他世界里出现,那将会是怎样煎熬的岁月啊。这一刻,他才真正体会到爱得多真,就会伤得多深。他苦笑着摇了摇头,一段感情就这样结束了,留下的却是伤痕累累的心。陈石将照片扔到一边,该结束的终于结束了。经不起波折的感情能否算真正的感情,这让他一直很怀疑。

沈菲儿觉得自己对待陈石的态度太草率了,至少对待这段感情很不负责任。她为自己的冲动而后悔,但她不会向陈石妥协,因为事情原因不是她引起的,所以,她不会向陈石认错,除非陈石来找她,并向自己道歉。这段感情还有恢复的可能,但是,他们的缘分似乎已经结束了,沈菲儿内心痛苦了相当长的一段时间,女人天性多愁善感,失恋的痛楚比男人要深些。

菲儿的闺蜜好友杜怡见她这样子，不用问都能明白肯定跟陈石闹矛盾了，她很担心。于是，她打电话约了陈石见面，陈石考虑了一下，答应赴约了。

晚上，陈石如约来到仁者茶艺馆。见杜怡独自坐在那儿，陈石觉得自己像是犯了错一般，惴惴不安。杜怡见陈石走过来，她起身微笑招呼他坐下，随后点了两杯清茶。杜怡看着陈石，说："我不知道你究竟犯了什么错误，让菲儿这么伤心，我想听听你的解释。"

陈石转动杯子："她，也会伤心？！她只会伤我的心，你知道吗？是她先提出要跟我分手的，这多大点事情，就一个玩笑似的信息，她就提出要跟我分手，我跟她解释，她一点都听不进去，这种不坚固的感情对我已经无所谓了。"

"你这是真心话？"杜怡撩了下头发，"你们都太冲动了，我想找机会安排你们见个面，你再向菲儿解释一下。"陈石摇着头，一语不发。

"陈石，你这样不对啊，即使你们不准备往下发展了，那做朋友总可以吧？都说女人小气，我看你们男人才真正小气。这样，我替菲儿做主，周末到我那里，我想你没有理由推辞吧？"陈石仿佛被逼到万丈深崖边，他轻轻点了点头。杜怡微笑着看他，"其实感情的事不要过于计较，但愿我的一番苦心没有白费。"

陈石坐在客厅的沙发上，他打开电视，发现现在的电视节目越来越无聊了，广告多得像阴天的乌云。起身从冰箱里取出一瓶啤酒，打开后猛喝了一口，感觉很无聊。正在这时，他的手机传出有短信的提示音，忙走过去翻开手机。"我救了迷路的精灵，他送我一个装着幸福的盒子，我打开它，把幸福快乐洒向正在看短信的人，愿我关心的人幸福快乐，祝身体健康，心想事成！"每当他收到这样的信息，看到这熟悉的号码他的心中总是很激动。

"谢谢！你不仅救了一个精灵，更救了一个迷失的灵魂。"

"真的，我有那么的伟大吗？"

"我们交个好朋友好吗？"

"交个朋友可以，不过好朋友是不是应该有个限制，毕竟我们认识的时间不是很长。"

"时间？时间能说明什么，认识三年了，一点小事就毁了所有的感情历程，三年，就是三百年、三千年、三万年又算得了什么！"陈石显得有些激动。

"对不起啊！我无意勾起你的伤心事的。"

"没关系的，对了，你相信一见钟情吗？"

"不知道，没有经历过。"

"那有没有想过呢？"

"也许有吧。"

"芸儿，你有男朋友吗？"

"怎么，突然问这个干什么？想打听人家的个人隐私啊？告诉你哦，这可是不好的习惯。"

"不是，只是随便问问。"

"噢，你是不是想让我告诉你失恋的感觉啊？对不起，我和我男朋友的关系可好了，将来也不可能会产生那种感觉的。"

"真的羡慕你们。"

"你也可以啊。"

"芸儿，我想，如果你的男朋友知道你在和一个失恋男人聊天、交朋友，他会怎么想呢？"

"随便他了，难道我能控制他的想法吗？"

"的确，想法这东西阻止不了，也干预不着。"

"就是啊，所以想就让他想去呗。"

"嗯，谁能有你这么善解人意的女朋友真是幸福死了，如果我有你这样的女朋友，那让我下辈子做什么都可以。"

"真的做什么都可以？那你想做什么？"

"真的做什么都可以！"

"我相信！"

"可惜没有你男朋友那么好的运气，能得到你的芳心，真让人嫉妒死了。"

"有点羡慕妒恨的味道哦，不要这样子啊，我想你肯定会遇到的，一定会的，好了，太晚了，我们下次再聊了，晚安！"

"晚安！"陈石将手机放到桌上，脑中虚构出欣欣芸儿的模样。他发现自己真的有点情不自禁了。

"芸儿，在给谁发信息呢，这么投入。"辛芸的好朋友杨芬芬走到她的身旁，见辛芸神秘的样子，好奇地问，"是不是又交男朋友了？"

辛芸微笑着说："是女朋友，你怎么老开我玩笑？"

"真的吗，和女朋友聊天会这么投入，这可是我第一次见到。"

"信不信由你，我要休息了。"

"好啊，你不说以后我也会知道的。"杨芬芬斜躺到床上，见辛芸闭上眼睛，她也熄灯闭上眼睛了。不过辛芸虽然闭上了眼睛，但她并没有睡着，此时她的心里如海浪般汹涌起伏。

陈石忙着写市场调查报告，枯燥的数字让他厌烦。他放下笔，盯着桌上的手机，像是在看时间，又或是有心事。欣欣芸儿已经有两天没给他发短信了，他正在想她是不是生气了，或者心情不好，他在不断猜测着。终于，陈石拿起手机，怔了一会儿，用拇指按着拨电话键，他想打电话过去，听听这个女孩子的声音，可是一想到之前的约定，他就放弃了这个念头，打开信息编辑："芸儿，你怎么了，两天没有你的消息了，真的很担心，是不是生气不理我了？"

过了几分钟，辛芸发来信息："失恋的大男孩，我没有生气，只是太忙了。冷落了你，真的很抱歉啊。"

"失恋的大男孩？这难道是对我的称呼吗？"

"你又没告诉我你叫什么名字，那我只能这样称呼你了，怎么了，不愿意吗？那请把你的大名马上告诉我，是不是等本小姐问才说呢？"辛芸发完信息偷笑，她一边看手机，一边看窗外的风景。

陈石刚想输入自己的真名，又一想，欣欣芸儿用了代称，如果自己用真名，那显得有点不公平了，于是，他想了想，便输入自己的代称："平阳君，怎么样，够帅气吧？"

"嗯，你如果叫平阳公主就更好了。哈哈！"

"我也想啊，可我毕竟是男儿身，所以，平阳君这个名字我感觉还比较好，你不会不喜欢吧？"

"喜欢啊！"

"那我就决定用这个名字了，对了，你晚上有时间吗？"

"有啊，怎么？想约我啊？是不是又想请我大醉三百回合啊？"

"想啊，但你不会应约的，晚上我陪你聊天，可以吗？"

"可以，不过得聊出有意义的话题才行喔！"

"好，晚上见！"陈石放下手机，看了看时间，快要下班了，于是收拾了一下办公桌。正在他收拾东西时，手机突然响了起来，看了一眼显示屏，是好朋友朱光磊，便按了接听键，"喂，光磊，你又去哪快活去了？一个月没见你人影了吧？"

"哈哈，中午有没有时间，我请你吃饭。"陈石笑笑说："怎么，中彩票了，多少万？"

"哪啊，我新认识了一个朋友，大家好久没在一起了，聚一聚吧！"

"朋友？男的女的？几个？"

"你来了就知道了，老地方，我等你。"还没等陈石回话，朱光磊挂了手机。陈石急忙收拾文件。秘书张丽娜敲门进来说："陈经理，下午有个会议，潘总让您参加，这是会议通知，还有附件。"张丽娜把文件放下，陈石点了点头，她才走了出去。

陈石看完文件，他怔了一下，将文件放到抽屉里。看到距离下班时间还有十分钟，他取出手机，找了个问候信息给欣欣芸儿发了过去："晨曦出现的第一缕阳光是我对你深深的祝福，夕阳收起的最后一抹嫣红是我对你衷心的问候，我送上最真挚的祝福：健康快乐每一天。"

陈石打车来到凤凰大酒店。他刚下车，就看见朱光磊站在酒店门口，似乎在等人。陈石走上前去，朱光磊看到了他，微笑着打了个招呼，仍然做出等人的表情。对此陈石有点捉摸不透。朱光磊告诉他在昆仑厅吃饭，让他先进去坐，陈石无奈地摇了摇头，在迎宾小姐的引领下走了进去。

陈石随迎宾小姐来到昆仑厅，迎宾小姐为他打开门。陈石走了进去。"陈石，怎么到现在才来？"见是老同学余秋洁，陈石微笑着走过去挨着她坐下，余秋洁看着门外又问，"哟，怎么一个人来了，菲儿呢，她怎么没来？"见他不回答，赶紧道，"怎么，你们又吵架了？"

陈石笑了笑，说："没有，只是分手而已。"

"什么？分手？"余秋洁显得很惊讶，"我没听错吧，简直不敢相信我的耳朵，到底怎么回事？"

陈石有意避开余秋洁的目光，他发现余秋洁身边坐了位陌生的男人，于是便转开话题："秋洁，这位是？"

余秋洁看了一眼身边的林渝诗，忙介绍："看我忘记给你介绍了。"她指着林渝诗说，"他是我的重点采访对象，很有才气的哦。"

林渝诗起身向陈石伸出右手："你好！"

"这是我的老同学陈石。"

陈石微笑："你好！从名字上就看得出很有才子风范。"

"哪里！闲时打发时间而已。"

"我很羡慕写诗的人，有一种说不出来的意境，有机会向你请教，很想做个诗人，可意志不够，坚持不下去。"

余秋洁看着陈石问："陈石，你和菲儿到底怎么了？是谁先提出分手的？为什么？"

陈石低着头说："不为什么，当我们发现感情上无法进行更深层次的沟通时，长痛不如短痛，所以就分手了。"

"就这么简单，我看不会吧！我是了解菲儿的，问题肯定出现在你身上。要不，我打电话约菲儿过来，你们好好谈谈？首先声明菲儿是我的好姐妹，我可是绝对站在她那边的。"

"不用了，她不会来的。"

"你这么肯定？我试试看。"余秋洁取出手机，拨沈菲儿的电话号码。陈石心里很不高兴，这时手机传来短信息提示音，他取出手机，是欣欣芸儿发来的。"心愿是风，快乐是帆，祝福是船！心愿的风吹着快乐的帆，载着祝福的船，飘向幸福的你！轻轻地问候：你好，也祝你快乐每一天！"陈石微微一笑，刚想回复信息，可是看到身边余秋洁，便收起了手机。

"喂，菲儿，我，秋洁，你现在有没有时间？啊，我约了几个朋友，出来一起吃顿饭。你怎么了？不舒服啊？你和陈石之间发生了什么事？啊，他就在我身边，要不我让他接电话？好，行！有时间我们好好谈谈，我一会帮你教训他，好，再见！"余秋洁放下手机，看了一眼无动于衷的陈石，显得很气愤。

这时，朱光磊推门走进来："不好意思，让大家久等了，我介绍一个人给你们认识一下。这是我刚认识的知心朋友李燕秋。"

余秋洁忙为李燕秋让座："行啊，光磊，你够保密的，到现在才把燕秋妹妹请出来，太不够朋友了吧。"

朱光磊笑着说："燕秋刚从北京回来，我这不立马把她请来了吗？"

"是吗？"余秋洁看着李燕秋问，"他没撒谎，燕秋？"李燕秋微笑着点点头。余秋洁起身坐到林渝诗和陈石中间说，"看来，你们已经心意相通了啊。"朱光磊憨笑着忙招呼服务员上菜。

席间，余秋洁看着陈石，用目光示意朱光磊："光磊，你和陈石可是铁杆哥们，现在陈石情感上出了问题，你可要想办法帮他啊！"

"出了什么问题啊？"朱光磊边吃边说。

"嗨，我看你是双耳不闻兄弟事了，陈石和菲儿闹了点情绪。"

朱光磊恍然大悟地说："我说怎么老觉得石哥身边缺些什么，菲儿姐怎么没来？"

余秋洁用有点生气的语调说："陈石，我和菲儿相识这么长时间了，我了解她，肯定是你犯了错误。"

陈石喝了一口茶说："秋洁，我是有点小错误，可菲儿她，我有点受不了她了。"

"感情到了难舍难分的时候，女人最大的弱点就是小气、自私。"朱光磊看着余秋洁，挑衅般说。

陈石用手转动茶杯："好了，大家不要说了，不要为了我的事扫大家相聚的兴。能认识林渝诗和李燕秋两位新朋友应该是值得庆祝和高兴的事情，我的事就不要提了，我自己会处理好的。"

"对，我相信石哥的能力，我们就不要再为他瞎操心了。"朱光磊为陈石和林渝诗倒上酒，"你们不要拒绝，我知道你们下午都有事，我也不多要求你们，象征性地来点，改日抽时间，我们不醉不归。"

陈石看了一眼李燕秋："光磊，你照顾一下燕秋，她可是我们的新朋友。"

李燕秋看着朱光磊，会意一笑："石哥，我以水代酒敬你，祝你和菲儿姐重归于好。"

"谢谢！"陈石举杯相迎。

朱光磊举杯敬余秋洁和林渝诗："来，两位大文人，我敬你们，林兄你不要推辞，诗人不会饮酒那可不叫诗人了。"

"渝诗，你别信他，他可是我们当中的酒坛子。"余秋洁讥讽朱光磊道。

"秋洁，你可谬赞我了，真正的酒坛子那非石哥莫属。"

陈石直摆手："光磊，你可别把秋洁的炮弹扔给我，酒坛子我可担当不起。"

"你谦虚了不是，我可最了解你。"朱光磊笑道。陈石可能是心情不好，这次聚会他没谦虚，桌上的酒几乎被他包了。本来这点酒对他来说不算什么，可今天他却觉得心醉了，而且是一种彻底的醉。

下午，陈石坐到办公桌前，心里空落落的。取出手机，想了想却不知道该给谁发信息，在他心中，沈菲儿的音容笑貌仿佛已深深植根在脑海一般，他想忘记却怎么样也忘不掉。

沈菲儿时而坐到客厅看电视，时而看时尚杂志。她心里也很乱，和陈石相识这么长时间，很多困难都经过了，为什么这一次偏要这么计较，她自己都搞不清楚。为什么会冲动地提出分手，这么深的感情说断就断了。她站起来走到阳台，打开窗子，眼睛能看得很远，心情格外沉重。她想和陈石坐下来好好谈谈，可也不知哪来一股力量隔在她和陈石之间，无论她如何去想都无法付出行动。

# 第二章　迷梦石徘徊，菲语点津开

尘封的信笺上满满的一页

唤醒记忆又是月圆那一夜

那时的情景何处去借

此时的心情很难明确


深夜凄冷的夜空月光洁白如雪

熄了灯抑或闭上眼睛聆听心声

徘徊脑海中的会是怎样一个人

梦里痴迷着她想要换掉一座城


——《谢谢你的爱2006》

周日，阳光明媚，陈石和沈菲儿都在煎熬着。两人内心都明白，尤其是沈菲儿，这一次杜怡安排的见面，或许，是两人分或合的最后机会。

下午五点钟，陈石提前一个小时到了星座宫咖啡馆。这个地方他熟悉得就像自己家一般，可是今天再次踏进星座宫，内心有着莫名的感觉。这里记载着两人相恋的故事，太多的回忆在他的脑海中回荡。陈石突然发现自己对这个熟悉的地方产生了非常陌生的感觉。

杜怡看到陈石，招呼他坐下，她亲自给陈石端来一杯咖啡，陈石微笑接过杯子。"陈石，我可是费了好大力气才说服菲儿的，我不想听你们说谁对谁错，只是想让你珍惜现在，明白了吗？"

"怡姐，我知道，你忙去吧。"

杜怡微微一笑："那好，祝你和菲儿冰释前嫌，不要再吵架了。"杜怡起身拍了拍陈石的肩膀，微笑着离开了。

杜怡看了一眼时间，她到大门口看了看街上匆匆的人群，对迎宾说："韩丽，待会儿菲儿来了，你把她带到双鱼座包厢。"

"知道了，怡姐。"杜怡点点头，转身走进大堂。这家情人主题咖啡馆是她与两个朋友合伙开的，生意非常好，很受情侣欢迎。包厢以星座命名，餐饮上也别出心裁，提出星座配对套餐，很受欢迎。

陈石看着手表，他焦急地等待着，沈菲儿和他见面从没有迟到过，这次怎么还没来，难道是还在生气？他心中胡乱猜测着。正当他想要给欣欣芸儿发短信时，服务员韩丽领着沈菲儿走了进来。沈菲儿看了一眼陈石，有点像刚认识一样。陈石起身很客气地为她让座："菲儿，请坐！"

"很抱歉！我迟到了。"菲儿一脸惊慌失措的表情。

"没关系。"陈石为她要了她最喜欢的饮料和点心。

两个人几句寒暄后便好像找不到话题了。沉默了一会儿，菲儿打破了沉默："陈石，上次……"

"上次都是我的错！"陈石抢先说道，"但是，我和秦玲是清白的，我们除了同事关系什么都不是。"

沈菲儿轻轻搅动咖啡："我，陈石，我上次对你，我太冲动了，请你原谅！"

陈石怔了一下，他想了想说："我明白你当时的心情，我是越解释越乱，越描越黑。就在我们没见面的这几天里，我一直在反思，我不明白我们之间的感情是不是太……有点脆弱了，太不堪一击。"

"也许，是太在乎了，所以不顾一切地做出自己也想不到的事情吧。"菲儿轻轻搅动杯里的咖啡，面带悔意，"陈石，我很在乎你，所以我才会……"她看着陈石，陈石也看着她，陈石觉得这段感情似乎不应该这么草率地结束。

"我们重新开始，好吗？"许久，菲儿先开了口，盯着陈石的眼睛说。

陈石一下子有点懵，本来他准备好了一大段要解释的话，如今似乎根本用不上。他的内心深处无法接受菲儿360度的转变，之前果断地要分手，此刻又温柔地投诚，他想不通女孩儿的心思怎么那么复杂。他情不自禁地点点头："我想我们的感情不会这么轻易地被击溃，不是吗？"

菲儿微微一笑："我想，是不是请杜怡喝一杯？"

"当然，我来打电话。"陈石取出手机，放到耳旁，"喂，怡姐，菲儿说想请你喝一杯，你看能不能屈尊一下？好，那我们等你。"他放下手机，看着菲儿，心情有了好转。

周末晚上，陈石和菲儿、杜怡，还有朱光磊和李燕秋几个人聚在一起。饭桌上，杜怡端起酒杯："来，今天这酒可是有十分重要的意义：一，光磊同志终于经过几番轮回的感情挫折，并以不屈不挠的精神赢得美人归；二，陈石和菲儿刚刚重归于好，两人相爱更胜从前。今晚两件喜事加在一起，双喜临门，真是让人高兴，来，大家一起干了这杯酒。"陈石看了看菲儿，笑着一饮而尽。

朱光磊深情地看着李燕秋，李燕秋用胳膊碰了他一下，他才端杯喝酒。"陈石，你说感情上的事情是不是很复杂，昨天看你意志消沉，今晚就神采飞扬了，风云变幻得那么快，怎一个'情'字了得！"朱光磊与陈石碰杯，发自内心地感叹。

杜怡笑着插话道："光磊，你可大发诗兴了，你要能破解'情'字的奥妙，那你可是情圣了，到时出几本情诗集，让我们这些凡夫俗子们也好参考。"

李燕秋笑了起来："他未必能参透，他连我都参不透，何以度人呢？"

朱光磊笑着说："你好歹也得给我点时间嘛！"

"可以！不过我给你的时间可是有限的哦。"李燕秋歪着头微笑说。

杜怡看着李燕秋说："燕秋，那你就给他二十年，不够就三十年，让他慢慢地参。"

"不会吧，那我悟透了，岂不是人老珠黄了。"朱光磊的表情惹得大家一阵狂笑。

几人有说有笑，一直闹到很晚才结束。陈石送沈菲儿回家。菲儿虽没说多少话，可酒却没少喝，难得她酒量还可以，没有大醉。陈石扶菲儿躺到床上，轻轻为她盖上单被，并倒了杯水放到床边。他坐到床边，看着脸色红润的菲儿，心中百感交集。他轻轻俯下身去，菲儿很清楚地感觉到将会有什么事要发生，她想抵抗，却怎么也动不了，心中仿佛有两种力量在对峙。陈石吻了下她的脸颊，起身走了出去，菲儿听到他离开的脚步声和关门的声音。睁开眼睛，她心中更是五味杂陈。

陈石回到住处，已经是深夜一点左右。洗漱完毕躺到床上，他忽然间好像想到了什么，起身到客厅从包中取出手机，发现有一条短信息，可能在歌厅太吵了，没有听到短信息提示音。他倒了杯水，感觉头有点晕。坐沙发上翻看短信，是欣欣芸儿发来的，时间是晚上10:35，那时他在KTV跟朱光磊唱得起劲呢，没有及时看到。

"鱼说我在流泪，你感觉不到，是因为我在水里，水说你在流泪，我能感觉得到，是因为你在我心里，我说我在流泪，你看不到也感觉不到，那是因为芸儿不在你的心里！"陈石看完信息，他似乎能体会发短消息给他的这个小女生的心情，如果菲儿不与他言归于好，那么他会继续保持这份虚幻的感情，但如今他仿佛陷入左右为难的境地。直觉告诉他应该终止这种情感的无限延伸。于是，他输入自己的内心想法："芸儿，可爱的小女孩，你好!感谢你的怜爱，拯救了我这条曾无依无靠的小鱼儿，而今小鱼儿已经找到游向大海的河道，它属于大海，不会依憩在小河中，明白吗？平阳君"按了发送键，发完这条短信后，他觉得心情很沉重。将手机放到胸口，喝完杯中的白开水便把手机放到茶几上，走进卧室，往床上一倒，也许太累了，很快就进入梦乡了。

第二天早晨。陈石睁开眼睛，看了一眼时间，已经九点多了。起床简单梳洗了一下，准备给菲儿打电话，今天难得休息，可以约她出去逛街。从桌上拿起手机，看见有一条新短信息，他忙打开看，是欣欣芸儿昨晚凌晨2:10发来的，那时他已经睡着了。

"无数个思念你的夜晚，想起与你难忘的交流，你找到了大海，而我却只能在河岸边徘徊，你能带我一起去大海里畅游吗？我也是一条小鱼儿，一条孤独的小鱼儿，你会丢下我吗？带我一起走，好吗？想见你!芸儿"读完后陈石心中感动不已，他想了一会儿，忙回复道："芸儿，你不是不主张我们见面吗？昨晚我睡着了，早上刚读到你的信息。"放下手机，他不禁感慨万千。

陈石想到还要给菲儿打个电话，问候一下，毕竟阴暗的天空刚升出耀眼的阳光，他们之间也算经历了一番风雨。拨了菲儿的电话："喂，菲儿，刚起床吗？在做什么？"

"是啊，我在做早餐啊，你看来也刚醒吧？要不要过来一起吃啊？"

"好啊，有没有我爱吃的。"

"有啊，你赶快过来，等你!"

"好，我十分钟后到。待会儿见!"菲儿挂了电话，心里顿时有种温馨的感觉。

陈石将自己刻意打扮了一下，仿佛第一次约会一般。他在车上收到欣欣芸儿发来的短信息。"每个人都应该有一双好鞋，因为这双好鞋会带你到最美好的地方去。平原君，你知道吗，跟你交流我突然萌发一种很陌生而又温馨的感觉，昨晚我坐在阳台上数天上的星星，那么多星星，每一颗都相互配对。在星座宫中，我属于天蝎座，最佳配对的是双鱼座。知道吗？我看到一颗流星，闭上眼睛许了一个心愿，可能你不会相信，我许的心愿是，如果晚上在我梦中出现的男人，如果他的星座是双鱼座，那肯定就是我的归属。"

陈石微笑着摇摇头，心想，真是一个多愁善感的小女生。于是他回复道："你找到自己的归属了吗？"

"中午有时间吗？我想见见你，我想验证一下心中的梦。"

中午？陈石心想，中午肯定要陪菲儿。于是他回复道："对不起，中午我有约了。"

"那晚上呢？"陈石见她有点不达目的不罢休的感觉，他哪知道这个小女生已经暗恋他了，只是不能在信息中传递，她要见面，当着他的面说。

"晚上不行。"

"那明天可以吗？明天晚上我们就在西湖路8号星座宫咖啡馆见面吧，我预订两个包厢，如果你能准确猜中我在哪个星座包厢，那就说明我们真的很有缘分，你愿意试下吗？"

"有什么提示吗？"陈石有点懵，杭州那么大，为什么这个小女生要选星座宫？他又有点期待，更多的却是无奈，这真是上天的安排吗？又或者这是巧合？

"一位很清纯的身穿米色连衣裙的长发女孩就是我了，明晚七点，别忘了。对了，你呢？有什么特征，能让我一眼认出来吗？"

"我，可要让你失望了。"

"我不怕，反正你能找到我，我也能认出你，尽管来好了，我很喜欢跟能让我大吃一惊的男生见面，约好了，别让我等得太久哦。"

"好的，我准时赴约。"陈石握紧手机，思绪万千。

辛芸想着能与她一起度过孤独时光的他，心里想见见这个自称"平阳君"的人的真实面目。也许，这是上天恩赐的缘分，一条偶然的短信息让他们相识，并成为短信朋友，现已经约定见面，她心里很开心。杨芬芬推门进来，见辛芸很开心的样子，她轻轻走过去："芸儿，有什么开心的事情？"

"没有啊？"

"没有？还说谎，你的眼睛把一切都告诉我了。"

"那你说我的眼睛都告诉你什么了？"辛芸故弄玄虚地坐到杨芬芬身边说。

"你呀，看你喜形于色的样子，中桃花运了吧？快告诉我，哪位白马王子有这么好的福气。"

"芬芬，我问你啊，你相不相信网络情缘？"

"什么？你在搞网恋，那可是很不真实的。"杨芬芬惊讶地看着辛芸，"芸儿，可别太投入感情，那只是虚幻的东西，相信了会吃亏的，反正我是绝对不相信的。"

"唉，你太古板了，现在都是信息化时代了。"

"芸儿，你妈妈可打电话到处找你啊，我想你该回去看看，又没有什么大不了的，主动认个错不就行了。"

"芬芬，你是不是要赶我走？我可是你的好朋友，你这样对我太不讲义气了，是不是我妨碍你交男朋友了？要是这样的话那我立刻搬走。"辛芸故意生气地说。

"好了，好了，我怕你了，本来劝你回家看看，就当我没说，算了，不理你了。"

"生气了？不如把我的故事讲给你听。不过你得答应为我保密。"

杨芬芬笑了笑："你说说看，说不定我能帮你参考参考呢！"

辛芸想了想，说："我们认识可能是上天的安排，当时我做了一个梦，梦里仿佛到了一座宫殿里，看到一本书，我就好奇地翻开，里面全是讲爱情与星座的故事。我翻啊翻，一页一页看，就在最后一页，我看到一串数字，就记了下，接着书就像长了翅膀一样腾空而起，化作青烟不见了，我很惊讶也很害怕。"

"然后呢？"杨芬芬好奇地看着辛芸。

"然后啊。"辛芸看着杨芬芬微笑说，"然后我就醒了呗，凭着记忆把那串数字记了下来，感觉像是手机号码，我想拨通又担心，想了一天，于是就编了条短信息发了过去，居然有回复，接着我就知道这是一个男生的手机号码，而且，是个失恋的男生。是不是很神奇啊？"

杨芬芬以为辛芸在逗她，忙摇头："不管你怎么说，反正我不信。继续编吧，对了，那个宫殿有看清楚是外国的还是中国的吗？"

辛芸回忆道："我也分不太清是什么国家的。"

"那书的名字你看清了吗？"

"好像是星座什么的，反正是写爱情的书，内容太多，我记不太清，但我感觉这是一个美好的开始。"

"你就做梦吧，那有这么蹊跷的事情"

"你爱信不信，反正我信。"辛芸微笑着说。

陈石先到花店买了菲儿最喜欢的郁金香。他捧着花来沈菲儿家门前，整理了一下衣服，而后按了两下门铃。菲儿正坐在餐桌前静静地等着，她听到门铃声起身走去开门。门一开，就看到一束郁金香迎面而来，她嗔道："来就来了，还买什么花啊，真是的，又不是初恋情侣，还讲究那么多，快进来吧，早餐都快凉了。"

陈石用鼻子闻了闻："真香啊！"他径直走向餐厅，"菲儿，这么多好吃的。"说着，便坐了下来，用手抓冒香气的茶叶蛋。菲儿高兴地插好花，又看了一下，脸上露出幸福的微笑。

菲儿走进餐厅看到陈石便说："喂，你还没洗手呢，快，哎呀，真是的，像个小孩子，快，先洗手去。"

陈石立刻站起来："遵命！"便飞快地跑去洗手间。菲儿装好两碗粥放到桌上。

陈石又飞快地回来坐到她的对面："呀，这下可要大饱口福了。"

"你看你，手上的水都没擦干净，怎么这么粗心啊！"说着，把纸巾递了过去。陈石边擦手边笑着，菲儿也甜蜜地笑着。一种温馨的感觉在两人的心中飘荡，此时陈石体会到家的温馨。

用完早餐，菲儿忙着收拾餐具，陈石要帮忙，菲儿微笑着拒绝了："你别越帮越忙，到客厅歇着吧。"陈石还是帮了一些小忙——摆放好桌椅。这才坐到客厅里的沙发上，翻看菲儿买的时尚杂志。

不一会儿，菲儿从厨房里走出来，走到陈石对面坐下来，看着陈石，微笑着问："剩下的时间你怎么安排？"

陈石放下杂志，看着她说："我今天的时间全交给你了，由你来支配。"

菲儿起身泡了两杯咖啡，放一杯到他面前："那就陪我说说话吧。"说完坐到陈石身边，看着浓浓的咖啡，"陈石，记不记得我们刚认识的时候，你给我发的那条短信息？你知道我收到那条信息心里是怎么想的吗？"她含情脉脉地看着陈石。

陈石也看着她："怎么想的？"

"我在想发这条信息给我的肯定是个感情专一的男人，这真是上天给予的缘分，如果不珍惜，那真是……"

"说起来也真是巧合，如果我们不在现实中认识，那永远只是幻想的感情。"陈石感慨地说。

"那迟早也要见面啊。"菲儿莞尔一笑说。

"想想上天真是会无中生有，真的有点不可思议。"陈石喝着咖啡，喃喃自语道，"这是一段可以写成剧本的情缘故事。"

"这好像老天刻意安排我们要在一起。"

"如果我们都不认识杜怡，那结果还会需要一段时间呢，我不敢相信你在短信中会透露真实姓名。"

"你不也是一样吗？"

"当我们第一次见面的时候，我见到你仿佛见到老朋友般亲切，我并不认为你就是每晚伴我入梦的那个菲儿。"

"难道令你很失望？"

"不是，是很惊讶，跟我想象的完全不一样，你可能也会很吃惊。"

"认识那么长时间了。当时，我心里一阵惊喜。"菲儿看着陈石，"我似乎从你发来的信息中见到你了，我们在虚幻与现实中保持着一种真诚的东西。"陈石微微一笑，菲儿也笑着喝咖啡。

接下来的时间，陈石陪菲儿逛商场、品美食、看电影、唱卡拉OK，整整逛了一天。陈石心中有一种幸福的感觉在蔓延。菲儿有陈石的陪伴，也非常开心。

晚上陈石想约杜怡、朱光磊和余秋洁一起聚聚。菲儿没有同意，她想今晚应该属于他们俩，也许在感情方面人总是很自私，陈石同意了，一直陪她到晚上十点。见时间不早了，明天还有重要的事要做，他看着菲儿的眼睛，有些不忍心说再见。菲儿的眼神让他无法拒绝："很晚了，你留下来吧。"

　　陈石微微一笑，说："这，菲儿，不太合适吧。"

　　"怎么了，我都不计较，你倒要跟我谈封建礼教了。"

　　菲儿故意生气地说。"菲儿，我只是……"

　　"只是什么？这里三个房间住不下你啊？你怕我吃了你吗，还是晚上有别的约会？或者，我这里根本就留不住你？"

　　陈石笑了笑："菲儿，我觉得我还是回去吧，我不习惯住外面。"

　　"那好，你走吧！"菲儿有些生气了，她转过身去不说话了。

　　陈石坐到他身边："菲儿，我晚上还有工作上的事要处理，下次一定陪你，好吗？"

　　"我就知道，你对我还有很多顾虑，昨天晚上你走了，我感觉到了，难道你就不……"菲儿哽咽住了。

　　陈石很尴尬地说："菲儿，感情方面我们都需要慎重对待，我真的有点事要处理，很着急的。"

　　菲儿看着陈石的眼睛，那是一种很为难的表情，她不想强迫他，而且她从来也没有强迫过他。

　　"天不早了，路上注意安全。"菲儿冷冷地说。陈石见菲儿没有在搭理他的意思，便心情沉重地转身向门外走去。本来他想留下来的，可有一种奇怪的力量使他克制住了这个念头。

　　当陈石走到门口时，菲儿叫住了他："等等，就这么走了？"陈石转身见菲儿向他走过来，看着他的眼睛说，"吻我一下，这个要求不算过分吧？"陈石微微一笑，伸开双臂拥她入怀。

　　"陈石，我爱你，上次我太计较了，因为你对我很重要，我不想失去你，我很在意你，你知道吗？"陈石很感动，他刚要说什么，却被菲儿诱人的红唇给封住了。他紧紧地拥着菲儿。

　　激情过后，菲儿枕着陈石的胳膊，抬头看着他："陈石，现在你知道我心里在想什么吗？"

陈石轻轻地摇了摇头："不知道，不过我猜得出一点来。"

"那你说说看！""这个责任对我很重要，我太冲动了。"

"怎么了？你后悔了？"

"没有。"

"那就最好，你要知道我并不是随便的人。陈石，我没有强迫你做什么，我是自愿的，此时我心里产生了一个小小的欲望。"

"什么？"陈石看着菲儿问。

"我们结婚吧！"菲儿深情地看着陈石，羞红着脸说。

"结婚？"陈石感到很意外。

菲儿见他惊讶的表情受伤地问："怎么了？你不愿意娶我？"

陈石忙摇头说："不是，只是有点太突然了，你似乎筹划好了要给我一个惊喜，可我什么都没准备，连最起码的订婚戒指都没有。"

菲儿微微一笑："傻瓜，我又没要你立即娶我，只是想试探一下你嘛。"

陈石故作松了一口气："这可不是儿戏，一辈子的事情，你要好好考虑。我现在有点害怕，怕我会成为最不称职的丈夫。"

"你在说什么呀，我不过开个玩笑。"

"终身大事可不能乱开玩笑，我是认真的。"

菲儿微笑着吻了一下陈石，说："我就喜欢你认真的样子，那我们选个日子，得打个电话问问妈妈，让她翻翻皇历，看看近期有没有吉日佳时。"

陈石禁不住笑了起来，菲儿故作生气地拍了他一下："你笑什么？我可不是封建思想。"

"不是啊，本来应该由我向你求婚才对。"

"怎么？就不能让女孩子做回主？"

陈石摸着菲儿迷人的长发道："菲儿，你嫁给我，一点都不后悔？"

"后悔呀！不过那是以后的事情了。"

"那你只在乎现在拥有啊，天长地久就不管了？"

"那可不行，我要你陪我一生一世，下辈子我们还要在一起。"

"你这太过分了，下辈子还要我忍受你。"

"怎么你不愿意吗？"

菲儿用手要拧陈石的胳膊，陈石忙改口："愿意，愿意，我一百个愿意。"

"真的？不要太勉强哦。"

"当然，全是肺腑之言！"

菲儿会心地笑了："好了，时间不早了，我饶了你，快点休息吧。"

"遵命，夫人！"

"少来了，你睡吧。"陈石关了灯，房间里一下子暗了许多，也安静了许多，不一会儿就传出陈石的呼噜声。

菲儿不知是高兴还是什么原因，她睡不着。幸福是要争取的，菲儿很自信这一点。

# 第三章　诗言离上苦，何处锁清秋

如果美丽只被允许一次

可不可以不用触摸玫瑰花刺

如果温馨只能度过一日

是不是命运神粗心写错了字


别人的感情方式总是美慕

自私的心里总想朝朝暮暮

没有开始是不是就永远不会结束

留恋太多再回首已不忍再离去


——《香馥雨》

余秋洁写了两篇新闻稿，觉得脑子里空荡荡的，于是她取出手机，给林渝诗打了电话。

林渝诗正在家里赶一部长篇小说，突然手机铃声响了起来。他拿着手机摇了摇头，拒绝来电，随后继续写作。二十秒钟后，手机又响了起来，他不想分散注意力，继续写着，可手机铃声却也响个没完。他无法进入状态，于是只能接电话。"喂，渝诗，你怎么才接电话？刚才为什么拒绝我的电话？快说，你在干什么呢？"

"大小姐，你这么凶，我的灵感都被你吓跑了。"

"哦，又在完成你的大作啊，怪不得你不理我了呢。"

"今天没什么花边新闻啊？"

"什么啊，我刚完成两篇稿子，你中午有时间吗？"

"中午？可能没有，我现在时间很紧。"

"那好吧，我不打扰你了，祝你写作顺利。"

"秋洁，我有个请求，我想……"

"什么请求，说吧，不要吞吞吐吐的。"

"我想近期封闭自己，专心写作。"

"什么？你又要闭关啊，渝诗，你是不是讨厌我了，不想理我啊？"

"不是，秋洁，你还不了解我吗，我只是想全身心地投入，不想被外界分散打扰，你应该理解我的。"

"好，你要闭多长时间啊？"

"大约两个月。"

"两个月？那么长时间，能不能安排几天休息，我正想去神农架风景区看看呢。"

"稿子完成后我一定陪你去，好吗？"

"不好又能怎么样，你都确定了，我说了你能改变吗？"

"那太感谢你了。"

"哈，真的，我发现你和我之间真的有很多相似的地方。"

"什么？"

"都有点发疯的迹象。"余秋洁说完就挂了电话，她心里很气恼，但也没有办法，谁让自己喜欢上一个疯子作家呢。

中午，余秋洁一个人待着很无聊，她想打电话给林渝诗，拿起电话又放下了。思来想去，给他发了一个短信息："情，是心中的向往，是感觉的共鸣，是灵感的碰撞，是电光的闪耀，是甜蜜的琼浆，更是醉人的醇酒，不知道你是否会有这般的感觉？"

林渝诗正躺在床上想着小说的架构，情节似乎堵住了一般，无法施展开来。手机短信息声传来，他觉得自己再想下去也想不出什么好的情节，他起身到书桌旁，打开手机，看完信息后，微微一笑，想了想，编辑短信："是人都会有这样的感觉，我也不例外。你相信爱与缘分是一回事吗？其实缘分它像风像云，总有离去的时候，爱是实实在在的，它不仅仅是一种感觉，而是一种牵挂，一种承诺，更是亲情。"余秋洁见林渝诗给她回了信息，心中非常高兴。她认真地翻看这条信息，仿佛要把每字每句都理解透彻。

"渝诗，你小说写得怎么样了？还顺利吧！"

"还算顺利，我想得用两到三个月的时间集中精力完成它，构思了好长时间了。对了，秋洁，我想搬到郊区去写作，需要一个安静的环境。"

"什么时候离开，能通知我一声吗？我送送你。"

"不用了吧，又不重要，只是出去两三个月嘛。"

"什么啊，我们不是好朋友吗，如果你不声不响突然消失了，那我会很担心的。"

"好吧，在我离开之前一定通知你，好了，就这样吧，每天开心一点。"

"你也是，要多注意身体，别累坏了，脑力劳动最辛苦了。"余秋洁合上手机，她心里想到很多，感情是世界上最复杂的。

陈石觉得自己精神非常好，处理公司的事务很顺心。秦玲拿了份文件来到他的办公室。"秦经理，你好，快进来，请坐！"陈石这次显得十分客气。秦玲坐到对面，面对陈石，她似乎有种歉意。

她把文件递给陈石，陈石接过文件看了看，微笑着对秦玲说："秦经理，这让小韩送来就行了，哪要你亲自拿来。"

秦玲看着陈石说："上次真是对不起。"

"没事，都过去了，如果不是上次小小挫折，还考验不了我和菲儿的感情呢！"

"我本来应该替你去沈小姐那儿解释一下，可我怕越说越乱。"

陈石笑了笑："不用了，矛盾已经解决了，这么长时间的感情连这么一点小小的挫折都过不去，那还叫什么感情呢！"

"那你和沈小姐之间没事了？"

"是的，我们准备近期内结婚了。"

"那真是太好了，我衷心祝福你们。"秦玲说完后，表情不是很自然，仿佛这话是言不由衷说出来的。

陈石似乎也能感觉到了什么，他还是微笑着道了声："谢谢！"

中午，陈石应酬来自中国香港的客商，喝了一点酒，但头脑还是清醒的。他收到菲儿发给他的信息："对群山来说，湖泊是风景，对天空来说，白云是风景，对黑夜来说，黎明是风景，对于我来说，你就是我最美丽的风景。中午少喝点酒，多注意休息，晚上早些回来，菲儿为你准备了你最喜欢吃的红烧鱼。"

陈石看完信息后笑了，他不假思索地回道："遵命，一切由夫人安排，晚上如果没有其他事情，我六点钟就回家，晚上见！"合上手机从洗手间里走出来，继续陪那位客商，也许是太高兴了，他喝很多酒，却还没有醉，连陪同的秦玲也觉得不可思议。

宴会结束后，秦玲扶陈石歪歪斜斜地坐到车上，她见陈石这样子下午没法工作了，于是便带他到她同学开的宾馆为他开了一个单人间。在服务员的帮助下，陈石倒在床上呼呼大睡。秦玲见距离上班还有一段时间，便和她的同学景梦闲聊了两句。

"景梦，最近生意还好吧？"

"你呀，平时也不照顾我，小本经营，比不上你这位白领贵族啊。"

"看你说哪去了！"

"对了，刚才那位是你男朋友吧？长得真帅，哪弄来的？"

秦玲看了看景梦，忍不住笑起来："天哪，哪弄来的，好像是地下控出来的。"

"我是问你在哪找到这么帅气的俊男友。"

"他很帅吧，不过可惜啊，我们只是同事关系。"

"同事关系？"景梦疑惑地看着秦玲，"我看不那么简单吧——是就是了，又没有和你争。"

"是啊，我现在也说不清楚了，时间不早了，我要回去了，还要安排一些重要事情，我这位同事就交给你了，晚上我再来陪你聊。"

景梦笑着说："你可别太信任我了，等你回来我可要让你这位俊男变心了。"

"不过我首先声明，他可是要结婚的人了，动了歪念，可别惹自己伤心啊，我走了，晚上见！"

"早点过来，我可不免费替你照顾他。"

"那晚上我肯定要来结账了，放心，小费多给就是了，走了。"秦玲笑着走了出去。

黄昏时分，陈石睁开眼睛，他掀开被子，抬起昏沉沉的头，发现自己并不是在家里，像是酒店或宾馆的房间。他在洗手间方便了一下，顺便用清水洗了一把脸。他感觉头还是有点沉，在床上坐了半个小时左右才恢复神智。

陈石整理了下衣服，打开门走了出来，走到服务台前问服务员："打扰一下，我想请问下我怎么会在这里？"

女服务员轻轻摇摇头，她指了指刚好迎面走来的一位秀丽端庄的女孩："你去问一下我们经理，是她的朋友带你过来的。"

"谢谢，你们经理姓什么？"

"不客气，她姓景，景物的景。"

景梦微笑着走过来："你醒了！"见陈石一脸疑惑的神情，她笑了笑，"可以找地方谈谈吗？"陈石看着面前这陌生女孩，以为她是自己梦中情人芸儿。

景梦带他到一个会议室一样的房间，并请他坐下。陈石不知怎么突然有些忐忑不安，仿佛是做了错事等着挨教师批评的那种心理状态。

景梦为他沏了杯茶，微笑着说："我叫景梦，你可以让我知道你的名字吗？"

"我叫陈石。"

"很好听的名字，跟你的性格十分相似。"

陈石笑了笑，说："景小姐，我想知道我怎么会在这里？"

景梦微微一笑："你喝醉了，是秦玲把你送到我这儿来的，我和她是很要好的朋友，所以她让我好好照顾你，现在好多了吗？"

陈石点了点头说："谢谢！"随即取出手机，看着景梦，"我可以打个电话吗？"

"当然可以，请便！"

陈石拨通了秦玲的手机："喂，秦经理，公司的事处理得怎么样了？"

"你醒了，再休息一会儿，我晚些去跟你说吧，总归来说还是很顺利的，对了，我的朋友你认识了吗，她叫景梦，人很好的。"

陈石看了一眼景梦："嗯，刚认识，人真的挺好，不过……"

"没什么不过了，晚上我过去，好了，就这样了。"陈石看了看时间，已经是下午 5：46 了。他都不知道自己该做些什么了，他刚想对秦玲说什么，可是她已经挂了电话。陈石回到刚才的座位上，陪景梦聊天。

朱光磊刚出差回来便接到李燕秋的电话，他感觉李燕秋说话的语调很低沉，于是放下行李便跑去与李燕秋相约的地点见面。

晚上，辉煌酒吧。音乐缭绕，灯光暗淡，来这里喝酒的人多是为了打发无聊时光，或借酒消除内心的郁闷与创伤。朱光磊与李燕秋第一次在这样的氛围下见面。在朱光磊的注视下，李燕秋已经一言不发地喝了两大杯啤酒。朱光磊似乎能感觉到李燕秋心里隐藏的苦闷，他抓住李燕秋的手说："燕秋，你不能再喝了，有什么烦恼跟我说吧，不要喝了。"

李燕秋抬头看着朱光磊："好，我要离开这里了，你愿意跟我一起走吗？"

李燕秋见朱光磊一语不发，她笑了起来，"你不会的，我知道你为了自己的事业是不会在乎我的，我在你的心中连你事业的一半都不如，是不是，嗯？"

朱光磊被李燕秋的这番话弄得不知所措："燕秋，你醉了，我怎么会不在乎你呢。"

"那好，我明天就回厦门，你如果还在乎我就跟我走，不是，就陪我一起回家。"李燕秋见朱光磊不语，笑了起来，"我知道，你还是不在乎我。"说完又是一通狂饮。

朱光磊被这突如其来的情形弄得很被动，他喃喃道："燕秋，你为什么要离开呢，这里有很多朋友。"

"你不要说了，我给你一点时间，让你考虑，不过三天之后无论你是否选择我，我都要走，有些事情我说了你也不会明白的。"李燕秋用手托着头，她心里很不好受，她也在选择，艰难的选择。

朱光磊用了一整天的时间还是不能猜出李燕秋心里在想些什么，他知道她也不会说。没办法，只好请朋友帮忙了。他打电话约了陈石晚上在"金光酒吧"见面，陈石见他的语气低沉，于是没有多问就答应了，很多事情电话里是说不清楚的。

就在陈石挂断电话时，他收到一则短信，是芸儿发来的："月色浓浓如酒，春风轻轻吹柳，桃花开了许久，不知君见了没有？"

陈石看完思忖了一下。他终于发现了，为什么芸儿会发这样晦涩的信息过来，本来和芸儿约好见面的，可是他却给忘了，于是便想着如何解释自己的过失。"芸儿，真的非常对不起，我不是有意的，那天我喝醉了，请原谅我吧。"陈石将这条信息发送出去。他觉得芸儿肯定不会原谅他，女孩儿毕竟是女孩儿，都挺小气的，再说与女孩相约，迟到或者忘了都不能算完美的理由。

不一会儿，他收到芸儿回复的短信息："嗯，这倒是个很好的理由，非常完美，我都不知道该如何去怪你了。好了，下不为例，不过下次相约你可要请客，晚上有时间吗？"

晚上？刚答应了朱光磊晚上和他见面，听他诉苦水，于是，他回信息说："芸儿，真的很抱歉，我晚上约了朋友，我很要好的朋友，碰到了感情上的问题，解不开，我得去听他诉诉苦，下次好吗？"

"听上去你倒像个感情专家啊，如果我也遇到感情问题了，你会帮助我吗？我想也只有你才能帮助我了。好，我明天晚上老地方等你！不要再找醉酒或者什么理由来回避了，我只相信一次的，同意就发个笑脸过来。"

陈石犯了难，他挠了挠后脑勺，不过他想起菲儿给他发过一个微笑的表情符号，于是就借花献佛了，把那个微笑符号转送给了芸儿，他不明白自己为什么要这么做，仿佛被一种力量控制了一般，遗憾的是他竟然不知道这种力量来自何方。

下午，快要下班前，菲儿打陈石的办公室电话，没人接。菲儿心想，还没到下班时间呢，他溜哪去了？于是，又打了陈石的手机。陈石刚坐上车，手机就响了起来，打开一看，是菲儿，于是按了接听键："喂，菲儿。"

"陈石，你在哪儿呀，怎么那么吵？"

"我在公交车上，是有点吵。"

"这么急着下班赶着去约会啊？"

"没有，光磊晚上请我陪他聊聊。"

"两个大男人，有什么好聊的，能赶回来吃饭吗？"

"我想可能有点困难，光磊现在碰到的问题看样子很严重。"

"什么问题啊？"

"情感危机，晚上回去我再向你汇报，好吗？"还没等菲儿说完，他就挂了电话，菲儿心里有点不高兴了。这几天他们见面的时间没规律了，有时根本见不到他的人影，因此，她觉得心里总有一点忐忑。菲儿放下电话，失望地收拾文件，准备下班回家，本来想做几道刚学会的菜在陈石面前露两手，这下子没了兴致，她甚至都有点不想回那个冷清的家了。

# 第四章　芸梦美若仙，不敌旧情燃

为了苦苦守候一个想象中的他

孤单一辈子宁缺毋滥的想法

有时想想这样的方式很傻

可是谁又能断定不再遇上美丽的花


矛盾的心总是患得患失

担心错过了现在也丢失了未来

花落衣衫的感觉婉约的诗

书卷太多就淡漠了生活似海


——《谢谢你的爱2007》

　　酒吧里，朱光磊一言不发，只顾饮酒，一杯接着一杯，虽然很豪爽，但是却没了风度。陈石问了几句，他依旧一言不发，于是只好跟着喝酒。喝到最后，朱光磊终于忍不住了，内心的痛苦如山洪暴发。

　　"为什么？陈石，我和燕秋从相识到相爱，加起来都快五年了，而今，她居然……"

　　陈石放下杯子："什么？五年？这么长时间啊，怎么没听你提起过呢？"

　　朱光磊没有理会陈石的问话，他猛喝了一杯酒，说："你知道吗？她居然说要离开我了，离开我了，我都快要疯了，疯了，陈石，你能明白我的心情吗？"

　　陈石轻轻摇了摇头："我非常明白，可你那位不明白啊，我就算明白也没用。唉！我说兄弟，你小子行啊，搞地下恋爱五年了，我们居然都不知道，隐密度够高的，我真是佩服得五体投地。"

　　朱光磊猛摇脑袋："不，你不明白我的心，你们都不明白，不会明白。"

　　陈石为他倒满一杯酒："光磊，你和你那位燕秋姑娘到底怎么了？"

　　"你不知道吗？"

　　"你没说啊，我怎么会知道呢？"

　　"我刚才没告诉你？"朱光磊瞪大眼睛，怀疑地看着陈石说。

　　陈石使劲地摇着头："没有！刚才你一个劲儿喝酒，什么也没有说。"

　　朱光磊愣了一下说："那好，我就从头开始吧。"他喝了一杯酒，眯着眼睛说，"她向我，向我提出要我……居然要我陪她去她的老家，而且，陈石，你知道吗？"

　　"我，不知道！"陈石喝了一口酒，如实说。

　　"她什么理由也没有，也不跟我讲为什么要离开我？"

"我明白了，要么她有隐情，暂时不方便说，等你到了她要带你去的地方，她可能会告诉你的。"

"有这么严重？"

"喂，你以为呢？"

"那你说，你说我现在该怎么办？"

"现在啊，摆在你面前的有两个选择：一，陪她去看看，看她究竟想要做什么；二，不去，不过你又会很舍不得这份感情。唉，你自己做决定吧！"

"那有没有第三种选择啊？"

"第三种选择？"陈石一头雾水地看着朱光磊，"我有说过有第三种选择吗？"

"没有！我只是随便问问，会不会有啊？"

"有倒是有！"陈石笑了笑说。

"什么？"

"你们两人必须有一个人去精神医院检查一下，没有问题再告诉你。"

朱光磊一挥手说："我可没有什么精神病。陈石，我问你，如果你和菲儿之间遇到像我这种情况，你会怎么做？"

"不会的，菲儿和我之间的感情坚如磐石，不会发生你那样的情况，你别乱想了，不可能的。"陈石有些不耐烦地说。

"你着急干什么，又不是真的，我是说如果，如果，你明白吗？"

"那我肯定跟菲儿走！"

"真的？"

"当然，真的！"

朱光磊看着陈石坚定的表情，他很失落地说："我不会，反正我不会，女人为什么就要男人迁就她们？我坚决不跟她去，不去！"说完又一杯酒下肚。酒精似乎已经在他们两人身上起作用了，"陈石，我现在想开了，谢谢你陪我，我完完全全想明白了，彻底想通透了！"

陈石刚想说什么，手机却响了起来。他放下杯子，取出手机一看，是菲儿打来的，于是忙接电话。

"都快十点了，你什么时候回来啊？"

"菲儿，你先睡吧，不要等我了，我会尽快回去的。"

"不要多喝酒啊，我都闻到酒精味了。"

"没有，不会的，早点休息吧，我马上就回去，好了，就这样，我挂了。"陈石放下手机，手又拿起酒杯轻轻地喝了一口。

朱光磊看着陈石说："我真羡慕你，早点回吧，不用陪我了，免得菲儿训你，明天又要说我了。"

"你说什么啊，会有那种事情发生吗？真是的，我会弃朋友不管吗？我是那样的人吗？"他给自己倒了一杯酒，一饮而尽，看着朱光磊问，"你没事了吧？"

"嗯！好多了，真的，太感谢你了。"

"唉！好朋友还讲什么谢不谢的。不过，光磊，说实在的，我还真的要早点回去了，明天还有重要的事情做，你确定没事了？"

"傻瓜，你看我像有问题的人吗？没事了，你回去吧。"

"我看你样子像是有问题，要不我送你回去吧。"

"不了，我再坐会儿，我喜欢这儿的环境，想一个人静一静，你回去吧。小心迟了菲儿怪罪我，让你受体罚那我会非常过意不去。"

"说什么呢？你小子！真的没事吗？"

"没事了，走吧！"

"行，那我先走一步了。"陈石歪歪斜斜地站起来，拿起衣服掏钱包。

朱光磊生气地说："你在干什么啊？走吧，这点酒钱我还能请得起，是不是想让我付你小子的坐台费啊？"

陈石见朱光磊不高兴的样子，他收起钱包，走到他的身边，轻轻拍了拍他的肩膀说："那我走了，想开些，男子汉大丈夫，这点小事算什么，明天我找燕秋谈谈，别太要强了，到最后苦了自己。"

"不用了，你走吧，这点小事兄弟我能应付，我自己会解决的，放心吧，我一定会处理好的。"

"那我走了，你也早点回去，明天见！"陈石虽然觉得自己没有醉，可是依然头重脚轻，踩在地砖上却像踩在海绵上一般。

陈石走出酒吧，他本想回自己的住处，毕竟身上的酒味太重了，怕菲儿责怪。可是，他不知不觉到了菲儿家楼下，想了想，他爬上楼梯。

陈石掏出钥匙打开门，歪歪扭扭地走进客厅，顺势倒在沙发上。酒精的后劲儿让他倒下就睡着了。菲儿坐在床上看书，听到客厅里有响声，于是下床打开房门，打开客厅的大灯，见陈石在沙发上沉沉入睡，她忙走过去。陈石满身的酒气，菲儿取了一条湿毛巾，替他擦了擦脸，想扶他进卧室。但陈石处于昏睡状态，菲儿架着他，费了九牛二虎之力才将他弄进卧室。像搬了块大石头一般，菲儿累得满头大汗，用手臂擦了擦额头上的汗珠，看着陈石昏睡的样子，既心疼又生气。她将湿毛巾放到陈石额头上，准备好醒酒的茶水，坐在他的身边。

就这样，菲儿被折腾得很疲惫，一直到凌晨才睡着。好不容易睡着，她就做了一个很美的梦，她梦见自己与陈石手挽手走进婚礼的圣殿，那种甜蜜的滋味让菲儿在梦中乐开了怀。

"辛芸，你见到那位白马王子了吗？"杨芬芬走进卧室看着正在读爱情小说的辛芸问。

辛芸放下手中的书，说："他有事没有来，我根本没有见到他。"

"怎么会呢？难道对方是一位年过花甲的老人家，不敢面对你这么一个小女生吧！所以就随便找了个理由敷衍过去，是不是这样啊，嗯？"杨芬芬躺到床上故意问。

"我想不会的，直觉告诉我，他最多大我两三岁，要不五六岁也行，年龄无所谓，大不了我们做虚拟的朋友好了。"

"要不你打个电话给他，听一听他的声音就知道他是老人家还是小青年了？"

"不行，我们之间有过约定，只能通过短信息交往。"

"你们两个都是疯子，碰到一块了，辛芸，我可是劝你，别太认真了，虚拟的毕竟不是真实的，不能太相信，直觉都不可靠，这你得相信我，我可是有朋友亲身经历过的。"

"芬芬，那我只想见他一面，又没有承诺什么，说实在的，我真的很想见到他。"

"算了，我不管你了，你想怎么就怎么着吧，到时我这可不卖后悔药。"

辛芸翻身坐起来，瞅着杨芬芬，微笑说："那我只好到楼下去买喽。"

"不理你了，小疯子！"

"哈哈哈！那我就彻底疯一次，感觉一定很好。"辛芸看着天花板自言自语地说。

余秋洁已经两天没有林渝诗的消息了，她本想打电话给他，可当她拿起电话又犹豫了。想了想，决定发一条短信诗给他。

"你一定要走吗？夜是静寂的，黑暗昏睡在树林上，我不曾以恳求的手臂束缚你的双足，你的门是开着的，如果我曾设法挡住你的去路，那不过是用我的眼睛罢了！"

过了一会后，余秋洁收到林渝诗的回信："秋洁，我现在已经登上去西安的列车了，你刚才发的那首抒情诗我很感动，真的，非常动人！我非常想念你！渝诗。"

　　余秋洁看完短信，心里十分难过，连为他送行的机会都不给她，同时也有一丝愠怒从心而生。"为什么走得这么匆忙，不能打个电话给我告诉我吗？我连见你一面，为你送行的机会都没有吗？我们不是最好的朋友吗？你这样是不是有些太残忍了呢？"余秋洁按了发送键，此时她的情绪有些难以控制。过了一会儿，手机短信提示音，她忙打开短信息。"真的对不起，我走得的确很匆忙，对不起，非常抱歉，等我回来一定弥补，采用什么样的方式由你决定，可以吗？"

　　余秋洁微微一笑："那好，我不苛求你，只要你每天给我发首优美的诗就知足了，要不然，等你回来，看我怎么惩罚你。"

　　"好的，没问题！一定办到。"

　　"那就这样说定了。"

　　"君子一言九鼎，秋洁，我现在有点累了，明天再跟你联系，好吗？"

　　"真想陪在你的身边，好，多保重！再见！"

　　"你也是，要每天都快快乐乐的，再见！"

　　早上，陈石睁开眼睛，想起身可头却非常沉，他努力翻身下床。隐约记得昨天好像是跟朱光磊在酒吧喝酒，然后回家，回家，下面就迷迷糊糊的，什么都记不清楚了。陈石看了看卧室，心想，这么漂亮的房间，自己没有啊。"菲儿，这是菲儿的房间，我怎么会到这里来了，我不是回自己的住处了吗？"陈石自言自语道。

　　他起床走出卧室，在门口刚好碰到菲儿。菲儿微笑着说："你醒了，先去洗洗，早餐我做好了，你昨晚喝多了。"陈石本以为会遭到一顿数落，可是菲儿笑着很迷人，他一时之间竟然想不明白她为什么没有生气。他抓了抓后脑勺，向洗手间走去。

　　餐厅里，菲儿已经准备好丰盛的早餐，此时正坐在桌旁等着他。陈石头发湿漉漉地走了过来。菲儿看着他，笑着说："快坐下吃早餐吧，这粥刚热的，凉了就不好吃了。"陈石坐到菲儿对面，昨晚吃的东西基本上都吐光了，他感到自己饿极了，抓起筷子猛吃起来，"慢点吃，时间还早，不会迟到的。"菲儿看着陈石温柔地说。

陈石狼吞虎咽地吃了一半，菲儿放下筷子，严肃地说："陈石，我想跟你商量一件事。"

陈石边吃边问："什么事啊？"

"我……"菲儿双颊微红，"我昨晚上打电话回家跟妈妈谈了我们的事，她说想让我们晚上一起回家吃晚饭。"

"晚上？这……"陈石放下筷子，他有些吃惊。

"怎么了？"菲儿一脸疑惑地看着陈石。

"我是说中午，或者其他时间，比如周末什么的。"

"你今晚有约会吗？"菲儿盯着陈石问。陈石的目光有点紧张，他心里局促不安，仿佛偷了东西被人当场抓住似的。

"不是，啊，晚上，有点事情，公司的事情，要处理。还有光磊和燕秋不是闹矛盾了吗，我想晚上再给他们调解一下。"陈石忙解释道。

"很重要吗？"菲儿见陈石的目光不敢面对她，"难道又要去陪朱光磊聊天喝酒？"

陈石见菲儿生气了，他忙岔开话题："菲儿，昨晚是这样的，光磊的女朋友李燕秋几天前刚离开他，他心里很郁闷，所以……"

"所以，你就陪他一起喝酒到深夜，醉醺醺的。你是不是觉得你能代替李燕秋的位置，而放弃自己身边的人？"菲儿情绪十分激动，"我父母你又不是没见过，他们对你印象也很好，爸爸又出差了不在家，我只是想让你晚上陪我去看看我妈，又不是要你上刑场，你害怕什么？有什么理由值得你这样回避呢？"

陈石低下头想了一下，他思量再三，觉得自己言行上的确有些过分，于是，他看着菲儿说："菲儿，你不要生气，其实，没有什么比你对于我来说更重要的了。晚上我处理完公司的事情一定准时陪你去见伯母，啊，不，去见妈。"

菲儿看着陈石乖巧的样子，禁不住笑了出来："谁是你的妈妈，可不要乱喊。"

"迟早都要喊的，不如现在喊了，说不定还有得红包拿。"

"油腔滑调，告诉你喔，到了我家见到妈妈可不许乱喊。"

"那我怎么称呼呢？"

"和上次称呼一样，你不会忘了吧？"

"好，那我就按上次的称呼了，不过见到你妹妹怎么办，我是叫她名字，不，还是叫晴儿妹妹吧，这样显得亲切一些。"

"少来了，看你不正经的样子，待会儿吃完饭，我罚你把碗给刷了。"

"遵命，夫人！"

"不理你了，你真要把我给气死了，还笑！"

陈石坐在自己的办公桌前，一早上都愁眉苦脸的，他正在为晚上无法分身赴约而苦恼。如果让他选择最重要的，他会选择菲儿，所以，他想找个理由来回复那个没有见过面的女孩。

陈石接到顶头上司龚总的电话，让他陪秦玲去见一位北京客商，并负责接待工作。

陈石驾车陪秦玲去车站迎接客商，一路上秦玲见陈石眉头紧锁，于是问道："出了什么事了，又和女朋友吵架了？"陈石摇了摇头，随后又点点头。

"还是因为上次的事情？"

"不是，没有。"秦玲见他表情复杂，又问，"那你，那么忧郁，是不是生病了？"

"我很好，没事的，可能是昨晚陪朋友喝酒喝多了，所以精神不太好，有点疲倦，没关系的，一会儿就会好了。"说完用左手揉了揉额头。

秦玲心里不明白自己为什么对陈石有种亲切的感觉，两人在一起工作很开心，这样的感觉从未动摇过，仿佛前世有缘似的。

把客商接到宾馆已经是上午十一点左右，秦玲忙着为客商办理入住手续。陈石陪客商走进房间休息。这时，朱光磊给他打来电话，他没有接，等安顿好客商后，他到宾馆走廊给朱光磊回电话。

"喂，光磊，找我有事吗？"

"陈石，刚才打电话怎么不接啊，你现在在哪里啊？"

"我在永鑫宾馆，刚接待两个北京来的客商。"

"中午能见个面吗？"朱光磊顿了一下，"这次我想请你帮我一个忙。"

"中午？"陈石想了想，"兄弟，有没有搞错，我在跟客户谈事情呢，这样吧，我尽量争取吧，你等我电话。我先挂了啊！"

秦玲刚好走过来，她微笑着问："谁的电话？"

"一个朋友，对了，中午能不能帮我应酬一下，我有点私事要处理。"

秦玲故意转过身去，叹了口气说："唉！留住你的人，拴不住你的心，好吧，我帮你盯一下，不过，下午你得赶快过来，不然我一个人怕不行。"

"行，那辛苦你了。下午我吃完饭就赶过来。"陈石转过身头也不回地走了。秦玲看着他的背影，轻轻摇了摇头。

在电梯里，陈石突然想到了一个分身的好办法，他忙拨了朱光磊的手机："喂！光磊，中午我有时间了，你有什么事？哦，知道，好的，我马上就过去，一会见，嗯，挂了！"走出电梯，他想了想，不太明白朱光磊为什么会选在金川面馆见面，地点是他选的，没办法，只能去了。

金川面馆。陈石见到朱光磊依旧愁容满面，整个人就像是泄了气的皮球。陈石坐到朱光磊的对面，看了看餐馆的环境，店面虽不大，可是很清爽，让人感觉很舒服。

他看着朱光磊说："光磊，怎么中午还想让我陪你喝闷酒啊？不过我下午有事，不能陪你喝了，再说这地方也不像是喝酒的地方。"陈石发现身边有几个情侣有说有笑，他不明白朱光磊怎么会选在这儿见面。

"陈石，我请你来可不是请你喝酒，我有个想法，想征求一下你的意见。"朱光磊看着陈石说，"我是不是该去找她？"

陈石刚送到嘴边的茶杯停住了，他放下茶杯，摸了摸朱光磊的额头说："你是不是发烧了，烧糊涂了？当时你不决定陪她去，现在又后悔了，你以为这世界满地都有后悔药啊？你不想想，现在再厚着脸皮，低声下气去找她，你以为她会微笑着欢迎你，重新接纳你吗？大傻瓜！"

朱光磊失落地看着陈石，转动着手里的杯子："那你说我应该怎么办？我不能总压抑自己的感情吧？昨晚我想了一个晚上，发现自己不能离开她。我做不到，真的，如果让我不去想她，我做不到！"

"像你这样拿得起放不下的男人，唉！以后在大街别跟人说我认识你啊！像你这个样能做大事吗？男人要以事业为重！"

"所以我做不了英雄，那就只能儿女情长了。"

"那好，我就跟你谈谈儿女情长的事，我建议你重新来一次，找个比她更好的女孩子，轰轰烈烈爱一场，怎么样？"

朱光磊看着陈石小声说："说得好像比唱得还好听，你给我介绍一个看看？"

"你别以为我办不到，我还真有一个适合的人选，不过，我可不是随便就介绍给别人的啊，你得有所表示才行。"

朱光磊递上菜单，送到陈石面前，说："大哥，你随便点！"

陈石接过菜单，笑了笑说："那我可就不客气了——把这菜单上全吃遍了你也破不了财啊，难怪会选这么便宜的地方，有阴谋吧？"

朱光磊苦笑了下："改天请你吃大餐，今天将就一下了。"

"少来！"陈石随便地画了几下，"今天让你占大便宜了啊。"又喝了口茶说："好了，看在兄弟一场的情面上，我跟你说，今晚我给你约了一个青春可人的女孩子。"

"年龄小的我可不要啊，对了，她长得怎么样啊？"朱光磊斜着眼说。

"你小子，有就不错了，还挑三拣四的。"陈石摇摇头说，"告诉你，她可是比天仙还漂亮十倍。"

"真的？"朱光磊瞪大了眼睛，焦急地问，"晚上几点？在什么地方？"

"具体等我来安排，安排好了打电话通知你。"

"好啊！对了，那女孩叫什么名字？这个你总该告诉我吧！"朱光磊看着陈石。

"哦，她叫……"陈石抓了抓后脑勺，心想，她叫什么名字连自己也不知道，只知道她的别名，这下怎么办？这时服务员端面条上来，陈石接过筷子，说："总之，到时你管她叫芸儿就可以了。"

"不会吧？才第一面就叫得这么亲切，是不是有点太那个了？"

"都什么时代了，还这个那个的，不要想那么多，反正叫她芸儿肯定没错，明白？"陈石被他问得有些不耐烦了。

"好，我知道了，一切听你的安排。"朱光磊仿佛在黑暗中看到了一丝光明，他心里明白，结束失恋后相思之苦的最佳良方就是再来一次天崩地裂的浪漫爱情。

陈石在回宾馆的路上给欣欣芸儿发了条短信息："芸儿，你好！我晚上按时赴约，地点和时间由你来决定。"不一会儿，辛芸就回了短信息："这样吧，时间你定，地点我来定，很公平的。"

"好，晚上6:30我们见面吧，有问题吗？"

"没有！我选在南海大酒店，怎么样？"

"好！不过我心里想了很多。"

"可以跟我说说吗？"

"我在想，怕你见了我的面之后会很失望！"

"我心里也有这样的想法，挺紧张的，仿佛进入考场面对决定人生的考试一般，不过我觉得没关系，我们都应该有勇气彼此面对，不管结果如何，我们都将会是很好的朋友，你是否也这样认为呢？"

"嗯，或许吧，晚上见！"

"好的，真的希望现在就能见面啊，再见！"

陈石立即打电话告诉朱光磊，让他晚上6:30之前去南海大酒店等一位身着粉红色连衣裙的女孩，陈石将芸儿的电话号码都告诉了他。之后，他仿佛卸了千斤巨石，晚上不用再为分身而苦恼了，尽管不太喜欢以这样的方式结束这段感情，可是面对现实，也许这样做才是最明智的选择。

陈石处理完手中的工作，看了一眼手表，已经过了下班时间。他收拾了办公桌，取了公文包走出公司。他直接去超级购物广场，买了一些礼物回菲儿家。

晚上，陈石陪菲儿去看菲儿的妈妈和妹妹。路上，菲儿很高兴，因为过了今晚她将永远和陈石在一起了。陈石心里在想，将芸儿介绍给朱光磊心里总有些愧疚，居然为了自己去骗了一个单纯的、关心自己的女孩，或许，这样的缘分本身就是错误的。他觉得自己太自私了，让一份纯洁的感情就这样离自己远去，注定不再属于自己。

菲儿扭头见陈石一句话也不说，觉得很奇怪，她用手在陈石面前晃了晃，微笑问："怎么了？这么入神，在想什么呢？"

陈石一惊，心虚地看着菲儿，努力掩饰心中的想法："没有啊，我在考虑进你家门后，第一句话该如何开口。"

菲儿笑了笑："别考虑那么多了，该怎么说就怎么说，不过我妹妹在家，你可不能胡言乱语啊，她是个小女生，很单纯的。"

陈石也笑了一下，说："是！不过我想送她什么礼物好呢，在商场选了一会儿，拿不定主意，不知道买的这些她会不会喜欢？"

"不用想太多，马上就是自家人了，你能陪我去，我就很满足了。"菲儿红着脸说。

"啊，原来你这么容易就能满足啊，那我可真是太幸福了。"

"你又想什么坏主意呢？我警告你啊，如果有什么不纯洁的倾向，看我怎么惩罚你，小心点啊！"

"不会吧，野蛮女友啊！我还没娶你过门你就这样约束我，那结婚后我还不得蹲监狱般啊？不行，看样子得来个婚前协议或者约法三章什么的。"陈石装出一副可怜相。

菲儿很开心地说："那好啊，不过任何约法都必须我来制定，否则，一律无效。"

"那么霸道，不行，这不是公平的决定，我抗议！"

"抗议无效！"

"那我要政变，如果菲儿能改变刚才的想法的话……"

"嘿嘿嘿！那我可要严厉镇压，让你政变的想法彻底破产。"

"那这样完了，这辈子完喽！"看着陈石故作痛苦的表情，菲儿忍不住笑了起来。但是陈石却怎么也开心不起来。

陈石虽然与菲儿相恋这么长时间，但是去她家看望她父母的次数算起来却屈指可数。前几次去他领教了菲儿父亲的威严。他几乎是被醉得根本回不了自己的住处，结果就在菲儿家客厅沙发上度过了一个漫长的夜晚。经过那次的教训，陈石就很少光顾菲儿成长的那个家了。这次听菲儿说她父亲出差了，才壮着胆子去。菲儿的母亲倒是和蔼可亲，菲儿母亲很是欣赏陈石温文尔雅的性格。

此刻，陈石满脑子惦记的却是朱光磊和芸儿两人是否能有共同语言，他在想自己这样做到底是对还是错。他明明知道此刻想什么都是多余的，但他根本左右不了自己的思维。

　　朱光磊半信半疑地到了南海大酒店。由于他来的时间太早了，他把玫瑰花放到身边的椅子上，美滋滋地幻想身穿粉红色连衣裙胜似天仙的女孩子向他翩翩走来，那迷人的长发让他只是想象都垂涎二尺九寸半。仿佛时间比蜗牛还慢，但一切却又那么令人神往。

　　陈石陪菲儿来到她成长的家。菲儿的妹妹沈晴儿正坐在客厅看电视，她母亲则在厨房里忙碌着做晚餐。菲儿把陈石扔在客厅里，捋起袖子走进厨房。陈石坐到晴儿旁边，晴儿认识陈石，只是她平时上学很少回家，所以见面的机会并不多。

　　晴儿看着陈石微笑着说："陈石哥，好长时间没见到你了，怎么也不来看看我。"

　　见晴儿微笑的神情非常可人，于是他故作姿态地说："每天看到你菲儿姐，不就等于看到你了吗？"

　　"那可不一样，我和姐姐是两个人，可别跟我偷换逻辑啊。"

　　陈石看着她认真的样子，说："可不要那么认真啊，不过说实在的，见你还真比见你姐姐的次数少，下次一定补偿，想尽一切办法补偿。"

　　"看看，又扯歪了，别以为我是小孩子什么都不懂，我可是大四的学生，什么事情没见过啊。如果你要是对我姐姐有坏想法，那我姐姐可是饶不了你的！"晴儿抱着洋娃娃说。

　　陈石笑了笑，他发现晴儿认真起来非常可爱："好！好！好！那我心里每天只想着晴儿的姐姐和晴儿，其他人一概不准进入我大脑中的情感区域。"

　　"少来了，想我姐姐一个人就行了，我就免了吧。"晴儿故意瞪着杏眼说，"要是再乱开玩笑，待会儿我告诉我姐，看她怎么收拾你。"

　　这时菲儿刚好来客厅，见两人聊得正起劲，便问道："告诉我什么啊，晴儿？你们聊什么呢，这么热闹？"

　　晴儿看了一眼陈石伸了一下舌头，又看着菲儿说："姐姐，你的这位男朋友啊，想结婚都快想疯了，他跟我打听这个月哪天是吉日呢！"

"小孩子家懂什么啊！"菲儿故意板起脸，又羞涩地看了陈石一眼，说："陈石，你也是的，没事跟小孩子聊什么男婚女嫁啊，实在太闲就跟我到厨房来帮忙。"

陈石见菲儿有些生气的模样，忙微笑说："我还是老实待着吧，厨房可不是我待的地方，我会越帮越忙的。"

"姐姐，你以后可要慢慢教他，男人不会做家务那可怎么得了啊！"晴儿幸灾乐祸地吃着苹果说。

菲儿叹了口气："那你就老实待着吧，不准再跟晴儿聊那些不利于她身心成长的话题，听到没有？"

"是，我明白了！"晴儿见陈石唯唯诺诺的样子，偷偷地抿嘴笑了起来。

菲儿来到厨房，见母亲正在炒菜，忙过去打下手。母亲问："菲儿，你和陈石究竟怎么谈的？"

"什么啊，妈？"菲儿故意反问道。

母亲往锅里放了些味精，说："我的意思是陈石，他看上去也不错，你们选个日子把终身大事给办了吧，这样我可也就省不少心了。"

菲儿轻轻凑到母亲耳边说："妈，您说的这事，我和陈石商量过了。"

母亲停下手中的活，看着菲儿，问："你们是怎么商量的？"

"我想征求一下您的意见。"菲儿关上水龙头，看着母亲说："我的意思是想请妈妈帮忙选个日子。"

母亲扭着看着菲儿，有些惊喜的表情："这么说你们已经商量好了，准备定下来了？"菲儿微笑着点点头，"那陈石他是什么意见？"母亲仍不太放心地问。

"他啊，完全顺从我的意见，所以这次专门来征求您的意见！"

"那可真的是太好了，我看一下啊，下个月十号是个好日子！正好也是我和你爸爸的结婚纪念日。"

菲儿显得十分惊讶："妈妈，那我得先和陈石说一下，这是不是太快了，太急了些？"

"菲儿，妈妈真的很高兴，不过你结婚之后可不能再乱使性子了，有些时候还得尊重陈石，男人就只有一条，特别爱面子。面子和尊严比什么都重要，这两口子过日子啊……"

"妈妈，我知道了，陈石他对我可是言听计从的，您也看到了。我也会非常尊重他的，这您放心好了。"

"你这鬼丫头，好了，我暂时放心吧。"菲儿看着母亲喜悦的神情她心里也很高兴，不过结婚的日子虽说是母亲定的，但还是得和陈石商量一下。这两个人的路很长，可来不得半点草率。厨房里仿佛一下子在每个角落都洋溢着喜悦的气氛。

辛芸刻意打扮了一下，杨芬芬见她比平时漂亮了，这还是第一次见到她这么打扮，于是笑着说："芸，你这是去相亲啊？"

"是啊，你看我这身打扮还可以吗？"辛芸轻轻地转动姣好的身体。

"嗯，美似天仙啊，在外面准能迷倒一大片。"

"好了，别拿我开玩笑了，晚上我可能会迟一点回来，要不，还是芬芬你送我去吧，开我的车，我不想一下子让对方看出我那个……"

杨芬芬笑了笑，随后表情严肃地说："我知道了，你和他之间还没到亲密的地步，不想让他知道你的身世，对不对啊？不过，这样也是对的，不能暴露自己太多的事情，毕竟现实中还不是很熟悉。"

辛芸见杨芬芬有些愣怔，便问："怎么了？"

"芸，你难道真的相信这虚幻的爱情吗？"杨芬芬忽然很担心地看着辛芸，"有可能你见到的是一位白发苍苍的老人家，也有可能是满身匪气的坏小子，那怎么办啊？你可是要想清楚啊！"

辛芸被说得愣了一下神，随后微笑着对杨芬芬说："芬芬，不会的，我相信我的直觉，不会错的，你就放心好了。"

"真的吗？"杨芬芬疑惑地看着她，"你可得想好了啊，不行，我还是陪你去吧，我真的担心，万一你被坏蛋骗了，那我岂不是……"

"呵呵呵，好吧，我们一起去吧，也让芬芬小姐见见我的白马王子。"辛芸很开心地拉着杨芬芬的手，两人一起走出房间。

车库里，一辆红色宝马非常漂亮。辛芸将车钥匙递给杨芬芬。杨芬芬接过钥匙，将车开了出来，辛芸坐到副驾驶上，系好安全带，笑着说："有劳芬芬小姐了。"

杨芬芬轻轻摇了摇头，熟练地调转车头，驶出旺豪别墅区。路上车比较多，但不是太堵。辛芸心情非常激动，她从未有过这样的感觉，这种感觉真的是非常美好。

南海大酒店里，朱光磊坐在一个角落里，目光盯着大门。他取出了陈石交代的接头暗号——一本精装版《红楼梦》，他有意将书举得高高的，其实目光根本没有落在书上。一位咖啡馆经理微笑着走了过来，轻声问："请问您是在等一位叫芸儿的小姐吗？"

朱光磊一脸茫然地看着面前的人，点点头，说："是啊，你怎么知道的？"

值班经理微微一笑，指了指他手中的《红楼梦》说："是它告诉我的，芸儿小姐交代过，她订好一个包间，请您随我来。"

朱光磊愣了一下，看了看手中的《红楼梦》，心想这不是在做梦吧！好一会儿，他才回过神，站起身，随值班经理往包间走去。他心中一直寻思着，陈石给自己介绍这个姑娘肯定不是一般的姑娘，他经历过不少次男女朋友约会，可没有一次像这样刻意安排。朱光磊随值班经理到了一间优雅的包厢内，值班经理微笑着说："先生，您请！这里的环境是完全按照芸儿小姐的要求布置的，时间有点仓促，请您多包涵！"

　　朱光磊觉得仿佛自己被邀请到皇家内院的那种感觉，特别有新鲜感，他能想象得出这位芸儿小姐肯定有不俗的修养，温柔的性格，很让人心生浪漫的感觉。他坐了下来，值班经理亲自为他端来一杯茉莉花茶，一股淡淡的茉莉花香扑鼻而来。

　　"先生，这是芸儿小姐为您特别定制的姑苏茉莉花茶，请慢用！"朱光磊看着值班经理离开的背影，望着面前冒着香气的茉莉花茶，心里百思不得其解，这茶是陈石平时最爱喝的，自己只喜欢喝咖啡和红酒，对茶一点兴趣都没有。难道那位芸儿小姐把自己当成陈石了？不对啊，陈石没必要这样做啊？他无论如何也想不明白，这也许只能见到陈石当面问才能解开人心中的谜团。

　　正当他胡思乱想的时候，他收到一条短信息，是李燕秋发来的，他打开看。"光磊，你现在哪里，我很想见到你，现在！"朱光磊一摸光溜溜的脑门，心想，不会是好事赶着趟儿全来了吧？他轻轻地摇了摇头，编辑短信："我在原本属于我们两个人的世界里，可是现在只有我一个人，我也想马上见到你，恨不得插上翅膀，立刻出现在你的面前，可是，那可能吗？燕秋，你不觉得你很自私吗？扔下我一个人，你一个人从我的视线里就这么消失了。"他心里还有点生气，以为李燕秋只是在试探他，要不就让他立刻飞向他不愿意去的地方。他已经决定了，不想让自己再深陷痛苦之中。

　　不一会儿，李燕秋又发一条短信，朱光磊看了看放在书上的手机，好一会才拿起来看。"光磊，我无法让自己忘记过去，现在脑海全是你的身影，我真的到现在才发现，我离不开你！也许的确是我太自私了，光磊，我真的很想，非常想马上见到你。我已经在回来的车上，再过半小时就到站了，我希望一下车就能见到你！"朱光磊心情瞬间发生了巨大的转变，他看着手机上的文字，反复看了好几遍。他站起身，一下子知道自己该怎么做了，他拿着本要送给陌生女孩的那束玫瑰花快步走出包厢。

# 第五章　一石千层浪，一叶启波澜

如果深爱一个人总要收获悲伤

那怨恨的人是否到达幸福天堂

前后左右都写满彷徨

还如何苛求无处可藏

从此后　要面对一个人的苍茫


断了线的雨珠飘零落下

汇成一堆无法计算的洼塘

你给的承诺那么渺茫

叫人怎能等待那无知的痴狂


——《雨记》

辛芸来到南海大酒店，她快步走进大门时几乎与朱光磊擦肩而过。在服务员的引领下她径直到预订好的包厢内，进入包厢就发现有一杯热着的茉莉花茶和一本精装版的《红楼梦》，她心里一阵惊喜，转身问服务员："他来过吗？"

服务员一头雾水，不解地问："您问的是谁来过了？"

"这茉莉花茶是给谁的？"辛芸指着茶杯问。

服务员抓了抓后脑勺，说："您稍等，我问一下。"说完转身走了出去。

辛芸看着茶杯，轻轻地坐了下来，她脸上露出迷人的微笑。不一会儿，酒店值班经理敲门走了进来："芸儿小姐，刚才有一位先生拿着本《红楼梦》，我就按您预订包厢时的吩咐将他领了进来。"

"那他现在人呢？"辛芸迫不及待地问道。

"那位先生刚出去不久。"

"那他有没有说什么或留下什么？"

"没有！"值班经理摇着头说。

"哦，我知道了！"

"有什么需要您尽管吩咐！"值班经理微笑说。

"我要一杯茉莉花茶，和这杯一样的。"辛芸指着面前的那个杯子说。

"好的，请稍等！"几分钟后，服务员端上一杯茉莉花茶，"您要的茉莉花茶，请慢用！"

"好，谢谢！"辛芸喝了一口茶，看了一眼时间，距离约定的时间还有五分钟，她静静坐着，等着一会儿即将出现的他……

餐桌上，沈母提出了结婚的事，陈石觉得有点突然，但心理上也逐渐接受了。他同意菲儿母亲的意见，只是时间上觉得下月十日对于他本人来说有点草率了些，最终还是点头答应了。菲儿看着陈石，心里非常高兴。

陈石在母亲面前表现得如此听话，而且得到了她心里想要的承诺，她脸上露出满足的笑容。因为对于一个女人来说，能得到这样的承诺就够了，能得到心爱的男人的承诺，仿佛幸福就在瞬间融入每个日子里了。

朱光磊开车到车站，在候车室里边看时间边东张西望，他不敢相信李燕秋会突然改变想法。一切都太突然了，他仿佛中了一次五百万大奖一般。当李燕秋缓缓进入他的视野时，两人的目光一下子交织在一起。朱光磊慢慢地走上前，也许是太意外了，他看着李燕秋一句话也说不出来。李燕秋故意生气地说："不认识了？难道你就忍心看着一个弱女子拎着这么重的行礼袖手旁观吗？"

朱光磊忙笑着迎上去，将玫瑰花送给李燕秋，并接过重重的行李箱："燕秋，见到你我真的太高兴了，你都不知道你离开的这段日子我是怎么过的？"

李燕秋捧着玫瑰花，歪头看着朱光磊，微笑着说："那你说说看？"

"回去再说吧，另外还有件很重要的仪式要做。"

"什么？"

"你就听我的安排吧。"朱光磊神秘地说："你突然回到我的身边是给我的最大惊喜，我再给你个惊喜吧，跟我来！"李燕秋看着朱光磊，笑着摇了摇头。

在回去的车上，菲儿深情地看着陈石："妈妈问到我们的事情，还为我们选好了日子，你那么快就答应下来，不会后悔吧？"

陈石看着菲儿，他心里明白，菲儿想要一个安定的归宿，但此刻他考虑的还很多，虽然和菲儿相识相知，可是他心里总有一丝的忧虑。他故作轻松地摇了摇头："男子汉大丈夫，一言九鼎。"菲儿满意的依偎在他的肩膀上，脸上露出幸福的微笑。

辛芸在南海大酒店等了约半个小时，她取出手机想拨陈石的手机号码，可是，她想了一下，又放下了。她取了本时尚杂志，一页一页地翻着。时间一分一秒地过去了，她点了份糕点。转瞬间，三个多小时过去了，她几乎翻完了杂志架上的所有杂志，放下最后一本时尚杂志，看了一眼时间，轻轻叹了口气，走出了包厢。

杨芬芬正津津有味地在车上看着电影，辛芸无精打采地打开车门，到后排坐下。杨芬芬扭头，见她失望的神情，问："芸儿，怎么聊这么长时间，我两部大片都看完了。"见辛芸低头不语，又说，"怎么样？见到了他是不是很失望啊，嗯？"

"我们回去吧！"辛芸很不开心地说。

"唉，早就劝你了，你不听。不过也好，下次就不会再上当了。"杨芬芬发动车子。

辛芸取出手机，想了一下，打开短信，编辑了一条短信息："我不想知道天有多高，也不想知道海有多深，只想知道你我之间的距离究竟有多远，千里？万里？平阳君，为什么我们相见的机会都没有呢？你知道吗？我在约定的地方苦苦等了三小时零三十八分钟，我希望在最后一秒能够等到你出现，可是你始终没有出现。我不知道你现在在哪里，在干什么？也许你有很重要的事情，也许你有很多理由，我只恳求你能出现在我面前，哪怕就一秒，让我看你一眼就足够了，能答应我吗？请回答我吧！"辛芸犹豫了一下，按了发送键。

陈石刚陪菲儿到她家门口，手机短信提示音响了三下。菲儿取钥匙打开门，陈石取出手机看了一下，是芸儿发来的，他忙收起手机。菲儿扭头看了一眼陈石问："是谁啊？"

陈石忙解释道："两条是广告，一个中奖信息。唉！现在的通信公司真是越来越不像话了。"

菲儿微微一笑："我给你放热水，你先洗个澡。"

陈石点了点头，他发现不喜欢撒谎的自己，现在说起谎话来脸都不红，越来越不诚实了。他不明白自己为什么会变成这样，仿佛有一种力量在驱使他改变自己。坐到客厅的沙发上，他取出手机，看着刚发来的信息。

看完后他一脸的茫然，朱光磊没有赴约？陈石心里非常生气，正当他准备打电话问时，朱光磊倒先给他打来了电话。陈石想都没想就接听了电话："光磊，你怎么搞的，好不容易给你介绍个女朋友，你怎么没去赴约啊？你小子在想些什么啊？真的被你气死了！"

"陈石，你先别问这个了，我告诉你一个天大的好消息，你猜猜，我估计你怎么也想不到的。"

"我可没工夫跟你猜谜语，你自己解释一下吧。"

"陈石，咋那么大火气呢。告诉你吧，我真是太高兴了，所以第一个就想到和你分享。你知道吗？燕秋她突然回到我身边了，我和她在淮海街一家新开的酒吧里。怎么样？你不敢相信这是真的吧？你现在在家里吗？出来吧，我请你喝一杯，沾你的光，我才时来运转啊。如果菲儿也在你身边的话，就带上她一起来吧！"

陈石看着菲儿走了过来，面无表情地说："算了吧，太晚了，下次吧！我可不想破坏你们亲密的二人世界啊，好了，挂了！"说完便挂了电话，他心里着实生气，却一时不知道气从何处而生。本来很好的一件事情，现在被弄得他十分被动了。

"谁的电话？"菲儿坐到陈石身边温柔地问。

"是光磊，那小子中桃花运了，他原来的女朋友李燕秋，你见过的，两人又重归于好了。"陈石无精打采地说。

"是吗？"菲儿笑着说，"那可是一件好事情，水我给你放好了，衣服也给你拿好了，你去洗吧。"陈石点点头，将手机放入口袋，向浴室走去。

陈石走进浴室，关上门，心想缘分真是奇怪的东西，想来的不来，不想来的偏偏自己找上门，似乎自己与芸儿之间始终存在一道无法跨越的鸿沟。他身心疲惫地脱下衣服，坐在浴盆中，他取出手机，却不知道该如何给芸儿解释。这一连串的事情发生得太突然了，他都来不及静下心来思考。

他删除了辛芸发来的短信，手机电力不足的提示音响了起来，他无奈地把手机放入衣服口袋中，将衣服扔到一边的地上。这时菲儿敲门进来，看了一眼陈石，说："我帮你把衣服洗了吧。"

陈石点点头说："好啊，我手机没电了，顺便帮我充个电吧，谢谢！"

菲儿说："跟我这么客气啊，看来下次得收小费了。别泡时间太久了，小心着凉！"

"知道了！"

菲儿将陈石衣服拿到客厅，从衣服口袋取出手机和钱包，她将衣服放入洗衣机中。又找到充电器插到陈石的手机上充电。菲儿见手机是开着的，本想关机充电，可是又怕错过来电，于是就放到桌上。她打开电视节目，想着今晚陈石的表现确实比想象的要好，看来自己在他心中还是占有非常重要的位置。

所谓的幸福在女人的心中莫过于此，想到这儿，菲儿的脸上露出幸福的微笑。陈石手机的短信息提示音打乱了她的思绪，本能地看着桌上陈石的手机亮着光。心想这么晚了还有谁会发信息，难道还是广告信息？

洗澡间传来陈石淋浴的水流声，她在好奇心的驱使下打开陈石的手机，查看那条新的短信息。"无数个想见你的夜晚，想起你动人的话语，我在默默地等待。我祈求流星，让我能够尽快与你相遇、相知，直到相爱到地老天荒！芸儿"菲儿看完这条短信息，心中顿时爆发出无名烈火，这样暧昧的短信息明显是女孩子发送的。她真想当着陈石的面问清楚这究竟是怎么回事？这芸儿到底是谁？她握紧手机，仔细一想，也许这只是陈石的朋友开的玩笑，或者是陌生人发错了短信息。她不应该这么不信任陈石，即将要进入婚姻殿堂的他们不应该为这些鸡毛蒜皮的小事情弄得不愉快。

菲儿放下陈石的手机，她平静了一下自己的心情，继续看着电视节目。看着看着，又重新拿起陈石的手机翻阅了一下所有的短信息，没有找到其他敏感的信息内容，于是她删除了刚才那条肉麻的短信息，这样她似乎才算放下心来。可是，几分钟后，陈石手机的短信息提示音再一次想起来。菲儿神情紧张地看着手机，她担心这条信息会让自己无法承受，但是又不得不拿起来，仍然是刚才那个号码，因为数字非常好记，有五位是重复的吉利数字，菲儿紧张地查看短信息。

"平阳君，难道我们之间真的没有缘分吗？你真的不想见我吗？如果我们之间的相识不是缘分的安排，那冥冥之中为何却又让我们在千万人中相识，是巧合？能解释清楚吗？或许是上帝刻意导演的爱情剧，我希望这是个喜剧，你认为呢？我们能见个面吗？哪怕见你一眼，我就非常知足了，可以吗？请答应我吧，千万不要再拒绝了。芸儿"菲儿发现了事态的严重性，如果上一条短信息有发错的可能，可这一条该怎么解释？不会是巧合吧，这能让自己不生疑吗？也许，只有陈石能解释了。

菲儿强压住心中的怒火。这时，陈石刚好走过来，头上还沾着水珠，他看到菲儿手中拿着自己的手机，并用奇怪的目光看着自己，心里顿感不妙。但依然装作若无其事地走过来，看着菲儿问："怎么了，谁又惹美丽的公主生气了？"

菲儿将手机放到一边，故意背对他，生气地说："陈石，我现在越来越弄不明白你心里到底在想些什么。本来我不想再误解你，可你却又要破坏这来之不易的和谐，我感觉对你越来越陌生了。"

菲儿的一番话像冰水一样浇得陈石不知所措，心想，都到谈婚论嫁的地步了，怎么爱找矛盾的坏脾气一点也没有改变，而且动不动就生气，阴晴不定。他看着菲儿说："菲儿，我又做错什么了，让你如此生气，刚才不是还好好的吗？我也不明白为什么你的脾气还是阴晴不定，我很不明白！"

"你很明白，自己做错了事还装糊涂。芸儿是谁？你和她认识多久了？你们到底是什么关系？你解释吧，我真的很想知道！"菲儿指了指桌上的手机，严肃地说，"这上面的暧昧短信息你看看，你到底瞒我多久了？在外面居然又交了个女朋友，如果我哪方面你不满意，你尽管提出来好了，为什么要这么对我？如果不是我发现了，你还要瞒我多久？"

陈石一听，心里万分紧张，他忙拿起手机，翻看短信息，看完后，面无表情地看着菲儿。他也不知道该如何向菲儿解释这件让自己都不知道该如何决定的事情，现在菲儿正在气头了，尽管任何解释都是徒劳的，但菲儿给了他解释的机会，这就证明还有机会挽回局面。

现在就如小偷偷东西被警察给抓了个正着，他面对菲儿怒视的目光，迅速思考了一下，坐下来说："菲儿，我怎么跟你说呢？当时，我们不是有一段不愉快吗？那天晚上你拒绝了我，我很失落，本来想给你发信息问问还有没有机会，天太黑，可是阴差阳错，我发错了号码，当时我整个人好像被这个世界抛弃了一样，你能理解我当时的心情吗？你看这个号码，和你的手机号是不是有些相似，我当时自杀的心都有，头脑一片混乱。"

"说得很动听，我的号码可没有那个号码好。"菲儿很不满意这个像故事的解释，"就这样你和那个什么芸儿就认识了，并相识、相知、相爱了？真的很精彩啊，比电影里的情节更有戏剧性，建议陈石同志不如去当编剧好了。"

"菲儿，你认真听我说好吗？我和她到目前为止还不曾见过面，只是短信息聊天而已，就像大学时代交的笔友一样。甚至连普通朋友都算不上，仅此而已！"

"好动听啊，那能一样吗？"菲儿关了电视，"你这是美女救英雄啊，这美女还不曾见过面，我会相信吗？"

"反正我没有欺骗过你，天地为证，如果撒谎我就天诛地灭。"陈石做出发誓的举动。

菲儿想了一下，见他那认真的表情，心里半信半疑相信了陈石："好了，谁让你发誓了，真是的！"她扔下电视遥控器，看着陈石说，"那你准备如何处理这件事情，我不希望再看到你和那个叫芸儿的女人再纠缠下去，你们只是普通朋友？那些暧昧的短信息，让我能相信吗？"

"菲儿，我和她连面都没见过，我们之间会发生什么？这种虚幻的情感根本无法变成现实，就像网友一样。如果这件事让你不开心，我不和她再联系就是了。"

菲儿摇了摇头："我看你试图把这种感情变成现实。"

"没有，菲儿！"陈石有些着急地说，"我求你不要胡思乱想了好不好，今晚我根本没有理她，你看这信息还不明白吗？"

看着陈石着急的样子，菲儿气消了一半了："这么说是她在约你见面？看来你们发展的速度还可以嘛！"

陈石觉得自己根本无法向菲儿解释清楚这件事情，在这种情况下，越试图解释越是说不清楚："菲儿，我求你冷静地想一想，我根本不可能成为你想象中的那样，你冷静一下，我真的搞不明白，为什么每次感情到关键时刻，我们之间总会产生误会呢？是不是命中注定我们无法平静生活呢？"

"是你故意破坏我们之间的平静和信任。"

"可是我已经说过了，我们只是普通的近似网友级别的朋友，只是通过短信息交流，连面都不曾见过一次，怎么可能像你想象中的那样呢？如果你实在不信任我，我也没有办法，那我先离开一会，你冷静一下，明天我打电话给你。"说完陈石换了衣服，收拾了自己的东西。菲儿怔怔地站在那儿，她不知道自己该怎么办？心中的怒火不管怎么压制都不行，她看着陈石从自己的视线中消失。此刻，她似乎无法控制自己的情绪，她相信陈石说的都是真的，可还是不能容忍有另一个女人用暧昧的言语出现在他的世界里。

陈石回到自己的住处，他心乱如麻地打开音乐，点了支烟。不一会儿一包烟就空了大半，他思来想去，还是应该给芸儿回信息。他将手机充上电，边编辑短信息，好像老天注定这段缘分是短暂而又精彩的，毕竟在自己最失落，甚至绝望的时候，芸儿给了自己面对的勇气。

"芸儿，对不起！我想我们都应该理智地想一想，做朋友可以，但我不想为这段我们自以为纯洁的友情破坏我珍藏了许久且快要进入幸福时刻的感情。我和她又和好如初了，而且，彼此更深爱着对方。我快要结婚了，就是今晚刚刚做的决定，请原谅我未能按时赴约。我想，芸儿是个善良的女孩子，会明白我的心意，祝幸福快乐，早日找到属于你的白马王子。"发完短信息后，他的心中似乎不那么乱了，想打电话给菲儿，可是，当拨了菲儿的号码时，却没有按接通键，犹豫了一下，还是放下了手机。小小的客厅内，弥漫着团团烟雾，陈石感觉自己身在仙境中。

手机突然响了起来，他拿起手机，一看号码是芸儿打来的。接还是不接？他的脑海中飞快地思考着。最后放下了手机，并按下关机键。他觉得这样才不至于让自己觉得对不起菲儿，就像上次的那场误会一样，他并没有做什么，他希望菲儿会理解并原谅自己。

辛芸躺在床上，她很失落地看着陈石发给她的短信息。她很是伤心，怎么也想不通。也许，这段感情只能放在幻想中才是最完美的，到了现实中就不那么美丽了。她不愿意轻易放弃，她的脑海里萌生了想要做短信情人的想法。

菲儿一夜未眠，她简直不相信这一切是真的，就像梦一般。仿佛是上天喜欢捉弄他们，当爱情之果就快成熟的时候，却降了一层冰霜，布满阴霾的天空没有一丝暖意。

第二天，陈石无精打采地走进电梯，刚好碰到秦玲。秦玲主动和他打了招呼，她见陈石愁容满面的，精神不太好，于是问："昨晚又到哪儿流浪去了，怎么一点精神都没有？"

陈石点了点头："我现在倒是真的想流浪来着，我发现越来越搞不懂女人心里究竟是怎么想的，一点宽容心都没有。"

秦玲听了之后，微微笑了笑："怎么？又为感情的事困惑了吧？看来又和菲儿吵架了是不是？这次不会是你主动犯的错误吧？"

"是我的错，没错！一言难尽！"陈石摇着头说，"我在短信上认识了一女孩子，可我连这个女孩子的面都没有见过，只是维持着大学时代笔友般的友谊，遇到不愉快的时候，我们能相互安慰，根本没有其他如菲儿想象的那种情况发生，甚至没有一丝的想法，就算有那种念头，也只是一闪而过，就像是流星般飞逝了，我一个成年男子还控制不了自己吗？"

"你也不能责怪菲儿，她这是很在乎你的表现，难道你就没有看出来？"秦玲微笑说，"要我帮忙吗？也许，女人和女人之间是最好沟通的。"陈石心中正一阵乱呢，他看着秦玲，微微点了点头。

雅典娜咖啡馆。秦玲看着面容憔悴的菲儿，觉得美女就是美女，难怪陈石会围着她转呢！

"菲儿，我可以这样称呼你吗？"菲儿搅动咖啡，微微点点头。

"经常听陈石提到你，很羡慕你能有这么优秀的男朋友可以为你付出一切。"

"他现在已经另结新欢了。"

"不会的，我想你应该比我更了解他，他是一个值得信任的好男人，你不应该放弃他，即使他在外面有了新欢，我想凭你的魅力是完全不用担心的，不是吗？"菲儿听了之后，觉得心里很舒畅，她不应该主动退出让那个女孩子轻而易举占领陈石这座堡垒，她的确不应该主动放弃，也许是自己太任性，也太冲动了。昨晚她也想通了，经过秦玲这样一说，她心中更加相信自己了。

菲儿喝了一口咖啡，说："我明白了，男人需要宽容，尤其是需要喜欢的人信任和宽容！"

"菲儿，你明白就好了。"

下午下班前，菲儿发了一条短信息约陈石六点半在星座宫见面。陈石见菲儿的短信息语气十分委婉，仿佛感觉到了阳光般的温暖。

他到秦玲的办公室，说："谢谢你！我想菲儿可能已经原谅我了。"

秦玲微笑说："不用客气，你们本身都深深爱着彼此，没有什么解释不清楚的，心与心之间要多多地沟通。"

"嗯，我知道了！"

下午，陈石本来约朱光磊喝酒的，他忙打了朱光磊的电话，取消了喝酒计划，之后迈出办公室。

陈石提前来到星座宫咖啡馆，看到菲儿正和杜怡聊天，他忙微笑着走过去。菲儿见陈石走过来，故意生气地转过头去。杜怡也板起了面孔，训斥道："陈石啊陈石，我看你是不是太不像话了，菲儿这么好的女孩子，你居然五次三番惹她生气，像话吗？"

"怡姐，我知道错了，我不是来认错了吗！我已经体罚自己中午不吃饭了，瞧，现在肚子正饿得咕噜叫呢！"陈石装着很委屈地说。

"我看光体罚你还不够，从现在开始，在你的心里永远只有菲儿一个人，不准再喜欢别的女孩子，否则，我可要从精神上折磨你了。"杜怡看了一眼菲儿说，"陈石，你记着，如果再发现类似事件，你这辈子永远别想再见到菲儿了！"

"是！"陈石诚恳地说，"我现在心里只有一个人，那就是菲儿，其他的全部撤出我的躯体。如果不相信，等回家我可以让菲儿仔细检查。"菲儿会心一笑。

"好啊，菲儿，你就带回去慢慢检查，如果有质量问题，把他踢了，我给你换个更好的。"杜怡故意认真地说。

陈石看菲儿迷人的微笑，他心里顿觉豁然开朗。杜怡找了个理由走开了，让出时间给陈石和菲儿。陈石见杜怡离开的背影，他从怀里取出一张手机卡放到桌上，看着菲儿说："菲儿，我换了新号码，这张旧的由你代为保管，免得再怀疑我犯同样的错误。"

菲儿笑了笑，看着陈石，说："只要你心里不想犯错误，这一张小小的电话卡仅仅是道具而已，你继续用你的原号码，不要因为我给你带来不必要的麻烦，万一你公司的重要客户找不到你，那还不是我的错啊。再说，你换了新号码，我还不一定适应呢。"

陈石收起电话卡，他在菲儿身边坐下，微笑着看着菲儿："我想一个人住太寂寞了，晚上能不能……"

"嗯，我也在考虑这个问题，你一个人住我的确不太放心，为了确保我们之间的感情安全，我得做好监督工作，把你软禁一个月，没有问题吧？"菲儿故意做出盛气凌人的语气。

陈石依旧微笑着说："那晚上是不是得做点什么好吃的，这样吧，就做你最拿手的，我最喜欢吃的'掌上明珠'吧！"

"呵呵，美得你！一个即将被软禁的囚犯还想搞特殊化，简直有点过分了，晚上我做什么你就吃什么，明白吗？"

"是！"陈石坐直身体，目视前方夸张地说，"老婆大人说的是，不过有这么漂亮的女王管着，心里还是非常高兴的。"

菲儿禁不住笑了起来："那你得真心实意服从管教！"

"服！全心全意、百分之百的服！"

"少来，你真想回家吃我做的饭？"

"嗯！"

"那我们回去吧。"菲儿站起身，刚准备拎包，陈石忙抢先帮她拎了，菲儿满意地笑了。

第二天，陈石刚到办公室就收到两条短信息，他打开手机见是芸儿发来的，犹豫了一下，最后还是打开了。

"不怕地老，不怕海枯，也不怕石烂，只怕你有一天一去不复返。一切只因为有你才有说不出的美妙，也因为有你而让我尝尽了思念的味道。为什么要这么残忍地对待一个女生呢？连见一次面的机会都不给？长得很帅气吗，还是见不得人啊？知道吗？我从小到大还从来没有过被人冷落成这个样子，到底是为什么？难道朋友是连面都不让见一次的吗？"看完短信息后，他感觉心里如同五味瓶倒了一般，什么滋味都出来了。

他想了一下，编辑短信息道："芸儿，朋友之间是要很多默契的，见不见面其实不是最重要的。芸儿一开始不是也反对见面吗？很多时候，高兴的事我们通过这样特殊的方式分享，不开心的时候，两人一起分担彼此的痛苦和忧愁，并不需要那么多世俗的束缚，这样不是很好吗？"陈石按了发送键，他心里颇不平静，本来答应菲儿不再与芸儿短信交往了，可是，一般不超越情感界线的友谊应该可以维持的。

也许，菲儿担心芸儿的故事会很精彩，精彩得超过有她的情节，她不想这样的故事发生。陈石显得有些左右为难，此时芸儿又回一条短信息："平阳君的女朋友一定长得很漂亮吧！不然也不会连一个纯情少女的面都不肯见，很难得！"

陈石回复道："长相一般，不过人很善良，也很温柔，偶尔使一点小性子，发一些小脾气，让我很受伤，不过，我却很乐意，真不知道这是为了什么？"

"平阳君一定很爱她吧？尝试着摸着胸口，轻声问一遍，爱她吗？也许，芸儿这一问是多余的。"

"知道了多余的，就不需要多问了，我想，很多事情都要靠缘分，好了，我到了工作时间，改日再陪你聊天吧，祝芸天天开心！再见！"

"好吧，也祝平阳君工作顺利，永远幸福！再会！"陈石无可奈何地放下手机，盯着电脑显示屏发着呆，心情非常复杂。

秦玲捧着文件路过陈石的办公室，她见陈石低头想事情，无精打采的样子，便敲了敲门。陈石抬头见是秦玲，强装出笑颜。

"怎么了？看你没一点精神，像是被谁欺负了似的！"秦玲坐到陈石的对面微笑着说。

"没有，谁敢欺负我啊，可能是昨晚没有睡好吧！"

"又陪那位美眉聊天了吧？"

"不，不是，现在我的人身可是相当不自由，像是被软禁了，手机下班后就得上交。并且，晚上无重大事情不准外出。"

"这么惨啊？不会吧，这还没结婚呢，就把你管成这样了，要是结婚以后你不就更惨了啊？"

"我也正担心着呢，可是没办法啊，谁让我那么喜欢她呢！"

"什么时候结婚啊？看你如今这副样子应该快了吧。"

陈石点点头说："下个月十号！"

"呵呵，看来你的单身日子不多喽！"

"本想缓一下，明年也行啊。可是，这日子是菲儿的妈妈订下的，想拒绝都难啊！"

"原来是未来丈母娘订下的日子，那你只能顺从喽。结婚可是大喜啊，你可别忘了，我帮了你，想想怎么报答我吧！"秦玲微笑着看陈石，目光中包含嫉妒和祝福。

陈石看了看时间，笑着说："那中午一起吃饭吧，我单独请客。"

"呵呵，你就不怕被菲儿知道了再误会你啊，要知道同样的错误可不允许重犯哟！"

"不会，如果她小气到这样的地步，我也不会和她在一起了。"

"那好，我恭敬不如从命了，不过再像上次那样，我事先声明，不负任何责任啊。"

"呵呵，没事的，我会主动告诉她的。"

"学聪明了，学会早请示、晚汇报了。有进步啊，难得菲儿抓着你不放，我真羡慕她。好了，中午我选地方，别忘了我在吃饭方面可是很挑剔的啊，你要做好心理准备才行。"陈石会心地笑了，目送秦玲离去。

陈石看了一眼时间，拿起手机，给菲儿发了一条短信息："菲儿，中午我陪一位同事吃饭，就不回去了。"想了一下，才将短信发出去。

不一会儿，菲儿回了他一条短信息："和同事一起吃饭啊，我认识吗？我是说中午一个人太寂寞了，我可不可以参加？顺便也介绍认识一下嘛！"

陈石看完短信息，回复道："你认识的，她帮了我很多忙，所以我请她吃饭，要不中午你下班后等我电话吧。"

"她既然帮了你，也就等于帮了我，看来我也得出份力了，餐费算我一份吧。"

"好吧，一会儿联系。"刚放下手机，又是短信提示音，他以为是芸儿发来的。

"对了，如果你请了一位妩媚动人的女孩子，我去了会不会打扰你们啊？"陈石看完信息心中有些愠怒，可是紧接着他又收到一条："别瞪眼睛，开个玩笑，中午下班后我等你电话，再见！"想着菲儿可爱的表情，他摇了摇头，现在也许明白为什么感情会让人丧失理智变得疯狂了。

中午，陈石打电话约菲儿在他的公司楼下等他。他走进秦玲的办公室，等秦玲处理完日常事务后一起走进电梯。

陈石看着秦玲说："我还请了一位朋友，你不会介意吧？"

秦玲斜眼看着陈石说："那要看是谁了，你的好朋友还是老同学？我一般不随便和陌生人用餐的。"

电梯降到一楼，门刚打开，陈石看到菲儿正微笑着看自己，说："你认识的，看，她来了。"秦玲看陈石的表情显得很自信，她扭头看去，心里有点惊讶，却又似乎尽在情理之中。

秦玲微笑着走上前去："菲儿，很高兴又见到你了！"

菲儿见陈石身边站的是秦玲，心里踏实了许多，表情显得有点喜悦："我也是，今天我和陈石一起请玲姐吃饭。"

"主要是菲儿请客，我作陪。"陈石在一边半开玩笑半认真地说。

"菲儿，听说你们快要结婚了，真为你们高兴。这段时间可得要看紧他，陈石这段时间可能会春心欲动。"秦玲也开玩笑说。

"没关系，他有那份心，可是没那份胆。"

"这么自信？"

"呵呵，当然，要不我也不会轻易答应他求婚啊。"

秦玲看着一言不发的陈石说："陈石，能不能把你向菲儿求婚的场景再演示一下。"

陈石笑了笑："这儿可不是表演的好地方，我看还是先找地方吃饭吧，菲儿，你参考一下到哪儿去呢？"

"还没结婚呢，这么轻易地将支配权交给菲儿了，难怪菲儿这么信任你呢！"秦玲有些嫉妒地说。

陈石笑着说："就因为还没有得到'正果'，所以就得继续努力，不能让仙女般的女孩子飞了。"

"少来了！"菲儿故作嗔怪的语气看着陈石，"我看不如去淮海路的凤凰酒店，那儿风味独特，上次公司同事聚餐就选在那，环境也很高雅，怎么样？"

秦玲扭头看着陈石说："是不是听领导的安排？"陈石笑着点点头。秦玲和菲儿都禁不住笑了起来。陈石觉得还是装得傻才是明智之举。

星座宫咖啡馆。朱光磊陪李燕秋开心地喝着咖啡，杜怡微笑着亲自给他们送来水果和糕点。朱光磊看到杜怡，忙起身接过果盘："怡姐，怎么劳驾你亲自……"

杜怡放好果盘，示意他们两人坐下，微笑着说："这是我分内的事情，难得看到你们过来，真是稀客了，再说，你们也算是我的上宾啊。"

"怡姐，我刚从酒吧里解放出来，你看我一出来就到你这儿来了。"朱光磊很讨巧地说。

杜怡看了看李燕秋："我看把你从酒吧中解放出来的只有燕秋了，是不是啊？"

朱光磊忙接过话说："解铃还需要系铃人嘛！"

杜怡笑了笑，说："感情这东西反反复复，来来回回的，有缘分无论什么都拆不散，陈石和菲儿两人简直就是天生的水火般的性格，尽管他们经历那么多曲折，最终能走到一起真是很不容易的。听说下个月他们就要结婚了，想想都为他们高兴啊。"

"真的？"朱光磊瞪大眼睛，"陈石这小子怎么连我这铁哥们都不告诉啊，还好兄弟呢！我马上打电话给他。"

"你急什么，又不是你结婚！"李燕秋嗔怪道。

"呵呵，估计很快请帖就会送到你的手上。"杜怡看了一眼李燕秋对朱光磊说，"你也应该努力了，正好燕秋也在身边，你们不要像陈石和菲儿他们那样跑马拉松，赶紧把终身大事定下来，光磊，我那儿刚买的红玫瑰，待会儿取来给你，关键时候可就看你的表现了，还好珠宝店就在街对面。"

"怡姐，我可是性情中人，这你是知道的，我一个人急没用啊，结婚是两个人的事情，我一个人可做不了主啊，再说了，一个人他也结不了婚啊！"

杜怡微笑着看两人："那你得加倍努力啊！燕秋，你愿不愿意嫁给朱光磊？"

李燕秋莞尔一笑："那得看他的表现了，如果非常出色、非常优秀，我想是可以重点考虑的。"

杜怡看着朱光磊说："听到没有，燕秋可是这样说了，还愣在那做什么，还不跟我取花去啊。关键时刻可不能木讷啊！"李燕秋抿嘴一笑。

陈石中午陪两位美女共进午餐，菲儿和秦玲点了自己喜欢的菜，陈石看着菜单随便点了几道，另外又要了几瓶饮料。陈石为秦玲和菲儿的杯子倒上牛奶，又给自己倒上啤酒。

秦玲端杯看着菲儿和陈石说："两位帅哥美女，我敬你们一杯，预祝你们百头偕老，永远幸福！"

菲儿看了一眼陈石，微笑着举杯："谢谢玲姐！"陈石刚喝完啤酒，手机短信息提示音就响了。

菲儿看了一眼陈石，她现在对陈石的手机短信息声音显得异常敏感："这时候谁又来给你温情短信息了？"

陈石心里也是一阵莫名的苦恼，这时候来短信息，早知道就该关机，免得生出麻烦。他取出手机说："不知道，我看一下吧。"打开短信就看到："曾经爱过，曾经拥有。依然爱着，依然思念。不变的是你，不变的是我，痴情难改，此情长相知，今宵难眠，今夜独泣，痴心不移，此心永相随！芸儿"他担心的事情还是发生了，只能快速浏览了一遍就删除了这条信息。此时他的心里有些紧张，仿佛偷东西时被人家发现一般。

他收起手机，说："唉！现在的手机广告真多，是个楼盘的促销广告，真是烦人。"

秦玲笑了笑："现在楼市疯狂了一阵子，国家调控，各项政策相继出台，当前房价太高，地产商也不容易，理解一下吧。"

菲儿从陈石的神色中看出了什么，她当着外人的面没有进行家庭拷问，她冷笑着说："恐怕这广告宣传还有其他目的吧？"陈石见菲儿瞅他的目光有些怪怪的，心里忐忑不安，像是做错事情的孩子一样。在这关键的时候，他的手机短信息提示音又响了起来，陈石一下子感觉到事情的严重性了，他恨自己为什么刚才不把手机关了。

菲儿不慢地看着他说："快看看吧，看又是哪家楼盘的促销广告，最近的房子不是很热销吗？哪来的这么多广告啊？"陈石恨不得地上有个洞钻进去。

秦玲见气氛不对劲，忙微笑着说："现在市场经济，短信广告多是正常的，别管了，吃饭吧！"

菲儿冷着脸，她感到非常不开心，看着陈石，用坚定的语气问："怎么？连广告也不敢看啊，快看看吧，免得心里面产生不必要的联想，弄得饭也吃不好。"

陈石无奈地取出手机，熟练地打开短信息，他一看是朱光磊那小子发来的，长长地出了一口气："有媒婆给蜘蛛和蜜蜂做媒，她劝蜘蛛说'蜜蜂是吵了一点，可人家好歹也是个空姐啊'。随后又去劝蜜蜂说：'蜘蛛是丑了一点，但人家好歹是搞网络的'要结婚了？你小子，那么大的事情也不事先告诉兄弟一声，是不是不把我当兄弟了，中午有时间过来啊，我在杜怡这，过来喝一杯。"

"一个朋友约我去喝酒。"陈石如释重负地说。

"什么样的朋友，都什么时间了，现在才约你？"菲儿没好气地问。

"如果要是很重要的朋友，你就先去吧，刚好我和菲儿可以聊聊女人的话题。"秦玲看着陈石说。

"没事！"陈石看着菲儿说，"是朱光磊，他约我谈点私事。"

"他现在不应该陪在女朋友身边吗，哪有时间找你喝酒啊？"菲儿疑惑的眼神看着陈石。

陈石把手机递给她："不相信就请自己看看吧。"

菲儿接过手机，看了一下，脸上露出微笑，说："就不能让他晚上再约吗，告诉他，你中午有重要的客人要陪。"

陈石接过手机，回复短信息："中午没时间，晚上六点，老地方见！"陈石收起手机，看着菲儿亲自为他倒啤酒，刚才的紧张感一下子缓和许多。

"发过去了？"菲儿温柔地问。

陈石点了点头，他忽然想起什么似的，他起身说："我去下洗手间。"便大步离开了座位。在洗手间里，他给芸儿发了一条短信息："对不起，芸儿，中午我没时间，在开会，散会后我再跟你联系，见谅！"按了发送键，他才长长地除了口气，心里有种莫名的感觉，是愧疚抑或是其他，连自己都说不清楚。离开洗手间时他把手机给关上了，只有这样，那种错乱的感觉才不会在脑海出现。

"路遥千里，难断相思；人虽不至，心向往之。渝诗，好长时间没和你联系了，创作完成得怎么样了，真的很想马上见到你！"林渝诗昨晚一夜未眠，刚睁开眼睛就收到余秋洁的短信息，他几乎断掉了与外界的一切联系，而余秋洁是例外。他想了一下，编辑短信息道："还好，写得非常顺利，时间也很充足，如果按这样的进度下个月就可以回去了。"

"真的吗？太好了！从现在开始每天都可以给你发短信息吗？对了，回来时打个电话给我，我去车站接你。"

"朦胧的细雨中，你的每一句问候，每一句话语我还记得，你给我的微笑，我时时刻刻都不曾遗忘，生命中遇到你，我的心扉找到了一点安慰，从此，我也不再寂寞。"晚上休息时，余秋洁收到这条短信息，她心里非常感动："渝诗，多保重身体！"

"我知道，你猜我现在在做什么？你肯定猜不出来，我居然躺在床上，连动都不想动一下，昨晚写了一夜的东西，中午休息了一会儿，现在身体就像散了架似的。为什么写作的人都在疯狂透支生命，仅仅为了心中的完美？你不用担心，我心情很好，现在在看喜剧片。仔细回味一下，生活那么复杂却又那么美好，如果人一辈子不老该有多好啊！"

余秋洁看了之后不禁笑了一下，她编辑短信息道："傻瓜，要是那样，那地球上不是都站满人了吗？那可是严重的超载事件啊！现实和虚幻还是天地有别的。"

"常在虚幻当中就不想再回到现实中去了，在虚幻中可以任我独行，而在现实中却要顾虑许多，身不由己的日子人们也一天天地过了下来。有的时候还真有点想不通，也许在虚幻中待得太久了的缘故。"

"渝诗，我这几天晚上都在看韩国电视剧，那细腻的情感和完美的语言风格，我看了几晚上就快要被吸引了。"

"我很少看，可能是时间的原因，不过以后如果有时间一定好好看看，韩国电视剧中的情感细节的确值得细细品味，不过，我对中国的情感故事倒有几分研究。"

"能否请教一二？从大作家心中一定可以演绎出不同寻常的爱情观。"

"中国人目前对于情爱的观念非常淡漠，多数人不知道怎么去爱，总是模仿别人的爱情模式，结果故事很精彩，却是不伦不类的怪剧。"

"中国人的情感危机的确让人担忧，我们会不会陷进去呢？"

"秋洁，我写作中遇到一些问题，用散文体写小说很随心，却会陷入自我的局限中去，让别人看不懂，只有孤芳自赏，好坏自评。我很失落，现在文学正走向低谷，也许是受社会功利的影响，不过我相信在低潮中必定会酝酿出辉煌。让我不解的是现在的一些行为让我觉得不可思议！"

"没有什么不可思议的，文学的发展与社会进步分不开的，文学的低谷也与社会的发展分不开。现在专心研究文学的人少了，高雅文学艺术被大众束之高阁，那些庸俗的作品大行其道，误导公众，也在使自己沉沦。当前市场经济发展中，作家必然走向市场，写作也就难免沦为谋生的一种手段，这一点我们不得不承认。"

"秋洁，你喜欢哪些女性作者写的书，国内的女作者，喜不喜欢张爱玲的书？"

"我不喜欢张爱玲，看她的书，我只能用难受来形容我的感受。读大学的时候疯狂喜欢三毛的笔调，还买了她的全套书，现在依然喜欢，她的颓废和奢华符合我某阶段的内心世界。"

"看来通俗文学作品在中国国内还是有相当大的市场空间，纯文学似乎在走向没落，靠几个所谓名作家的力量挣扎是无用的。"

"我不喜欢纯粹的那种小说，看起来让人打瞌睡，也许身为女性，我倒喜欢用散文的笔调来写心情杂记，不紧不慢，不温不火，意在言外，语调恒温。通常能引起人的思考和感动。"

"秋洁，我对情感小说还是投入相当的精力，我认为影响人的观念和生活态度的还是感情。但是，我害怕陷入一种误区当中，我渴望蜕变。"

"我倒是觉得渝诗现在需要的是多与人沟通，与一些志同道合的人在一起，一个人的力量是有限的。我会永远支持你的。"

"谢谢！秋洁，你知道吗？人生得一知己足矣，一生得一红颜知己死而无憾。很多时候改变不了这个世界，那就去适应吧，尽管很无奈。真想去天国或是地狱看看，然后马上就回来。"

"可不能想这些，很多时候人想开了，什么事情都不会困惑你了。你不要用这种语言吓我啊。我会很担心的，知道吗？"

"只是想想而已，我不会真的去做的，至少现在不会，不用为我担心。好了，就聊到这儿吧，祝你今天心情愉快，天天开心！晚安！"

"和你聊天，我感到活得很充足，能不能每天就这样聊会儿天。我很想知道你的情况。也祝你创作顺利，天天开心！不要太忧郁了，答应我吧！晚安！"

# 第六章　此情天注定，缘来若相逢

当最后一片叶子从枝头飘落

被雪覆盖的温暖何处言说

远望山涧那条冰封的河

莫名的情愫涌上心头


如果深爱难免会收获忧愁

甜蜜过程可曾忽略了结果

书上说完美爱情是向左

花开在冬天那是思念着了火


——《谢谢你的爱2009》

晚上，陈石和菲儿一起走进星座宫咖啡馆。刚进门口就见到杜怡，杜怡看着他们面露微笑说："星座宫咖啡馆马上就要热闹了，有两对即将步入婚姻殿堂的新人光临，真是倍添喜庆。"

"怡姐，哪来的两对新人啊？他们在哪儿呢？"菲儿四下张望着。

"你们一对，还有一对我不说，你们先猜着，一会儿来了就知道了。"杜怡故意卖关子道。

"怡姐，我们认识吗？"菲儿看着杜怡问。

"认识，其中一位还是陈石的相好呢。"

"怡姐，这我可不敢当，不然回家得受罚的。"陈石故作紧张地说。

"陈石，什么时候有老相好啊？政策你知道，坦白从宽。"菲儿也故作严肃的表情责问道。

杜怡笑了笑说："他们马上就来，见了面不就都知道了吗，来，我给你们留了一个最好的包厢，先过去坐着。"菲儿和陈石随杜怡走进豪华的包厢。杜怡将他们领进包厢后就出去招呼客人了。

菲儿一坐下来，就问："他们到底是谁啊？陈石，你肯定是知道的？"

陈石笑了笑，说："来了不就知道了吗。"

"不行，我现在就要知道。"

陈石坐到菲儿对面，看着她说："我也不清楚，可能是我们认识的吧。"

"你也敢跟我卖关子。"菲儿挥了挥粉拳道，"快告诉我，不然……"

"息怒，息怒！我想想啊。"陈石故作沉思，"可能是朱光磊那小子，他中午不是发短信息给我吗，我猜肯定是他。"

"他要和谁结婚啊？"菲儿喝了一口咖啡问。

"不清楚！"

"他不是你的好朋友吗？怎么会不知道呢？"

"再好的朋友也有隐私嘛！"

"什么隐私？你是知道了也不告诉我。"

"我哪敢啊，记得应该是以前那位吧，你认识的，李燕秋，记得吗？一起吃过几次饭，有点瘦瘦的。"

"什么瘦瘦的，那是苗条，不会说话！"

菲儿想了一下，点点头说："记得，你不是说他们分手了吗？"

"具体情况我也不太清楚。本来我想给光磊找个更好的，可是那小子就认得李燕秋了，非要在一棵树上吊死。唉！"

"那叫从一而终，是忠诚，你得向他学习。"

"我可是相当忠诚的。"

"那只能对我一个人忠诚，不许对其他女人专一。"

"那是，肯定不会，我是谁啊，肯定不会的。"

"真没看出来你还会当人家的红娘啊！"

"好朋友嘛，互相帮助。"

"你准备介绍哪家姑娘给你的好哥们啊？"

"这，反正他也看不中，就不提了吧。"

"我认识吗？"

"应该不太熟悉。因为我也没见过面。"

"没见过面？"菲儿吃惊地看着陈石，"没见过面你就要介绍给他做朋友？"

"不是，那时候他不是失恋了吗？我看不下去了，所以才想出来的。"

"那她是谁啊，说来听听？"

"其实，就是那个……我们通过手机短信息认识的，你不是还吃她的醋了吗？"

"是她？"菲儿皱了一下眉头，随后嫣然一笑，"你啊，真是的，朱光磊还把你当好朋友呢，幸好他没看中你那位芸儿，不然，哼哼！"

"也巧，就在我约好让光磊和芸儿见面时，李燕秋刚好回来了，真是有缘谁都拆不散啊。"

"什么拆不散啊，应该是千里来相聚。"

"对，对，对！"

"那芸儿你怎么安排的？"

"没和她联系了。"

"真的？"

"真的！我陈石说一不二，要不然怎么取名诚实呢！"菲儿微微一笑，她心里知道除了这个芸儿的事情，陈石真的非常诚实。

陈石看了看菲儿，轻声问："是不是有点饿了，我要些东西来吃吧？"

菲儿摇摇头，说："还是等他们来一起吧，不然有点失礼。"陈石也点点头。菲儿用手捋了下披肩长发，"李燕秋看上去其实也非常不错的，看来她和朱光磊还是非常有缘，感情不经历几道坎儿真的很难长久。有时候缘分也真的捉弄人，爱情真的不是心想就能如愿的。"

"是啊，不过他们这么快就提出结婚打算，我觉得很奇怪，太突然了。所以你刚才问我是哪一对，我才不敢确定。"陈石看着菲儿说。

就在他们谈话间，朱光磊陪着李燕秋推门走进来。

"陈石，菲儿，这么早就到了，我们应该没迟到吧？"朱光磊乐呵呵地说。

陈石起身坐到菲儿身边，笑着说："没有，好像真是我们来早了。"

朱光磊和李燕秋坐到他们对面，朱光磊看着陈石说："刚才打了电话，准备约余秋洁一起过来，可是她说有点不舒服，算了，等渝诗回来再约他们吧。"陈石笑了笑说。

"光磊，听说你和燕秋要结婚了，是不是真的？"

"你听谁说的啊？"朱光磊看了看李燕秋，抓了抓脑瓜子说，"还差一点点呢，正在努力。"

"真不够朋友，燕秋妹子一回来，你把老兄弟都丢一边了。"

"这不是又相聚了吗，理解万岁啊。说到不够兄弟，我倒要问你了，你和菲儿订婚的消息怎么也不告诉我啊？如果不是听怡姐说起，我恐怕要等请帖送上门才知道呢。"

"我们也是刚刚决定的，时间上和心理上准备有些仓促。"陈石看了看菲儿说。

"你们大概在什么时候举办婚礼？"朱光磊问道。

"下个月十号。"菲儿说，"你们订在什么日子？"

"我们具体时间还没有确定，不知道哪天好？"李燕秋腼腆地说。

"那干脆我们一起举行婚礼吧，现在不都流行集体婚礼吗？"陈石笑着说。

菲儿悄悄掐了一下陈石："什么集体婚礼啊，尽胡乱造词。"

朱光磊看了看李燕秋说："燕秋，我觉得陈石的建议可以考虑，你有没有意见？"

李燕秋看了一眼菲儿和陈石道："你决定吧，我嫁鸡随鸡了。"

朱光磊笑着说："那我就决定了，陈石，我有点疑虑，暂时还没想好。"

陈石见李燕秋小鸟依人地坐在朱光磊身边，一改往日那种女强人性格，觉得非常纳闷，莫非光磊这小子给她灌了迷汤了？他笑了笑说："你还不幸福到极点，哪还有什么顾虑啊？"

"我主要是担心太乱，要是一个环节出了乱子，那可不太好，得好好筹划一下。"朱光磊认真地说。

"你是怕会发生电视里上错花轿嫁对郎那样稀罕事情吧？"陈石看着

两位美女说。

"看你都想到哪去了，人家光磊可不像你这么思想复杂。"菲儿嗔怪道。

朱光磊站起身说："我们先吃点东西吧，光顾着说话了。刚才怡姐说了，这次她请客，让我们不要留情，陈石你先来，点菜你最拿手了。"说着将菜单递给陈石。陈石接过菜单放到菲儿和李燕秋面前说："还是女士优先吧。"

菲儿微微一笑："表现不错，回家再表扬你。"

一起用完餐后，朱光磊站起身，找来麦克风说："我们唱唱歌吧，来，陈石，把你的主打歌拿出来助助兴。"陈石站起身，接过麦克风，和朱光磊走到点歌机前选了几首曲子，你一句我一句地唱了起来。菲儿和李燕秋听着他们的歌声都有些忍俊不禁，随即聊起女人间的话题，仿佛一见如故，不太熟悉的女人因为两个男人的友谊而逐渐熟悉。

辛芸独自坐在院里的草坪上仰望星空，她在寻找和自己同一星座的那个男子。看着天空，想着那个连见一面的机会都不给她的人，这不符合星座的特征，难道是星座的错？辛芸想不通，或许是因为他长得太丑陋，又或许他是个年过半百的老男人。她胡思乱想着，这样的夜晚寂寞难以抗拒。没有看到一颗流星，她为自己默默祈祷着，希望自己的爱情早日来临。她起身坐到长椅上，取出手机，发了三条短信息给那个让她夜夜失眠的男子。可是等到深夜，也没见他回复，她很失望。爱情的可悲往往来自一个人爱着一个不爱自己的人，结局往往是悲剧的开始。

下个月就是姐姐结婚的大喜日子，晴儿正张罗着为姐姐置办结婚礼物。她找到同学苏慧，一起到商场、购物中心闲逛。

"晴儿，你姐姐平时最喜欢什么？"苏慧陪着晴儿边走边问。

"她喜欢的太多了，我也记不太清楚。"晴儿眼睛盯着琳琅满目的商品说。

　　"不会吧，姐姐最喜欢什么，妹妹居然不知道？"苏慧摇着头说，"我看冰箱、彩电之类的就不用了，不如送她件衣服吧。"

　　晴儿眼前忽然一亮，高兴地说："这倒是个好主意。"她们随后去了服装专卖店，两人挑来挑去，最后晴儿选了一件浅蓝色的连衣裙。

　　在回去的路上，苏慧问："为什么不选红色偏要选蓝色呢？我觉得红色喜庆一些。"

　　晴儿笑了笑说："姐姐喜欢蓝色，特别喜欢大海，还梦想有一天能在海边定居，我估计她结婚度蜜月肯定会去海边的。"苏慧轻轻点了点头。

　　晴儿很开心，可能是因为姐姐要成家了，自己也已长大成人，也将面临爱情所以感到特别新奇。然而，更多的是姐姐能找到心爱的人，她很为自己的姐姐高兴。她的朋友都是自己熟悉的，她通过网络认识一些新朋友，不过，这仅是作为一种尝试，想在现实以外找到神秘的感情，并像姐姐那样找到心仪的终身伴侣。

　　晴儿从苏慧那儿知道了手机短信交友社区的进入方式，她尝试发送代码进入交友社区的同城约会情感时空。不一会儿，她就收到注册成功的回复信息。

　　晴儿静静地等着缘分降临，她将个人资料简单编辑后发了出去。不到半小时，就收到了三条信息。"嗨，我是小海，我正在无聊城市的角落里寻找知心朋友，很想和你聊聊，你也想跟我交朋友吗？""课上，一老师在讲非洲狮子长啥样，同学们趴在桌子上呼呼大睡，老师非常生气。说：'你们不看我，怎么知道非洲狮子长什么模样啊？'开不开心？我是阿正，能和你聊聊吗？"她轻轻一笑，接着翻看下一条。"有情之人，天天是节；一句寒暖，一线相牵；一句叮咛，一笺相传；一份相思，一心相盼；一份爱意，一生相恋；在同一蓝天下，在茫茫人海中，寻找爱情的知音，是你吗？如果有缘，请回信息。"面对一下子交了三个短信朋友，一时间她不知道如何应付了，最重要的是她无法得知对方是男生还是女生？

是美男子还是坏小子？是老人家还是少年？如果三人中能有如陈石帅气的男生，那她也就知足了。

俗话说："来而不往非礼也"。于是，晴儿给三位陌生的朋友各发了一条相同的短信息："如果有缘，千山万水也难阻隔，今，小女子身边有家传残诗一首，能接完整诗者，我愿意与他结为知己朋友、一生伴侣，不知意下如何，现奉献残诗如下：多情怕见伤心事，垂泪问残红。月圆何地？花开何日？人在愁中，静待佳音。晴儿"按下发送键，她料想现在的年轻人对古诗词知之甚少，能像她如此痴迷的可能没有，但她仍以此为缘寻找志同道合的知己良伴。

等了一个多小时，晴儿终于收到两条回复短信息。正在看杂志的她忙翻开手机，第一条是阿正："冷若冰霜小女子，出此难题考情人，情人不识古诗词，自是惭愧把路辞。愿你早日把诗整，免得伤到帅哥心。"晴儿摇摇头，笑了笑，看上去颇有无厘头才气，但不是她欣赏的那一种。她继续看下一条："桃花枝上月朦胧，此境与谁同，无端绚烂，无端零落，都是春风！无名客敬呈晴儿"看完后晴儿十分吃惊，只言片语间竟让她怦然心动。她觉得不可思议，词写得这么工整，这么完美。她很高兴，激动得不知该如何回复信息了。

片刻后无名客再次发来信息："晴儿，不知对得是否合心意？你的词太伤感了，让人难以身临其境，如若不是失恋之人很难用这种哀伤的语调填。我对词的研究不是很深，但也略知一二，主要是兴趣使然。寻找志同道合的人实在不容易，我会非常珍惜这次美丽的邂逅。"

晴儿考虑了一下，回复道："我也是，非常高兴认识你，茫茫天涯寻一知音实在太难，我很乐意与你交往，如果我猜得没错，你肯定是博雅之士吧？年龄无所谓，敢问先生真实姓名，望如实告知，甚感不尽！晴儿"

"无名客通常是我虚拟中真实的称呼，名字理解透了也就没什么稀奇的了，仅一个称呼而以，没有太大的实际意义。其实我并没有你想象那般苍老，很年轻，就是目前还无建树，正在努力中。"

"总之，不管怎样，认识无名客我很高兴。我会遵守诺言的。晴儿一生只许诺一次，决不反悔！"

"我也很高兴认识晴儿，我觉得没有什么比共同的爱好和兴趣下建立的友谊更牢固了。为了庆祝我们能相识，还有未来的相知，还有……我觉得应该赋诗一首以助兴。"

"好啊，我赞同，我们各赋一首互相勉励。真是太激动了，一时竟找不到佳词良句来。"

"好诗都是经过久久酝酿后一气而成的，不如晚上我们再相约，共邀明月，有了画意之后，诗意就更浓了。"

"好吧，那我们就各自酝酿，晚上再相会。"

"晚上见！"

晴儿放下手机，她真的很开心。无名客这个名字虽然怪了一点，可人挺直率、热情的，很好沟通。她走进书房，查阅经典，生怕晚上作不出好诗来。虽身为女儿身，可她好胜的个性，一般男生无法与之相比。

"如果我有一棵快乐草，我会给你，因为我希望你快乐；如果我有两棵，我会给你一棵，希望我们都快乐；如果我有三棵，我会给你两棵，因为我希望你比我更快乐！秋洁"林渝诗刚放下笔就收到了余秋洁的这条短信息，他反复看了几遍，忽然获得灵感，随即又投入创作中。这条短信息如同雪中送炭，林渝诗正苦思小说情节的发展。现在他才真正体会到"心有灵犀一点通"。

余秋洁刚做完采访工作回来，她见林渝诗没有回信息，心里并没有感到奇怪，似乎这已经是很平常的事了。她赶完采访文稿，已经到了下班时间，匆匆收拾完办公室便拎包走了出去。

到了家，余秋洁第一件事就是打开电视机，她害怕孤寂的空间。做了点吃的，填饱肚子后，她坐到沙发上，想起下午采访的那对夫妻，恩爱得让人嫉妒。看着电视上出现一对情侣漫步在海滩的画面，伴随悠扬的背景音乐余秋洁陷入沉沉的相思中。她想象有一天能与林渝诗两人手挽手漫步在黄昏下的碧海黄沙中。想到这儿，她忍不住取出手机，想给林渝诗打电话。她打开林渝诗的号码，却在最后决定性的绿色按键上犹豫了，好像突然间有股力量阻止她的冲动。最后，她连发短信息的勇气都丢失了。在这个孤单的夜晚，余秋洁无法想象自己的这份孤独是否有人知道，究竟要维持多久，要等多久才能让这孤寂的空间填满爱和幸福。

她起身走到窗前拉上窗帘，仿佛一下子与外界的喧闹隔离开了。她想到好长时间没联系的朱光磊，打开手机，迅速调出朱光磊的号码，发了一条信息给他："臭小子，有了新欢就把老朋友给忘了吧？老实交代现在身边有多少美眉让你乐不思蜀？坦白从宽，抵抗无效，组织上的纪律我不说你该明白了吧？"发送后，她笑了笑，她靠在沙发上，盯着天花板入神。

朱光磊此刻正陪李燕秋优哉游哉地逛夜市。他刚说完一个笑话，逗得李燕秋开心不已。感觉到手机振动，马上取出，看后笑了笑，便给李燕秋看，然后回复道："哎呀，我的大记者同志啊，真是冤枉啊，我对朋友的感情如长江之水滔滔不绝，我对女朋友的爱更是坚如磐石，我的个人私情始终如一啊！"

"你哪里是专一啊，嗯，对，你是专一，你对谁都专一吧？"余秋洁又发了条短信息。

"我说什么呢？如果不信我身边的这位美女可以作证啊。不过，我也做个深刻的自我检讨，不该重色轻友啊，为此，我罚自己请客，大记者同志意下如何？望勿再揭发一位正直坦诚的、对组织忠贞不贰的好同志啊！"朱光磊笑着将这条短信息发了出去。

李燕秋看着他满脸笑容，便问："发短信息也这么开心啊？"

朱光磊看了看李燕秋，收起手机，搂着李燕秋的肩膀说："哎！秋洁她现在可是寂寞难耐啊。我就陪她聊会，你不会吃醋吧？"

"哈哈哈！"李燕秋轻轻推开朱光磊的胳膊，瞪了他一眼，大笑道，"你是门缝里看人把人看扁了吧？"

"就是啊，我说燕秋也不是那么小气的人啊！"朱光磊乐呵呵地看着李燕秋说，"不过一般女人对手机短信息都是非常敏感的，就会胡乱猜疑，甚至失去理智。"

"看来你对女性很有研究啊，那你说我是哪一类女性？"李燕秋转过脸去，故意不看他。

"你当然是世界上，对我而言最好的女性，除了另外一个女人外，我最痴情的啊。"

"她是谁？"

"我妈！"

"讨厌，你！"

"哈哈哈……"

余秋洁看了短信息，坐起身，笑着看完后，立即回复道："嗯，好了，姑且念你对组织上还算忠诚，放过你了。敢问臭小子身边的那位美女是哪位，是新是旧？是老是少？"

朱光磊看李燕秋闷闷不乐的神情："我的姑奶奶，怎么太阳刚出来你又乌云压顶了，怎么又不高兴了？"这时，他的手机振动了一下，李燕秋故意上前两步，头也不回地站在那里。朱光磊看着短信息说，"燕秋，秋洁她问我身边的仙女美眉是谁呢？告不告诉她啊？"李燕秋装出生气的样子没有搭理他。

"那我回短信告诉她了。"朱光磊见李燕秋没有说话，暗自思忖不妙，回复短信道，"我的大记者同志啊，你的信息太闭塞了吧，连我的未婚妻都不记得了，看来得让你请客了，不要惊讶哦，我们准备本月选个良辰吉日结婚，这次可是闪电战，哈哈哈！"

"结婚？你开什么宇宙玩笑，你会结婚？那天底下的单身主义者不早绝迹了？一个浪荡成性的花花公子居然要结婚了，可谓是天下第一大新闻，我得为你准备开新闻发布会了。"

"可不能门缝里看人啊，我正期待上帝赐给我的幸福时刻呢！"

"那是真的不容易，看来我得准备贺礼了，我想这位能让你束手就范的女侠不是一般的女子吧？是不是李燕秋女侠啊？我猜对了吧臭小子？"朱光磊有点意外，自己以前那么多女朋友，她如何猜出的呢？

他忙回复道："嗯，看来记者的敏感度是高啊，佩服，佩服，有时间我也当记者去。"

"别，您可别扰乱了新闻界的清静。"

"呵呵，新闻界原本就不清静，要不多无聊啊。"

朱光磊上前笑着说："艳秋，秋洁不愧是当记者的，消息就是灵通啊。"

李燕秋瞅了他一眼，冷冷地说："看来她对你很了解啊，不然关系能那么铁吗？"

朱光磊这才意识到李燕秋不高兴的原因了，他站到李燕秋面前看着她说："是不是饿了，我们一起去北街吃烧烤吧，那味儿可正宗了。"李燕秋微微点了点头。

他们打车到北街一家有名的李福记烧烤店。趁李燕秋点菜的功夫，给余秋洁发了条短信："大记者同志，我身边的大美女好像有点儿不高兴了，我现在陪她在北街李福记烧烤店，你是否方便过来，我请你喝酒。"

余秋洁看完后笑了笑，回复道："算了吧，等你结婚宴会上不会少喝的，你还是多用心陪你的未婚妻吧。就这样了，大婚之日要提前告知啊，组织上会不间断地对你进行全方位立体化的考核，哈哈哈！"

"那我一定好好表现，看我的行动吧！"他发完短信后收起手机。李燕秋将烤好的肉串端了过来，后面的服务员也端了一盘跟着过来了。

李燕秋放下盘子，看着朱光磊说："我点的，估计你都喜欢吃，还有呢！"

"那我可要大饱口福了。"他故意搓手做出一幅贪婪的表情。

李燕秋忍不住笑了笑，说："少来了，就会逗嘴皮子，你刚才干什么呢？"

"没干什么啊，我在看那位老师傅烤烧烤呢，你看那技术含量多高。"

"真的？"

"真的！"朱光磊一脸真诚地说，"不信你去问老师傅手中的那串烤肉。"李燕秋笑了起来，连服务生都忍俊不禁了。

用过晚餐后，陈石帮着菲儿刷碗。菲儿嫌他碍手碍脚尽帮倒忙，不是把刚洗干净的盘子又放进水里，就是把水溅得衣服上都是，便撵他到客厅去了。陈石坐在客厅，打开电视看新闻。不一会儿，菲儿款步走进客厅，在陈石身边坐下。

陈石扭头看了看菲儿，温柔地说："菲儿，我想出去走走。"

"你去吧，早点回来，明天是周末，我想去商场逛逛，你陪我一起去！"陈石起身微微点了点头，本来结婚是一件非常令人高兴的事情，然而，他心里却非常沉重。

他走在社区的林荫小道上，想象着很多高兴的事情。这时，手机短信息提示音打断了他的思绪，翻开手机，是芸儿发来的。"前世神曾对我说，当金鱼闭上眼睛流泪时，我们将永远分离。为此，我祈求了一世，金鱼终于承诺在今世至死也不闭目落泪，以此来祝福我们一生一世的感情。芸"未等他看完这条短信息，芸儿又发来一条信息，"鱼说我在流泪，你感觉不到，因为我在水里，水说你在流泪，我能感觉得到，是因为你在我的心里；我说，我在流泪，你看不到，也感觉不到，那是因为我不在你的心里！深爱你的芸"

陈石感觉芸儿此刻就像他刚认识她那会儿般，失落、失望交织成复杂的情感空间，那种滋味现在回味仍然深刻。一时之间他也找不到合适的话安慰她，让她摆脱这种痛苦的纠缠对心灵的煎熬。考虑再三，他回复道："芸儿，我不想伤害任何人，因为我快要结婚了，一个快要结婚的男人还有和一位纯洁女孩约会的资格吗？"将消息发了出去，他心里非常犹豫，有着说不出的沉重感。他找了长椅坐了下来，想着芸儿看到他发的短信息会是怎样的气愤和伤心，也许一开始他就不应该保留这份若即若离的未知情缘，但缘分来临并不会问你愿意或者不愿意。

辛芸收到陈石的这条短信息时很震惊，但没有想象中那么强烈，也许料到这份感情根本就是虚拟世界的，本不该投入那么多，但她并没有后悔过。她含泪回复道："无论感情是存是亡，芸儿已经不在乎了，我理解你，并尊重你的选择，爱你，芸儿心甘情愿、无怨无悔，只求你答应我一件很小的要求，让我见你一面，可以吗？永远深爱你的芸。"

陈石翻看着手机，他反复看那条信息，感觉到自己在一位清纯少女心目中的地位分量，这种无形的伤痕使他倍感内疚。"芸儿，我不值得你如此厚爱，我的真实姓名叫陈石，其实我一点都不诚实。说起来很好笑，我的未婚妻和我是通过朋友介绍的，而后利用手机短信息一步步升级。不管这样的感情能维持多久，我都会珍惜，爱需要缘分，没有缘分的爱几乎是不存在的，芸儿是最能理解的，不是吗？"

"我只有一个愿望：答应我，让我见见你吧，芸儿知道，你很爱你的未婚妻，我没有更多奢望，只是想让你知道我付出的爱是无价更是无偿的。"

陈石想了想，回复道："芸儿，我答应你，不过三天后才能给你准确的答复和见面的时间、地点，请相信并理解我，好吗？"

"好的，我会静静地等。三天，就算三年也仅是个数字概念，我只是想把友谊从虚拟中解脱出来，谢谢你能陪我说那么多知心话，知足了，晚安！"

　　陈石合了手机，他内心颇不平静，此时真是百感交集。他刚站起身又收到一条短信息，是菲儿发来的："在哪儿呢？玩疯了吧？不想回家了？都几点了，是不是想在外面马路上过夜啊？快回来！"

　　陈石看完后笑了笑："夫人提醒的是，只因为外面风景太美了，流连忘返啊。瞧这星光多美啊，像在画中一般。"

　　"那好啊，你陪星星睡去，我不管你了，哼！"

　　"等等，我话还没有说完呢。可是，外面的星星再美，想到我那美丽夫人便想飞速回家了。给我十分钟，我马上出现在你的面前。"

　　菲儿乐呵呵地看完短信息，回复道："少贫嘴了，赶快回来，不然家法伺候！"陈石这一套油腔滑调对于菲儿很实用，也许，生活中失去了这样的调侃，整天柴米油盐，就会变得苍白了。

　　陈石迈着步子缓缓往回走，突然之间，他心里产生一种依依不舍的感觉。他不明白这种感觉是从哪儿冒出来的，也许是夜的寂静让人产生美好的遐想，或是芸儿那份浪漫的爱在他心中驻扎。他想不明白，不过还是糊涂点好。有时候，糊涂也是种智慧，一种超人一等的坦荡心境，这是陈石想要拥有的一种心境。

　　第二天上午，陈石陪菲儿逛商场。在二楼服装超市，菲儿流连在时尚衣裙中，一会儿看这件，一会儿又瞧那件，每一件似乎都爱不释手。陈石则陪在一边，菲儿从试衣间走出问他这件漂不漂亮时，他总是点头，这弄得菲儿很是扫兴。为了不让菲儿板着面孔，他便在众多衣裙间往来，像是参观一般，转了一圈后又回到菲儿身旁，夸赞的口吻，略有些失真，弄得她哭笑不得。

　　辛芸和杨芬芬也到这个商场的服装超市买衣服。在家杨芬芬见辛芸不开心的模样，她明白原因，但无从劝说。为了能让她开心些，于是便带她出来买衣服，希望能借此转移她的注意力让她放松些。

　　杨芬芬陪辛芸看了几个展台，选了几件流行的衣服递给辛芸，可是她依然闷闷不乐的。杨芬芬真的一点办法都没有了，她瞅着从身旁走过的男男女女，开玩笑地说："芸儿，相信缘分绝对没错，这里会不会遇见你的短信情人啊？"

她这句无心的话却让辛芸动了心，她看着一对对俊男靓女从身边经过，也许他此刻也陪他的未婚妻逛商场呢，但是他们幸福相拥根本不会在乎她。杨芬芬见自己这句玩笑不但没有让她高兴，反而引起更多的伤感。现在，她真的一点儿办法都没有了，除非她是男儿身，是让辛芸魂牵梦萦的那个男子。

杨芬芬选了一件淡黄色连衣裙和一件淡蓝色外套，她递一件给辛芸，让她去试衣间换上。辛芸推脱，她只好独自进了试衣间。辛芸静静地坐在休息区的长椅上，看着从面前经过的男子，或许真的会遇见呢。

菲儿挑了件衣服还想再试穿一下，销售员便领她去了试衣间。陈石在外面闲逛着，他四处张望，忽然，他的目光被一位穿白色纱裙的忧郁女孩吸引了。他轻轻走过去，从衣架间看着那美丽清纯的女孩子，见没有被发觉，便干脆坐到她的斜对面。那女孩根本没有发现他的举动，甚至根本没有看到他。陈石从柜上取下一本杂志把自己的脸挡住，同时，露出一道缝隙。

辛芸想着心事，她完全没有料到心中的他此刻正在偷看自己。当她抬头看见杨芬芬从试衣间走出来时，无意间看见一个男子坐在自己斜对面，聚精会神地看杂志，看到这一幕她忍不住笑了起来。陈石知道自己被发现了，那女孩看着自己笑，这时才猛然发现杂志拿反了，他尴尬地笑了。

就在两人目光碰撞的那一刹那，彼此的心里仿佛有种突如其来的亲切感，那脉脉含情的目光中仿佛似曾相识。无声的眼神加深了两人的神秘感。

陈石觉得有些失态，当他回过神时，女孩已经和另一女孩子离开了他的视线。

菲儿从试衣间里出来，不见陈石，忙四处寻找，最后看见陈石面朝手扶电梯坐着发呆。收拾好衣物后，她径直走过去，轻轻拍了一下陈石的肩膀，陈石一惊。

"呆呆地看什么呢？这么入神，莫不是又遇到哪位神仙姐姐了？"

陈石这才回过神来："没，没什么，这商场电梯质量真好，上下稳当，挺好的！"

菲儿莫名其妙地看着他，她不理解这句话的真实意思。她怔怔地看着他，惊讶得一句话也说不出来。陈石神智上很不清醒，完全忽略了身边菲儿的存在，他径直走向电梯。菲儿紧紧地跟在后面，她不明白陈石究竟要做什么，是不是刚才受到什么刺激了？而菲儿后面紧跟着一名销售员，因为她手里还拿着尚未付款的服装。

辛芸和杨芬芬走出商场，辛芸觉得自己面颊在发热，而且心跳也在加速，她从未有过这样的感觉。以前很多男生看自己也没有这样的感觉，她心里倒是对刚才拿反杂志的男子产生了亲切的感觉，这跟每次想陈石时的感觉竟然有些相似。坐在车上，辛芸把车钥匙丢给杨芬芬，她觉得刚才的感觉不是凭空产生的，甚至想回头找那个男子，问清楚自己心中的疑惑，可如果杨芬芬知道了，那又会被她数落了，于是她只能故作平静。

下了电梯，陈石四处张望。一分钟后，他忽然意识到什么，忙匆匆上楼，刚上二楼就看到菲儿瞪大眼睛看着他，他故作糊涂地走上前，笑着说："这衣服挺漂亮的，买了吧！"

"你刚才是怎么了，丢了魂似的？把我吓坏了。"

"我？刚才？没什么啊，哦，看到了一个像同学的人，我追上前去，一看原来认错人了。"

"同学？我看像是见到老情人了吧！"菲儿说完独自离开了。

陈石愣在原地，或许刚才真的中邪了，又或许刚才看到的那个女孩子就是仙女下凡，那种清纯的女孩，在当今的物质社会很难再看到第二个了。

　　菲儿独自回了家，她把衣服往沙发上一扔，不知道哪来的火气。凭女人的直觉，她感觉陈石肯定有私下交往的人并且瞒着她，在这个世界上最惹女人伤心的莫过男人的花心。她努力控制自己的情绪，可想到刚才陈石扔下自己，头也不回地走下电梯时，心里相当气愤，可以想象自己在他的心里有多不重要。现在就快步入婚姻圣殿了，可总会出现让两人不和谐的事情。也许，命运总会捉弄人，她实在想不通，好好的一段感情怎么总是这么曲折呢？

　　陈石发了信息给菲儿，但她没有回复，打电话也不接，他猜想她肯定在生气。相处这么长时间，彼此的性格基本上能摸清。他想等菲儿气消了再回去，于是暂时避开。他准备等菲儿气消了再约她好好谈谈，也许事情没有想象的那么糟糕。

　　晚上陈石没有去菲儿的住处，他回到自己的公寓，冷清的感觉让他无法适应。简单地吃了些东西，随后又给菲儿发了条信息，他知道菲儿肯定不会回复的。

　　冲了个澡，现在的他什么也不想，从冰箱中取出唯一的一罐啤酒，打开后一饮而尽。躺在床上，陈石回想起在商场见到的那个女孩子，当时自己应该主动上前打招呼，而且，她居然对着自己笑，那模样更加迷人，真的是让人从头到脚找不到半点不舒服的感觉。他想，如果再遇见她，一定要她的手机号码……

# 第七章　花香醉倾城，潋滟一池春

站在冷清的十字街口

回忆你握过的温暖的手

想起那一夜小雨淅沥

披肩长发沾满晶莹

每一颗雨珠都染上你淡香的气息


花开的声音听起来啊像个孩子

芬芳的味道让人醉了不愿再醒

花落的悲情是谁在散布着消息

残香的花坛边徘徊着谁的身影


——《花畔香》

陈石和菲儿没有再联系。再过几天就是两人大喜的日子，朱光磊为婚事忙得热火朝天，而陈石却心静如水。中午，朱光磊约陈石出来一起吃饭，电话里谈到婚事，见陈石言谈吞吐，而且词不达意的，他便预感到了什么，便约他出来。

两人约好去那家常去的小餐馆，朱光磊没有带李燕秋来，他先到了，便和熟悉的老板娘打招呼："老板娘，又来打扰了。"

"哪的话？"餐馆老板娘四十岁左右，热情地说，"欢迎还来不及呢！今天怎么一个人啊？"

"哦，两个，他一会就到，我们还要老位置。"朱光磊边走边说，"饭菜还是老三样，抓紧时间上啊，酒今天弄瓶好点的吧。"

老板娘迅速吩咐下去，依然微笑着说："好，请稍等啊，小胡，给朱先生上壶新进的碧螺春。"

朱光磊面笑着送老板娘离开，这地方还是陈石发现的，这儿的饭菜很可口，而且老板娘人也挺好，服务很热情，所以没事就带朋友来喝酒聊天。朱光磊喝着茶，看着服务员送来的晚报，时不时地看着手腕上的表。

陈石做完手头上的事，一看时间，忙收拾办公桌，拎着公文包冲出办公大楼。他拦了辆出租车，在车上接到了朱光磊的电话。

"兄弟，都几点了？有没有时间观念啊，还一堂堂营销部经理呢？"朱光磊等得有点着急了，"菜都快凉了，快点哈！"

"知道了，公司里有点事耽搁了，好了，马上就到了。"

"你别马上了，就我们兄弟俩，快点，不然我先吃了，你来付账吧。"

"没问题啊，十分钟，我在车上了，一会见！"陈石挂了电话，他心情有点儿失落，看着车窗外花花绿绿的广告牌，时不时想起那位未曾见面的短信情人芸儿，当然，还想到准妻子菲儿。

此刻他的心里装着两个女子，但他不认为这是花心。不过，俗话说得好，"一心无二用"。想念两个人的日子恐怕不会维持多长时间了，毕竟步入婚姻殿堂是两个人的事情，如果硬扯上三个人，那结果可能比梁祝好不了哪儿去。正胡思乱想着，车子缓缓地停了下来，陈石取出钱包，付了车钱，下车快步走进熟悉的那家餐馆。

朱光磊给陈石倒上酒，陈石忙拦阻："哎，好了好了，下午还要上班呢，怎么这就喝上了，留着晚上喝吧。"

"没事的，我又不是不知道你的酒量，少来点，一来是庆祝我们即将结婚，二来嘛，我们兄弟永远是兄弟。"朱光磊摸着酒杯说，"来，先干一杯。"

陈石看着朱光磊，摇着头说："怎么搞得这么严肃啊！好像就要天各一方了。"

"我就觉着吧，这结婚是两口子的事，和未婚之前的光棍汉生活完全不一样，这日子眼看快近了，心里倒是有点儿忐忑不安了。"

"那当然了，你为一棵树放弃了整座森林，心里觉得有点可惜是不？"

"嘿嘿，也不完全是这样的。唉！以后啊，还真不能想怎么就怎么了。对了，你和菲儿也即将结束马拉松式的长跑了，要不，我们整个集体婚礼，怎么样？"

"我可不想学你为一棵树而放弃一座美丽的大森林。"陈石一边苦笑，一边喝酒说，"我觉得现在单身特别好，无忧无虑的，对了，怎么没叫上准夫人啊？"

朱光磊见陈石表情不对劲，而且面容憔悴，便问："兄弟，怎么了？你为何发表这般感慨啊？该不会又和菲儿吵架了吧？恋爱时闹点小矛盾很平常，别老放在心上，一夜过去就什么都好了。"陈石点点头，又摇摇头，没有说话，"我真的弄不明白你们俩了，这次又为什么闹矛盾了？"朱光磊看着陈石问道。

"没什么，一点儿小事，女人的心太细，总是会小题大做，来，不说了，喝酒！"说完，拿起酒杯一饮而尽，朱光磊更不明白了，他一脸愕然。知道陈石今天的心情有点不太对劲，于是只管陪他喝酒，两人不再说话。陈石几乎是自斟自饮，朱光磊感觉问题有些严重，但感情的问题局外人无法参与其中，这只能由当事人自己解决。

晚上，晴儿来找姐姐谈婚礼的事，但看到的景象却令她大失所望。晴儿用不解的目光看着姐姐问："姐，我真搞不明白，你和陈石哥为什么老是存在隔阂，这次不管是谁对谁错，关键时刻弄成这个样子，这对谁都没有好处，也绝对没有道理的。"见姐姐没有说话，便继续说，"现在离大喜之日越来越近了，你们是不是根本就没打算结婚，还当三岁时玩过家家呢？高兴了就在一起，不开心就散了？"

菲儿起身走出客厅，径直来到阳台上，喃喃地说："晴儿，你不明白，感情的事情是很复杂的。"

"是啊，可我知道如果你们就此取消婚事，那后果要想明白，不要冲动地忽略一切。"晴儿走到菲儿身边说，"要不，我去找陈石哥谈谈，我想事情应该不会有想象中那么糟糕。"说完转身离开，菲儿并没有阻拦。她希望晴儿能够帮她平息这场因冲动引发的情感风波，她此刻头脑一片混乱，根本猜不透陈石现在在想些什么。

"陈石哥，我是晴儿，现在是否有时间呢？我想和你谈谈。"晴儿给陈石发了一条手机短信息。

陈石收到信息后，回复道："晴儿，你好，我现在有时间，你现在在什么地方？"

"正在去你住处的路上，要不我们找个地方坐坐吧。"

"那就到圣典语茶吧，在北京路上，上次和你姐姐一起去过的，我等你。"

"嗯，知道了，陈石哥，一会见！"晴儿合上手机打车。在车上，她想着一会见面时该怎么样说，菲儿没有告诉她整件事情的来龙去脉，一切只有等见了面才能弄明白，不管他们之间发生了什么，总得解决吧。

圣典语茶吧。陈石和晴儿面对面地坐在靠近橱窗的位置。

晴儿首先说话，打破了沉默的气氛："陈石哥，怎么又和姐姐闹情绪了，就快结婚的两个人怎么像小孩子似的，动辄就闹矛盾呢？"陈石看了看晴儿，没有说话，"我知道，姐姐的性格可能有点古怪，在生活上有点过于苛刻了，总是为了一点小事生气。但陈石哥也该清楚，和姐姐相识也不是一天两天了，为什么就不能相互包容呢？"她有点儿说不下去了，爱情是一种很奇妙的东西，没有人能真正领悟。

陈石拿着勺子搅着咖啡，咖啡浓浓的香气将两人包围。"晴儿，我知道。我很想见到菲儿，可她不想见到我啊。她根本不给我解释的机会，电话不接，短信不回复。"

晴儿微微一笑道："原来是这样啊，姐姐那边我去说服，只要你心中对姐姐没有过多的偏见，我想这点小矛盾阻拦不了你们的爱情。"陈石陪着笑了笑，他相信晴儿有这个能力，橱窗外的夜景格外美丽，大街两旁的霓虹彩灯与星光相互辉映。

李燕秋见朱光磊近日失去了刚开始时的浪漫情调，于是便想弄明白发生了什么事。朱光磊一五一十地把陈石的事情告诉了她。李燕秋听了感到很可惜，看着朱光磊说："那我们能帮他们什么吗？"

朱光磊摇了摇头，说："感情的事情不能勉强，本来我可以劝说，可你不知道事情发展到什么地步了，现在菲儿连见面的机会都不给陈石，弄得石头有点儿抓狂了。我想只能让他们自己选择了。"

"可就快到婚期了呀！他们难道把这个都忘记了吗？"朱光磊无奈地摇了摇头。

晴儿终于说服姐姐答应与陈石见面，她心里很高兴，仿佛一夜之间自己成熟多了，已不再是依恋校园、对情感懵懂无知的小女生了。

晚上，晴儿约陈石在圣典语茶吧见面。

她陪姐姐先到了，依然挑了靠近橱窗的位置坐下来，点了两份黑珍珠奶茶和一些糕点。陈石匆忙的身影出现在她们的视线内，菲儿扭头看着窗外大街上的匆匆人群，晴儿向陈石招了下手，陈石坐到姐妹俩对面。

"陈石哥，给你点杯咖啡吧？"陈石点了点头，他偷偷看了一眼菲儿，随后低下头。

晴儿见他们俩都不说话，场面显得有些冷。她认为此刻坐在那里会给他们带来困扰，便找了理由离开，坐在一个偏僻的地方关注两人的举动。

"一线情缘牵白头，日思夜念添忧愁。不要笑我痴情重，见你常在梦中游。如果你我本有缘，隔山隔水心相连。三月桃花正盛开，秋后果实最香甜。无名。"晴儿取出手机，显示一条未读短信息，她忙查看，是无名给她发来的短信息，她仔细看这不怎么顺畅的小诗，之后发现这是一首藏头诗："一日不见，如隔三秋。"

晴儿微微一笑，心里很高兴，想了想，便编了一首小诗发送："与君邂逅短信缘，欢乐时光自品评。不向红尘索笑颜，试向情缘索往事。多少愁眉绕笔颠，个中心事谁堪诉？只有芳心暗自知，愿得红线牢系足。晴儿"她瞅了一眼不远处的姐姐和未来的姐夫正在交谈，事情发展得似乎比预料中的还要好。

"菲儿，这两天我认真检讨了。那天的举动实在不是准男朋友所为，像中了邪一般。"陈石轻声说。

"是吗？"菲儿浅浅一笑，随后冷冷地说，"好像看到仙女了，是吧？"

"是，啊，不是！"陈石看了看菲儿，慌忙说。

"我看你是色心不死，看见美女就走不动了，那天的举动'中邪'两个字就能够敷衍了？你一点都不诚实！"菲儿依旧冷冷地说。

陈石故意笑着说："为了加强菲儿小姐对未来老公的信任度，我写保证书还不行吗？"

"你保证什么？保证大街上美女都躲着你？"菲儿近似讥讽地说道。

"不，不是美女躲我，是我躲美女行吗？我以后哪儿也不去，就待在家里陪你。"陈石见有转机，忙讨好道。

菲儿抿嘴一笑，却故作镇静道："哼！好吧，我姑且再相信你一次，这是最后一次，如果……"

"如果再有类似'中邪'般举动，我这块臭石头立即辞去菲儿男朋友兼准老公职务。"陈石一本正经地说。听到这话菲儿不禁笑了起来，这微笑比橱窗外的月光更迷人，胜过人间的所有光芒。

陈石和菲儿下周就要举行婚礼了，两人虽然忙碌但也很高兴。

陈石已将大红请帖发到每个亲朋好友的手中了。秦玲收到陈石的结婚请帖，心中不知是高兴还是酸楚，看着心仪的男人选择了别人，心里暗自祝福他们幸福永远。让自己爱着的人得到幸福和快乐，对于自己也足够了。

陈石邀请秦玲作为自己的婚礼主持人，他心想秦玲准会答应，谁知她却微笑着拒绝了，这还是她第一次拒绝自己的要求呢。秦玲没有说具体原因，陈石心中也稍微明白了些，没有再勉强。对于深爱他的女人而言，他自己真是太自私了。

朱光磊得知陈石与菲儿重归于好，婚礼照常进行时他很高兴，于是便打电话约他们在周末晚上一起吃饭。陈石答应了。朱光磊提前订了一个小包间，还邀请了杜怡和余秋洁等几个好朋友聚到一起，庆祝两对新人要告别单身生活，即将步入二人世界，算是一个美好开端的仪式吧。

周末下午，陈石和菲儿一起去拍了婚纱照。菲儿身着洁白的婚纱如天仙般艳丽，她依偎在陈石怀中，心里那种久别的幸福感一下子从深处涌出。此时，给她幸福和快乐的男人，以及家的温馨环绕着她，她整个人都被幸福包围着。

晚上，陈石陪菲儿来到紫云阁酒店时，大家都已经到了，朱光磊带着李燕秋，还有余秋洁、杜怡等。

朱光磊一见陈石和菲儿便高兴地迎上去："陈石、菲儿，你们可迟到了啊。不过看在你们重视这个聚会的份上，就取消处罚你们的决定了，快坐，大家都等得着急了。"

陈石拉着菲儿坐到杜怡和余秋洁中间。余秋洁见菲儿今天格外美丽动人，便赞道："菲儿，今晚真漂亮啊！难怪陈石今天的护花使者当得这么负责呢！"

菲儿莞尔一笑，说："他一直都很称职的！"

陈石也笑着说："今天是格外称职，哈哈哈！"

朱光磊微笑看着李燕秋说："燕秋，菲儿说石头是称职的护花使者，那我自称是全职的护花使者，你没意见吧？"

李燕秋环视了一下在座的几个人，故意冷冷地说："瞎凑什么热闹，你？人家陈石对菲儿那么好，照顾得无微不至，你能做到吗？"

"当然能了！"朱光磊斩钉截铁地说。

"能坚持到一辈子吗？"李燕秋斜视着朱光磊问。

余秋洁坐在一旁拍了拍手，道："燕秋姐这个问题提得好啊，光磊可要认真回答哦！"

朱光磊故作严肃地举起右手，并伸出四根手指，振振有词地说："我朱光磊保证照顾李燕秋小姐一辈子，并肩负起她一生的快乐和幸福，给她无微不至的关心和呵护……"

杜怡朝着朱光磊摆了摆手，笑着说："好了，光磊，你那山盟海誓留着婚礼上再说吧，到时我们一起给你们见证就是了，这里就不要搞这么肉麻了。"大家笑了起来，杜怡拿起筷子对众人说，"大家肚子都饿了吧，动嘴动到实处，来，先填饱肚子再说。差点忘了，得先祝贺石头、菲儿，光磊和燕秋两对新人幸福美满、白头到老。"杜怡往杯中倒上红酒，对着他们四人举起酒杯说道。

陈石高高举杯："谢谢怡姐！"众人碰了杯，一饮而尽。

在座众人边吃边聊，好不快乐。朱光磊无意间提到余秋洁的个人感情："秋洁，我们大家都是好朋友，个人问题该提上议程了，别太落伍了，我们可是等着吃你的喜糖呢！"

余秋洁苦涩一笑，说："不会太久的，我正在努力中。"

"要多主动些，文人都很谦虚、谨慎的，不主动进攻，你要主动发起强势攻击。"朱光磊认真地做好参谋工作。

"秋洁，别听他的，尽出些馊主意，还是凭自己的感觉，相信缘分吧。"杜怡看着余秋洁说，余秋洁似有所悟地点点头。

"光磊说得也还是有点道理的，可以参考一下。"陈石看了看菲儿，对余秋洁说。

"谢谢，我会认真对待个人感情问题的。菲儿、燕秋，我祝福你们永远幸福！"余秋洁举杯向菲儿和李燕秋说。

李燕秋微微一笑："秋洁，祝你比我们更幸福！"

"大家都会拥有快乐和幸福的。"菲儿举杯一饮而尽。

余秋洁看着好朋友都已喜结良缘，而自己却还没有确定自己的感情。就这样，她在一片欢笑声中陷入一片愁思。

晚上，余秋洁独自一人来到有缘人茶艺吧。她要了一杯咖啡和一杯清茶，一口气喝完那杯没有加糖的咖啡，苦涩的滋味一直从嘴里涌到心里。一种从来没有过的孤独感包围着她。

余秋洁靠在沙发上，看着一对又一对的情侣谈笑风生。她品着清茶，幽幽的清香冲淡了咖啡的苦涩。她从包中掏出手机，给林渝诗发了一条短信息："对群山来说，湖泊是风景；对天空来说，白云是风景；对黑夜来说，黎明是风景；对于我来说，你就是最美丽的风景。无数个思念你的夜晚，想起与你在一起难忘的点滴，我祈求明月，能够让我与你相见、相爱直至天荒地老！"

　　"窗外下着雨，你说我是彩虹，很美的一道彩虹。可是，我左盼右顾，你是否愿意成为我的阳光，没有你，我会黯淡，我会消失或者根本就不会存在。芸儿知道每个人心中都会有道彩虹，可惜为何我不是你心中的那一道美丽彩虹，也许雨来得太迟，也许阳光不愿意出现。既然不能成为你心中的那道最美丽的彩虹，那我会在每个雨后出现，并默默地为心爱的人祝福，希望他永远快乐幸福。深爱你的芸儿。"陈石收到芸儿发来的信息，他很是感动，心中百感交集。

　　他走到阳台上，编辑短信回复道："每个人都应该有一双好鞋，因为这双好鞋会带你到最美好、幸福的地方去。芸儿，对不起，我不能为你做一双好鞋。下周我就要步入婚姻的殿堂，也许我们会成为好朋友，超越男女情感界限的那一种。我曾答应过你，明天晚上我有时间，想和你见一次面，这一次，天塌了我也会准时赴约的。"

　　芸儿收到陈石发来的短信息，她心里很高兴，但同时又压抑着自己。等了这么长时间，她激动、悲伤、高兴、失望就为了与他见上一面，她不确定这是否值得，但仍然向往。女孩子的天真与感性让她困惑，为了那虚拟的爱情，她不顾一切，就算是悲剧结尾，依然执迷不悟。她编辑短信息道："明天晚上七点我在雅典娜咖啡馆恭候，8号桌，身着粉红色衣裙的长发女生就是我。"

　　陈石心中突然有了一种神秘感，仿佛上次那位长发飘逸、亭亭玉立的女孩子已经出现在他面前了。他心想，如果上天恩宠他，就让那个令他魂牵梦萦的女孩子出现吧。如果真的如愿了，那么，他也将抛开一切的一切。

　　"在流淌的岁月里我们从未分开而是重叠又重叠唯一真实的是肉体全会败亡时光可以轮回人却不能在相爱的时候就要珍惜每一个现在，你是不会重来的我也不可能复活……"余秋洁收到林渝诗发来的短信息，她很疑惑地反复看这条信息，但她依然不明白林渝诗究竟要表达什么，全文没有用标点，是让她猜测或是意会其中隐藏的内涵吗？

"渝诗，刚才发的短信息是心里话吗？我真不知道有没有理解错，是在考验我吗？难道我们真的不能在一起？我现在觉得好难过，下周陈石和菲儿、光磊和李燕秋他们就要结婚了，真的好羡慕他们！"余秋洁眼睛有些模糊地发送了这条短信息，她内心现在很混乱。

"有情之人，天天是节，一句不经意的嘘寒问暖，一纸书信相传，一份相思，一心相盼，一份爱意，一生相恋。秋洁，刚才我一不小心发错了短信息，那是我写的小说中的一小段。我的这部小说刚刚写完结局，正准备和你分享这份喜悦，没想到你先给我发来的信息。这消息真令人高兴，他们是一起结婚吗？"

余秋洁收到信息后悬在心上的那块石头终于落地了。她转悲为喜，回复道："他们一前一后举行婚礼，本想早些告诉你，可又怕打扰你创作。对了，你什么时候回来啊？"

林渝诗刚收拾完稿件和资料，手机显示有一条新短信息，他忙翻开手机阅读着，又回复："我明天上午动身，估计晚上能到家，真想马上见到你！"

余秋洁微笑着，她编辑短信："我也是，到车站打个电话，我去接你啊。"

过了一会儿，林渝诗又了一条："孤寂的日子里，我很想你。我用心编织了一个蓝色的梦，缠绕在你的枕边，为你铺开一个浪漫的季节。我渴望自己是一颗耀眼的星星，能为你点亮一个闪烁的童话和一支粉红色的玫瑰，爱是那么的美，情是那么的灿烂。"

菲儿沉浸在即将进行的婚礼的喜悦中，对陈石没有那么多苛刻的要求了。陈石本来不想隐瞒她什么，但他又担心她知道后闹小女生脾气，到时又要花大力气去解释了。

第二天晚上，陈石说要参加一个应酬，是一个很重要的客户。菲儿问他是不是又要和朱光磊他们喝酒去，他微微一笑，菲儿以为他默认了，便不再多问了。陈石很轻松地出门赴约去了。

坐在出租车上，陈石不断地看时间，还有十分钟就到约定的时间了。他心想，只见一次面，不能有其他非分想法，除非是她，那个让自己魂不守舍的女孩子。但是这样的概率大约是千万分之一，比中体彩五百万大奖还要难。他想想都觉得不可能，不管怎么样，这位女孩子曾带给他希望和快乐，他永远都不会忘记的。

雅典娜咖啡馆。悠扬的轻音乐和昏暗的灯光营造出浪漫的氛围。辛芸很早就来了，她楚楚动人的外表吸引了不少男士的目光。她坐到预订好的8号桌，点了一杯咖啡，看了看时间，还有不到五分钟就到约定见面的时间了，她相信这次陈石一定会来的。

一位衣着时尚的男孩子手捧鲜花，大步走到辛芸面前，微笑着献上花："小姐，我可以坐下来吗？"男孩子很有礼貌地躬身问道。

辛芸瞅了他一眼，说："对不起，我约了人，他马上就到了。"

"约的是男生还是女生？如果是女友，我倒是不介意陪陪你们的。"男孩子似乎没有放弃的意思，并不顾辛芸的拒绝，很惬意地坐在她的对面。

辛芸站起身，她强压下心中的怒火，微笑着说："对不起，我很介意，我男朋友一会就到了，我可不想被他误解，请吧！"男孩子被她的目光瞪得极其狼狈，灰溜溜地离开了。辛芸轻轻呼出一口气，心想陈石此刻应该就在来的路上。

陈石走进雅典娜咖啡馆，迎宾小姐问道："您好，欢迎光临！先生，请问您几位？"

陈石说："我约了朋友在8号桌。"

"哦，请随我来。"陈石跟在迎宾小姐后往里面走去。迎宾小姐领他穿过一条走廊，来到不是太显眼的小包间，"先生，您还有什么吩咐吗？"

"没有，谢谢你！"

"不客气！"迎宾小姐说完转身向大门口走去。

由于灯光昏暗，陈石并没有看清坐在8号桌的女孩子，只是隐约觉得有些面熟，仿佛在哪里见过。

辛芸正看着一本时尚杂志，她看了看腕表，还有不到三十秒的时间。她很担心这又是一次空等，正当她准备给陈石发短信时，一位男子走到她的对面。她没有抬头，以为又是一个无聊的人来骚扰她，便冷冷地说："对不起先生，我约了一个朋友，请自便。"

陈石一听，心中一怔，面前这位身着粉红色衣裙长发飘逸的女生为什么见到他这般冷淡。他轻轻地说："芸儿，我是陈……"还没有等陈石把话说完，芸儿就站起身，两人目光相对，彼此都吃了一惊。陈石几乎目瞪口呆，他不敢相信千万分之一的概率真让自己给撞上了，他激动地看着辛芸一动不动，一时间竟然说不出话来。

辛芸也没有想到短信中的陈石比她想象中的要英俊得多，她微微一笑，说："您是陈石先生？"

陈石点了点头，他逐渐缓过神来，笑着说："芸儿，我这次可没有迟到吧？"

"没有，刚好准时，一分不多，一秒不差。对了，我的全名叫辛芸，管我叫芸儿就可以了，我喜欢这个称呼。"

"嗯，辛芸，这个名字很好听，和人一样动人！"辛芸被陈石憨态可掬的神情逗乐了，陈石乐呵呵地说："我还有个名字。"

"什么名字啊？"辛芸微笑着问。

"挺好听的，我的好朋友们都这么称呼我，对了，你也可以的。"

"别卖关子了，快告诉我吧。"

"好，他们都管我叫石头。怎么样，好听不？"

"呵呵呵。"辛芸看着陈石，"那我以后也称呼你为石头了。"

"嗯，没问题！"陈石一脸甜蜜的样子，这次还好身边没有什么时尚杂志之类，否则，拎起来又得拿倒了。

"对了，石头，来杯咖啡吗？"辛芸问道。陈石点点头。

"芸儿，我觉得……"陈石觉得自己男子汉大丈夫应该掌握主动权。

"什么？"辛芸好奇地看着他。

"我是想说，见到芸儿真的很高兴！"

辛芸再次被他逗乐了，笑着说："我也是！我觉得称呼石头有点不太礼貌，我还是称呼陈石哥吧！"她看了一眼陈石说，"对了，陈石哥下周就要结婚了，是吗？"陈石没有想到辛芸会突然问起他的私人问题，此时他显得有些局促不安，微微点了点头，"那陈石哥的未婚妻一定很漂亮、很温柔，真的让人羡慕啊！"

陈石看着辛芸，一语不发，仿佛他能听出她想说的是两人相见恨晚。辛芸的目光转向窗外，她看着喧闹的夜市，一时两人都没有说话。

辛芸低下头，随后又看着陈石，微笑着说："对了，陈石哥为什么一直不肯答应和我见面呢？是不是怕芸儿很丑，没有陈石哥未婚妻那么漂亮温柔？"

陈石忙摇头："不，不是，芸儿很漂亮，看着就让人很舒服，甚至可以说让人神魂颠倒，只是我们相识得太迟了，要是早一点相识就好了。"

辛芸似乎听出了陈石心里隐藏的声音，她搅动咖啡，勺子碰撞杯壁发出"叮，叮，叮"的响声："如果陈石哥早点和芸儿相识，那芸儿就有可能成为陈石哥心中美丽的新娘？"

陈石一下子瞪大了眼睛，他以为自己听错了，但他确实清晰地听见了这番话。他避开辛芸的目光，让自己镇静下来，没有立刻表明心里的想法。辛芸见陈石一言不发，又将目光移到窗外的夜空，无数颗星星在向她眨着眼睛，她喃喃自语："都怪芸儿错失了上天安排的这段缘分，记得芸儿第一次和陈石哥相识，那感觉真的很奇妙……"

陈石笑了笑，说："那是上天降临的缘分，芸儿，如果我没有阴差阳错收到你发给我的短信息，也许，在茫茫人海中，我们一辈子都不会相识，即使邂逅了也形同陌生人，仅仅是擦肩而过。"他想把商场里他们相遇的情景告诉她，可想了想自己那时的尴尬举动，还是没有说出口。

辛芸又看了看陈石，温柔地说："陈石哥能告诉芸儿是如何认识那位幸福的新娘的吗？"

陈石难为情地挠了挠头，想了一下，说："芸儿真的想知道吗？"辛芸很认真地点了点头，急切地看着陈石。

"其实也是缘分吧，说出来怕芸儿会不相信。我和菲儿，就是我的未婚妻，她叫菲儿，我们俩在朋友聚会时认识的，随后留下了彼此的手机号码，接着就打电话，互相发短信息，增进彼此间的了解。当时我们对对方都有好感，每天只要有时间就发短信息聊天，然后见面吃饭、逛街什么的，感情一点一点积累下来，慢慢地走到一起了。"

辛芸静静地听着，若是没有菲儿，也许，这爱情故事里的女主角就应该是自己。陈石看了看辛芸，接着说："那一次收到你的短信息，当时我的心情真的糟糕透了。因为和菲儿闹了点矛盾，菲儿甚至提出分手，那时，我的情绪低落到了极点，接下来就认识了你。"

"后来你们和好了，又在一起了。"陈石点了点头，他喝了一口没有加糖的咖啡，苦涩的味道和心情竟然不谋而合，他感觉今晚聊的话题很沉重。

"上天也许是不公平的，既然让芸儿认识陈石哥，为什么不让我们走到一起？为什么要阻止我们相爱呢？"

"芸儿，不要这样，如果我们有缘分，也许……而今，事情已经不可以改变了。"陈石也有些难过，他不能同时爱上两个漂亮、温柔的女孩子，尤其是芸儿，她太美了，那种清纯的美让人折服。他不能轻易去占有，也许只能想象，并留在心底深处。

"今晚虽然第一次与陈石哥见面，但我们已经相识一段时间了。我想，陈石哥心里一定也有和我一样的感觉。"辛芸看着陈石，顿了一下说，"芸儿不奢求陈石哥怜爱，芸儿知道陈石哥心中只有菲儿，不然也不会连芸儿一面都不见就决定和菲儿白头偕老。"辛芸扭过头，她曾对自己许诺，不管他是丑、是老，自己已然决定非他不爱，非他不嫁，而今，他却快要成家了，和另一个他喜欢或喜欢他的女孩。她的心中很失落，也许梦里那个星座宫里的爱情故事只是传说。

"芸儿，我会永远记住芸儿对陈石的这份心意。下辈子，好果我们还有缘分相识，我一定会好好珍惜你的这份情谊。"

芸儿努力控制自己不哭，并微微一笑，她看着陈石说："无论今生或是来世，我对陈石哥的这份爱恋始终都不会改变，陈石哥，知道吗，我第一次等你见面的夜晚是多么漫长啊。那天晚上，就像这样坐着，看着天上的星座，数着天上的星星，一直数到九万九千九百九十九颗，还是没有等到你出现，甚至连一条短信息都没有。我以为是上天故意安排不让我们见面，或是因为我做错了什么事情，老天在惩罚我。"辛芸停了一下，"我已经失去父母的关爱了，现在连心爱的人都不能去爱，真是太失败了。"芸儿双眸含着泪水缓缓地说。

陈石一时间不知道该如何去安慰她，他递了一张纸巾给她："芸儿，我没有资格接受你的爱，我丧失了这个权利，我……"陈石一时语塞，两人默默对坐着，一颗流星划破夜空。芸儿闭上双眼许下愿望，尽管她知道这个愿望可能无法实现，但还是没有改变。

两人沉默了一会，芸儿含情脉脉地看着陈石，提出了一个小小的要求："陈石哥，我有个小小的请求，你能拥抱一下我吗？我好难过。"

陈石犹豫了一下，他起身坐到芸儿身边，芸儿顺势依偎在他的怀中。

他伸开手臂，拥着芸儿的肩膀，闻着她头发上散发出的香味，内心如饮烈酒般陶醉着。

他一下子失去了理智，觉得胸口有股无名烈火在燃烧。面对依偎着自己的动人女孩，他控制不住自己的情感流向。

音乐恰到好处渲染着此时双方的心境，浪漫的感觉也由心而生。

# 第八章　云风不识数，步步近晚晴

你来时的脚步如此轻盈

不曾发现已然来过

从不在乎世人言说

也不带走水晶明眸


你离开时脚步那样舒缓

留下遗憾那么多

谁能解释水一般的温柔

竟然不懂花的零落


——《云是风的脚步》

　　晴儿约苏慧和李倩晚上一起逛街。她因为姐姐和陈石哥能冰释前嫌，心里特别开心。

　　她们逛了市区最繁华的街道的专卖店及两个大商场，买了皮包、衣服和化妆品等。苏慧揉了揉自己的双腿说："你们累不累啊，不如我们找个地方坐会吧。我知道有个地方很不错，也挺高雅，据说那可是有钱的贵族去的地方，想不想去泡个黄金王子啊？说不定我们中的哪一位一下子就嫁入豪门了？"

　　"切，不是吧，这么想嫁入豪门当贵妇的恐怕只有你一个人吧。"李倩笑着说。

　　"对啊，我就是这么想，不可以吗？现在不是流行吗，美丽就是资本啊。"苏慧搂着李倩的肩说，"要是有一位又有钱，长相又帅的黄金王子出现在你面前，我敢保证，你肯定会放弃抵抗，哈哈哈！"

　　晴儿见时间还早，看着两人说："好了，别在大街上八婆了，小心被人嘲笑。"

　　李倩点点头，看着苏慧说："慧，你说的那个地方在哪儿啊？"

　　苏慧呵呵笑道："看看，我怎么说的，禁不住诱惑了吧！走，我带你们去，保证你们不虚此行，记住，要抓住机遇哦。"

　　"少来了，快走吧！"晴儿三步并作两步走出商场。

　　她们打车来到一家咖啡馆门口。李倩抬头一看，瞪大了眼睛："这不会是希腊人开的吧，感觉进入神话故事里了。"

　　晴儿点点头说："嗯，感觉是有点怪怪的，不知道里面能不能见到太阳神。"

　　"别傻站着了，进去吧。"苏慧催促道，"到里面，什么黄金王子、太阳神的，看大家运气吧，走！"晴儿和李倩相视一笑，跟在苏慧后面走进华丽而不失婉约的雅典娜咖啡馆。

　　在进入大门时，苏慧神秘地说"我有个朋友在这里当领班，我顺便来看看她，你们各自找约会的对象吧。"

"好啊，原来你是以公谋私啊！"李倩故意瞅着苏慧说，"赶快老实交代，是男朋友还是女朋友？"

"当然是女朋友了，要是男朋友，我会带你们一起来当高压灯泡？"苏慧说。

"切！"李倩不相信地看着苏慧，"走，我们要眼见为实。"

"好，那肯定要让你这小丫头片子好好眼见为实。"苏慧拉着晴儿和李倩走了进去。

在雅典娜咖啡馆的走廊上，苏慧刚好遇到好朋友杨丽，两人见面很是惊喜，杨丽微笑着说："苏慧，好久不见了，最近还好吧？"

"还可以，对了，今天我带了两个朋友过来，顺便看看你，我请客，帮我安排一下吧。"苏慧看了晴儿和李倩一眼说。

杨丽微笑着向晴儿和李倩打了个招呼："好啊，里面请！"便把她们带到6号桌，安排她们坐下来，微笑着问，"你们想喝点什么？"

苏慧看着晴儿和李倩说："你们俩想喝什么就点，别为我省银子。"

李倩说："这个请放心，我们不点最好，专点最贵的。"

晴儿也附和说："嗯，那个888元一份的是什么来着，就那个来两份。"

苏慧没有理她们，看着杨丽说："差点忘了介绍，这两位是我好朋友沈晴儿和李倩，这位是我刚提到的杨丽，这儿的金牌领班。"

杨丽笑了笑，说："认识你们很高兴，我推荐一下本店的特色咖啡，给你们每人一份吧，初次见面，我请客！我先过去，需要什么随时叫我。"

杨丽离开后，苏慧看了看四周，问："怎么样，我说这儿格调不错吧，看这音乐，多抒情啊！很适合恋人约会。对了，下次你们把各自男朋友带着，到这儿来肯定会有意外收获，这才是真正有情调的地方。"

李倩笑了笑："要不你先留意一下，看能不能邂逅你的白马王子啊。"

"我这在寻寻觅觅呢，你们也瞅瞅，说不定缘分就在附近呢！"苏慧夸张地四下张望着。

芸儿依偎在陈石的肩膀上，她闭上眼睛享受这段美好的时光。陈石则满足于那淡淡的香在鼻尖萦绕，他此刻所想的几乎完全背离了现实，仿佛存在幻想中，他第一次感受那种缥缈的感觉。芸儿喃喃地说："陈石哥，芸儿今晚很开心，从来没有这么开心过。我知道，过了今晚，明天想再见到就很难了，想象着你就快做别人的丈夫了，芸儿真心祝福你！"

陈石默默地听着。此时此刻，两颗心在相互撞击，却没有产生飞扬的火花。

"既然陈石哥不能陪芸儿这一生，芸儿有个小小的请求，陈石哥今晚能否陪着芸儿，今晚是芸儿最开心的一晚，芸儿不想就这么结束了……"

陈石明白芸儿心里所想，他内心也有种说不出的感动，他就这么冲动地答应了。

不一会儿，服务生送来三杯浓香的咖啡，还有几份点心。晴儿喝了一口咖啡，味道真的不错，她见苏慧那歇不下来的眼神，有点忍俊不禁，她也无聊地看了看四周。苏慧说得没错，这儿的确是情侣约会的好地方。

透过玻璃，借着灯光晴儿感觉有个背影好像很熟悉，她便仔细看了看，由于光线不是太好，没有看清楚，但可以确定，这人肯定是自己非常熟悉的。

李倩轻轻搅动小银勺："慧慧，你说上次那个帅哥怎么样啊？"

"哪个帅哥啊？"

"就是你见过那一个啊，上次在荷花公园的静思亭里。"

"哦，你说那一个啊，不错啊，怎么样？你们有发展没？"苏慧用奇怪的眼神看着李倩说。

"就联系过一次，我觉得他好像不太适合。"

"你觉得不适合的多了去了。"

"说正经的，别扯到月亮上去。"李倩故意生气地说。

"好，正儿八经地说，我觉得他不错，你们要相处了才能彼此了解啊，如果不相处怎么知道不合适呢？"苏慧语重心长地说。

李倩若有所思地点点头，她见晴儿一言不发，便问："晴儿，怎么了？一句话也不说，你也帮我参考一下啊！"

晴儿有点心不在焉地看了李倩一眼："萝卜青菜，各有所爱。别人的意见终究不能代表自己。"

苏慧笑着看晴儿说："晴儿，你刚才在想什么呢？是不是在想那个让你魂牵梦萦的他啊？"

"别乱讲，我可不像某些人那么花痴。"晴儿笑了笑说。

李倩从身边的展架上抽出一本时尚杂志，自言自语道："看看书吧，两个好朋友不能提出好的建议，只有自己解决了，这儿的环境不错，多多学习。"

苏慧笑说："你就装吧，我可真服了你了。"

晴儿正看着时尚杂志，手机短信息提示音响了一声，她忙打开背包取出手机，翻开短信息查看，是无名客发来的："日出美丽立取上，残月屋下友情长。无奈您却无心往，白水一勺表衷肠。春雨绵绵别三笑，但已人去走下场。嫦娥无女不寻常，红颜知己须思量。心语孤怜此诗中。吴名客！"晴儿仔细读了一遍。

几分钟后，晴儿会心地笑了起来，心里也甜滋滋的，她觉得应该也回一首助兴。于是，她苦思冥想着。

李倩见晴儿独自开心，便好奇地问："晴儿，有什么好消息让你这么开心，说出来让我们也高兴高兴。"

苏慧也看着晴儿说："是啊，说来大家一起开心。"

晴儿刚想到好词，差点被他们扰乱了，她边输入边回答道："没什么啊，一个朋友发来了一条搞笑的信息。"

"不会吧？是情书快递吧？"李倩似乎不太相信，看着晴儿的手机说。

"待会儿我给你传过去，给你们俩都传过去。"晴儿排除杂念，一心想着诗句。

李倩取出手机，焦急地看着晴儿："快点传吧，我等着接收了。"

晴儿只得保存了半首诗稿，翻出手机中预存的搞笑短信息给她们两人发了过去，要不然李倩准会打破砂锅问到底。

苏慧和李倩一前一后收到晴儿发的幽默短信息："一只蚂蚁与一只兔子在聊天时，迎面走来一头大象，蚂蚁赶快钻进土里，露出一条腿。兔子不解地问：'你这是干吗？'蚂蚁说：'你看着我绊死这头笨象！'"

李倩收到短信息后赶忙阅读，看完后她忍不住笑了起来："晴儿，你这位朋友真逗，能不能介绍给我认识一下？"

晴儿仍在编辑短信息："友情雨下永相伴，人情相遇有尔时。大雁南飞非人字，方知缘了应无点。除夕过后是何天，欢歌琴声纳诗中。晴儿"晴儿将信息发了出去，抬头看了李倩一眼，微笑着说："不可以！"

李倩扭过脸去："晴儿，好朋友可是要共享的，有聊天的伴儿大家一起聊啊！真是小气到家了，小气鬼！"

苏慧看了看晴儿，笑着对李倩说："小倩，你可真糊涂到家了，好朋友什么都可以分享吗？情人可以吗？男朋友可以吗？"

李倩立即领会，笑着对晴儿说："晴儿，如果是普通朋友就介绍一下，若是男朋友，那就算了吧。"

"为什么非要是男朋友啊，很要好的女性朋友不可以聊天吗？"晴儿故意开玩笑说："到时候会让你们知道的。"

"小倩，晴儿有男朋友了也不告诉我们，看来还没有把我们当知心朋友！"苏慧对李倩说。

"对呀，晴儿的那位白马王子不知道住哪所宫殿？不说可不行哦！"李倩故意做出要掐晴儿的动作威胁说。

晴儿笑了笑："说了你们也不认识，我和他刚认识不久。"

"看看，还是牵着不走，打着倒退吧？早点坦白从宽了。"李倩轻轻掐了晴儿一下说。

"快说说，怎么认识的？"苏慧似乎很感兴趣地问道，"他叫什么名字啊？"

晴儿举了一下手机说："从这里面认识的。"

"手机？"李倩疑惑地看着晴儿，"手机里面可以找到男朋友啊？我这里面怎么没有啊？"李倩故意翻开手机，看着晴儿，诡异地笑了一下，"哦，要不，你的那位白马王子是卖手机的？"

"错了，其实很简单的，你们编辑手机短信息'QY'发送到211314，就可以了，里面的帅哥随你挑。"

"切，又见不着面，怎么知道是帅哥啊？"李倩不屑地说。

苏慧看了看晴儿："你是说手机运营商搞的那个'红玫瑰之家'活动？唉，那又不见面，像是网络恋情。"

晴儿点点头："听说里面配对成功率还可以，我就想加入试试看，要不你们也试试！"

苏慧摇摇头说："我还是相信客观存在，那些虚幻的不过是在浪费时间和感情，我没兴趣！"

李倩正拨弄着手机："我试试看，兴许能沙里淘金呢！"

"不过，有一件开心的事情，我的姐姐菲儿快要结婚了。说来也巧了，他们也是通过手机短信息相恋的。"

苏慧瞪大了眼睛："唉，古代是飞鸽传书表述感情，现在是手机短信传递爱情，这真的是不可思议。"

　　"到时候我邀请你们参加姐姐的婚礼，感受一下。其实缘分虽由天定，但还是要自己把握的。"晴儿微笑说。

　　李倩看着晴儿说："看看，爱情的力量是伟大的，晴儿都快成恋爱专家了。"晴儿轻轻摇了摇头，一不小心她的目光又移到那对情侣身上了。她真的想弄清楚究竟是谁，于是，她起身说："我去一下洗手间。"

　　晴儿拿着手机紧张地向前走去，仿佛走在雷区似的。走过那对情侣的小包间时，她留意了一下，只是一瞥，这一瞥，她几乎有触到高压电的感觉，仅仅几秒钟，感觉像是坠入万丈深渊。而此时，她恨不得将眼前这个虚伪的家伙推下深渊。晴儿努力使自己平静下来，她在没有被发现的时候离开了，她精神恍惚地走进洗手间，对着镜子用冷水拍自己的额头。在"哗哗哗"的水流声中，她在想，如果姐姐知道这件事会怎么想？即将要举行的婚礼怎么办？或许，这个依偎在他身上的女子只是他以前的同学，或是很要好的朋友。

　　晴儿努力让自己不去胡思乱想，她抽了张纸巾，擦脸上的水。她低着头往前走，坐回到自己的位置上。李倩见她呆若木鸡，担心地问："晴儿，怎么了？"

　　苏慧也看出她的神情与刚才离开时判若两人，也问："是不是哪儿不舒服啊？"晴儿轻轻摇摇头。

　　"我知道了，刚才见你在那对情侣座那儿停了一下，看到人家是不是有点儿思春了？"李倩开着玩笑说。

　　晴儿此刻真想冲过去狠狠扇他几个耳光，问他为什么要背叛姐姐，为什么婚期快要临近还要和别的女人在这种地方会面？她的心里乱作一团，她努力控制自己的情绪，但还是起身拎包离开了座位，快步往大门方向走去。

　　苏慧和李倩被晴儿的这一举动弄得面面相觑，她们跟着追了出去。晴儿推门而出，眼泪在眼眶中打转。自小到大她最喜欢的就是姐姐了，可是，姐姐居然喜欢上这样一个家伙。为什么男人都那么花心？左手拥一个，右手还要抱一个，恨不得把全天下的女人都拥在怀里才高兴。

李倩跟在晴儿后面，忙问："晴儿，怎么了？"

苏慧也小跑着出了咖啡馆大门，她追上晴儿，见她的表情古怪，回想刚才的情景，心中似乎猜到一些。她走到晴儿面前，轻轻拍着她的肩膀说："不要生气了，气坏了身子不值得，这天下的乌鸦一般黑，不要太在意，我们送你回去吧。"

晴儿点了点头，此时她情绪很激动，也许是太单纯了。这世界有阳光的一面，自然就会有阴暗的一面，可为什么这阴暗的一面偏偏让自己撞见了呢？

回到家，晴儿直奔自己的房间，她躺在床上，大脑中一片混乱，真希望这是一场梦，如果让姐姐知道了将会……晴儿不敢往下想了，她轻轻闭上双眼，希望明天醒来后，什么都没有发生过。

沈菲儿独自在房间里看资料，看了看时间，已经快十二点了。陈石还没有回来，她担心陈石喝多了，找不着回来的路，便拨了他的手机。电话里传来："对不起，您拨的电话已关机！"

菲儿放下手中的电话，她总觉得心神不宁，好像有什么事情要发生。躺到床上，翻来覆去睡不着，她起身打开电视机，其实根本就无心看电视。菲儿从卧室走到客厅，接着又走到阳台上，她抓起电话又拨了朱光磊的号码，也传来关机的提示。心想，奇怪了，两人约好了似的，全把手机关了，肯定在一起高兴过头了。她又想这两人是不是商量着准备集体逃婚啊，想想自己都笑了起来，这两人凑到一起肯定没好事。菲儿胡思乱想着，回到卧室后，她躺到床上闭上双眼，可心里还是忍不住想着陈石……

辛芸和陈石一起度过了一个短暂而美好的夜晚，这一夜，将永远留在辛芸的记忆深处。辛芸深情地看着陈石，柔声问："陈石哥，我能否参加你的婚礼？芸儿想见见你的美丽新娘！"

　　辛芸一提到结婚的事，陈石心中就是一阵慌。他想到了菲儿，此时，菲儿肯定在四处找自己。他在想见面后该如何向菲儿解释今晚的事情，得找个很好的理由才行。辛芸见他不说，就又问了一遍。陈石点了点头，他看着楚楚动人的芸儿，心想这是最后一晚，他与辛芸见面的第一次，也是最后一次，以后再也不会见面，他怕自己会控制不住自己，做出一些不好的事情来。

　　辛芸和陈石依依不舍地分别，仿佛生离死别一般，两人心中都有一层薄薄的纸，这样的爱恋最痛苦。辛芸被陈石送回住处，她目送陈石坐车离开。

　　辛芸打开门，杨芬芬还没有睡。"芸，你到哪儿去了？这么晚才回来，让我好担心！"杨芬芬放下手中的书，见她回来了，悬着一颗心终于落了下来，"你一个女生，万一出什么事，我可不好交差啊。"

　　"没事的，不用担心，我只是去见一个朋友。"辛芸笑容满面，轻描淡写地说，"早点休息吧！"

　　杨芬芬见辛芸开心的样子，心里也猜到一些，于是微笑着问："怎么样？见到心中的白马王子没？"辛芸笑而不答，微微点了下头，"那你们整晚都在一起？"杨芬芬又问。辛芸依旧笑而不答，微微点了下头，"那你们有没有……"

　　辛芸见杨芬芬的眼神十分诡异，便微微一笑，说："不要乱想了，我们什么都没有做，就像初恋情人一样，两人背靠背度过了一个短暂而美好的夜晚，这是不是很浪漫啊？"

　　"还浪漫呢，两个疯子。"杨芬芬不解风情地说，"芸，你老实说，真的没有和他发生什么？"

　　辛芸见杨芬芬不放心的眼神："芬芬，你还不相信我啊，真的没有，而且，就算有也不可能在那么美好的时间发生啊！"

　　杨芬芬疑惑地看着她："为什么？会不会是他？"

"他就快要成新郎了，你说我和他能发生什么惊天地泣鬼神的故事！"

"什么？你们发展得比光速还快啊，刚见面就谈婚论嫁啊。"杨芬芬非常吃惊地看着辛芸。

"芬芬，你怎么了？哪有啊，要真是就好了。"

"怎么？如此绝色美人儿，难道他都不动心，莫不是你遇上一个不食人间烟火的世外高人？"

辛芸被杨芬芬的表情逗得笑了起来："想象力太丰富了，芬芬，我建议你去写科幻小说了。人家和一位比我还楚楚动人的绝世美人一起走进婚姻殿堂，真是让人既羡慕又嫉妒啊！"

杨芬芬吃惊地看着她，仿佛对辛芸越来越陌生了。辛芸见杨芬芬这样，便微笑着说："干吗用这样的眼神看我？好奇怪！我像是要破坏别人家庭的坏女孩吗？"

"男女总归是有别的，那你们以后还会见面吗，还是通过手机短信息交往，做他的短信情人？"

辛芸想了一下，摇摇头，她走到阳台上，看着渐渐发白的东方，喃喃自语道："我们已经有了约定，要做一辈子的好朋友，超越情感界限的那一种。"

杨芬芬笑着摇摇头："希望吧，说实在的，我倒真想见见那位让你魂不守舍的男人。"

"可以啊。"辛芸转身看着杨芬芬，"他答应让我参加他的婚礼，你可以陪我一起去，这样就可以看到他了。对了，他可是很有男子汉魅力的，你可不要喜欢上他哟！"

"放心，我可不是花痴女，我有先天性的免疫能力，百情不侵。"

"那我们可爱的芬芬小姐可是想做老姑娘了。"

"你真坏啊，是在咒我嫁不出去啊？我发现辛芸小姐现在变得越来越坏了，看来得惩罚你一下，下午高姨要来看你了，你不许乱跑了啊。"

"什么？"辛芸瞪大了眼睛，"妈妈要来，怎么不早说？"

杨芬芬慢吞吞地说："昨晚高姨打来电话，说找你，我说你休息了，高姨说明天下午四点左右过来。我打你手机，不知道你怎么关机了，我又不知道你人在哪，总不能像孙悟空那样飞到你面前，告诉你吧！"

"这可怎么办？妈妈来看我，肯定是要带我回去了，怎么办？"辛芸很焦急地看着杨芬芬。

"回家不会像监狱那么可怕吧？怎么你对回家会那么恐惧？"

"差不多了，我回去了再想出来就难了，要不我下午出去，到宾馆睡上一觉，你帮我应付一下，就说我出去旅游了，去海南岛了，要不，去九寨沟？反正随便你怎么说。"

"唉！真搞不懂你，还是见见高姨吧，这么远来一趟，她见不到你会很担心的。再说，母女连心，她这段时间很想念你，就见一面吧。"

辛芸犹豫了一下，说："其实，我心里也很想念他们，可就是不想回去。"

陈石找了一个小饭馆匆匆吃完早饭，他想着该不该回菲儿那里，还是直接去上班？如果去找菲儿，又该如何向她解释一夜未归呢？如果自己一个人住，那想什么时候回家都行，可是马上就要拖家带口了，自由不是自己一个人说了算。陈石想了很多理由都站不住脚跟，肯定骗不过菲儿，他左思右想，实在想不出来，便决定先去上班。他回到自己原来的住处，拿了手机充电器就坐车去了公司。

在公司办公室里，陈石给手机充了电，他一脸茫然。刚开手机就收到好多条短信息，多数都是来电未接的提示信息，他一条一条地查看，其中有一条是早上刚发来的，他一看号码，是沈晴儿发来的。他打开信息看了一下："在哪儿呢？想和你谈谈，有急事，速回复！晴"陈石见信息语气很像菲儿，吓了一跳，他有点不理解，自己未来的小姨子有什么急事找自己？

沈晴儿几乎一夜未眠，她想不通看起来很斯文的陈石会做出那样出格的事情，平时油腔滑调贪图嘴上便宜就算了，可是，简直就像是做梦一样，但这不是梦。她在路上给陈石发了信息，希望当面听他的解释，也许，不能改变什么，但至少能知道他心里到底是怎么想的。

陈石想了一下，编辑短信息回复道："我在公司，有什么事情吗？"

"能抽时间吗？我有事情当面和你谈谈。"晴儿又发来一条。

陈石犹豫了一下："好吧，要不中午你去你姐姐那，我下班后就去那。"

"我想单独和你谈谈，就现在！"

陈石见晴儿语气很坚定，并且咄咄逼人，他轻轻摇了摇头："在什么地方见面？我可以抽一个小时的时间。"

"我在淮海路星缘餐厅等你，十分钟就得到，不然后果很严重。"晴儿刚好到星缘餐厅吃了早餐。因为这是她同学的父母开的，所以她对这里很熟悉。她坐在一个小包间里，想着一会儿陈石来了该如何问他，这得讲究方式。

陈石简单收拾了一下办公桌，跟秦玲打了个招呼后，就坐车去星缘餐厅。他对那家餐厅不太熟悉，不过和菲儿在那吃过几次饭。

陈石一路上都在想，晴儿这冷不丁地要单独见自己会有什么事情？看着车窗外飞驰而过的汽车，他的头脑里一片空白，如果中午前还想不出一个好的理由，那可真是要出乱子了。依菲儿的脾气，这一夜未归，再加上通讯中断，情节是极其恶劣的，如果不找个天衣无缝的理由，这一关很难过啊。想到这儿他真是坐着不安，躺着不宁。车子很快拐进淮海路，在星缘餐厅门前停了下来，陈石付了车钱，拎包下了车，他掸了掸身上的衣服上的灰尘，看了一眼餐馆招牌，就在他刚准备跨进餐馆大门时，包里的手机响了起来，他取出手机，是公司电话打来的，按下接听键："喂！"

"陈石，快回来，公司领导要开会，快点啊！"陈石听出是秦玲的声音，他挂了电话，快步走到马路边上，拦了辆出租车。

在车上，匆忙中他忽然想起晴儿，于是编辑了一条短信："晴儿，对不起，我刚到餐馆门口，公司要开会，我现在在回公司路上，有什么事等下午下班后再说，可以吗？"发完信息后，放下手机，看一眼手表，估计到公司要十几分钟，他扭头对出租车司机说，"师傅，麻烦开快点，我有急事，有劳了。"出租车司机是个中年汉子，他点了下头，一踩油门从淮海路直接拐进中山路。

中午因为公司有事，陈石要了份工作餐。吃完饭后，本想给菲儿打电话，可是又想了一下觉得发短信息比较好，于是，编辑了条信息发送出去。

一直到下班时间也没有等到菲儿回复短信息，他觉得菲儿肯定非常生气，看来晚上这一关是相当难过的。陈石下班后，径直回到自己的住处，自己泡了碗泡面，简单地填饱肚子。正当他收拾完汤汤水水就有人按门铃，接着就是急促的敲门声。陈石从厨房里走出来，他搞不清门外是谁，或许是菲儿？

"快点开门，我知道你在里面。"陈石听是晴儿的声音，便走到门前，从猫眼里看，的确是晴儿。

于是，他打开门，见晴儿站在门外，用锐利的眼睛看自己，陈石不敢面对她的眼睛，强作笑颜道："晴儿，你怎么过来了？"

"怎么不能来啊，不欢迎啊？"晴儿大声说。

陈石看了看楼道说："有什么事进来说吧。"

晴儿一把推开陈石，大步来到客厅，她四处瞅了瞅，像是在找东西，随后她往沙发上一坐。陈石从冰箱里取出一瓶饮料，递到晴儿面前，他坐到晴儿对面，表情有点不自然。

"怎么了，紧张什么？心虚了吧？"晴儿咄咄逼人地说，"为什么昨晚一夜未归？是不是做了什么对不起姐姐的事情，没脸见她了吧？"

"没有！"陈石确实有点儿心虚，他估计对面这个小丫头应该不可能知道他昨晚的行踪，于是镇静地说，"菲儿，你姐她……我回来拿点东西。我又没犯什么错，为什么不敢见你姐？"

晴儿见陈石有点儿语无伦次，真的有点心虚，所以撒谎都那么不自信。而且到这个时候还不承认，心里非常生气，看来不抖出来昨晚的事情，他是不会如实交代的。于是，晴儿冷冷地看着陈石说："昨晚你在哪儿过的夜？不要编故事骗我了，你的那些事情瞒不过天的，我现在要听你的真心话。"

面对晴儿咄咄逼人的气势，陈石觉得这是在试探他，但同时又预感到不妙，因为晴儿的眼神里有种让人捉摸不透的东西。他犹豫了一下："是菲儿让你来问的？"晴儿盯着陈石没有言语。

陈石轻咳了一声，说："我，昨晚上去见一客商，谈得晚了些，所以就没回你姐姐那去。"

"哦，去见客户了，什么样的客户呢？朋友？情人？看样子关系不一般啊！"

"不是，只是生意场上的普通朋友。"陈石见晴儿语气怪异，他忙解释道。

"普通朋友？那关系可是相当亲密啊，想必那位普通朋友是美女吧！而且，地方选得还不错，雅典娜咖啡馆，那地方很有情调啊，谈生意会去那儿？莫不是去牺牲色相？"

陈石惊讶地看着晴儿，几乎慌了神："晴儿，我，你，这……"

"说啊，继续编你的故事啊？"晴儿冷冷地说，"不过，那么漂亮的女子，哪个男人见了能不动心，更何况眼前这位是朝三暮四成习惯的男人呢！"

陈石不敢接触晴儿的目光，他心里乱作一团，只能低头不语。

"陈石，你究竟想干什么？不要忘了，姐姐马上就要成为你的新娘了。可是你还心猿意马地勾三搭四，怀中抱着美艳女子，浪漫得很啊！"晴儿转移目光，她不想再看陈石那副虚伪的嘴脸，"你究竟喜不喜欢姐姐？马上就要成家的大男人，你让姐姐如何信任你？难怪她老生气，原来矛盾全是你惹出来的，我还差点错怪了她。"晴儿情绪有点儿激动，此刻她恨不得将陈石从楼上扔下去。

陈石低着头，一言不发。晴儿叹了口气："说吧，把你的理由都说出来，为什么？那个女孩是谁？你们认识多久了？说啊，怎么不说话了？"

陈石自知理亏，他抬头看着晴儿说："昨晚的事你都看到了，我还有什么好说的。"

"当然！差点错过了精彩的一段，一个男人同时爱上两个女人，你累不累啊？"晴儿依然冷冷地看着陈石，"说实话，你心里面到底有没有姐姐？"

陈石站起来，晴儿也跟着站起来："怎么，想逃避啊！这可不是堂堂男子汉的行为！"

陈石第一次看到晴儿火气这么大，而且这般不依不饶。"晴儿，我去下洗手间。"

"不行，你坐下，我还没听完你那精彩的风流故事呢！说吧，为什么和姐姐在一起，又要爱着另外一个女人？"

"菲儿，她知道昨晚的事情吗？"陈石的心怦怦地乱跳，如果让菲儿知道昨晚的事情，那可就糟糕透了。

"我还没有告诉姐姐，我现在要知道你心里是怎么想的？"晴儿死死地盯着陈石。陈石掏出了烟，抽出一支，点燃后深吸了一口。晴儿见他抽烟时痛苦的表情，她知道平时陈石是不抽烟的，"不要再跟我编故事了，不许抽烟，我想听你的真心话。"陈石被烟熏得眼泪都快出来了，他把烟掐灭，想了想，就把跟辛芸认识的全部过程都说了出来。

晴儿默默地听着，陈石看了看晴儿，说："就是这些了，这可不是我乱编的，我可以对天发誓。真的，昨晚是我跟她第一次见面，当然，也是最后一次。辛芸很聪明，也很善解人意，昨晚我们已经达成协议了，我们只是普通朋友。"

晴儿看着陈石，半信半疑地说："真的吗？普通朋友？你能保证'普通'这两个字不会变味吗？你们两人能将这两个字保持多久？你能保证不会做出对不起姐姐的事情吗？"晴儿盯着陈石，"如果那个女孩子知道你快要成为新郎官，就不应该再纠缠你，你以为能同时得到两个女人的爱很幸福吗？那样你会伤害到两个人，知道吗？"陈石沉默不语，他心里七上八下的，一下子失去了主意，不知道该怎么办，"如果你还想和姐姐在一起，就全心全意去爱她，不要三心二意了。"晴儿步步紧逼，"告诉我，你选择那个叫辛芸的女孩还是选择姐姐？你不能脚踩两只船了。"

"我刚才不是说过了吗，我和辛芸的关系是超越情感界限的。"

"超越情感界限？"晴儿冷笑着，"你拿什么来衡量？你能超越得了吗？昨晚你们那么亲密，那也叫超越情感界限，你以为你们是神仙啊？谁信啊，如果姐姐知道了，你认为她会相信吗？"陈石被问得哑口无言。

晴儿看着陈石："只要你能答应和姐姐的婚礼如期举行，并不再和那个叫辛芸的女孩子来往，我就会忘掉昨晚见到的，当什么也没发生过，如果让姐姐知道了这事，你知道后果，你能答应我吗？"

陈石看着晴儿，点点头："那菲儿那边我怎么解释啊？如果实说我担心她会大发脾气，结果不好控制。"

晴儿见陈石说话的表情感觉很好笑："看来有些人还是很在乎姐姐的，难道姐姐昨晚没有打电话给你？"

"打了，可是我手机没电了，一直处于关机状态，早上到办公室换了电池才知道她打了几个电话。"

"那你怎么不回电话啊？"晴儿的笑容不再那么冷了。

　　陈石挠了挠头："不是没有找到很好的理由吗，你知道的，如果理由很牵强，那还不等于羊落虎口啊！"晴儿低头笑了一下，没有言语。

　　"晴儿，帮我想办法吧！"陈石见晴儿神情有所改变，他祈求着说，"我脑子里现在一片空白，什么主意都没有，我编出来的理由依菲儿多疑的性格肯定不会相信的。"

　　"知道害怕下次就不要犯错误了。"晴儿故意仰着头，"好吧，那我就帮准姐夫一次，仅此一次，下不为例啊。"陈石忙点头答应。晴儿想了一下，说："这样，如果姐姐问起来，你就说昨晚跟我在一起。"

　　陈石瞪大眼睛看着晴儿，露出很惊讶的表情："和你在一起？"

　　"你可别想歪了啊。"晴儿故意生气地说。

　　"我可没有乱想，现在什么时候了，可开不得玩笑，晴儿，我昨晚出门时跟菲儿说是出去应酬的，怎么可能会和你待在一起，这不合逻辑，也不合情理啊。菲儿肯定不会相信，你姐姐的性格你还不了解吗？"陈石忙解释道。

　　晴儿想了一下，说："那就这样，你喝醉了，在路上刚好被我碰到，我就送你回住处了。好像有点儿牵强，不过，让我再想想。"陈石不想让菲儿生疑，不过，对于自己的亲妹妹应该还是会相信的。

　　晴儿看着陈石："就这样说吧，现在也想不出什么好的办法让姐姐相信你。"

　　陈石犹豫了一下，点点头："那我们现在编排一下，要不露出马脚来那就完了。我挨熊不要紧，别把你也给连累了。"陈石心中暗自酝酿着说辞，这可出不得半点纰漏，因为他知道菲儿是个心思缜密的女孩子。

　　过了一会儿，晴儿见他紧张的神情有所缓和，歪着头问："怎么样，现在和我去见菲儿姐姐，她现在很担心你，说不定还生着气呢。再说了，筹备婚礼还有很多事情要你们俩商量呢！"

　　陈石点了下头，正当两人准备出门时，陈石的手机响了起来，从包里取出手机一看，是菲儿打来的，他心中一阵紧张，看了晴儿一眼说："是你姐姐！"

"那还愣着干什么，快接啊！"晴儿轻轻走了过来，侧耳细听。

陈石看着晴儿，接了电话，还没等他说话，菲儿的声音便传了过来："陈石，你在哪里？昨晚一夜没回，到底去哪儿了？还不快给我回来！是不是想气死我啊？现在一大堆的事情，不会都让我一个人做吧？结婚可是两个人的事情啊，你可倒好，成了甩手掌柜了。告诉你，我现在在家里等着，给你半小时，如果见不到你，以后永远也别想再见面了。"说完就把电话挂了。陈石愣愣地站在那儿，一句话还都没讲。

晴儿在旁边听得很清楚，她抿嘴偷着乐。见陈石傻站着，忙说："站着干什么，还不赶快走啊！"陈石收起手机，取了包，拿了门钥匙，和晴儿一起出了家门。晴儿拦了辆出租车，两人一起上了车。

菲儿心里真的有点儿窝火，她没让陈石说一句话，就是想等他回来当面质问。她坐在客厅沙发上，回想昨晚做的梦，梦见陈石忽然从婚礼上消失了，她一下子惊醒了，睁开眼后才发现是梦。可是，看了一眼时间，已是凌晨三点多了，但陈石还没有回来，她非常担心，拿起电话拨了陈石的手机，可还是关机。她害怕梦是真的，害怕陈石真的消失了。她于是打电话给朱光磊，问他陈石在哪儿？朱光磊睡梦中接了电话，说没见着他。

菲儿很失望，连他最要好的铁哥们都不知道他在哪儿，难道是出事了？越想越担心，她不敢再往下想了，恍惚中她仍不放弃一线希望。又拨了好几遍陈石的手机，仍然打不通。心想，只要能接通电话，只要能听到他的声音，不管他现在在做什么，她都不会在意的。不过，现在等他过来，肯定逃不掉被追问这一关的。菲儿就静静地坐着，等他回来。

在菲儿的住处楼下，晴儿微笑着走到陈石身边："不要我出马了吧，我就在楼下等着，一会儿如果需要我，记得打我的电话，我跟姐姐说说，帮你解释下。如果不需要，就发个信息，我就回去了。对了，记着千万别忘了答应我的事情。"陈石点了点头，整理了下衣服，感觉像是赴刑场一般。当他正要打开单元门走进去时，晴儿大喊，"等等！"说着上前两步走到陈石面前。

她仔细闻了闻，瞪着陈石："你还穿着昨晚的衣服啊，你感觉不到上面的香水味吗，还是茉莉花，要知道女人对女人的气味是非常敏感的，赶快换衣服。"陈石拎起自己的衣角闻了闻，的确有辛芸身上的茉莉花味道。

他冲着晴儿不自然地微笑着："还是晴儿细心，可现在到哪去换衣服，回去时间肯定来不及。"

"是不是真糊涂了，马路边不是有那么多服装店啊，还要我陪你去试衣服不成？"晴儿故意严肃地说。

"哦，我这就去。"晴儿看着陈石匆匆离开的背影，觉得又好气又好笑。她忽然在想，自己这样做究竟是对的还是错的。

# 第九章　花堤秋蝶觅，渝磊艳回眸

老天都嫉妒你的纯真容颜

迷人气质迷醉我无数思念

当月上柳树枝头的多少个夜晚

孤灯下只能守护你相赠的照片


心中默默的祝福依然如此牵强

温馨的爱情不再永久相伴

让自己喜欢的人沐浴香甜

也就不会把自己置于冷雪冬恋


——《错过了你，就错过了春天》

李燕秋从房间里出来，见朱光磊坐在沙发上发呆，她轻轻走过去，挨着他坐下："都快要当新郎官了，怎么还愁眉苦脸的，是不是后悔娶我了？"

朱光磊握着李燕秋的手："怎么会呢，你答应嫁给我，那可是我八辈子才求来的福分。我在想这陈石和沈菲儿到底是怎么了？"

"嗯？"李燕秋靠着朱光磊的肩膀，"他们又怎么了？"

"唉，三天两头闹别扭，这不，深更半夜的，沈菲儿打电话问我陈石去哪了。你说这个石头也真是的，深更半夜乱跑什么啊，都快有家有口的人了，就不能跟我学学，待在老婆身边多好。"朱光磊故意严肃地说。

李燕秋抬起头，看着朱光磊，乐呵呵地说："你少来了，别光顾着说别人，自己也好不到哪去。"

"呵呵，我在想，石头两口子能不能过到一块儿去，我看悬啊。"朱光磊摇了摇头说。

李燕秋也收敛了笑容："你少杞人忧天了，问题不至于那么严重吧！"

朱光磊搂着李燕秋说："说不准啊，这感情的事情有时候还真难说出个子丑寅卯来。"

"不管晴天、阴天、雨天，能见到你的一天就是快乐的一天；不管昨天、今天、明天，能和你在一起的一天就是美好的一天！好朋友简简单单，好缘分永永远远，很想很想你！"余秋洁赶完了一篇通讯稿件，揉了揉眼睛，拿起手机，给林渝诗发了一条短信息，她猜测此时林渝诗应该正在回来的路上，想到很快就能见到他了，心里非常高兴，连最头疼的事情都做得井井有条，这也许就是爱情的力量吧。

不一会儿，林渝诗回了她一条短信息："路遥千里，难断相思；人在旅途，心已飞至；再过四个多小时，我就到家了，时间过得真慢啊，真想插上翅膀飞到你的身边。秋洁，一切都还好吧？我刚要睡着，就被动人的短信叫醒了，现在精神非常好！"余秋洁看完短信，微微一笑，又轻轻摇了摇头，回复道："还插上翅膀呢，以为自己是天使啊！呵呵，昨晚是不是又开夜车了？早就告诉过你了，要多注意休息，身体是革命的本钱。一直强调，就是不放在心上，现在好好休息吧，养足精神，我会去车站接你的，我想看到一个精神饱满的林大诗人。好了，回来再聊吧，好好休息，这是命令！"

"是！坚决执行，现在我已经休息了。"

余秋洁有点忍俊不禁，什么时候大诗人也学会幽默了，这倒是个稀罕事。她想象着林渝诗可能又一次自我蜕变，变得不再那么自我封闭了。这时，同事张亘走了过来，轻轻敲了敲她的桌子，笑着问："想什么呢？这么入神，又要出大文章了吧？不过，好像是桃花运哦，两颊通红，双目炯炯有神，人面桃花呵。"

余秋洁瞪了张亘一眼："我说张亘同志，怎么堂堂一个先进知识分子倒也搞起封建相面的营生来了。"

张亘得意地笑着："看来我猜得是八九不离十了，什么时候引见一下。我想集美丽、智慧、个性、温柔于一身的'报花'，怎么着眼光也是独树一帜的，很想见识一下，能摘得这朵玫瑰花的究竟是何方神圣呢？"

"报花？"余秋洁明知故问地问，"没问题，我打电话问下广告部贺珍同志，看看作一年的报花需要多少银子？"

张亘忙摆手："唉，可怜落花有意，流水无情啊，好了，不麻烦余大记者了，我还是亲自跑一趟去问吧。"张亘刚走出两步，又转回来了，他切入正题道："总编大人让我递给你一篇稿子，说要按他的意思修改一下，改完了马上给他。"说完他从左手的文件夹中取出一篇稿件放到余秋洁桌上。

余秋洁看了看，这是她上次写的那篇稿子，总编在上面圈了很多，还写了修改建议，这可是总编大人第一次这么严格审阅她的稿件。

张亘刚转身要走，余秋洁叫住了他："等一下下了。"她从抽屉里取出一个纸包递给张亘。

张亘好奇地打量着纸包问："这不是给我的小费吧？这么多，我可不敢当啊。"

余秋洁笑了笑："我可不是有钱的主儿会随便给小费的。"

"什么东西，里面？"张亘满脸疑惑地问。

"别问那么多了，把它交给贺珍就行了，正好给张亘同志创造一次机会，不要白白错过哦。"

张亘笑了笑："那我得给自己好好算算了，估计有可能会人面桃花呢！"余秋洁轻轻地摇了摇头，她不相信卜算之术，但她相信缘分，有缘分一切自然水到渠成，无须煞费心思去苦苦追寻。

"晴儿，这个星期天有时间吗？我和几位文朋诗友搞了一场玫瑰诗文联谊活动，在风景怡人的东湖公园，不知方不方便参加？名客"

晴儿收到这条短信息时心里一阵欣喜，于是毫不犹豫地回复："什么时候举行？上午还是下午？"

"下午三点整，在东湖公园的怡香阁。晴儿，要不晚上我们见个面吧！我想，这样有利于我们更深层次的了解，晚上如果有时间，七点整我在'铭刻茶艺吧'等你，希望你能来。"

晴儿稍微考虑了一下便答应了，她编辑短信道："好吧，可我们怎么相认呢，可能擦肩而过彼此还不知道呢！"

"这好办，到时手中拿本《宋词选集》的英俊青年就是我了，我在门口等你。"

"那我就拿本《唐诗三百首》吧，晚上见！"晴儿放下手机，心想，好像是两个特务要秘密接头呢。她不禁笑了起来，脑海中幻想无名客的身影。

"送你一粒幸福糖，成分：100%纯真情。配料：甜蜜+温馨+浪漫+宽容+忠诚=幸福。保质期：一辈子。保存方法：珍惜。陈石哥，芸儿为你送上最诚挚的祝福：愿爱你的人更爱你，你爱的人更懂你！芸儿"陈石收到辛芸发来的短信息后，正要删除，刚好菲儿走了过来，见他紧张的神情，讥讽道："谁来的短信，是不是哪个美女又骚扰你了？"

陈石看着删除键轻轻一按，看着菲儿敷衍道："是一个同事，他发来一条祝福短信息。"

"同事？男的还是女的？别又是什么不能入目的荤段子吧。"菲儿不屑地说。

"呵呵，要不我发给你看看？"陈石笑了笑说，他忙调出一条祝福短信息发给菲儿。

"我才不要看呢。"菲儿不情愿地取出手机，她看了一下，笑着说："看来是女同事发给你的吧，男同志可编不出这么细腻的文字来。"

陈石见菲儿对这条短信息的来源似乎有点儿不放心，想了一下说："是玲姐！"

"秦玲？"菲儿坐到陈石身旁，"难怪了，看来她对你还挺关心的啊！"

"看看，我都闻到酸味了。"

陈石仰头说："秦玲可是一个很正直的大姐姐，而且我认识她可比你要早得多，她对我比亲弟弟还亲，你可不要跟她吃醋。"

"我吃醋了吗？我才不要为你吃醋呢，真是的，真以为是的坏家伙。"菲儿故意别过头去。

陈石看了看菲儿说："菲儿，我想请秦玲做我们的伴娘，你看？"

菲儿扭头看着陈石："怎么不早跟我商量，我答应晴儿做我的伴娘了，而且家里人也有这个意思。"

"谁请亲妹妹当伴娘的。"陈石故意逗她说，"况且晴儿还是个小孩子啊，婚姻的事情可是相当复杂的，你不怕影响她那清纯的形象？"

菲儿故意不置可否地说："那我都答应晴儿了，你让我怎么说啊？"

"那我不是一天娶了姐妹俩吗？"陈石故意说。

"你敢？"菲儿真有点儿生气了，她板起脸，瞪着陈石说，"你是不是要气死我你才高兴，是吧？"

"这样吧，晴儿那边我去说，伴娘的事情我做主吧。"陈石打圆场说。

"那好，伴娘由你决定，那伴郎可得由我来决定。"菲儿也不甘示弱道。

"同意！"陈石举起双手，笑着说，"只是，千万不要请个七老八十的老人家来就行。"

"那我还真找个百岁老人来，怎么样？"

"好啊，一言为定，看你能找得到不，看人家愿意来不！"

第二天早上，陈石一觉睡过了头，他忙起身，见菲儿在收拾衣物。菲儿见他醒了，看了他一眼说："早餐在桌上，看你睡得香，没忍心叫你起来。"

陈石快速穿衣洗漱，他拿了块糕点就拎包出门。菲儿跟他走到门口："哎，你吃完早餐再走啊，时间来得及，真是的，也不跟人家打个招呼。"菲儿关上门，她叹了口气，看着自己的婚纱，脸上露出了笑容。

陈石来到公司，今天是部门经理例会。他快步走到会议室，见各部门经理都到齐了，忙坐到秦玲身边，等着负责人出现。

早会开了一个小时零八分钟，散会后，陈石走到自己的办公室，准备开始一天的工作。秦玲敲门进来，手中拿着平时常给他准备的甜粥和哈密饼，笑着走进来："看你那么匆忙，又没吃早点吧，马上就是成家的人了，坏习惯要改改了。"

陈石接过吃的东西，笑着说："谢谢玲姐！对了，玲姐，我上次提的请你做我婚礼上的伴娘，你考虑得怎么样了？"

秦玲刚准备离开，转身微微一笑："这和你的宝贝新娘商量了吗？"

"菲儿她同意了。"

"那我就恭敬不如从命了。"陈石看着秦玲离开的背影边吃边想，进公司这么些年，秦玲对自己的照顾真比亲姐姐还要周到，他觉得自己如果是她的亲弟弟该多好，这样就可以很惬意地得到她的关心和爱护了。

傍晚时分，辛芸见到了母亲高玉琴。高玉琴把辛芸和杨芬芬一起带到一家豪华中餐厅，让她们两人点菜。她看着女儿辛芸，微笑着对杨芬芬说："芬芬，芸儿这些日子多谢你的照顾啊，她给你添了不少麻烦吧。"

杨芬芬看着辛芸，笑了笑说："高姨，芸儿她自己会照顾自己，她可是帮了我不少忙，没有添任何麻烦。"

高玉琴微笑着看着辛芸："芸儿，爸爸很想念你，上次的事情他要向你道歉，跟妈妈回去吧。"

"辛芸，出来这么长时间了，也该回家了。"杨芬芬也劝说道。

辛芸看了看母亲，说："妈妈，能不能缓两天，我下周回去，行吗？"

高玉琴看了看杨芬芬，对辛芸说："为什么啊？芸儿，现在不能跟妈妈回去吗？爸爸还在家里等着呢，我们明天一早坐飞机回家吧。"

"妈妈，我肯定会回去的，只是，我想请您给我几天时间。"辛芸有点儿激动地说。

高玉琴见女儿坚定的神情，她心里知道，女儿决定的事情是八头牛也拉不回头的。她微微点了下头："好吧，那妈妈在这里陪你待几天。下周末跟妈妈一起回家，好吗？"辛芸见母亲坚定的表情，她也只好这样了，于是，她点了点头。她真的在这座城市有了很心动的感觉，要离开了，还是有点舍不得。杨芬芬看着辛芸，只有她知道辛芸此刻心里面在想些什么。

余秋洁想尽快改完手中的稿子，她希望能抽出时间去接林渝诗。她想象与林渝诗见面时的情境，就有种幸福感从心底冒出来，她真想马上见到他。

陈石陪菲儿一起去餐馆，他让菲儿点菜。菲儿拿起菜单，点了超出两人的饭菜。

陈石不解地看着她："就我们两个人，吃不完就浪费了。"

菲儿故意装作漫不经心的样子说："怎么？不能浪费啊？是不是后悔跟我在一起了？如果后悔了，现在反悔还来得及啊。"

陈石知道菲儿故意试探自己，微微一笑道："那我真得考虑了，娶了个难以伺候的母老虎，一辈子可就完了。"

"好啊，你敢把我跟动物相比啊。"菲儿故意生气地举起菜单向陈石打过去。

陈石也不躲避，笑道："看看，原形毕露了吧，我没说错吧，这不是母老虎是什么啊？"

菲儿半空中的手停住了，把菜单放回桌上，看着陈石得意的神情，深吸了一口气，笑着说："那我得对选择母老虎类型的男人温柔一点了。"没过多久，服务员把饭菜端了上来，给陈石面前放了一瓶啤酒，给菲儿面前放了一杯酸奶和一瓶果汁，菲儿向服务员多要了一副餐具。

陈石觉得很奇怪，他看着菲儿，心想，两个人怎么要用三套餐具？忽然他想起了什么："菲儿，你请谁了啊？"

"先不告诉你，来了，你见了不就知道了！"菲儿故意和他卖起关子。

陈石可不喜欢她跟自己打哑谜，他拿起筷子，看了看时间说："我肚子饿了，都几点了，你约了什么人啊？我首先声明，女孩子无所谓，我可以等，男的我可不管。"

菲儿故意露出不屑的笑容说："那就请自便吧，我们不会介意的。"

"我们？"陈石心中一阵不愉快，"认识时间可不短啊，看来！"他端起杯子，猛喝了一口啤酒。菲儿抿嘴偷偷地笑了起来。

晴儿乐呵呵地跑进来，气喘吁吁地坐在菲儿身边："对不起，姐姐、准姐夫，我迟到了。"陈石一看是晴儿，不由得一阵心慌。晴儿瞅了一眼陈石，"姐姐，怎么准姐夫好像见到我不开心啊，不舒服吗？"晴儿看得出陈石的紧张，她微笑着说。

菲儿故意看了看陈石说："晴儿，你未来的姐夫亲自挑选伴娘呢，说很成熟有美感哦！"

晴儿看了看姐姐，不明白她的用意："谁呀？"晴儿又看了看陈石，陈石没有吱声。

菲儿接着又说："而且两人的关系还非常好呢，你能想出会是谁吗？"晴儿摇了摇头，她看着陈石心想，不会是她吧？

"让他告诉你吧。"菲儿指了指陈石挤了挤眼说。

陈石瞅了晴儿一眼："到时候不就知道了，还是关心一下伴郎的人选问题吧。"

菲儿看着晴儿，笑着问："妹妹，你说谁做伴郎最合适呢！我倒是想到一个人，很英俊的。"菲儿朝晴儿暗示了一下，晴儿领会到姐姐的用意，笑了笑说："哦，就是当时追姐姐，追得天昏地暗的那位姚先生啊，他昨天还打电话问你呢，看样子不到黄河不死心啊。"

"要不，就给他一次机会？"

"姐姐是说……"

"我想你准姐夫应该不会拒绝的。"

陈石见这姐妹俩一唱一和的，他埋头吃喝起来："你们自个儿决定吧，反正我没意见。"

菲儿笑了笑："晴儿，那就这么定下来吧。"晴儿不明白都快结婚的两人，怎么还有心思胡闹呢。菲儿心里认为那天晚上陈石肯定是和情人约会了，她没有捅破是因为不知道陈石究竟和谁在一起，还有，她不想在大喜的日子来临时横生枝节。所以忍了下来，但心里还是有点儿不踏实。

于是，菲儿趁陈石去洗手间的机会问晴儿："晴儿，你老实告诉我，那天，陈石究竟和谁在一起？"晴儿知道姐姐问的是什么事，她轻轻摇了摇头，其实心里一阵紧张，拿在手里的杯子差点儿落到地上，"我相信我的直觉不会错，你看他最近那么老实，肯定犯了大错了，我一定要弄清楚那天晚上和他在一起的女的是谁？"

"姐，陈石哥他不会有什么隐瞒你的事情，马上就要举行婚礼了，不要再怀疑他了。如果他三心二意就不会和你结婚了啊！"

菲儿看着晴儿，有种陌生的感觉："妹妹，你是我亲妹妹吗？你怎么不相信我的直觉呢？你应该坚定地站在我这一边。该不是他用什么把你给收买了吧？"

"姐姐，越说越离谱了。"晴儿故意生气地说，她要尽力为陈石掩饰，否则两人可能又会进入冷战局面，"那晚我可以证明陈石哥他什么事都没有。"

"怎么？那晚你和他在一起？"菲儿目不转睛地看着晴儿。

"难道姐姐连我也不放心吗？"晴儿无奈地看着姐姐。

菲儿用惊讶的目光看着晴儿："那你怎么会知道他什么事都没有发生呢，你又不是整晚都陪着他。晴儿，姐姐知道你用心良苦，可你年龄还小，男女之间的事情并不是小时候玩过家家，明白吗？"

"姐姐，可我并不是什么都不懂，为什么你老是把我当成小孩子呢，我都二十岁了，都成年了。"晴儿说话时有点激动，"那晚我看见陈石哥喝多了，就送他回家了。"

"后来呢？"菲儿半信半疑地看着晴儿。

"我看陈石哥没什么事就回去了，还有我的两个好朋友陪着我，要不让她们出来做个证？"

菲儿见晴儿不像在说谎，而且，她也找不出什么牵强的理由，但心里一直有种被欺骗的感觉。

余秋洁赶完最后的文字段落，看了一眼时间，快到点了，她忙将稿件整理了一下，送到总编室，顺便请了两个小时的假。总编大人一听说她请假，脸上就露出不太乐意的表情，但还是批准了她的要求。余秋洁取了包，直接拦出租车去了火车站。

她匆忙地到了火车站，在出站口等着。一拨又一拨的人群来来往往，她等着林渝诗出现在她的面前，那喜悦的心情着实难以言表。

余秋洁用敏锐的目光在进进出出的旅客中搜索，突然一个熟悉的略带疲倦的身影出现在她的视线中，她忙挥手："渝诗！这边！"

林渝诗拿着大包小包的行李，听到余秋洁的声音，他整理了一下行李，加快脚步，从人群中挤了出来。余秋洁忙上前帮他拎行李。林渝诗将最轻的包让给她，笑着问："在这儿等很长时间了吧？"

"没有，我也是刚到一会儿。"余秋洁把包拎在手中，"看你那么辛苦，人都瘦了一圈了。"

林渝诗笑了笑，说："痛并快乐着，我只当是减肥了。不过，能把作品完成比什么都重要，就是苟活于这人世间，也无怨无悔。"

"你真是怪，写作需要安静的环境，这完全可以理解，可没有人像你为了写作，跑到那么偏僻的山上去啊。我可真是服了你了，为了创作什么都能放得下。是不是写作的人这儿有些不太正常啊。"余秋洁用手指了指大脑说。

林渝诗浅笑不语，下车见到的人第一个就是她他心里还是很开心的。余秋洁到马路上拦了辆出租车，扭头对林渝诗说："先送你回去，好好休息一下，晚上我们可是有精彩节目呢。"

"都有什么精彩节目啊？"林渝诗坐到车上问。

余秋洁扭头看了看他说："之前跟你提过，有两对新人要步入婚姻殿堂，你不记得了？大家想一起策划下，想一个既热闹又节约的婚礼仪式。"

林渝诗疲惫地靠在座椅上说："我还有点累，晚上我想思考一些事情，要不然明天稿子没办法校审了。"

余秋洁看了看林渝诗的脸色，想说的话又咽了回去，只能说："那好吧，你好好休息，晚上随便你参不参加，只是个朋友的小聚会，不过他们都想让你出席的。"余秋洁拉着林渝诗的手，坐了一整天的车很疲倦。林渝诗微微闭上眼睛，竟然打起了盹儿。余秋洁看他这么疲惫，百般滋味涌上心头。看着车窗外繁华的街景，她觉得文人应该是最懂得浪漫的，但她却发现林渝诗是个例外，仿佛天生不会似的。也许结局已经注定了。

余秋洁陪林渝诗回到他的住处，她帮着简单收拾屋子，有些时日没人住，到处都落着细尘。见林渝诗无精打采地整理稿件，她说："渝诗，你好好休息吧，我明天再打电话给你。"

余秋洁刚走到门口，林渝诗放好稿件说："等等，秋洁，谢谢你！"

余秋洁转身微微一笑："不用客气，早点休息吧。"

"秋洁，晚上你们约了几点？要不，我陪你一起去吧。"

余秋洁仔细打量了一下林渝诗，她以为自己听错了，但她心里很高兴，笑着说："晚上六点整，约在圣芭芭西餐店。"

林渝诗走到余秋洁身旁，看着余秋洁说："秋洁，可以留下来吗？我需要你帮我一个忙，这些稿子我想对一下页码，你帮我一下吧。"余秋洁高兴地点了点头。

余秋洁用了半个多小时终于将稿件整理好了，扭头一看，林渝诗睡着了。她轻轻走过去，给他盖好被子后，坐在床边看他熟睡的样子。

晚上，圣芭芭西餐店。朱光磊和李燕秋提前到了，杜怡也应邀前来，正和他们俩聊天。说话间，陈石和沈菲儿也来了。

朱光磊看着两人，说："看他们，不是来了吗，真是说曹操，曹操就到了。"

沈菲儿走到杜怡身边，笑着说："刚才都在议论我们什么呢？"

"谈婚事呗。"朱光磊看着陈石神秘地说，"哎，石头，怎么搞的，那天晚上怎么玩失踪啊？菲儿深更半夜打电话找你，搞得我们像是半夜鸡叫似的，虚惊一场。"

陈石心想，这臭小子，真是哪壶不开提哪壶。他苦笑道："没什么大事，就陪客户喝酒，有点喝大了，恰好手机没电了。"

"难怪菲儿那么着急。"李燕秋看着沈菲儿说。

朱光磊看了看杜怡道："这个小余同志怎么还不来啊，都几点了？"

杜怡微笑说："她不是去接男朋友了吗，放心，秋洁她很守时的，可从来没有迟到的记录。"

朱光磊看了看时间："要不打个电话给她？"

"不要了，她肯定在和林渝诗在一起，而且说不定就在路上呢。你一打电话，不是破坏小两口的好事吗？"杜怡看了看陈石又说，"你们马上就要成为幸福的一对了，可要好好准备一下啊。"

朱光磊看了看陈石，笑着说："怡姐，我和石头邀请你作为我们两对的主婚人，我们都听你的安排。"

杜怡笑了笑："感情我成你们的后勤部长了？"几个人不约而同地笑了起来。

余秋洁帮林渝诗校对了小部分手稿，看着厚厚的手稿，她从心底佩服林渝诗的才华。她全力协助林渝诗，不知不觉过了约定时间，忙叫醒正在熟睡的林渝诗："渝诗，时间不早了，我们得去赴约了。"林渝诗揉了揉眼睛，坐起来，愣了一下。迅速换衣服，又简单梳洗了一下，就陪余秋洁走出家门。

朱光磊正和陈石闲聊，他看了一眼时间："怎么还不来，这个小余同志怎么回事啊？是不是给忘了？"

杜怡摇摇头说："不可能的，她一向很守时的，可能遇到什么事情了吧，再耐心等一会儿吧。"

"要不打个电话问一下吧。"陈石拿出手机看了一眼杜怡说。

杜怡也看了看时间，她拨了号码说："还是我来打吧，你们玩会牌。"杜怡侧过脸去，"喂，秋洁，在哪儿呢？大家都在等你了。"

"怡姐，我和渝诗在过去的路上，五分钟后就到了，替我跟大家道个歉。"

"没关系，路上注意安全，等你们。一会儿见！"杜怡挂了电话，看了看玩得起劲的朱光磊和陈石说，"她马上就到，我们可以点菜了。"

朱光磊边出牌边说："这个小余同志难得迟到，待会儿得多敬她两杯酒。不过呢，男朋友好不容易回来一趟，为爱情迟到可以理解，大伙说是不是啊？"

菲儿见朱光磊得意的神情说："那可不一定对。"她看了一眼陈石，"这不给婚外情寻找借口和理由吗？"

陈石看了看朱光磊："我想磊磊同志说的感情应该是指专一的爱，不是三心二意那种吧。"

"那你专一吗？"菲儿扭头看着陈石似开玩笑又像认真地问道。陈石一听菲儿语气不对劲，顿时觉得有点儿无地自容。

"那要看是对谁了，对吧，石头？"朱光磊见气氛不对，忙向陈石使眼色，给陈石解围道，"如果对菲儿小姐，那石头肯定一心一意，对菲儿的爱犹如磐石。"

菲儿笑了笑："你们两个可千万别在感情上犯原则性错误，否则，我和燕秋可不会放过你们。对吧，燕秋？"

李燕秋点了点头："菲儿说得对，如果敢犯原则性错误，严惩不贷，回头先立个家法。"

杜怡微笑说："嗯，我也支持菲儿，你们两个以后可把花花肠子收敛点，否则准备跪搓衣板、睡马路上吧。"杜怡这句虽说是玩笑话，但陈石心中却有点不安，仿佛这就是针对自己，就是说给自己听的。

余秋洁和林渝诗匆匆赶到圣芭芭西餐店。在服务生的引导下，他们走进雅间，果然人全都到齐了。余秋洁微笑着走向众人，边说："对不起，让大家久等了！"

杜怡见到余秋洁很高兴，招呼道："秋洁，来，过来这边坐。"

朱光磊见到林渝诗高兴地迎上去，伸出手道："大诗人，见到你真是太高兴了，我正在想为什么我们可爱的小余同志老是闷闷不乐呢！"林渝诗微笑着和朱光磊握了握手。

"渝诗刚从千里之外赶回来，无论如何也要参加磊磊同志的婚礼啊。"余秋洁拉林渝诗坐到自己身边说。

林渝诗配合着说道："嗯，我一听秋洁说家里有两桩喜事，就立马赶回来了。"

陈石见服务生端菜上来，他收起牌说："来，大家边吃边聊，肚子早唱空城计了。"大家分别倒上白酒、红酒和饮料。陈石端起杯子说，"刚好借我们的喜酒为渝诗接风洗尘。"

"谢谢！"林渝诗举杯迎了上去。

朱光磊笑着对余秋洁和林渝诗说："两位，我单独敬你们俩，我在想，是不是趁这双喜的机会，你们也把大事办了。如果现在就决定了，说不定还能加入我们集体婚礼的行列呢！"

李燕秋轻轻推了朱光磊一下，说："你以为人家都像你啊，整个一结婚狂，还以为自己是月下老人了，见谁就撮合。"

余秋洁看了一眼林渝诗，微微一笑："我和渝诗的感情还有待进一步发展，没你们那么快了，搭不上你们那班车了。不过，感情要循序渐进，婚姻更要稳重发展，我想适当时机我们会选择的。"

陈石笑着举杯："预祝两位赶快将友情阶段结束，跑步进入爱情圣殿。这升华的过程说快也快，说慢也慢。来，我们大家一起盼着早日能喝上两位的喜酒。干杯！"

"谢谢！"余秋洁微笑着举杯相迎。

朱光磊笑着看了看余秋洁："文人的爱情观就是与众不同，一看两位肯定会是最浪漫的，很让人羡慕哟。为此，我和燕秋商量好了，想邀请两位做我们新婚的伴娘和伴郎，两位，意下如何？"

余秋洁嫣然一笑道："好啊，不过不要再这么说下去了，不然，我都满眼星光灿烂了。"她看了看林渝诗，"我们没问题，很高兴给光磊和燕秋保驾护航。"

"那太好了，渝诗、秋洁，我敬你们，以表谢意！"朱光磊忙倒上酒站起身敬余秋洁和林渝诗。

杜怡拍了拍桌子，故意生气地说："看看，你们敬来敬去的，倒是把我这个牵线的月下老人给忘了，看来这婚礼也没我什么事了。"

菲儿领会到杜怡的意思，忙笑着举杯，轻碰了一下陈石，陈石还未理解："怡姐，我们以水代酒感谢你牵线搭桥，敬你！"

"不行，我要你们俩一起敬酒，你这单敬单飞的，那我这月下老人不是白当了吗？"众人都笑了起来，菲儿和陈石两人一同敬杜怡。

这时，朱光磊和李燕秋也举杯向杜怡敬酒。杜怡微笑着看了看余秋洁和林渝诗说："你们两人的大事，我也想混个主婚人当当呢，可要加油，别让我久等了啊。"余秋洁低头看了一眼林渝诗，笑而不语。

陈石看着朱光磊说："磊磊同志，我可是对你有意见啊，你看我们准备一起举办婚礼的，可你却把这金童玉女都抢光了，那我们怎么办啊？"

朱光磊一听乐了："谁让你不先下手为强呢。"

"不行，秋洁给你们，我们就拉渝诗同志入伙了，让他当我们的伴郎。"菲儿不甘示弱地说。

朱光磊乐得直摇头："那不行，他们怎么能够分开呢，要是分开了，那还叫金童玉女吗？你们这比王母娘娘拆牛郎和织女还要狠心啊！"

林渝诗笑了起来，他看着余秋洁说："我们都成抢手的红人了。"

余秋洁也笑着说："对啊，我们可是不能够分开的。"

陈石把一瓶白酒放到桌上："那咱们就比酒分个高下，谁赢金童玉女就归谁支配。"

朱光磊拎一瓶啤酒放到自己面前，打开瓶盖说："比就比，谁怕谁，事先说好了，输了不许赖账啊。"

"来，谁怕过谁啊。"陈石瞅着朱光磊说，"哎，不对啊，你拿那是什么啊，换了，别跟小姑娘似的，还整带颜色的。"

朱光磊笑着换成白酒，说："石头，看来今晚我们俩只能有一个人站着离开了。"菲儿和李燕秋知道两人又开始胡闹，她们也懒得劝了，场面很热闹，杜怡居然自告奋勇当起两人的裁判了。

陈石和朱光磊越喝越起劲，两人酒量几乎不分上下，白的喝完了，就换啤酒，还外掺红酒。一时还真难以分出胜负来。菲儿和燕秋担心这样比下去两人非得躺下不可，虽说闹着玩儿，伤着身体可就不太好。两人各自劝未婚夫，可他们正拼得起劲，哪里听得进劝。

杜怡见两人再喝下去也很难分出胜负，又见菲儿和燕秋反对再拼酒，她起身提议到："好了好了，陈石、光磊，你们这酒喝得八九不离十，就当平了吧，不分胜负。"

"那可不行，一定分出胜负不可。"朱光磊说。陈石也表现出要血战到底的样子。

余秋洁则提议说："要不这样吧，这酒就到这，你们俩算是平局。接下来，我们吃完后去唱歌，以歌评分，怎么样？"

"好，这主意不错。"杜怡赞同道。

陈石和朱光磊这才罢手，菲儿和李燕秋弄得浑身乏力，这两人真是一对活宝。

# 第十章　红烛摇疏影，芸菲伴石郎

脑海中清晰映着你的脸

仿佛中了奖，尝着蜜般的香甜

不愿把你束缚于柴米油盐

自由的空间我们却忘了新鲜


在丢失太阳的那一天

泪和雨混合倾泻在傍晚

尽管爱就在咫尺身边

却依旧泡着苦咖啡

想象着有了你的陪伴


——《灵之端》

沈晴儿提前十分钟来到"铭刻茶艺吧"。她见门口没有自己要等的人，便将那本《唐诗三百首》抱在胸口四处张望着，期待着心仪的他尽快出现。她低头看了一眼时间，见时不时有人进进出出，看着热闹的十字街头，她想，感觉真有点像秘密接头一样，别人可能还以为在拍电影呢。

"晴儿！"听到陌生的声音从身后传来，她转身一看，一位年轻俊朗的男子站在后面。穿着立领外套，感觉很精神，此时这人正看着自己微笑。

"你怎么认识我？怎么会知道我的名字？"晴儿谨慎地问。

"凭直觉啊！"年轻男子笑着，他指了指晴儿手中的书，又从身后拿出《宋词选集》，"现在知道我是谁了吧？"

"无名客？"晴儿惊讶地叫了出来。

虽然两人第一次见面，却宛如老朋友一般，没有太多的拘谨。无名客为晴儿推开门："晴儿，我们进去谈谈理想，聊聊爱好。"晴儿低头微笑着走了进去。

这家茶艺吧的布置充满诗情画意，颇有古典意味，但又不失现代风格，真是一个特别的地方。

无名客预订了二楼雅座，两人落座后，服务员上前询问："吴老师，现在是不是可以上套餐了？"无名客微微点头，他见晴儿惊讶的眼神，笑着说："我平时教她们一些简单的茶艺技术，还有礼仪什么的，所以她们都这么称呼我。"

"那你是在这里工作吗？"晴儿好奇地问。

"啊，嗯！"无名客说，"这里的环境不错吧，是我一手布置的。我经常和一些搞文艺的朋友在这里谈理想，聊爱好，偶尔也谈些时事。一般的上班族很少知道这个地方，因为这里刚开业不久，也没有做太多宣传，而且我也不想让世俗的人把这么美的地方弄粗俗了。"

"那无名客是你的本名吗？抱歉，我有点太唐突了。"

"没关系，我应该做下自我介绍了，我真名就叫吴名客，名字有点怪怪的，父母起的名字，口天吴，名人的名，客人的客。"吴名客喝了一口茶说，"我一直想做一个默默付出、不求回报的人，这也是家训之一。名字无权更改，可这店名是我起的，'铭刻'，意味着铭刻于心，刚好和我名字同音，有点巧合。不好意思，有点啰唆了。"

"没有啊，我觉得你很坦诚。"晴儿微笑说，"你给我的第一印象就是很奇怪的人。"

"那现在呢？"

"依然是一个很独特的人，感觉和一般人不太一样。"

"我可以理解为在夸我吧？呵呵呵！"吴名客笑了笑，晴儿也笑了笑。

服务员端上来由各种点心、简餐和奶茶组合成的套餐，吴名客热情地说："来，尝尝这里的特色，我亲自搭配的，从营养学角度来讲是比较均衡的。我们边吃边聊。"

晴儿尝了尝糕点，点点头说："嗯，味道真的很不错，甜而不腻，很好吃。"

"好吃那就多吃点，这里无限量供应。"吴名客笑着说。

晴儿看着吴名客说："名客，我猜得没错的话，这店是你开的吧？"

吴名客点了点头："闲来无事，也是朋友的建议，我就投资开了这个别人看起来很奇怪、另类的小店，主要是方便文朋诗友聚会交流，至于赚钱倒是其次。"晴儿埋头吃东西，没有再说些什么。他放下手中的茶杯说："这个店还有个投资人叫郭山南，也是搞艺术的。我们是好朋友，就商量一起开了这个店，他人现在有事不在，不然给你引荐一下，他的画可是很有水平的。"

"那我以后可要经常来了。"晴儿看了一眼吴名客说，"在这里可以认识很多志同道合的朋友。"

"欢迎啊，不过你常来说不定还能碰到名人呢。"吴名客低着头说，"说来有点儿没出息，一些文人朋友来消费，我一般不要求服务生收现金。"

"那不是免费的午餐？"晴儿笑着说。

"这可不是我想拉拢谁，我的要求是他们留下墨宝，便于我私人珍藏。一会儿请你参观我的个人藏馆，里面还有不少好东西呢。"

"好啊，那我就拭目以待吧。"晴儿微微一笑，"那我不会被要求留下点什么吧，我可是什么都不会啊。"

"当然了！"吴名客故意道，"雁过留声，但不是拔毛哦。留下点诗文即可，以作纪念。"

晴儿笑了起来，她觉得眼前这位不像商人。古往今来，搞艺术的一般都不擅长经商，俗语说"十商九奸"。商人是无利不起早，满身铜臭味，而吴名客身上却看不出来这一点。她说："名客，我对你真的有点相见恨晚，如果早点认识就好了，我就可以交到很多兴趣相投的朋友了。"

吴名客看着晴儿说："现在也不算晚啊，刚好。如果你有时间的话，还能赶上我们自己组织的一个文学聚会，里面请了一些小有名气的作家、诗人，大家互相交流，互相学习。"

"真的，那我可一定要参加了。"晴儿很高兴的样子。

"其实搞文学创作是很不容易的一件事情，尤其是诗歌创作，现在欣赏和喜欢诗的人越来越少，而写诗的人就更寥寥无几了。"晴儿看着吴名客，默默听着，"不过幸好还有你和我，以及一些不怕寂寞、经得起诱惑的人在坚持，为把祖国最宝贵的精神财富传承下去而努力着。"吴名客慷慨激昂地说，"我身边就有几位志同道合的诗歌爱好者，他们爱诗、写诗，一起研究诗，还组织成立了'铭刻'诗社，我是倡导者之一。晴儿，如果你愿意，可以申请加入，我们大家一起为繁荣祖国的诗歌而努力。虽然，我们目前只是星星之火，但我们终有一天会成为燎原之势。"

　　晴儿听着，心里非常高兴："我愿意加入，在这里肯定能得到众多学长的指导，相信个人会进步得很快的。"

　　吴名客微笑着说："志同道合的人聚在一起，沟通、交流就能够学习，相信比个人摸索要强得多。"

　　"嗯！"晴儿认真地点头说，"名客，能给我讲讲你的创作心得吗？我想听听，可能对我很有启发。"

　　"好啊，我们言归正传，现在就开始交流心得体会吧。"吴名客微笑说，"那我们就互通有无吧。"他看着桌上放着的《宋词选集》，"其实，我对古典文学，尤其是诗词创作方面的爱好比现代自由诗要强烈些，不过，现在从事诗词创作的多数都是爷爷辈的老人家，闲来无事，重温古典，以自娱自乐。而我们这一代年轻人则习之甚少，可能学习古诗词创作要受到多方面的约束，比如格律诗就有严格的规则，像押韵、对仗及句式等。我在想，不能让这千年文化从我们这一代人手中丢掉啊。"

　　"我也很喜欢古典诗词，平时也学了一点，不过，那意境深邃的境界着实让人向往，却又感觉可望而不可即。"晴儿也翻看《唐诗三百首》，看了看吴名客说，"名客，你们诗社里有几个人是从事古典诗词写作的？"

　　吴名客淡然一笑："就我一个，他们都喜欢写现代自由体诗。"

　　"那如果算上我的话，不就是两个了吗？"晴儿认真地说。吴名客和晴儿不由得会心一笑。

　　午夜时分，菲儿扶着醉醺醺的陈石回家。她把陈石扶到床上，让他躺下。菲儿手叉腰，看着躺到床上的陈石，心里好气又好笑，埋怨道："喝得烂醉如泥，又不是明天没酒给你喝。"

　　她帮着陈石洗完脸和脚后坐到沙发上，看着墙上挂着刚取回来的婚纱照，看着看着，心里突然高兴起来。

　　古往今来，结婚那天的女子是最美的。菲儿想象着不久的将来，她会拥有一个美好幸福的家庭，还会有一个长得和自己一样漂亮的小男孩或者女孩子。想着想着，便笑了起来，看了一眼沉沉入睡的陈石，夜静悄悄的，让人浮想翩翩。

婚礼上，陈石和沈菲儿、朱光磊和李燕秋两对新人身着喜庆盛装，迎接各自的亲朋好友。杜怡忙里忙外地指挥着。

余秋洁和林渝诗也身着礼服，朱光磊一见到他们就开玩笑说："真漂亮，果然是天造地设的一对，干脆借我们的场地你们一起把大事给办了吧，三对新人多热闹啊。"

余秋洁笑了笑，她走到李燕秋身边，挽着李燕秋的胳膊："燕秋，看他油嘴滑舌的，结了婚以后可要严加管束，别把他宠出花花肠子来。"李燕秋陪着笑了笑。

沈晴儿领着她曾经的邻家哥哥俞昆走到陈石和菲儿面前，微笑说："姐姐，姐夫，你们的伴郎我给你们请来了。"

菲儿看到俞昆，非常惊喜地说："辛苦你了。"

俞昆笑了笑说："菲儿，可不要这么说，能当上你的伴郎，我可是激动得一夜未眠啊。时间过得可真快啊，一转眼，邻家小妹都要出嫁了。祝你们白头偕老，幸福永远！"

"谢谢！"菲儿微笑着说。陈石见菲儿找的伴郎居然是她的邻居，心里暗暗吃惊，他看了看菲儿，没有说话。

俞昆四处看了看问："菲儿，伴娘哪儿去了，怎么还不见她出现啊？"菲儿这才看着陈石，晴儿也看着他，姐妹俩的目光包含了疑问和责怪，俞昆看着晴儿，"晴儿，伴娘不会是你吧？"

晴儿摇了摇头说："我也想啊，可是……"她瞅了瞅陈石，"俞昆哥，伴娘应该是非常漂亮的，不信你问陈石哥，啊，不，问姐夫。"

陈石看了看时间，还有半小时就要举行仪式了，可他还没见到伴娘秦玲，心里有些没底。他低头凑到菲儿耳边轻声说："我出看看吧。"

菲儿说："你可不要乱跑啊，没了伴娘可以找人代替，没了新郎，我找谁去啊！"陈石笑了笑，向酒店大门口走去。

晴儿看着陈石离开的背影，小声问菲儿："姐姐，姐夫到哪儿去啊？这时可不能让他再乱跑了。"

菲儿愣了一下，微笑说："放心，他跑不出我的手掌心的。他出去等一个人，估计一会儿就到了吧。"

"等谁啊？"晴儿追问道。菲儿没有回答。晴儿见姐姐脸上浮现出些许黯然的神色，她心想，可能两个人要在一起必然要经历一些曲折吧。

陈石在酒店大门口碰到同事何永玲，她可是秦玲在公司最要好的同事兼朋友。何咏玲见到陈石，微笑着打招呼："陈经理，今天当新郎官果然神采飞扬啊，帅呆了，恭喜你！"

陈石微笑着说："谢谢！对了，秦玲没和你们一起来？"

何永玲突然想起了什么，她从包里取出一个精致的礼品盒和一个信封交给陈石："差点忘了，秦玲说有点不舒服，可能来不了，她让我带份礼物给你，让我代她向你道喜，还有这封信，她交代让你办完婚礼再看。"

陈石接过礼盒和信，愣了一下，说："哦，请到里面坐。"他把何永玲领进酒店大堂后，找了个偏僻的地方取出手机拨秦玲的电话号码，语音提示对方已关机，他又打了她住宅和办公室电话，均无人接听，他心里有点儿着急了。他给秦玲发了一条短信息，内容是三个问号。怎么办？没了伴娘这可怎么行，那可要闹大笑话的。

他又走向酒店大门口，正当他万分苦恼时，一个活泼动人的身影出现在他的面前，高兴地说："陈石哥，恭喜你！"

陈石定睛一看，是辛芸。顿时眼前一亮："芸儿，你真是来得太是时候了！"陈石见辛芸打扮得典雅，一点也不逊于新娘，也许她是故意这样穿。陈石顾不上想那么多，他把心里面想的话说了出来："芸儿，我倒是觉得你非常像我的伴娘。"

"什么？"辛芸似乎不敢相信自己的耳朵，"真的？陈石哥，你是认真的吗？"

"当然！"陈石点头说，"我什么时候跟你开过玩笑啊，看你今天的打扮，都不需要换衣服了。"

辛芸低头笑了笑，她见陈石突然拉下了脸色，便问道："怎么了？大喜的日子还这么不开心？"

"芸儿，我！"陈石欲言又止，他想把心里面的真实想法说出来，可话到嘴边，觉得这个时候，在这个场合似乎不太合适。他强压着自己，把话咽了回去。

"什么？陈石哥，有什么事情就说吧，只要不让我当新娘，什么都答应你？"辛芸开玩笑地看着他。

陈石以为辛芸猜出了他的心思，便说："是的，芸儿。"

辛芸一惊，她见陈石非常认真的样子，不像是和自己开玩笑，但她又不明白："陈石哥的意思是？"

"芸儿，帮我一个忙，一定要答应我！"辛芸轻轻点点头，陈石走近她，靠近她的耳边，说，"做我的伴娘吧！我一直这样想，可又不敢向你提出来，怕被拒绝。"

辛芸怔了一下，随即看着陈石说："陈石哥，怎么……"

"一定要答应我！"陈石打断辛芸的话，两人彼此默默对视着。

辛芸很高兴地点了点头："陈石哥哥，我答应你！"陈石非常的高兴，他领着辛芸向酒店大堂走去，一些亲朋误认为辛芸是陈石的新娘。弄得她既尴尬，又高兴。若是在梦中，她真的会把这当成自己的婚礼！

"菲儿，你的白马王子怎么一去不复返了，还有我的伴娘搭档呢？"俞昆看了看菲儿，风趣地说。菲儿正向酒店大门口张望着。

晴儿拍了拍俞昆的肩说："俞昆哥，不用着急，你的那位伴娘啊，可是美似天仙，不会让你失望的，至于能不能赢得芳心，就看你的能力了，加油哦！"

俞昆看着菲儿焦急的神情，他有点儿羡慕陈石这小子，若不是自己去外地读研，现在站在菲儿身边穿着新郎礼服的根本就不应该是他，真不知道月老是怎么安排的缘分，不过当初也是怪自己对感情的不作为，失去了追求菲儿的最佳机会。

晴儿见姐姐有点儿着急了："姐姐，我出去找一下吧。"菲儿点了点头，这么多人聚在一起，想找个人的确有难度。她看着晴儿消失在人群中，心里不知怎么的，居然开始忐忑。

晴儿大步向门口走去，边走边四处看，没有在人群中发现陈石的身影。她遇到朱光磊，便上前询问："光磊哥，看到陈石哥了吗？"

朱光磊刚从洗手间出来，正在和熟人交谈着，他看着晴儿说："刚才还见着他了呢，去大门口了吧。"

李燕秋笑着说："肯定在你姐姐身边，这会儿他能去哪儿呢？马上就要举办仪式了。"

晴儿在熙熙攘攘人群中继续寻找，她不相信陈石会突然消失了。她取出手机想打电话，可是人声鼎沸，根本听不到通话的声音。她收起手机，往大门口走去，正当她准备返回时，意外地在大堂靠近门口的屏风后看到陈石，她长长地舒了口气。可是，走过一看，却发现陈石正和一女子交谈着，而且这女子有点眼熟，一时想不起来在哪儿见过。突然，晴儿看到了那女子的正面，她想起来了，这不是陈石提到的那个短信情人吗，晴儿心里面非常生气，都已经踏入婚姻殿堂了，还在纠缠不清。陈石曾当面答应过她，不再和那个女孩子来往的，可是如今却在自己姐姐的婚礼上偷偷约会，真是太让人生气了。晴儿强压住心中的怒火，快步走了过去。

陈石正向辛芸交代一些事情，他担心突然换了伴娘会引起菲儿的疑心，不得不向辛芸说一些注意事项。他温柔地说："都记住了吗？"

辛芸微微点了点头说："嗯，陈石哥，我算是帮你的大忙了，你准备如何答谢我啊？"

陈石故作思考的样子，无意中看见晴儿朝着他走来，而且一脸不高兴，顿时慌了神，随便说了一句："这样吧，我一时还想不出来如何答谢，你想一下，提个要求，我都会答应的。"

"真的？"辛芸笑着说，"那我可得好好想一想了，到时候陈石哥可不要反悔啊。"

"男子汉大丈夫，说出的话泼出去的水，无论多少马都追不回来的。"陈石振作精神，装作没有看到晴儿，不然，他真的无法应对晴儿的责难。

晴儿走到陈石面前，她盯着陈石问："知道今天是什么日子吗？居然有了闲情雅兴，真是让人佩服得五体投地啊！"

陈石听出晴儿话中的讥讽味道，他故作镇静地对晴儿说："我介绍一下，这位是辛芸，是我邀请的伴娘。"

辛芸看着晴儿，她误以为晴儿就是陈石的新婚妻子沈菲儿，于是，很有礼貌地问候道："你好，很荣幸能做你们的伴娘，陈石哥说得没错，你真的很漂亮！"辛芸主动伸出右手，可是晴儿并没有理睬。

晴儿吃惊地看着陈石，她越来越搞不懂陈石究竟在搞什么："伴娘是她？我们怎么不知道，怎么不提前说一下？"辛芸有点尴尬，她放下右手，看了一眼陈石，她能听出话里的硝烟味，而且觉得对方很不友好。晴儿看着陈石，她希望陈石能改变主意，打消让面前这个女子当伴娘的想法。她不想让姐姐受到任何威胁，更不想让姐姐看到这个女子，否则，一旦触动姐姐敏感的神经，那么，发生尴尬的局面是没有办法收拾的，到那时，根本无法挽回了。

辛芸很聪明，她看出了陈石的紧张，但她一言不发，等着陈石的最终决定。虽然陈石心里紧张，但头脑并不糊涂，他看了看时间，说："快到点了，婚礼马上就要举行了，等办完婚礼再说吧。"刚好主持人让音乐停了下来，在礼台上发布婚礼即将举行的消息。

陈石拉着辛芸往礼台走去，他冲晴儿点了点头。晴儿愣在原地，陈石的举动让她目瞪口呆，她不敢想接下来会发生什么……

陈石领着辛芸来到菲儿面前，他笑着说："菲儿，刚才……"

菲儿并没有看陈石，她盯着陈石身边这位美丽女子说："这位是？"

陈石忙介绍道："哦，忘了介绍，她叫辛芸。"陈石看着辛芸说："这位是我的妻子沈菲儿。"

辛芸微笑着伸出手去："认识你很高兴，我是辛芸，一直听陈石哥提起，真心祝你们永远幸福！"菲儿礼貌地和辛芸握了握手，两人彼此互相打量。

菲儿对陈石身边这个叫辛芸的女孩一点都不熟悉，第六感告诉她陈石似乎对这个女孩很熟悉，她心里有点儿酸酸的感觉。在婚礼就要举行的时刻，她不想破坏自己的心情，看了一眼陈石，冷冷地说："马上就要开始了，秦玲怎么还没来啊，你打电话催一下啊？"

陈石能听出菲儿不高兴，忙解释说："刚才秦玲打电话过来，说身体有点不舒服，暂时来不了，所以我临时决定邀请辛芸担任我们的伴娘。"陈石不止一次厌恶自己撒谎的行为，可是，如果不这样也没有其他办法。他故意不去关注菲儿的表情，看了看俞昆，"帅哥，没有意见吧？"

俞昆的目光一直看着辛芸，他连忙点头说："没有意见！绝对没意见，非常好！你从哪找来这么漂亮的伴娘啊？"

陈石笑而不答，他看了看辛芸："芸儿，这位是我们婚礼的伴郎俞昆先生，希望你们好好配合。"

辛芸点了点头，笑着说："您好！俞先生，有幸参加这次婚礼，我很高兴！"

也许女子天生爱嫉妒比自己漂亮的女孩，菲儿用那种不友好的目光看着辛芸："辛芸小姐真漂亮！"

辛芸受到今天女主角的恭维，心里很高兴，她微笑说："菲儿姐是我见过的最美丽的新娘子，我只是一片小绿叶而已，我相信陈石哥的眼光。"

"这么说来，辛芸小姐和陈石认识很长时间了？是同事吗？我怎么没听他提起过。"

陈石听菲儿的话有些不对劲，他没考虑到菲儿见到辛芸后反应会这么强烈，赶紧说："菲儿，我和芸儿是以前的校友，很久没有见面了，前两天偶然碰到，就邀请她参加我们的婚礼，因为时间紧，我就没有告诉你。"

辛芸看了看陈石，她明白陈石的良苦用心，他撒这个谎，说明还是很在乎眼前这位美丽新娘的。辛芸看着菲儿，微微点点头。晴儿刚好走过来，她看菲儿的神色不太对劲，心中已猜了大概，便冲着陈石说："姐夫，我正找你呢。"又看了看辛芸说，"请了位这么漂亮的伴娘，真不简单啊！"陈石不敢直视晴儿的目光，他担心晴儿说漏嘴。俞昆倒是挺开心的，能碰到这么漂亮的伴娘，这似乎也预示着美好缘分即将降临。

朱光磊和李燕秋来到陈石和沈菲儿身边，准备登台参加婚礼仪式。朱光磊见陈石请到这么漂亮的伴娘，表面上不方便问，便悄悄向晴儿打听道："晴儿，你姐夫从哪儿弄来这么漂亮的伴娘啊？她叫什么名字啊？"

晴儿摇了摇头："我不太清楚啊，要不你直接问我姐夫吧，他会告诉你答案的。"

"晴儿，这你怎么能不弄清楚呢，万一你姐夫移情别恋了，你得帮你姐姐搞明白情敌的身份和详细情况啊。知己知彼，才能立于不败之地啊！"

晴儿瞪了朱光磊一眼，心想，真是乌鸦嘴，哪壶不开提哪壶。她看着朱光磊一脸坏笑，便故作爽快地说："好啊，那我帮你打听一下，不过，我可不想把姐姐的情敌转移给燕秋姐姐。"朱光磊笑了笑，眼睛仍追随着菲儿身边那位艳而不妖，美而不俗的女孩。

婚礼进行得非常顺利。杜怡主持完婚礼仪式后，她感觉神圣的使命终于完成了。沈菲儿和陈石、李燕秋和朱光磊相互向杜怡这位热心的"月下老人"敬酒。

陈石的几个朋友硬把陈石和辛芸拉到一起。其中一位扯高嗓门说："大家看，陈石和伴娘倒像是天生一对，看看，他们多有夫妻相啊！"几个好事的立刻闹开了，陈石被弄得晕头转向，酒也被灌了不少，帮菲儿和辛芸挡了不知道多少酒。

辛芸被几个小伙子强迫着和陈石喝交杯酒，她表面上不情愿，可心里却一百个期待。陈石也略生醉意，只能任他们摆布了。菲儿见这场面十分生气，但在这个喜庆的日子，她又不能表露出来。陈石和辛芸表现出来的绵绵情意，让她心里一阵冰凉，似乎今天的女主角被天命人为地撤换了。

朱光磊和李燕秋也被几个好事的朋友和同事包围着，搞得狼狈不堪。朱光磊被灌得东倒西歪，分不清谁是新娘子，只觉得女子都像新娘子。正在这时，林渝诗挺身而出，替朱光磊挡了一阵子，好在他酒量过人，把几个好事的朋友放倒在桌下，使朱光磊躲过一劫。但陈石却没有那么幸运了，菲儿邀请的这位邻家哥哥被灌倒在洗手间内，到婚礼结束依然不见踪影，陈石只能一个人孤军奋战。菲儿不胜酒力，倒是辛芸尽职尽责帮她挡了不少，可菲儿心中却没有生出感激之情。此时她的心情非常复杂，对辛芸，她总是感觉到怪怪的，具体原因自己也说不清楚。

余秋洁吃惊地看着林渝诗，她不敢相信林渝诗的酒量这般惊人，喝了那么多酒，头脑却还十分清醒。她只觉得林渝诗平时不好饮酒的，难道这就是所谓的真人不露相。

晴儿一直注意着陈石和辛芸的亲密举动，她怕被菲儿觉察出什么来，从小到大她可没有瞒过姐姐什么，这次她都不明白自己这样做到底是对还是错……

婚姻对于一些人来说是一种幸福，对另外一些人来说却是痛苦。陈石的婚礼对于辛芸来说就是一段美好回忆。辛芸母亲见女儿似乎不想离开这座城市，仿佛有一种难舍的牵挂让她不愿意离开。

陈石和沈菲儿、朱光磊和李燕秋一起结伴去海南岛度蜜月。刚到海南，菲儿就迫不及待地要去看大海，于是四个人便在海滩附近的宾馆住了下来。朱光磊和李燕秋都感到旅途劳累就先休息了。菲儿拉着陈石跑到海滩上，欣赏黄昏时分大海的美丽景色。

菲儿赤脚在沙滩上奔跑，陈石则在后面奋起直追。两人玩累了，就坐在一块大礁石上。菲儿依偎着陈石的肩膀，看大海波涛起伏，一浪接一浪地冲向海滩。两人静静地听着大海唱歌。海鸥在浪涛间追逐，夕阳的余晖洒在蔚蓝色的海面上，宛如点水成金。两人欣赏着如此美景，紧紧相拥着。

许久，菲儿扭头看了一眼陈石，情不自禁地说："太美了，如果天天都能欣赏到如此美景那该多好啊！"

陈石笑了笑说："等我们都老了以后，我们可以在海南买所房子，面朝大海，春暖花开！"

"呵呵呵，那样子我们就可以在无数个清晨和黄昏，欣赏大海的不同面貌。"菲儿笑着说。忽然，她用异样的眼光看着陈石，"陈石，如果你遇到一个比我美丽、温柔的年轻女子，你会抛弃我吗？"

陈石不明白菲儿怎么会突然问这样的问题，笑了笑说："怎么会呢！我们好不容易走到一起了，你想想，全国十三亿人，我遇见了你，这说明是我们有缘分，既然如此肯定不会分开了。"陈石见菲儿用疑惑的眼神看着自己，便信誓旦旦地面朝大海说："我陈石可以向大海发誓，我会全心全意爱着自己的妻子沈菲儿小姐一辈子，除非海枯石烂，此爱不渝！"菲儿见陈石傻傻的样子，打从心底笑了，两人拥抱在一起，夜幕徐徐拉开……

　　晚上，杨芬芬陪辛芸漫步在花园里。杨芬芬见辛芸沉默不语，她清楚辛芸的心事，甚至可以猜到此刻她心里在想些什么："芸，还在想那位已经有了王妃的白马王子？"

　　辛芸一脸深沉地说："芬芬，如果他先遇到我，或许他娶的就是我！"

　　"芸，人的感情万分复杂。并不能以先后来断定爱情的归属和心灵的取向。最关键的是看对方心里面是不是真的深爱着你。如果他不爱你，关系再亲密也不可能在一起，只能浪费自己的感情、时间和精力。"

　　辛芸似有所悟地点了点头："芬芬，我明白了，但我还是想见他一面。"

　　杨芬芬看了一眼辛芸，摇了摇头，停下脚步说："有缘分即使不见面也是难舍难分的，没缘分即使见了面，也是水中月镜中花。"

　　"但是，我觉得我和他的缘分才刚刚开始啊。"辛芸喃喃自语。杨芬芬听后只是摇了摇头。

　　吃过晚餐，两对新人由于旅途疲劳就没有举行娱乐活动。陈石站在面向大海的楼台上，海风向他吹来。他看着满天的星星和漆黑的大海，阵阵波涛拍打海岸的声音响在耳边。此刻他的心中思绪万千，不知怎么回事，他的心里突然被另一个女孩子占据着。

　　芸儿的温婉笑颜浮现在他的眼前，回想起来，芸儿那端庄的言行，更有大家闺秀的典范。他遥望着大海，仿佛芸儿正向他一步步走来，那迷人的笑容，让人无法拒绝……

　　辛芸走在寂静的林荫道上，微风吹来，轻拂她那迷人的长发。她看着天上的明月，幻想着月亮是一面铜镜，那样她就能从里面看到陈石那飒爽英姿。她想再见陈石一面，如果她随母亲回去了也许两个人从此就很难再见面了。

　　几年后，若是两人中任何一个人把电话号码换了，那就更不能见面了。也许，错失一次，将成为一生的遗憾。辛芸把手机放到胸前，她在等待陈石的点点消息，她相信，只要用心就能感应到。

菲儿洗了个澡，她取了两件外衣，一件披在自己身上，拿着另一件走到阳台上，轻轻为陈石披上。陈石一惊，扭头看着菲儿。

菲儿笑着问他："看海看得这么出神，有什么感慨吗？"

陈石控制住自己心中的巨浪，继续面向大海。凉丝丝的海风吹拂菲儿的披肩长发。陈石轻轻摇了摇头："音乐家站在这儿准会谱出动听的旋律，画家站在这儿一定会画出传世之作，像我这样的凡夫俗子站在这儿只能用最普通的心去感受这神圣的意境，什么也做不了。"

菲儿看着陈石哲人般滔滔不绝，不禁乐了："陈石，没想到你还能说出这么哲理的话呢，难道大海的魅力真这么大？"

陈石看了一眼菲儿："菲儿，你说爱一个人是不是一定要和他结婚，永远在一起呢？"

菲儿看着陈石，她不明白陈石怎么会问这样的问题，想了一下说："这个问题真有点为难，如果我回答你说是，那么将有可能会导致一场甚至两场婚变；如果我回答说不是，那就会为某些自诩是正人君子的人找情人，搞婚外恋制造借口。你说，不是吗？"

陈石感觉菲儿的话一语双关，所谓做贼心虚，他的心里骤然紧张起来。菲儿见他不说话，笑了笑，说："难道不对吗？"陈石漫不经心地点了点头。

菲儿默默陪着他静静地站着。不平静的大海被夜色笼罩着，显得更加神秘。

余秋洁拿着她和林渝诗一起在朱光磊和李燕秋婚礼上拍的照片爱不释手。她看了一眼正在伏案改稿的林渝诗，微笑着说："渝诗，如果我穿上婚纱照效果可能会更好。"林渝诗只顾埋头修改稿子，没有领会余秋洁所说的这番话。

　　余秋洁看着他，苦笑着摇了摇头，和书呆子谈情原来这么艰难。她把照片夹到相框中，又看了一会儿。

　　林渝诗改了一会儿，揉了揉眼睛，看了看余秋洁："秋洁，帮我再校对一遍，看看文字上有没有不顺畅的地方。"余秋洁放下手中的照片，走到林渝诗身旁，从桌上拿起一堆手稿，坐下来仔细阅读。林渝诗另外抽出一份稿子又开始奋笔疾书，不一会儿，方块字爬满了近十页的稿纸，但他仍没有停下手中的钢笔。

　　不知不觉中，已经过了三个多小时，余秋洁一口气读了两章。她抬起头，看了看伏案执笔的林渝诗："渝诗，我发现一些问题啊！"

　　林渝诗抬起头，停下手中的笔，看着余秋洁问："什么问题？"

　　余秋洁走到他的身后，说："我发现我们的林大作家有重男轻女的思想。"见林渝诗疑惑的表情，笑着说，"你看看第十八章，男主人公居然心里装着两个女子，而且，这两位女子在性格和修养方面都惊人的相似，又似乎迥然不同，怎么，想在虚拟世界里创造一夫多妻的封建体制啊？"

　　林渝诗不禁笑了起来："我这是陷入情节性误区，我马上改。不过，怎么改呢？"林渝诗故意抓耳挠腮地思索着。

　　余秋洁故意生气地转过身："小说情节是最重要的，要是改了那不是索然无味了，估计也没有多少人喜欢看了。我想，只要作者在现实生活中不那么想，那就没什么问题了。"余秋洁瞅着林渝诗说。

　　林渝诗微微一笑："有那份心思也只能在小说里面虚构一下，给世人一个善意的提醒而已。"

　　余秋洁也笑了起来，她放下手稿，"好了，很晚了，我先回去了，明天我休息，如果没什么事我就早点过来。"

　　林渝诗看着余秋洁说："秋洁，今晚能不能留下来，我需要你……"

　　余秋洁一惊，她没想到这位几乎不食人间烟火的大诗人居然说出这么直率的话。她笑了笑："想让我晚上陪你开夜车啊，我可支撑不了多久啊，而且，我可是有偿服务的。"

林渝诗看着余秋洁说："行！你说什么我都答应你，一会儿再帮我看完这些章节，我星期天要参加一个联谊笔会，估计要半天时间，时间很紧，不然出版社那里不好交差，都催了好多回了。这稿子必须下个星期三前定稿。"又看了看时间说："我陪你下去吃点东西吧！"余秋洁点点头，她心里百般滋味无法言说，更多的是甜蜜和温馨。

第二天，林渝诗揉着疲倦的眼睛，继续看着稿件。余秋洁睁开眼睛，翻身下床，见林渝诗仍伏案写作，她轻轻走了过去问："渝诗，又一夜没睡啊，这样下去身体可是吃不消的啊！"

林渝诗抬头看了一眼她，说："你醒了，睡得好吧？我刚才睡了两三个小时，睡不着，趁灵感还在，就继续写了一些，没办法，时间不够用啊！"余秋洁心里暗暗佩服林渝诗的执着劲儿，同时也为他的身体担心。

她为林渝诗泡了杯绿茶，又走进厨房做了一顿拿手的早餐。

她煮好饭，端到餐桌上："渝诗，早餐做好了，待会再写吧。"

林渝诗放下手中的笔，来到餐桌前坐下，微笑着看了看余秋洁说："好长时间没有这么好的早餐享用了。"

余秋洁也笑着说："如果每天有这么好的早餐享用，你会不会拒绝呢？"

"当然，不会了！"林渝诗故意顿了一下说，"我高兴还来不及呢！"

"真的？"

"当然了，大丈夫一言既出，多少匹马都追不上的。"余秋洁笑了起来，林渝诗仿佛做什么事都那么认真、执着。

余秋洁见林渝诗胃口这么好，心里很高兴，也许，为心爱的人做任何事情都是值得开心的。

"渝诗，待会儿我陪你一起参加文艺聚会，你不会拒绝吧？"

林渝诗高兴地说："求之不得，只是这个聚会是讨论纯文学的，全是文绉绉的一些言论，我怕大记者会感到乏味呢。"

"怎么会呢。可别忘了，我也是一个地道的纯文学爱好者，虽然没那么深厚的功底，但根基是不错的哦。"

林渝诗点了点头，看了一眼时间说："不早了，我们早点把手头上的工作做完。估计到时大家会很热情，在现在这个社会，对文学热衷的可是少之又少。秋洁，对了，你帮我写一份发言稿吧，估计要用得着。"

余秋洁微微一笑："好的，有林大诗人这样的中流砥柱在，中国文学垮不了的。"

"可别再取笑我了，再拿我寻开心，我可不高兴了，要知道文人的面子可比生命还重呢！"

"是，下次一定注意了。"两人不约而同地笑了起来。

朱光磊晃着摇椅，津津有味地看着杂志。李燕秋站到观景阳台上，神秘的海浪声使人浮想联翩。她走到朱光磊身边坐下，说："光磊，我想到海边去走走。"

朱光磊看了她一眼："天这么晚了，还是明天早晨去吧，我担心晚上不太安全。"说完又接着看他的杂志。李燕秋装作生气的样子往床上一躺，一句话都不说。朱光磊摇了摇头说，"燕秋，我答应你，明天一早就陪你踏海观日出。"说完又接着看书。

周日下午，沈晴儿提前了一个小时到了东湖公园的怡香阁茶吧。她见茶吧的工作人员还在布置活动现场，觉得挺诗情画意的，于是准备找地方坐下。这时一位服务员走过来说："对不起！我们下午被包场了，不接待来客，很抱歉！"

晴儿从包中取出吴名客给的入场券，在服务员面前出示了一下，说："我就是来参加这次聚会的。"

"哦，那这边请！"她在服务人员的引领下往里面走去，看了看古色古香的环境，以及会场的布置，在这里搞文艺沙龙简直是非常合适。晴儿按入场券的号入座，她看到门口有几位艺术家模样的人进出，但没有几个是认识的。她觉得估计吴名客肯定会提前到会场，于是，不停地张望着，希望能见到他的身影。

吴名客陪郭山南和几个朋友从商务车上下来，他看了看怡香阁正门上的横幅，微笑说："山南，我们这期的文艺沙龙可要比前几期更精彩。"

郭山南也微笑说："是啊，能请到五位知名的作家、诗人前来捧场，真是出乎意料。名客，我有点弄不明白，按我们的圈子，你究竟怎么样把他们请来的？"

吴名客表情略显严肃："其实不管怎么出名，文人终究是文人，那摆谱亮架子的肯定不是靠真才实学，那些人不请也罢。在文学艺术的领域里是不分贫富贵贱高矮低丑的，有共同爱好终能走到一起，我们不就是很好的例子吗？"

郭山南笑了笑，点了点头："这下子我才真正明白'艺术无价，同道无界'的深刻内涵。"

吴名客看了看时间说："山南，趁大家热情，我们完全可以正式注册一个文学社团，目标只有一个，那就是为中国文学的繁荣而奋斗，贡献自己的力量。"

"好啊，我也正有这个想法呢。"郭山南高兴地说，"不过我们要好好策划一下。"说话间，他们已经来到怡香阁的大门口。

吴名客的手机突然响了起来，他看了看号码，转身对郭山南说："你们先进去，我接个电话，一会就进去。"

郭山南笑着说："准又是女文友打来的吧？走，我们先进去，让他好好发挥。"

晴儿看着门口，看了一眼时间，还有半个小时就到点了，应该来了啊。见不少文质彬彬的青年男女走进来，她站起身，想到门口看看。

刚准备走出怡香阁大门时，她看到吴名客正背对着大门打电话，心里一阵高兴。于是，她轻轻走了过去："名客！"

吴名客刚挂断电话，听见有人叫他，转身见是晴儿，忙微笑说："晴儿，什么时候来的，我正准备给你打电话，看是不是要用车去接你。"

晴儿微笑说："我来一会儿了，今天真热闹，想不到有那么多人来，真是一大盛会啊！"

吴名客点点头说："嗯，人是来了不少，怎么样？我们布置得还可以吧，这次活动策划可是大家的智慧结晶啊。"

"名客，你们怎么还印入场券啊，如果没有入场券是不是就不能参加活动啊？"

"晴儿，这个，主要是因为活动人员较多，活动经费又有限，为了不让闲杂人等鱼目混珠，我们就印了入场券，以示区别。其实要参加的人员我们都会提前通知和安排的。"吴名客耐心地解释道，"走吧，晴儿，我们进去吧。"晴儿微微点了下头。

两人迈进大门，吴名客见郭山南正与一些文朋诗友聊着天。他走到郭山南身边，忽然想起什么似的："晴儿，忘了给你介绍一位大人物。"说着指了指郭山南说，"这位就是上次我跟你提到过的文艺沙龙的总策划和总赞助商之一，怡香阁的总经理郭山南先生。"

郭山南转身看了看吴名客，又看了看晴儿，说："我说什么把你给迷住了呢，原来是这位漂亮的姑娘啊。"

"郭总，您好！"晴儿主动打招呼。

"山南，这位是我刚认识的诗友，她叫沈晴儿，很有才情的美丽姑娘。"

"是吗！"郭山南看着晴儿，微笑说，"晴儿，这名字很有诗意，像晴儿这么漂亮的姑娘也对文艺感兴趣实在难得，想想现在社会上将作家与美女联姻也不是偶然的事情了。"

晴儿低了下头，说："郭总见笑了。"

"大家都是好朋友，叫我山南就行了，或者南哥也行，呵呵呵！"郭山南看了看吴名客，"名客，好好招待一下晴儿，我到那边看看，一会儿几位重要客人就到了。"郭山南微笑着走到吧台前，吩咐工作人员做好准备，以及迎宾人员的工作安排。

晴儿看着吴名客，轻声问："名客，今天请了哪几位名作家出席啊？"

吴名客陪晴儿找地方坐了下来，笑着说："有著名女诗人沙雪、剧作家白鸽、作家兼诗人林渝诗、散文名家路岩海和评论家肖劲等，这次笔会近年来可谓是盛况空前，与名作家面对面交流，对于创作有促进作用。"

晴儿对林渝诗这个名字很熟悉，似乎之前还听说过。对了，在菲儿姐姐的婚礼上，另一个新人的伴郎也是叫林渝诗，会不会就是他呢？晴儿微微一笑："能与这么多名作家零距离接触，真是受益匪浅啊。"

"我想，今天到场的文学爱好者中肯定会出一位甚至很多位知名作家的。"吴名客似有满腹心事地说，"真想有一天中国现代文学能扬名海外，真正立于世界文学之林。不过，这将要付出多大的努力啊，我们这一辈一定要打好基础。"

"有志者，事竟成。"晴儿喃喃自语。

吴名客点了点头："晴儿，待会儿几位作家来了，陪我一起参与接待，好吗？"

"当然，我求之不得，刚好见识下名作家的风采。"晴儿欣喜地看着吴名客，高兴地说。

吴名客看了看时间，快到三点了："如果一会儿人多的话，我们会安排小型的座谈会，选一些代表参加。"

晴儿很看着吴名客认真地问："需要我做什么？"

吴名客笑着说："没有刻意安排具体事情，你跟着我就行了，记着，要把精力集中起来，到时灵感准会爆发出火花来。"

　　大海边，风和日丽。菲儿赤脚在海边拾贝壳，还有一些被海浪冲上沙滩的小螃蟹。不一会儿就捡满了一小盘子。陈石则躺在沙滩椅上晒太阳。朱光磊也躺在沙滩椅上，就在陈石身边，用手机看着股市快讯。李燕秋也捡了不少的贝壳，她忽然抓住一只中等个头的海螃蟹，拿到菲儿面前晃了晃，示意捉弄一下躺在一边不管她们的两个男人。菲儿领会其意，点了点头，赞成李燕秋的主张，她也抓住一只稍大点的海螃蟹。

　　她们一左一右悄悄来到两人身后，将海螃蟹放到两人的身边。海螃蟹停了一下，随后快速横行到两人身上。李燕秋笑着对菲儿说："螃蟹会不会钳伤他们啊？"

　　菲儿偷着乐："没事，没钳住要害就不会有事的，顶多会疼一点，让他们知道多爱护自己的老婆，否则老天都不会饶过他们。"话音刚落，就听到惨叫声一前一后传来。陈石先听到朱光磊惨叫并用力抖胳膊肘儿，他有些纳闷，定睛一看，原来是一只海螃蟹钳住了他的胳膊，他忍不住笑了起来。几秒钟后，他发觉自己后背一阵钻心的疼，他忙尖叫着跳了起来。朱光磊刚甩掉了海螃蟹，痛苦地看着被钳伤的胳膊，回头看陈石的后背也被一只海螃蟹死死钳住了，怎么跳都弄不掉，便大笑起来。

　　"还笑什么，快来帮帮我啊，还是不是兄弟。"朱光磊忙笑着上前试图用手打掉海螃蟹，打了几次都没打掉，钳得太紧了，他又不敢抓，怕自己的手被钳住。

　　"哎呀，这，快把它打掉啊，好痛！这家伙怎么盯上咱哥俩了呢？"陈石抖动身子，痛苦地说。

　　朱光磊用脚把海螃蟹踹了下来，差点没把陈石踹趴下。

　　"我说哥们，使这么大劲，跟它有仇还是跟我有仇啊？"陈石抱怨着。

　　朱光磊一脸无辜地说："不使劲弄不掉它。看，它们还跑了，叫你们往哪儿跑。"朱光磊上前踩住钳他的海螃蟹。

陈石也来劲了，踩住钳他的海螃蟹说："胆敢冒犯大爷，嘿嘿，快给爷赔个不是，要不笑一个，不笑，奶奶的，一会把你们给煮了，看看里面那张老法海脸还在不在！"

菲儿和李燕秋走了过来，见两人狼狈的样子禁不住笑了起来。陈石用手捉住并提着海螃蟹，走到菲儿面前，一不小心手指又被它钳住了："哎呀，又被它钳住了，甩不掉，怎么办？"

菲儿提着一小桶水放到沙滩上，说："把它放到水里就行了，你不惹它，它怎么会无缘无故地钳住你不放？"

陈石忙将手和海螃蟹一起放进桶中，不一会儿，海螃蟹松开了他的手指，躲到桶底不动了。陈石看着被钳红的手指，说："我可没招惹它，我刚在睡觉，磊磊可以证明。"

菲儿和李燕秋相视一笑，菲儿笑着说："看来它对你有兴趣哦！"

"什么啊，菲儿，要不晚上把它们给煮了，真是邪门了，它居然胆敢欺负到人身上了。"

菲儿看了看李燕秋，说："燕秋，如果他们陪着我们，或许螃蟹就不会找他们的麻烦了哦！"

"就是，这些母螃蟹就爱找单身男人，还是在我们身边比较安全些。"

"就是啊，离开我们就会很危险的，知道不？"菲儿附和着，"过来，让我看看伤口，看要不要给你上点消炎药水。"她的仔细看着陈石的手指，"都肿了，走，我帮你擦点消炎药。"

朱光磊挠了挠头，看着陈石离开的背影。李燕秋笑着问："你没被钳伤吧？让我也看看。"

"没有，没事的，我隔着衣服呢，幸好发现得早，还有我机灵，一下子就抖掉它了。石头这次可是中奖了，他可真幸运！"

"你就别幸灾乐祸的了，可能螃蟹闻到你一身的青铜味就放弃你，没有过分难为你。"李燕秋笑着说。

"哎呀，这么清楚螃蟹的心理啊，我看你快成动物心理学家了。"朱光磊又一想，盯着李燕秋说，"不对，这螃蟹来得蹊跷，该不会是你派来的吧？"

李燕秋笑了笑："我有这么大能耐，那好啊，如果有一天你欺负了我，那我就指挥螃蟹大军去围剿你。"

朱光磊忙拉住李燕秋的手说："不要啊，那我岂不是死得很惨？"

李燕秋一扭头："那就对我好一点吧！"朱光磊一把抱住了李燕秋，李燕秋挣扎着，"瞧你，那么多人呢，不要了。"

朱光磊看了看四周，笑说："我当是那么多螃蟹呢！"

# 第十一章　心海不是海，越恋越深沉

难道真的让爱情像一阵风

从你我的身边冷漠地吹过

伸出双手却抓不住

环绕指间的淡淡思愁

晶莹泪滴润湿脸颊悠然滑落

咸咸的味道散入风中

融入浓浓的花儿芬芳

积淀载入思念的漩涡

——《香坠儿》

余秋洁帮林渝诗整理好发言稿，随后两人一起坐车来到怡香阁茶吧。在茶吧大门口，林渝诗把入场券交给礼仪小姐，迎宾微笑着将他们带到贵宾休息室。

林渝诗见到沙雪、白鸽、路岩海等都到了，微笑着向他们一一打了招呼，随后他和余秋洁坐到白鸽对面，余秋洁紧挨林渝诗坐着。

白鸽看着余秋洁问林渝诗："渝诗，这位是？"

路岩海看了看林渝诗，说："这还看不出来，肯定是林大诗人的挚爱了。"

余秋洁低头不语，林渝诗笑了笑说："诸位来得都很早啊，刚才看到有那么多的文学爱好者前来参会，真让人感到高兴。这对于初学或是已有建树的创作者来说，都是一个互相交流、学习的盛会。"

沙雪看了一眼余秋洁，微笑着对他说："渝诗，怎么不介绍一下啊？我想，这位肯定就是余大记者吧？上次听你说过，今日一见果然是丽质天成啊！"

余秋洁看了看林渝诗，说："他肯定说了我不少的缺点吧？"

"没有，他说如果有幸娶到余记者这么才情兼备的女子为妻，宁可放弃写作呢。"沙雪微笑着说。

林渝诗忙劝阻道："看看，越说越没边了。"

"好了，不说了。"沙雪点到为止，"渝诗，好长时间没看到你了，又跑到什么地方闭关去了？我猜这一次肯定是满载而归吧，能否拜读一下你的大作啊？"

"只是游山玩水，偶尔写点心得而已。"林渝诗谦虚地说。

"那我们可非看不可了，渝诗这般自谦，那肯定完成了惊世之作，不看此生都会遗憾了。"白鸽微笑着说。

林渝诗笑了笑，道："好，沙雪、白鸽，你们现在的嘴上功夫可是越来越炉火纯青了，等我修订完后，一定请各位赐教。"

"炉火纯青？这形容我们可是不妥啊。"沙雪笑了笑说，"这个词应该给渝诗和岩海两位专用，是吧，白鸽？"

"嗯，对！"白鸽点了点头。

"沙雪，怎么把我也扯进来了？呵呵呵。"路岩海笑道。

余秋洁见沙雪也属于气质型美女，而且，对林渝诗似乎了解得比她还多，看来他们已相识很久了。她预感这是个才色俱佳的实力派竞争对手，内心难免有点儿不太舒服。白鸽正和路岩海聊得起劲，天南地北，家事国事天下事，事事都拿到桌面上评论一番。

吴名客带着晴儿维持现场秩序。郭山南找到吴名客："名客，几位大作家差不多都到了，现在在贵宾休息室，你去接待一下，会场由我来安排吧，三点准时开始。"

吴名客点了点头："晴儿，我们一起去，给你引见几位很有名气的作家和诗人认识一下。"

"好啊！"晴儿微笑着跟在吴名客身后。

晴儿和吴名客到了贵宾休息室，吴名客轻轻敲了敲门后推门走了进去，里面在座的几位作家他几乎都认识，于是微笑着说："各位前辈，你们辛苦了，招待不周，请多包涵啊！"他找了个位置坐下来说，"这次文学笔会很荣幸能请到各位，我是吴名客，本次活动的策划人之一。"

路岩海点了点头："小吴同志年轻有为，听说'铭刻茶吧'的两位老板也都是文学爱好者，从商而习文，真是难得啊！"

沙雪也点头说："郭总如果不是商人那肯定会成为有名的诗人。"

"文人办企业就是别具风格，很有艺术氛围。"白鸽看着周围的布置赞叹道。

晴儿见几位著名的作家和诗人齐聚一起，她平时只在报刊和杂志，还有他们的作品中感觉到他们的存在，如今面对面的交流，反而觉得不太自然了。她一看到余秋洁，余秋洁也认出她来。两人互相点头示敬。

吴名客微笑着说："今天的文学爱好者都仰慕几位大作家的作品已久，都想亲自聆听前辈们创作路上的宝贵经验，希望各位前辈不吝赐教。"

林渝诗高兴地说："看来中国文学的振兴还是很有希望的，我想，扶持新时代文学新人，是我们应尽的义务和责任。"众人点了点头。

"对，中国文学创作不是一个人或者两个人的使命，大家团结起来，形成一股无穷的力量。一直以来，在国外总有一种说法，说世界文学的中心在欧洲，其实不就是搞了个文艺复兴吗，就觉得非常了不起了。"路岩海激动地说。

晴儿看了看余秋洁，又看了看林渝诗，她明白了，原来这两人是情侣关系，难怪在姐姐的婚礼上，他们当了光磊哥和燕秋姐的伴郎伴娘呢。当时两人配合得很默契，原来他们是真正的一对儿。

沙雪很赞同林渝诗的主张，她看着林渝诗说："渝诗说得对，写作如果仅仅是为谋得个人的名利和声望，那就太自私了。要想使中国文学走向繁荣，靠一两个史作家、诗人是根本做不到的。"林渝诗看了看沙雪，他从沙雪的目光中似乎捕捉到一种信任，还有一种信息。也许，如果不是余秋洁在身边，他完全具备破译这股不明信息的机会和能力。

下午三点整，由吴名客主持了文学笔会，并对来宾做了介绍。随后作家们分别做了个人创作经验的讲述，以及对当今文学流派做了概述。

笔会上，林渝诗讲了很多创作经验及相关文艺理论的探讨，并与众人展开相互交流与争论。会场氛围非常活跃，林渝诗全然忘却了身体的疲倦。

时间过得很快，笔会结束后，林渝诗有点不舒服，便回到贵宾休息室，他刚坐下就觉得头晕眼花浑身没力气，于是闭目养神。余秋洁打开笔记本，在会场的角落里写着关于今天文学盛会的新闻稿。这可能是记者的职业习惯。

沙雪刚和书迷们合完影，为了躲避书迷的疯狂要求，她躲进了贵宾休息室。看到林渝诗一个人坐在那儿，沙雪心中一阵喜悦，她轻轻走过去坐到林渝诗身边。正当她准备夸他在会场的表现时，发现林渝诗的脸色十分苍白，忙关心地问："渝诗，你怎么了？哪儿不舒服啊？"

林渝诗双手搓了搓脸，看着沙雪说："没什么，没事的，只是有点儿累了，可能是有点疲劳过度。"

沙雪看着林渝诗疲惫的表情，她心里很是怜惜："要多注意休息啊，晚上就别再开夜车了。"

"沙雪，我今天很高兴，知道吗？每当我孤独奋战时，周围寂静得让人窒息。难道文人的命运注定要一生孤独吗？"

"不会的，不是还有我……"沙雪脱口而出，又马上改口道，"还有我们嘛，还有一大批有志于文学创作事业的年轻一代嘛。"

林渝诗微微一笑，看着她说："沙雪，我们好长时间没在一起研讨创作了，你最近还好吧？对了，应该找到可以相伴一生的如意郎君了吧？"

沙雪低下头，强作笑颜说："哪会有你那么幸运啊，有那么一位才色兼备的大记者相伴。我想你们应该是很幸福的一对了。"

林渝诗摇了摇头："非也。"

"怎么了？"她吃惊地看着林渝诗的眼睛，想要尽快找到答案，情绪激动地问，"难道你不喜欢她，或者她对你？"

"沙雪，你应该知道我们搞文学创作的，生活很没有规律，有时人家早已进入梦乡了，可我们却仍在挑灯享受文字带来的快感。我怕她承受不了这种不正常的生活规律。"

"既然知道为什么还会走到一起呢？这说明她是真的爱你。"

"我现在也搞不清楚，可能这就是我们常说的缘分吧，在情感方面，我觉得老天还是掌控绝大部分的发言权的。"

沙雪看着林渝诗抿嘴笑了笑："奇怪了，怎么会突然信唯心主义了，看来你还是很爱她的，不是吗？"林渝诗没有回答，微微闭了下眼睛，"不说话，就等于默认了。"沙雪淡然一笑，"看来有时还真得相信缘分啊！"

会场上，余秋洁写完了稿件大概纲要，便收起笔记本四处寻找林渝诗。她见白鸽等作家正在被热情的书迷和文学爱好者包围着合影和签名。她刚好见到晴儿，就问："晴儿，看到林渝诗没有？"

晴儿看了看涌动着人潮的会场说："会不会在休息室啊，我陪你过去吧。"

"好啊，我们过去吧。"她们绕过热情的书迷往贵宾休息室挤过去。

林渝诗睁开眼睛，想站起来，可是头太沉了，他晃了几下没有成功。沙雪见林渝诗的举动，便起身扶了他一把，林渝诗才勉强站了起来，但走了不到两步，便觉得双腿乏力。

沙雪扶着他，劝道："还是坐下来休息会儿吧，不要乱动了。"说完扶他坐了下来，顺势从林渝诗头下抽出胳膊来。林渝诗仍然想站起来，沙雪再次帮他，可是，由于他浑身没有力气，沙雪又没站稳脚跟，两人一下子跌倒在沙发上了。

正在这个时候，余秋洁和晴儿推门走了进来，两人被里面的情景惊得目瞪口呆。余秋洁看到沙雪依偎在林渝诗的怀里，两人的姿势非常亲密。晴儿也被眼前的一幕弄得不知所措，她看了看余秋洁。余秋洁脑海里一片空白，她本想夺门而出，可未能挪动步子。

沙雪理了下披下来的长发，虽然她与林渝诗没有发生什么，但此时依然很尴尬。她让自己镇静下来，不慌不忙地说："秋洁，渝诗他有点儿不舒服，我刚扶他起来，可是，我力气太小，没能够，"顿了一下又说，"看要不要送他去医院啊？"

余秋洁本以为这个借口编得太离谱，可是，当她看到林渝诗的脸色苍白，根本不像是演戏给她看的。立即快步走过去，坐到林渝诗身边，焦急地问："渝诗，你怎么了？"

沙雪扭头看着林渝诗说："可能是疲劳过度了，昨晚他是不是又熬了个通宵啊？"

余秋洁点了点头，她十分担心林渝诗。沙雪心里明白了，原来他们已经住在一起了，难怪林渝诗那么悲天悯人。"送他回去休息吧，他现在需要休息。"沙雪建议说。

余秋洁接受了这个建议，她几乎把刚才看到那一幕忘记了。

晴儿站在一边，有点儿不知所措，她走上前，想帮忙扶着林渝诗，可又担心帮倒忙。

此时，吴名客推门走进来，他在会场没看到晴儿，便来休息室寻找。本来，他不知道晴儿早就认识林渝诗了，还想着单独介绍他们认识。吴名客见林渝诗无精打采的，忙走过去询问："怎么了？前辈是不是不舒服？"

"有点疲劳过度了，先送回去休息吧。"沙雪看了看吴名客。

吴名客立刻说："我马上安排，要不要先送医院检查一下？"

"不用了，回去休息一下就没事了。"林渝诗有气无力地说。余秋洁想扶起他，可没有成功。

沙雪协助她一起将林渝诗扶起来，此刻，余秋洁有一种很强的压力。沙雪把他们送回林渝诗的住处，她和余秋洁一起扶林渝诗上楼，进了房间，将他扶到床上躺着。

余秋洁给林渝诗脱去鞋袜，并盖好被子。沙雪四下看了看，见还是老样子，没有太大变化，只是显得比以前整洁了，看来多了位女主人，感觉就完全不一样了。她看了一眼忙碌的余秋洁，就走进书房，看到书桌上放着她送给林渝诗的吉祥物雕塑，那是五年前的一次省作协笔会上她送给林渝诗的，没想到，他一直放在书桌上保存到现在，她有些感动。她转身看到挂在墙上的余秋洁和林渝诗两人的大幅合影照，心里百般滋味聚在一起。

余秋洁安排好林渝诗休息后，见沙雪静静站在书房内，她走过去说："谢谢你！"

"不客气，我和渝诗也是老朋友了，这点小事不必客气。"沙雪淡淡地说，"秋洁，看着他，一定要让他按时休息，不然身体肯定是吃不消的。"

余秋洁微微点点头："我会的照顾好的，请放心！"

"嗯，看着他没事了，我也应该告辞了。"沙雪微笑着说。

"留下来一起吃顿饭吧，渝诗他也肯定不希望你走。"余秋洁说。

"不了，以后有机会吧，我回去还要赶个稿子，再见！"

余秋洁见挽留不住，便送她下楼："沙雪，你也要注意保重身体！"

"谢谢！"沙雪微笑着说，"有你在渝诗身边，我真为他感到高兴。你们一定会永远幸福的，我衷心祝福你们！秋洁，你留步吧，我走了。"

余秋洁看着沙雪离开的背影，回味她刚才说的话，心里突然冒出几许不安。回到屋里，看着静静躺着的林渝诗，心里感叹道：为什么世上的好男人那么少，爱他的女子却那么多！上天对待世间的感情总是很不负责任。余秋洁看着熟睡的林渝诗，心中起伏不平，她走到书桌前，继续为他审阅稿件，这样可以为他减轻工作压力。

林渝诗离开会场后，吴名客抱歉地对晴儿说："晴儿，对不起，我本来想介绍你认识对古典文学很有建树的著名作家、诗人林渝诗，他可是很有实力的作家、诗人，文学圈内杰出的左手写诗，右手写小说的典范，我很敬佩他。"

晴儿嫣然一笑："没关系，不要紧的，我本来就认识他们。"

"你认识他们？"吴名客惊讶地看着她。

"对啊，我认识啊。"晴儿微笑着说，"林渝诗是我姐夫的朋友的朋友，在我姐姐的婚礼上他还做过伴郎呢！我们一起喝过酒，只是当时没弄清他的真实身份，只知道他是我姐夫好朋友的朋友。"

"原来这样啊，那可真是太好了，林渝诗前辈平时极少在公共场合露面，连参加社交活动都非常罕见，能与他见上一面，那可真是非常难的。所以见到他本人是非常难得的，算是神龙见首不见尾的人物。"吴名客说，"晚上还有个舞会，一定要参加哦，前辈们不在，那可就是我们小文友的天地了。"晴儿想了想，而后点头答应参加舞会，吴名客高兴地笑了起来。

舞会上，七彩灯光交相辉映，激情乐曲飞扬。在一番激烈的文学争论结束后，大家全身心投入欢乐的歌舞当中，尽情享受夜的神秘和音乐的张力。也许，这就是新一代文人全新的生活观念，他们不拘泥于形式，开放、博爱、民主、个性、崇拜自由是他们的生活主张。

晴儿从没有像今天这样开心过，仿佛从蚕茧里一下子摆脱了蚕丝的束缚，完全解脱了自我，劲爆的音响效果把人带入一种置身另外一个世界的错觉。

快乐的时间总是短暂，晴儿跳累了，便坐到吧台椅子上休息。她要了杯可乐，借着昏暗的光线，看了一眼时间，已经快到午夜了。她觉得该回去了，不能玩得太迟，让妈妈担心可不太好。

吴名客走到晴儿身边，笑着问她："怎么了？累了吧，今天是不是很开心啊？"

晴儿为难地说："名客，我该回去了。"

吴名克看了看手腕上的表说："对不起，的确有点儿晚了，我送你回去吧，这么晚了，你一个人回家我不太放心。"晴儿看着他，点了点头。

"稍等一下，我马上回来。"吴名客跑步找到郭山南，凑到耳边说："山南，时间不早了，我送晴儿回家。"

郭山南冲着他笑了笑，拍了拍他的肩膀说："你去吧，下次想不请客都不行了。"

吴名客也微微一笑："那这儿就交给你了。"说完快步来到吧台，看着晴儿说，"我们可以走了。"他们穿过热舞的人群，走出喧闹的迪吧。

吴名客一边开车一边问："回家太晚了，父母不会责问吧？"晴儿微微一笑，用眼神回答他不必担心。

吴名客把车子开得很慢，他打开车载音响，抒情的音乐让这个夜晚增添了些许浪漫的情调。或许是跑车的缘故，车轮子不尽人意快速转着，比预想中的快多了。

"晴儿，下次这样的活动还会办下去，还邀请你参加，好吗？"

"好啊！"晴儿听着音乐，看着车窗外飞逝的霓虹灯光，温柔地说，"和名作家见面交流，比自己关起门苦读书要强好多啊。"

"那我们还用短信联系吗？"

"当然！"晴儿扭头看了一眼吴名客说，"我觉得这样的方式很好，不是吗？"吴名客点了点头。

"我姐姐就是用这种方式和陈石哥相恋的，现在他们刚刚结婚。"晴儿微笑着说。

"真的？"吴名客有点不太相信，他看着晴儿问，"一开始就像我们这样吗？"晴儿羞红了脸颊，点了点头，"这都可以构思一部小说了，真是太不可思议了。"吴名客挠了挠后脑勺，又看了晴儿一眼，"那我们是不是也可以……"他故意没有说下去，只是脸上露出坏坏的笑。

晴儿猜到了他接下来要说什么，忙制止道："可别有非分之想哦。"

"请不要误会，我要是想那也不过是想想而已。"晴儿看着吴名客木讷的神情，有点忍俊不禁，"还是看缘分吧，我们现在还是以文会友，做单纯的文学朋友不是很好吗？至于其他的以后再说了！"

"这主意不错，可总得有结果啊，就算没有，往前也得有个盼头不是……"他看着晴儿，没有把话说下去。

"什么？"晴儿故意要吴名客说出心里的话。

　　吴名客笑了笑："不生气，我就说。"

　　"说话又不犯法，不说坏话就可以，好听的话要大声点说。"晴儿看了看吴名客道。

　　"那我可真的要把心里话说出来了？"

　　"说吧！我洗耳恭听呢。"

　　"我是说往前一步就快到家了。"晴儿哈哈笑了起来，她明白了他的一语双关，和他在一起总会有说不出来的开心，这会不会就是爱的感觉呢？

　　吴名客把车子稳稳当当地停在晴儿家的单元楼下，他转过头看着晴儿说："回家后早点休息，我们再联系。"

　　晴儿依依不舍地打开车门："嗯，谢谢你，我今天非常开心。"

　　"晚上做个好梦，一定要做一个非常浪漫的美梦哦！"

　　"可以的，晚安！"晴儿下车关上车门说。

　　"晚安！"吴名客微微点头，他驱车缓缓驶出小区。

　　晴儿刚迈进家门口，她的手机短信息提示音就响了起来，她忙取出手机，打开是吴名客发来的："欲将心事付瑶琴，知音少，弦断有谁听？"晴儿看后不禁笑了笑，编辑短信发送道："小心开车，晚安！"看到发送成功的提示后，将手机放入包中，悄悄溜进自己的房间。

　　菲儿依偎在陈石的怀里，揉着陈石被海螃蟹夹伤的手，温柔地问："还疼吗？"

　　陈石余气未消："这该死的螃蟹，我没招它，它居然平白无故袭击我。你说我睡觉碍着它什么事了？我容易吗！"

　　菲儿看着他："那肯定是你挡了它回家的路，你想啊，你这么大的体积横在它面前，它要回家和它老婆过二蟹世界呢，能不着急吗？"

　　"那它不能绕道走啊。"

　　"肯定不会啊，因为它缺心眼嘛！"菲儿笑着说。

　　陈石低头思忖着："不对啊，它往躺椅上爬干什么？它爬得上来吗？"

　　菲儿抬起头说："不就是只动物吗，能有什么能耐？它能比人聪明？不就是急着回家陪老婆吗？有什么了不起的！"她轻轻拍了拍陈石的胸口，说，"不要生气了。"

　　陈石依然气呼呼地往床上躺："从明天开始，早上、中午、晚上统统吃螃蟹，我看看这该死的螃蟹还敢横行霸道不？"菲儿看着他生气的模样很想笑，但她忍住了，不然露馅了就麻烦了，幸好螃蟹不会说话，不然把她给供出来，那可不是一件有趣的事情。

　　陈石突然坐起身，看了看身边的菲儿："我去找磊磊聊聊去。"

　　"明天还怕没时间说话吗？"菲儿不高兴地说，"连螃蟹都知道回家陪老婆，朱光磊现在肯定没时间陪你的。你不陪老婆，人家不陪老婆啊？"

　　陈石笑了笑说："晚上不是更有感觉吗，只是跟他讨论一下用什么方法能摆脱螃蟹的威胁。"

　　陈石披了件外套，从桌上拿起一瓶矿泉水就走出房间了。菲儿莞尔一笑，大声说："你早点回来，要是回来迟了我可要派螃蟹大将去抓你哦。"

　　陈石独自一人来到沙滩上，他忽然有种预感，辛芸可能要发短信息给他，他掏出手机等着。也许是月老疏忽，给自己错牵了红线，扯乱了缘分。他喝了一大口水，看着深邃的大海，突然响起了辛芸，她那清纯的气质和迷人的眼睛一直停留在脑海挥之不去，弃之又不舍。看着一望无际的大海和高悬的明月，他的思绪开始纷飞。

　　手机的断信息提示音打断了陈石的思绪，掏出手机，打开看，是一条通信运营商发来的公益信息。他无精打采地合上手机，手机提示音再次响起，顺手打开手机，是辛芸发来的信息，他心中竟然有些欣喜："一件思念的外衣，望它能帮你抵挡无情的冬雨，传递我温柔与暖暖的问候！解开你眉间的忧愁，赶走你心中的伤痛，让所有幸福和快乐从此在你的身旁停留。芸儿敬呈"

陈石足足用了半小时，把每个字都仔细看，反复读着这条短信息，每一遍都在他的心里击起阵阵涟漪。紧接着又是一个短信提示音，依然是辛芸发来的："对不起，陈石哥，芸儿有些控制不住自己，太想再见陈石哥了，芸儿知道不应该有这样的奢望，但实在控制不了自己，心里无时无刻不在想着陈石哥。明天我就要离开我们相识的城市了，我要回家了，那是一个很遥远的地方，我实在不想回去。芸儿真的想见到陈石哥，我知道这将是个不可能实现的愿望；希望陈石哥永远幸福！芸儿唯有默默祝福着。"

陈石的心里有一种意念正蠢蠢欲动，他真的想冲破心里那层薄薄的面纱，可还是理性地压制住了。面对不平静的海面，他的心境也极其的不平静。陈石犹豫了一下，给辛芸发了一条短信息："芸儿，我们还是做短信朋友吧，这样不是更好吗？天天见面并不一定就是幸福的。对了，芸儿相信吗？我现在在大海边，面对的是咆哮的大海，就像整个世界只有我一个人了，芸儿喜欢大海吗？有机会一定要来看看大海，你会发现，要想胸怀广阔，就得看看大海。"

"喜欢啊！我姨婆就经常带我去看大海，还讲好多大海的故事，可是现在独自去看大海的机会非常少，陈石哥，如果有机会，你会陪我一起拥抱大海吗？真想有那么一天，能和你一起漫步在柔软的沙滩上，一起欣赏黎明日出，一起看云卷云舒和黄昏美景……"

看着辛芸发来的这条短信息，他很感动，微笑着给回复："一定会有那么一天的，到时，我会在蔚蓝的海边陪着你，看到最南边那颗最亮的星星了吗，我已经从那里看到芸儿了，芸儿看到我了吗？看到大海了吗？呵呵，早点休息吧，晚上做个好梦！晚安！"陈石合上手机，站在似乎有使不完力气的大海边发呆。

沈菲儿独自一人待在房间里，看着电视，她的手中不停按着遥控器换节目。看了看时间，已经很晚了，却还不见陈石回来，很有一种被冷落的感觉。她关了电视机，拿起电话准备拨打朱光磊房间的内线号码，犹豫了一下，决定还是亲自去一趟。

菲儿换了件衣服，走出自己的房间，来到朱光磊的房间门口，她敲了敲门，开门的是李燕秋。

李燕秋看见菲儿，微笑说："菲儿，快进来坐。"

菲儿不好意思地走了进去，她看到朱光磊穿着睡衣正津津有味地在笔记本电脑上打游戏。朱光磊看到菲儿，说："菲儿，怎么一个人啊，石头呢？"

菲儿在房间里没有看到陈石，心里很是气恼。"菲儿，请坐！"李燕秋热情地给她搬了把椅子。

菲儿没有坐下，她看着朱光磊说："他说找你来着，我就过来看看，怕他打扰你们休息。"

"没有啊，他压根就没有来过。"朱光磊斩钉截铁地说。

李燕秋也点头说："陈石他没有来，我和光磊一直都在房间里，没有看到他。"

朱光磊笑着说："要不他可能去沙滩上散步了吧，这人生地不熟的，他能去哪儿啊。"

"散步？"菲儿看着朱光磊，"这么晚了，他去海边除了散步，还会做什么？"

朱光磊乐了："没准还可能去捉螃蟹，我看白天他对螃蟹苦大仇深的，嗯，有这个可能哦。"菲儿没理朱光磊，转身就要离开。

"菲儿，别听他胡说，这么晚了怎么可能去捉螃蟹啊，陈石又不是三岁小孩子，可能去露天酒吧或吃烧烤去了吧。"李燕秋瞅了一眼朱光磊，看着菲儿说。

"你们休息吧，不打扰了，我去找找看。"菲儿生气地说，"真不像话，又对我撒谎。"她说完就准备走出去。

"菲儿，要不打个电话给他吧，不然这么晚了到哪儿去找啊。万一他回来了，你不在，他又会去找你的。"李燕秋提醒说。

菲儿恍然大悟，她急得有点儿头晕，竟然忘了打电话给他："嗯，我回去了，你们休息吧。"

李燕秋送走菲儿，她走到朱光磊身边说："光磊，你看陈石他会去哪儿呢？连菲儿都不说？"

朱光磊笑了笑说："捉螃蟹去了呗，估计现在就在海滩上。"

李燕秋见朱光磊漫不经心的样子，有些生气了："怎么对我也乱开玩笑，还是陈石的好朋友呢，一点都不关心，别玩了，早点睡觉了。"

"没事的，你不用瞎操心，陈石的性格我还不了解吗？"朱光磊边玩游戏边说，"他们向来是东边太阳西边雨，床头打架床尾合，也许两个人正玩躲猫猫游戏呢！"

"不跟你说了，越来越没正经。我看你啊，非得要搞出点家庭暴力不可。"李燕秋故意生气地说。

朱光磊仍然笑着说："我说夫人，是不是要我立即关电脑去帮菲儿找陈石啊？万一找到了，又把我弄丢咋办啊？"

"这么大人怎么会丢得掉，再说丢了又不是没人找。"

"好，好，好！"朱光磊关掉游戏，"我这就去找，还不行吗？"他做出要出门的样子。

"等等！"李燕秋拦住了他，"这么晚了，你去哪找啊，你别趁这机会出去喝酒啊。对了，这么勤快，肯定是另有图谋吧？"

朱光磊轻叹了口气，又坐回位置上："唉，我是站也不是，坐也不是，我的夫人啊，你叫我怎么办啊？"

李燕秋坐到朱光磊身边，轻声说："那就躺着呗，反正闲着也是闲着！"

朱光磊点了点头："躺着多清闲啊，听老婆话，睡觉！老婆，我有点口渴，能喝点啤酒不？"

李燕秋笑了笑："啤酒多没劲啊，我给你弄个白的。"

"好啊，老婆太善解人意了，真好！"李燕秋笑着站起身，她倒了杯白开水给朱光磊端了过去。

菲儿径直走到自己的房间。她生气地拿起电话，快速拨了陈石的手机号码。

陈石独自在沙滩上漫步，凉凉的海风吹在脸上，让人有种说不出来的惬意。他走着走着，忽然感觉自己踩到什么硬硬的东西了，俯身一看，原来是一只倒霉的海螃蟹被他踩得半死，他抓着海螃蟹的后背，以防再被它伤着。正在这时，手机响了起来，铃声在空旷的海边显得格外大声。陈石以为是辛芸打来的，忙掏出手机，一看号码不对，犹豫了一下，便接了电话："喂！"

"在哪儿呢？都几点了，还不快回来，是不是想在外面过夜啊？"

陈石一听是菲儿的声音，忙解释说："我在海边看大海呢，这儿很浪漫啊。"

"看大海，在海边？一个人？还真够浪漫啊，不要告诉我你现在捉螃蟹吧？"

陈石看了看手中的大螃蟹，乐呵呵地说："菲儿，你怎么知道我在捉螃蟹？你还别说，我真的捉到一只大螃蟹，它正在对我张牙舞爪呢！"

"好了，我不跟你油嘴滑舌了，快回来，给你五分钟，不然，你就和螃蟹一起睡吧。"

陈石刚想说什么，菲儿已经挂断了电话。他摇了摇头，看了看手中的海螃蟹："螃蟹啊，你怎么老跟我过不去啊，看来得抓你回去向老婆大人请罪了。"说完迈着大步往宾馆方向走去。

陈石气喘吁吁地跑回宾馆，一进房间便开始大口喘气。菲儿瞅了他一眼，又看了看时间，说："刚好五分钟，很准时啊。"

陈石喘着粗气，拿着大螃蟹，走到菲儿面前说："看，我捉到的，这次还是它先招惹我的。看它的个头儿比伤我的还要大许多。"菲儿瞅了海螃蟹一眼，转过脸去，故意不理会他。陈石把海螃蟹装到玻璃瓶中，说，"菲儿，明天我们可有鲜蟹汤喝了。"说完走进洗手间，洗完澡后来到房间，躺到菲身边，见菲儿仍然不理他，便说，"怎么了？又生气？这次是生螃蟹的气呢，还是生我的气？让我看看美丽老婆额头上有皱纹没？"

菲儿看着陈石，严肃地说："我看你就像只大螃蟹。我问你，你到底爱不爱我？"

陈石见她认真的样子，有点儿怔了，他不敢面对菲儿那犀利的目光："爱！非常非常爱，不然我们也不会结婚，不是吗？"

"那你觉得爱一个人就可以用结婚掩饰吗？"菲儿看着陈石，目光中带着责备。陈石有点儿不明白菲儿心里究竟在想些什么，但刚才的话似乎有意针对自己说的。他默默地靠近菲儿，"我是不是很让你讨厌啊？为什么总是对我撒谎？你说你去找朱光磊，人家朱光磊寸步不离地陪在李燕秋身边，而你呢？你在哪？你却陪螃蟹漫步去了？"菲儿生气地看着陈石，"如果你那么喜欢螃蟹，那你今晚陪它睡好了，和它过一辈子！"

"我，这，哪跟哪儿啊，我都被你搞糊涂了。"陈石觉得这水似乎越搅越浑了，真是越来越弄不明了。也许生气是女人的天性，动辄就冷面相待，"好了，不要生气了，我明天把那只倒霉的螃蟹放了，还不行吗？"

"那你答应我，以后和我寸步不离，不许对我说半句谎言。你能做到吗？"菲儿很看着陈石问。

"寸步不离？"

"做不到就和螃蟹睡去！"

"能！"陈石瞅了一眼张牙舞爪的海螃蟹，忙答应道。

"以后不准对我撒谎，刚才我去朱光磊那里，根本没见到你的影子，当时我心里很失落，你知道吗？"菲儿见陈石想说话，忙拦阻道，"你不用解释了，我不想听，马上睡觉！"

陈石无可奈何，他发现菲儿的举止越来越让人捉摸不透，他闭上眼睛，不一会儿就睡着了。在梦里，他见到辛芸了，并拿她跟老婆菲儿进行对比，结果发现辛芸比菲儿更温柔、更善解人意、更能让自己快乐。他梦到和辛芸一起步入婚礼的殿堂，很多祝福和鲜花抛向他们……

陈石醒来后，发现这原来是梦，他很惊讶自己会做这样的梦。这梦是那么真实，他甚至怀疑这根本不是梦，仿佛是老天在跟自己开了一个玩笑。

辛芸将陈石发给她的短信息一条一条仔细看着，似乎要把每一句话，每一个字，甚至每一个标点符号都铭记于心。她想象着与陈石一起肩并肩看大海，想到《泰坦尼克号》上的一些缠绵情节……第二天一大早，辛芸留下了一张字条，悄悄地走了。她要去见陈石，因为，他答应过要陪自己一起看海。

杨芬芬起床去买了早点，她想叫辛芸一起吃，于是去敲辛芸房间的门。敲了几下没有回应，里面静悄悄的，她觉得奇怪，便推门走了进去，发现里面空无一人。她走到书桌前，看到辛芸留下的字条，忙拿起来看："芬芬：感谢你对我这么长时间的照顾，我要去找他。你明白我的心思，如果见不到他，我会很难过的。芬芬，我在礼品店为你订了一份精致的礼物，给你留作纪念吧。礼轻情义重，我可能还会再来打扰你的。另外，请转告妈妈，我会准时回家的，让她不必担心。好了，祝天天开心！再见！"

杨芬芬放下手中的纸条，看着窗外的马路发呆，正在这时，门铃响了起来，她以为辛芸回心转意回来了，摁门铃肯定是忘带钥匙了。她快步走出去，打开大门，看到一位男子手中拎着礼品盒，问："请问是杨芬芬小姐吗？"

杨芬芬点了点头："我就是，有什么事吗？"

"您好！我是江南之春礼品公司的工作人员，辛芸小姐为您订了一份礼品，请您签收一下。"杨芬芬签了字后，接过礼品盒。返身回到屋里，她坐到沙发轻轻地打开，里面是一只精美可爱的白玉猫。杨芬芬微微一笑，摇了摇头，拿起白玉猫，仔细看着。

辛芸透过车窗看着飞逝而过的田野，心里激动不已。轻风拂面，她脑海中不时闪现出大海的景象。她闭上眼睛，想象着与陈石相拥而坐，柔软的沙滩，黄昏美景相伴，聆听大海的声音……

# 第十二章　流星破苍穹，愿许一人心

如果突然没有了选择会显得孤单

可是选择太多徒增犹豫很难决定

思念有时只能意会彼此间心照不宣

反抗无效后只能顺从所谓的天命

匆匆岁月每个人都仿佛过客一般

于是放弃了漂泊天涯的浪漫情境

迷人的童话因为梦幻才能得以流传

世间最复杂莫过于漂浮不定的心灵

——《湄暮柳》

　　苏慧发了条短信息给晴儿，约她晚上七点在雅典娜咖啡语茶吧见面。晴儿见苏慧神秘兮兮的，猜想肯定有事情要对她讲，于是，就答应准时赴约。

　　经过余秋洁的细心照顾，林渝诗的身体很快恢复到健康状态。他不知道该怎样感谢余秋洁，案头那部书稿已改完了大部分。便借以庆祝为由邀请余秋洁一起共进晚餐，余秋洁答应了。

　　在一家新开的"牡丹花开"茶餐厅，林渝诗预订了间小包厢，他点了余秋洁平时最喜欢吃的几道菜肴，静静地等着。看了看时间，想象着一会要说的话，其实酝酿了很久的，只是未曾开过口。

　　余秋洁刚递交一份采访稿，看一眼时间，已经到下班的点了。她收拾了一下办公桌，拎着包走出办公室。在电梯里，她脑海里想象着即将面对的烛光晚餐！

　　她打车到了约定的地方，在迎宾的带领下，来到林渝诗预订好的包厢。林渝诗见到余秋洁，微笑着起身相迎。余秋洁脱下外套，放下包，说："对不起，迟到了！"

　　"没有，我也是刚到，我点了几道你平时喜欢的，你再看看，还喜欢吃什么自己点。"余秋洁微笑着接过菜单，她点了林渝诗平时喜欢吃的菜。林渝诗看了看余秋洁，说："秋洁，我那部书稿快修改结束了。"

　　余秋洁微笑着说："那恭喜啊，的确是件值得庆祝的事情。"

　　林渝诗看着余秋洁说："秋洁，我第一个想要感谢的就是你，真不知道该用什么方式来谢谢你！"

　　余秋洁微笑着说："我们之间就不要那么俗套了，我们是最好的朋友，不是吗？好朋友之间互相帮助是应该的，不需要任何回报的。"林渝诗点了点头，他从余秋洁的目光中发现一些东西，他心里明白却说不出来。两人沉默了几分钟，余秋洁微笑着问，"对了，渝诗，下一部作品准备写什么题材的呢？"

　　林渝诗轻轻地摇了摇头："暂时还没有想好，不过我想以家庭伦理为主，正在选题构思当中，到时你可要为我提供素材资料啊。"

　　"没问题！"余秋洁笑着说，"我会尽全力协助大作家完成准备工作的。"林渝诗微微一笑，看着余秋洁，他的心中很是感动。两人四目相对，表达感情的最好方式并非只有语言才能表述。

　　晚上，晴儿准时赶到雅典娜咖啡语茶吧。走到约定的小包间，她看到苏慧便微笑着走过去。苏慧看到晴儿很高兴，但隐约带有一点神秘。

　　"这么高兴啊，有什么开心的事情说来听听啊！"晴儿刚坐下便问。

　　这时服务生走过来："请问需要点什么？"

　　苏慧看着晴儿问："晴儿，喝什么？"

　　"一杯珍珠奶茶，谢谢！"晴儿看了一眼服务生说。她又看了一眼苏慧，"慧慧，不会只是请我喝茶这么简单吧？"此刻她只想知道苏慧的那份神秘。

　　苏慧笑了笑，说："晴儿，我也交上一位短信聊友，感觉像是位白马王子呢！"

　　"真的？！"晴儿忙问，"什么时候认识的？你们见过面了？"

　　苏慧接过服务生端上来的奶茶递到晴儿面前，缓缓地说："刚认识的，没有见过，我是按你上次给的方式一不小心联系上的。感觉还不错。"

　　"嗯，可以考虑往男朋友方面发展的。"晴儿给她参谋道，"不过首先要了解他，千万不要轻易和对方见面。"

　　苏慧点了点头："放心吧，我又不是三岁小孩子。"

　　"你们现在聊到什么程度了？"晴儿喝了口奶茶问。

　　"还不知道呢，只是一般的聊天，像是网上聊友一样，不过感觉还蛮新鲜的。"苏慧心驰神往地说，"对了，你和你那位短信朋友是聊到什么程度见面的，是谁先提出来要求见面的？"

晴儿慢慢地说："大约相识了两个月左右吧，我们是兴趣相投，有共同爱好，所以比较聊得来。事先说明，是他主动约我的。"

苏慧看着晴儿问："见面时，心里紧不紧张？"

"紧张什么啊？又不是去相亲！"晴儿笑了笑说，"说起来好笑，我们见面时居然像是在演电视剧里的线人接头一样，更或者像是两个特务在联络活动。你可以想象一下，确实很好笑，我们事先约好的，我拿了本书，他手里也拿了本书，而后按约定的方式见面的。"

"哇！"苏慧忍不住笑了起来，"真的很神秘，那我如果要想和他见面呢，要选温馨、浪漫一点的地方，想想他手中捧着一大束玫瑰花，而我手中拿着一支郁金香。嘿，想想都够浪漫的了。"

"看把你美的，浪漫可以，可别太虚张声势了。对了，你对那位究竟了解到什么程度了？他叫什么名字？"

"嘿嘿，这可是我最厉害的地方了，我连他的家庭情况都打听得一清二楚，他也很诚实，竟然没有丝毫隐瞒。"

"果然厉害，不过你怎么知道他对你讲的都是真的呢？"

"唉，晴儿，不要给我泼冷水好不好。"

"好，我给你打气，绝对支持你。"

"这才像好朋友嘛！"

"那你是不是决定锁定目标了，如果觉得还不错，找个机会就见一面，其实这没什么大不了的。如果感觉一般，就放弃再寻找。"

"呵呵呵！"苏慧欣然一笑，"嗯，不过我觉得还是再深入了解后再约时间见面，那样不至于到时尴尬。"

晴儿点了点头："有道理，小心谨慎是必需的。社会还是很复杂的。"晴儿本来还想再补充些，被苏慧的手机短信息提示音打断了。

苏慧取出手机，迅速打开短信箱，微笑着看："是他发来的，说曹操曹操就到了。"

晴儿见苏慧的模样，摇了摇头，说："介不介意让我也欣赏他的文采啊？"

苏慧将信息打开，把手机递给晴儿，笑着说："当然可以，我们是好姐妹嘛。"晴儿接过苏慧的手机，慢慢往下看，其中一条比较吸引人："我托一只蚊子去找你，让它告诉你，我很想你，并请它替我亲亲你；因为现在我无法接近你！希望你不要一巴掌打它而伤到你，它会告诉你，我有多想你！"

晴儿微微摇了下头："才认识几天就发这么肉麻的短信息！慧慧，介不介意我以你的名义考考他啊？"苏慧点了点头，她坐到晴儿旁边，看着她编辑短信息。

晴儿问苏慧："对了，他叫什么名字啊？"

"周健豪，是周武王的周，健康的健，富豪的豪。这是他跟我说的，挺有趣的。"

"来头不小嘛，起了这么大气的名字。"

晴儿笑了一下，她编辑短信道："健豪，我也很想你啊，我们能不能见一次面啊？什么时候有时间啊，很想见见你。"编辑完后给苏慧看了看。

苏慧惊讶地看着她："这么快约他见面，万一他答应了呢？我还没有做好心理准备呢！"

"没关系的，这只是一种试探，如果他答应了，那就见他一面，又不是去相亲，怕什么啊。你想什么啊？需要准备什么啊？感觉你真的想跟他……"

"什么跟什么啊？"苏慧犹豫了一下，按了发送键，看到发送完成的提示后心里怦怦乱跳着，表面上仍然故作镇静。

"慧慧，用不着担心，相信我不会错的。"晴儿拍了拍苏慧的肩膀说，"对了，你有没有问他的年龄？这很重要，你得问清楚啊。"

"和我一样大，很巧合，同年同日不同月。"

"你怎么知道的，他告诉你的？"

"我可以查到他的个人资料，我调出来给你看看。"晴儿凑过去，以前倒是没发现有这么个查询系统，有可能是近期刚开通的吧，"只要你与对方互发短信息时编辑'520'发送到'WAN'就可以查到对方的相关信息了。应该不会存在虚假的信息，诺，还有身份证号码呢。"晴儿看了看周健豪的个人资料，觉得没有什么不对劲的地方。

这时，周健豪回复了一条新短信息："慧，对不起，我现在在外省出差，要半个月左右时间才能回去，所以暂时无法与你相见了。对了，上次问你有没有男朋友，你还没有答复我呢，现在可以告诉我吗？"

苏慧看完短信息后，抬头看了看晴儿。晴儿想了一下说："可以回复他说你有男朋友，如果说没有，他会感到很奇怪，可以给他构成一种竞争力。"

苏慧按晴儿的意思编辑着短信息，她看着晴儿问："万一他知难而退了呢？"

"没关系，听我的没错，男人都认为得不到的才是最好的。你轻易送上门，他或许未必会接受你的。这是我上心理学课程时学的，还蛮管用的。不信你试试？"

苏慧将信将疑地发了这条短信息，不一会儿，就收到他的回复："慧，他对你好吗？你们是否已经有婚约？"

晴儿看完后笑了笑："怎么样？这可以说明他现在很在乎你。你这样说：'没有！我们只是普通的朋友，不过他对我很好，我们的关系有点像是亲兄妹。你有女朋友吗？'"晴儿想了一下，又说，"他肯定说有，但目前两人关系不太融洽，可能近期要分手。"

苏慧没有在意晴儿的这句话："如果他回答说没有呢？"苏慧问道。

晴儿笑了笑："那他肯定是在骗你，说明他很虚伪，一个这么标榜成功的男人，怎么会没有女朋友呢？我猜想很有可能孩子都满地跑了。慧慧，不要不相信别人，也不可全信，尤其是不太熟悉的男人说出的话，只能半信半疑，这在生活中是定律，但并非一成不变的，大多数都适用这样的规律。"

苏慧看着晴儿滔滔不绝地说，笑了笑："晴儿，哪来这么多大道理，这些你都是从哪儿学的啊？"

"多看看书，对自己总是好的，再说现在网络很方便，想查什么一点就通了。"

晴儿微笑着说："呵呵，不过有些纯属个人见解，信则有，不信则无。"

苏慧将信将疑地看着晴儿，这时短信息提示音响了起来，她打开短信息："以前有过，可现在已经分手了，想想单身的生活也是其乐无穷的，有时候缘分是可遇不可求的。慧，你说不是吗？我很高兴能与你相识，希望能成为很好的朋友。"晴儿正喝珍珠奶茶，香浓的味道让人很是着迷。

苏慧扭头看了看她："他说他以前有过女朋友，现在已经分手了。"

晴儿一听，放下手中的杯子，说："给我看看。"

苏慧把手机递了过去，她觉得晴儿刚才那番话的确意味深长。晴儿看完手机短信息后，微笑着说："既然他相信缘分，可以跟他交往看看，你们两个人是不是真有缘分得看老天的决定了。他不是也说过吗，'缘分是可遇不可求的'。"苏慧点了点头。晴儿忽然想起什么，"好多天没看到李倩了，知不知道她现在忙些什么？"

苏慧摇了摇头："不知道，可能交了新男朋友吧，她是神龙见首不见尾，要想见她一面得看她的档期是否已排满。"

晴儿笑了笑："要不发个信息或打个电话给她，问问她现在有没有时间过来，我们一起叙叙旧。"

苏慧打开手机："我来联系她吧。"她快速按动手机键，不一会儿就发送了出去。

"猜猜她最近在什么地方，做些什么？"晴儿饶有兴趣地提议道。

"我猜八成是在某家餐馆，或者某家咖啡屋浪漫呢！"苏慧把手机放到桌上，喝了口咖啡说。几分钟后，李倩回复了短信息，苏慧打开手机看。

"她怎么说？现在在什么地方？"晴儿看着苏慧问。

"她说一会儿过来，看样子像是在家里，说不定在看电视或杂志呢！"

"好孩子喔！"

一转眼，后天就要回去了，陈石心里真有点舍不得这里。每当日出日落时分，他总会站在巨大的礁石上眺望海平面，倾听大海呼吸的声音和海鸟热情的歌唱。但心里却想着另外一个美人儿，有时菲儿陪在他身边，两人话不多，都看着大海。菲儿喜欢依偎在陈石的肩膀上看海，看天边云卷云舒。

每当拥抱着菲儿，陈石心里总是会产生莫名的紧张，也许是害怕菲儿觉察出他的心思。他总是告诫自己不要胡思乱想，要全心全意爱菲儿，他现在必须承担着一种责任，一种男人无法回避的责任。

中午时分，朱光磊、李燕秋、沈菲儿和陈石一起共进午餐。朱光磊倒了杯酒，看着陈石说："来，石头，我们干一杯，为我们各自美丽动人的妻子，以及我们共同面对的幸福生活，干杯！"

陈石笑了笑："干杯！两位美丽的佳人，你们就随意吧。"

菲儿看了一眼陈石："下午还要去拍天涯海角，你们少喝点酒。"

朱光磊点点头说："菲儿，你放心，我们不会多喝的。"

陈石感叹道："蜜月就要过去了，时间太快了些。"

"那不好办吗？"朱光磊看了看菲儿，"多结几次婚不就可以了，还能隔三岔五出去游山玩水。"

李燕秋轻轻推了一下朱光磊，嗔怪道："尽出些傻主意，你要是敢有那种念头，你知道后果吗？"

"只是说着玩儿，我哪敢动那念想啊，对不对啊，石头？"朱光磊搂着李燕秋说。

"当然！"陈石有些悲观地说，"要是能长久地留在这里，我真愿意拿出生命中有限的时间来交换。"

菲儿放下筷子，看着陈石："还真浪漫啊，不想要家了？哦，你用生命来交换，那我怎么办啊？"

李燕秋看了看朱光磊说："等我们都老了，就搬到海边来住，在这里安享晚年是个不错的选择。"

"对啊，应该趁着年轻，干好自己的事业，最重要的是有钱了，将来想住哪儿不是自己说了算啊，再说了，浪漫和年龄应该是不影响的。"朱光磊赞同老婆的观点，稍加补充道。

陈石看着他们妇唱夫随的样子，他没有发表什么意见。菲儿却发现他越来越多愁善感了，这是她认识陈石这么久没有遇到过的，她不明白他为什么突然之间会变成这样，甚至以为是大海的魔力磁场在发生作用。

下午，朱光磊和李燕秋、陈石和菲儿两对夫妻一同坐船到小岛上游玩，同时还去了天涯海角。两对新人玩得乐不思蜀。

在小岛上吃完晚餐，朱光磊建议说："明天我们租辆车到琼崖自然风景区参观一下，据说里面有很多新奇的景观。"

"好啊，那就这么说定了。"陈石满口答应道。菲儿和李燕秋也表示同意，于是四人早早住进旅馆，由于白天玩累了，他们早早就进入梦乡。

第二天一大早，朱光磊和陈石一起随当地渔民下海捕鱼，当地人的和蔼可亲让他们很是感动。两个多小时，他们提着亲手捕的鱼回到旅馆，向各自的妻子炫耀着。

吃完早餐已是八点多，朱光磊事先联系好租了一辆小轿车，他亲自驾驶。李燕秋和菲儿坐在后排座位，陈石坐在副驾驶位置。

有一段路崎岖不平，车子颠簸得厉害，陈石埋怨道："磊磊，你租的这什么破车啊，这样怕还没到风景区就散架了。"

朱光磊笑了笑说："这是名牌的老爷车，费用可不便宜，虽然里面功能少了一点，可是感觉不一样。我刚才问过了，只有这条是近道。过了这段路，应该就好走多了，不用担心它会散架。"

"小心开车，不要多说话。"李燕秋侧身提醒道。

"没事，这车我闭上眼睛都能开。"朱光磊笑着说。

"你就吹吧，小心车胎让你给吹破了。"陈石看着朱光磊说。

"还是小心驾驶为好，陈石，你不要跟朱光磊说话了，一会儿你们俩轮流开车。"菲儿拍了一下陈石的肩膀说，她摇下车窗看风景，尽管道路不太好走，但窗外的风景真的非常迷人。

"不相信我的驾驶技术是吧，好，我开给你们看看。"朱光磊果真闭上眼睛，手还离开了方向盘。陈石见朱光磊较真了，他乐呵呵地没有劝阻。

李燕秋被吓坏了，忙拍了拍朱光磊："别闹了，注意安全！"

陈石笑了笑说："就让他闹去吧，这么开自有他的道理，反正出了事是我们平均分担的。"

朱光磊也说："石头，你是不是买了不少的保险啊？这么镇定自若？"

"保险可是保死不保活的，我想还是生命更重要！"陈石故意严肃地说。

"石头，听说分红保险又推出了新的险种了？你知不知道都有哪些功能啊，利率是多少？"朱光磊看了看陈石，他可是有名理财宝。

"我不太清楚，唉，我们来玩的，不谈这些乱七八糟的事情。燕秋负责监督，谁再提与本次游玩无关的话题，就让他一个人回去。"菲儿故意生气地说。

"好，那我就行使监督权了，你们可要注意了。"李燕秋高兴地应道。

朱光磊通过后视镜瞅了一眼李燕秋，小声嘀咕道："随便聊聊嘛，不说就是了啊。"菲儿忍不住笑了起来。

秦玲一连数日都看不到陈石，心里总是有种难舍的挂念。她办完事刚好路过好朋友景梦上班的地方，便走了进去。景梦看到秦玲进来了，忙微笑着迎上去："秦玲，怎么有空来看我啊？"

"想你了呗，不欢迎那我可走了啊。"秦玲笑了笑说，"我就是想喝你泡的百花茶，刚好路过就进来了。"

"这么些天没看到你，我还以为你忘了老朋友呢！过来坐，我给你沏茶。"景梦微笑着吩咐服务员倒水取茶具。

秦玲看了一眼景梦："怎么样，近来生意还好吧？"

景梦微笑着说："唉，就那样呗！你呢，个人大事解决了没有？"

秦玲轻轻摇了摇头，喝了口茶，岔开话题道："嗯，这茶味道越来越香了，看来以后要常来啊。"

"欢迎啊！"景梦说，"对了，上次你带来的那个帅哥呢？下次带他一起来，那样这花茶才更有味道呢！"

秦玲放下杯子："喝茶有那么多讲究吗，还要看人喝不成？景梦，以后不要再乱开玩笑了，人家已经是有老婆的人了。论公我们是同事关系，论私那也是姐弟关系。"

"可我看秦玲姐姐对那位帅哥可谓是关怀备至啊！怕超出了姐弟情谊吧，我倒想看看是不是可以发生一些动人的故事呢。"景梦笑着说。

秦玲也笑了笑，略带伤感地说："故事已经结束了，要发生也是别人的故事了。"

景梦见秦玲语气有些伤感，忙调整语气说："秦玲，该找个适合自己的故事了，不能老在别人的故事里待着，该多为自己考虑考虑了。"秦玲默默地点了点头。

两对新人终于赶到风景区，他们约好在风景区主入口会合。朱光磊和李燕秋到一个小凉亭中，李燕秋高兴地坐在石椅上，看着朱光磊说："待会儿我们划船到那边的山坡下，不知道菲儿和陈石他们现在在哪儿了？"

"不是约好在大门口会合吗？我想他们可能上山了吧！"朱光磊看了看远处的风景说。

"那我们待会儿也上去看看，登高远眺，海景尽收眼底，那感觉应该不错的。"

"好啊！"朱光磊取出数码相机，"燕秋，我给你拍照，来，笑一下。"

"等一下。"李燕秋起身坐到另一边，她依偎着护栏，摆好姿势，朝朱光磊轻轻点了下头。朱光磊调整距离和角度，食指按下快门，"好了，太美了，你看看。"

李燕秋站起身，走到朱光磊身边："我看看，是人美呢，还是风景美？"

"当然是风景美了。"朱光磊大声说，"不过，人更美！"李燕秋看着照片，莞尔一笑。

陈石和菲儿并肩走在林子里，清香的空气，小鸟的清脆鸣叫婉转动听，宛如步入仙境。陈石笑着说："这么美的环境，真是个放松心情的好地方啊！不过，更适合有情人浪漫地走着。"

菲儿看了看陈石，不太高兴地说："环境虽好，但不是久居之地，这里能有家那么温馨吗？"

陈石忙解释道："我只是说说而已，随感而发罢了，打个比方总可以吧？"

"当然，有时情不自禁就冒出什么非分之想来，不是吗？"

"前面有个小亭子，我们过去歇会吧。"陈石忙岔开话题。菲儿没有回答。

两个人一前一后来到亭子里，陈石看了看亭子说："这里真精致，要说古代人还是有水平的。"

菲儿坐到石椅上，看着陈石不屑地说："现代人也能造出来。"

陈石挠了挠头，四处看了看："菲儿，你渴不渴？"他从手提袋中取出两瓶饮料看了看菲儿轻声问，同时递了过去。

菲儿从陈石手中接过饮料，看着陈石，说："陈石，如果能回到古代，你愿不愿意？"陈石没有明白菲儿问这话的意思，所以没有立刻回答，犹豫了一下。菲儿笑了笑，"我猜你肯定愿意，而且非常高兴。"

"为什么？"陈石饶有兴趣地问。

菲儿并不急着回答，她打开饮料瓶盖，喝了一口，慢悠悠地说："古代什么都好啊，建筑、服饰，还有美女如云。"她将"美女如云"四个字说得很重。陈石听了，心头一惊，宛如敲山震虎一般。菲儿见他那么紧张，不禁笑了起来，"和你开玩笑的，当真了？"

陈石舒了一口气："以后不要这样捉弄我，搞得莫名其妙的。"

"只是试探你一下！真金不怕火炼哦！"菲儿扶着木栏说。

陈石摇了摇头："我们就坐这儿歇会儿吧，估计一会儿能碰到磊磊和李燕秋他们。"

菲儿看着远处，高兴地用手指着："陈石，快看，那儿有船，待会儿我们去划船，好不好？"

"可我不会游泳啊！"陈石耸了耸肩膀说。

"我会啊，看样子我回去第一件事就是当你的游泳教练了，男子汉大丈夫不会游泳怎么行。"菲儿走到陈石身边说。

陈石还在犹豫："那水那么深，掉下去肯定不好玩。"

"走吧，划船总会吧，又没让你下水去。"陈石被菲儿拉着走出凉亭。

岸边停着很多各式各样的船只，有电动的、半自动的，还有人工的小舟。菲儿挑了一只漂亮的人工小船，她认为两个人共同划船主要是配合，朝着一个方向共同努力，船才会安全行驶，就像生活一样。

她第一个跳了上去，转身看着陈石头："上来啊！还站着干什么？快点！"陈石犹豫了一下，慢慢地挪过去，摇摇晃晃地上了船。菲儿给了他一只桨，看着他说，"不让你游泳，划船总是会的吧？"说着撑开小船，轻轻划桨。

陈石摸不清方向，他只顾自己使劲儿地划着，小船在水中直打转。菲儿见他和自己划的方向不协调，有点哭笑不得："哎，像我这样好不好，照我的步骤来，对了，我们要保持统一才能让小船前进。"陈石按照菲儿的示范，小船才缓缓向前驶去。周围机动的小船不时擦肩而过，还有不远处急驰的快艇，真是非常热闹。

余秋洁收拾了一下桌上散乱的稿件和报纸杂志，拎着包走出办公大楼。她坐在公交车后排的座位上，本想直接回家，忽然想去看看林渝诗，于是便发了一条短信息："渝诗，身体好些了吧？要多注意休息，晚上有时间吗？"本想约他到咖啡馆坐坐，他老待在书房里，感觉太压抑了。记得在一本书上看过，凡搞艺术出名的人，不是天才就是疯子。

不一会儿，林渝诗回复了她："秋洁，晚上可不可以找个温馨的地方，我想和你好好谈谈，你挑地方，我来请客，以感谢你对我的关心和照顾。"余秋洁看完后，心里很高兴，她看着车窗外穿行的汽车和人群，心里明白林渝诗主动约她意味着什么。也许，她盼望已久的幸福时刻即将来临。

余秋洁回复道："星座宫咖啡馆，老地方见面，不见不散。"想了一下，按了发送键，此刻她的喜悦无法言表，以至于坐过了站。

她下了车，突然想为林渝诗买份礼物。逛了近半个商场，却没有看到她认为可以送出去的礼物。最后，她来到文具楼层，看到一支精致的金色钢笔，觉得很不错，便买了下来。她看到林渝诗用的钢笔都很旧了，送他一支钢笔他肯定会喜欢的。营业员详细地介绍着这支笔的来历及制造工艺等方面的特点，听得余秋洁感觉这不是一支普通的钢笔，而是一件非常珍贵的艺术品。于是，她花高价钱买下了它，并把它装在礼品盒中，看了看时间还早，便到女子专柜选了几样化妆品，又选了几件衣服。也不知怎么的，她忽然觉得该好好打扮自己了，不修边幅和不懂化妆的女子应该不会有人喜欢的。

陈石划船划得腰酸背痛，吃过晚餐后，他倒床就睡了。菲儿坐在他身边看着他，心中隐约浮现出曾经的一幕幕。

朱光磊回到房间，打开笔记本电脑，写了一些产品的策划报告传回公司。李燕秋则打开电视看节目，下午两人玩得很开心，都觉得时间太短暂了。

星座宫咖啡馆。余秋洁提前十分钟到了，她换上新买的衣服，还化了淡妆。杜怡看到余秋洁十分高兴地说："陈石和菲儿、朱光磊和李燕秋他们现在都高兴得把我这个金钻级别的红娘忘了。秋洁，现在只有你惦记着我了，要常来陪我啊。"

"怡姐，我会常来的。"余秋洁微笑着说。

"对了，看你这身打扮，是不是约了大诗人男朋友啊？什么时候来？我提前给你们布置烛光晚餐。"

"他马上就应该到了。"

"好啊，我这就去安排，你们赶快选个好日子把大事给定下来吧，我喝喜酒上瘾了，刚喝完两对新人的，还想再喝上你们这对的。"杜怡笑着说。

余秋洁笑了笑，说："一定努力！"

"加油！我可是期待着呢。"

"嗯！"余秋洁点了点头，跟着杜怡来到平时常来的位置坐了下来。星座宫咖啡馆里有几个位置是杜怡专门为他们这些年轻朋友预留的。

林渝诗看着桌上放着刚买耀眼的钻戒，想着该怎样向余秋洁表白。浪漫的情调在他的小说中不断重复，而现实中，他却有点不太自然，甚至是有点局促不安。他想了半个多钟头才想好委婉动人的求婚方式，把想到的都写了下来，在路上可以反复演练，怕到时一时语塞，紧张得说不出来。

林渝诗装好钻戒，下楼坐上出租车，直奔星座宫咖啡馆而去。

坐在车上，他的心情异常激动。选择余秋洁，他是有足够的理由，并且经过深思熟虑。他觉得余秋洁应该会答应接受他的求婚，不过，在文学创作中，他是信心十足的；在现实生活中，面对求婚这一重要角色的推演，他也显得信心十足。钻戒是代表爱的力量，没人会轻易拒绝的。

林渝诗一进星座宫咖啡馆的门就看到杜怡，杜怡微笑着迎上去："大作家，秋洁可早就来了啊，她在老地方等你呢，快过去吧。"

林渝诗笑了笑说："我们约好的时间，我可没有迟到的习惯。刚好到点，我先过去了。"

杜怡点了点头："秋洁是个好女孩子，要好好珍惜。她可是你作品中写不出来的，在现实中存在的，不要错过哦。"

"我知道，秋洁对我也很好，我会珍惜我们之间的感情的。"

"那真是太好了，祝福你们啊！"杜怡看了看林渝诗，微笑着说。林渝诗向杜怡微微点头示敬，便径直向老位置走去。

余秋洁抬头看到林渝诗走过来，微笑着说："时间刚好，很准时啊。"

林渝诗微笑着坐到余秋洁的对面："秋洁，今天晚上我有件非常重要的事情要和你说。"

"等等！"余秋洁拿起自己的包，从里面取出一只礼盒子，看着林渝诗神秘地说，"我有件礼物要送给你，我想你一定会喜欢的。"

林渝诗看着面前放着的礼盒，他轻轻打开，看到一只精致的钢笔，微微一笑。

"喜欢吗？"余秋洁微笑问。

林渝诗看着镶金的钢笔，心里有种说不出来的欢喜，他取出钢笔，仔细看了看："太漂亮了，谢谢！我很喜欢。"

余秋洁开心地说："希望林大作家用这支笔写出闻名于世界的好作品。"

林渝诗激动得不知道该说些什么，许久，他才深情地看着余秋洁，说："秋洁，我，我，也送你一件礼物，希望你会喜欢并且接受它。"林渝诗一激动，把之前背好的词全忘了。

余秋洁好奇地笑了笑："什么礼物啊？这么神秘，我想只要是渝诗送的东西，我都会喜欢的。"她以为林渝诗会送她女子用的化妆品或是丝巾之类的，并没有往钻戒和求婚方面想。

林渝诗从右边上衣口袋中抓出一只小礼盒来，在余秋洁的面前打开："秋洁，嫁给我吧！"余秋洁被这一幕惊呆了，她不敢相信这是真的，还以为在梦里，因为她好多次梦到这样的情景。

她突然不知所措，看着闪闪发光的钻戒问："渝诗，这是真的吗？"

林渝诗微笑着说："秋洁，答应我吧，你不是在做梦，你是真实的你，我也是真实的我。"余秋洁微笑着点了点头，略带些腼腆。林渝诗高兴地取出钻戒，为余秋洁戴到无名手指上。余秋洁看着林渝诗，两人的目光中都露出喜悦的光芒。柔和的灯光，缠绵的音乐，打造一个浪漫的气氛。

沈晴儿协助吴名客组织了十五位有一定创作实力的文学爱好者参加一次特别的笔会，并单独邀请了林渝诗，林渝诗很高兴地接受了邀请。

创作讨论会上，大家畅所欲言，各抒己见，气氛非常活跃。其中晴儿和吴名克的发言林渝诗大为赞赏，这么年轻就对中国古典文学有如此见解，实在难得。吴名客见林渝诗难得有这么好的心情，他猜想可能碰到了"金榜题名或洞房花烛"两件人生之喜中的一件。

明天就要回去了，陈石心里不想就此离开。黄昏时分，他面向大海站着。回想着曾答应过辛芸要陪她一起看海，可明天就要回自己工作、生活的城市，与大海相距甚远，什么时候再见到大海都很难确定。他看着波光粼粼的大海，听着海鸟鸣起归巢的叫声。

突然有一种预感，仿佛辛芸距离自己非常近，此刻，如果大海有灵性，就一定会安排一个让他们见面的机会。陈石觉得大海或许能够安排这样的缘分，让他和辛芸一起欣赏这人间仙境。正当他浮想翩翩时，手机短信息提示音打乱了他的思绪，他以为是老婆菲儿发来催他回去，在原地来回走了两步，才从口袋取出手机，查看短信息，却发现是辛芸发来的："陈石哥，芸儿很想见到站在大海边的你陪你一起看大海，听大海那最诚挚的呼吸，那是芸儿的一个心愿。知道吗？陈石哥，芸儿此刻或许就在海边同你一起欣赏落日前的美景，芸儿已经盼望了好久，好久……"

陈石看着夕阳仿佛停留在海平面上，有或是在等待一个幸福时刻的来临。他想了一下，回复辛芸道："芸儿，我在海边听着大海那浑厚的声音，你也可以听到的，相信我啊！"陈石发送完毕后，慢慢走近大海边，海风吹拂他兴奋的脸颊。

"如果芸儿此刻出现在你的面前，你会不会陪芸儿一起看海？"陈石盯着手机屏幕，他似乎没有感到太大的意外。

"会的，我答应过芸儿的事情就一定会做到，决不会反悔。芸儿，你不是很想听到大海的声音吗？我可以满足你的要求，五分钟后我打你的电话，你接听后什么都别说，静静地听大海的呼吸及它的心跳声。"陈石将这条信息发送出去后，他又向大海走进一些，海水几乎浸湿他的裤角。

不一会儿，他的手机响了起来，是辛芸打来的。他犹豫了一下，接通了电话，他没有听到辛芸那银铃般的声音，却听到了很熟悉的声音，是大海的声音。陈石激动万分，忍不住回头望去，一个女孩子身着蔚蓝色的连衣裙，正缓缓向他走来，海风吹拂起她那迷人的长发，美丽的蔚蓝色身影如天仙下凡，几乎与大海融为一体。

辛芸突然出现在陈石的面前，陈石很惊喜："芸儿……"

"芸儿仿佛就像是大海的使者，陈石哥，芸儿突然出现，会不会让陈石哥不开心？"

"当然不会，我能在海边见到芸儿，不，大海的使者，心里面非常高兴。"陈石微笑着说。

"能见到陈石哥，我也非常开心。"被晚霞映红脸颊的辛芸显得更加楚楚动人，她看着大海，说："大海真是太美了！陈石哥，能陪芸儿一起走走吗？"陈石看着夕阳挂在了海平面上，动人的女孩和迷人的美景相得益彰，他心情格外舒畅，微笑着点点头。

"芸儿，你是怎么找到我的？"陈石好奇地问。

辛芸微微一笑，说："陈石哥，你相信缘分吗？如果说是缘分安排芸儿找到你，或许你会不相信呢！"陈石笑了笑，没有说话。辛芸接着又说："陈石哥，其实有志者事必成！芸儿一直相信，心中有所念想，就一定会做到。"

"芸儿，我相信缘分！"陈石顿了一下说，"也相信是缘分安排芸儿来到这里，让我完成欠芸儿的心愿。"

辛芸莞尔一笑："陈石哥，你真的相信啊？其实，芸儿用了现代的高科技手段，6G定位仪，只要我们的手机保持信号联络，就能通过定位仪确定你的准确位置，就可以找到你了。"

陈石听得瞪大了眼睛："这不是只有电影里面才有的东西吗？真的那么厉害吗？"

辛芸微笑着说："芸儿不是以身应验了吗？有了这个，不管你走到哪里，就算是天涯海角，我都能找到。"陈石相信辛芸说的，自己的确身处天涯海角，却被她找到了，真不得不佩服高科技的神奇力量。

"陈石哥，知道吗？能在大海边见到你，我已经心满意足了，看到你很幸福，我也默默为你祝福。"辛芸看着陈石温柔地说。

陈石心里非常感动，辛芸给他的这种感觉，在菲儿身上是体会不到的。他轻声说："芸儿是一个美丽又善解人意的女孩，其实应该有更好的归宿，我也祝你幸福。"

两人在海边的沙滩上漫步，周围偶尔有几个顽皮的小孩追逐着跑来跑去。

朱光磊正在网上看"股市快讯"，手机短信息提示音响了起来。正在看电视的李燕秋拿起茶几上的手机翻看。

"给我看看是谁发来的。"朱光磊向李燕秋伸出右手。

"不是事先说好不接电话，也不与外界联系吗？"李燕秋看着朱光磊说。

"不接听电话可以，那看短信息总可以吧？"朱光磊向李燕秋招了招手。

李燕秋笑了笑，说："是个好消息，余秋洁发来的，她和林渝诗快要结婚了！"

"真的？"朱光磊似乎不太相信自己的耳朵，他走到李燕秋身边坐下，接过手机看，"哎呀，这个大诗人终于被秋洁拿下了，真了不得啊。太好了，她的爱情马拉松终于到终点了。"

"看把你乐的，好像比你自己结婚还开心。"

"那是当然，她是我的好兄弟啊。"

"哎呀，你可别到处认兄弟啊，小心惹我不开心。"

"怎么了，老婆，吃醋了？"朱光磊嬉笑着搂李燕秋入怀，乐呵呵地说。

李燕秋紧贴着朱光磊的胸膛："光磊，你猜猜秋洁和大诗人他们两个是谁先提出的求婚的？"

朱光磊看了看李燕秋，笑了笑说："这还用猜，当然是秋洁提的，她的性格我最清楚，做什么事不成功是不会轻易回头的。"

"看来你是挺了解她的。"

"大家是多年的好朋友啊，彼此之间了解是很正常的。"

"那为什么大诗人不能先提出来呢？一般应该是男人向女孩子求婚的。女人向男人求婚，你听说过几个？"李燕秋不服气地说。

"好，那我们就赌一回。"朱光磊看着李燕秋说。

"好，赌什么啊？"李燕秋抬头看着朱光磊问。

朱光磊微笑着说："如果不是秋洁向林渝诗求婚的，那么，一年的家务，包括煮饭、刷碗、拖地、倒垃圾等都归我；若是秋洁向林渝诗求婚的，那么，这些家务都归你。"

"好，那一言为定！"李燕秋拿过朱光磊的手机就要拨号码。

"你给谁打电话呢？"朱光磊不解地问。

"给秋洁啊，问问她谁先向谁求的婚。"

朱光磊忙摆手："干吗要这么早知道结果，就不能留个悬念啊？等我们回去先祝贺他们，然后再问不是更公正吗？你发个祝福给她吧，回头我们再问。"

李燕秋放下手机，看着朱光磊说："好，到时可不许耍赖啊！"

"大丈夫一言既出驷马难追。"

李燕秋笑了笑："那就先发个短信给他们吧。"朱光磊点了点头。

菲儿独自待在房里看电视，看了看时间，想打电话催陈石早点回来，可是想到明天就要回家了，让他放松下吧，于是又放下手机。她感觉到陈石越来越陌生了，仿佛不是她认识的那个人了，他们两人婚前就充满坎坷，她希望婚后能平静一些，仅此而已。

海岸边，夕阳留下了最后一抹余晖，海风轻轻吹拂着。陈石和辛芸坐在一块礁石上。辛芸看了看陈石说："陈石哥，芸儿现在知道了什么叫幸福了。"

陈石看着楚楚动人的辛芸，问："什么？"

辛芸仰头望向天空，喃喃自语道："和自己最喜欢的人在一起欣赏世间最美丽的景色，度过最美好的时光。"她又看着陈石，"陈石哥让我体会到了这种幸福的感觉，非常美好！"海风吹着她飘逸的长发，散发着诱人的清香。

陈石几乎被这美景和美人陶醉了，情不自禁地说："太美了，芸儿，你是一位很好的姑娘，如果，如果我们，如果时间倒转，我有重新选择的机会就好了。"

辛芸听了心里万分欣喜，看着夜幕渐渐拉开："这么美的景色却很少有人懂得欣赏，太可惜了。"

"只要有人欣赏就行了，风景才不管会不会有人欣赏呢，因为它从不虚设。"陈石看着逐渐暗淡的海面，"至少我们没有错过上天的恩赐。"

"要是天天能欣赏这么美的景色，让这美好的时光无限期延长该有多好！"辛芸依偎在陈石的肩膀上，陈石轻轻揽住了她……

夜幕降临，满天星星仿佛在俯视天下万物。辛芸数着天上的星星，忽然看到一颗流星划破苍穹，发出一道耀眼的光芒，随即落入无边无际的大海。她闭上眼睛，心里默默地许了一个愿望，便睁开眼睛看了看发呆的陈石："陈石哥，刚才没有许愿吗？"

陈石笑了笑："许了，可是只许了半个愿望。"

"什么？为什么是半个愿望呢？"辛芸好奇地问。

"我想要在海边建一座房子，不要太大，每天能看到日出日落，欣赏大海的平静与愤怒。"

辛芸微微一笑："陈石哥许下的愿望和芸儿许的非常相似。"

"是吗？芸儿许的是什么愿望？"陈石看着辛芸问。

"就是每天晚上都能和心爱的人一起赏月看星星，聆听大海的呼吸……"

陈石望着神秘的大海，两人许的心愿极其相似，却都难以实现，至少他们不能实现共同的心愿。陪辛芸看海，陈石心里非常高兴，而陪菲儿，却没有这样的感觉。他弄不明白这是为什么，看了看微闭眼睛的辛芸，轻声说："芸儿，天很晚了，我送你回去吧！"

"不要，陈石哥，能不能再多陪芸儿一会儿，芸儿怕以后再没有这样的夜晚了，再也不会有陈石哥陪在芸儿身边一起聆听大海的声音了"陈石微微点了点头。

天上的星星在窃窃私语，大海在倾听他们的心声……

# 第十三章　独盼重逢日，此去尽相思

不曾想过回忆是什么颜色

若不是遇上爱情谁会记得谁

也许待在各自的角落里

编织自己的网束缚心里的谁


不记得当初谁诱惑了谁

在彼此吸引的地方一转身

就会看见与泪滴擦肩而过

过了今夜月光不会为孤单守候


——《紫藤樱》

蜜月结束后，陈石和沈菲儿、朱光磊和李燕秋一同从海南返回生活的城市。一切好像回到从前了，看似平静，但陈石心中却有着无法割舍的牵挂，但在菲儿的严密监视下，他也不敢主动去联系辛芸。

从海南回来后，沈菲儿觉着陈石的情绪有点儿不对劲，她又没有发现什么具体不对劲的地方，于是，在上班后的第一天，她表现出家庭主妇的万分热情。炒菜烧饭无一不做，营造出婚姻的甜蜜氛围。

晚上下班回来，菲儿准备了丰盛的晚餐，还开了瓶红酒。陈石微笑着说："菲儿，今天是什么节日，这么奢侈啊？"

"非得过节才这样啊，以后我们每天都这样，两个人在一起就是最大的幸福，什么都不重要，重要的是我们的感情一定要保持新鲜感。"菲儿微笑说，"我最亲爱的陈石同志，你最美丽的妻子陪你喝交杯酒，祝愿我们的爱情生活甜甜蜜蜜，永远幸福！"陈石喝着甜酒，从嘴里一直甜到心里。

这样平凡而快乐的日子持续了一个星期，菲儿提出周末要去父母家过，陈石没有反对，他觉得有菲儿在，在哪过都一样，反正饿不着自己。

早上，陈石陪菲儿去商场给她父母买些衣服和日用品，他则在书店买了几本营销方面的书籍，现在市场变化太快，不及时充电很容易就会被淘汰掉。

菲儿两只手提着衣服和购物袋，陈石则一只手拿着书，一只手插在裤兜里，她心里很生气却忍着没有爆发出来。两人顺着手扶电梯下楼，陈石眼尖，他一眼看到朱光磊也陪着李燕秋逛商场，因为距离太远所以没有打招呼，只是见朱光磊拎着大包小包的东西跟在李燕秋后面。他扭头看着菲儿说："菲儿，你看，那不是磊磊和燕秋吗！"菲儿顺手指望去，果然是他们。

不看不生气，她撞了一下陈石的后背，说："你看人家光磊，多体贴老婆，这些东西你拿着，我也要享受燕秋式的待遇。"

陈石接过手提袋，点头说："是，老婆大人！"菲儿忍不住笑了起来。

到了菲儿父母家里，只有沈晴儿一人在家，菲儿好奇地问："晴儿，爸和妈呢？"

晴儿见到姐姐非常高兴，她斜了一眼陈石，看着菲儿说："姐姐，爸妈知道你们要来，一大早就买菜去了，估计快回来了吧。对了，你们去海南度蜜月，给我带什么礼物没有？"

菲儿看了陈石一眼："哪能把我的好妹妹忘了啊，东西在你姐夫那，你找他要去。"

晴儿向陈石伸出手说："姐夫，礼物在哪？给我带什么好东西了啊？"

陈石放下手里的东西，从包里取出三个精致的礼盒，看着晴儿说："这两个是给爸妈准备的，这是给宝贝妹妹你的。"

晴儿迫不及待地打开礼盒，高兴地说："姐姐，你太好了，还是你最了解我想要什么。"

"那当然了，你们是姐妹嘛！"陈石微笑着说。

菲儿看了陈石一眼，指了指地面说："现在可是表现你优秀女婿的最佳机会了，不要让我吩咐吧，这地拖一下，桌子和玻璃擦一下，还有，反正你看哪儿不干净，就打扫一下。"

菲儿看着晴儿说："我现在要陪最亲爱的妹妹聊私房话，你不要打扰啊。"

"姐姐，到我房间去，我给你看一些东西。"晴儿拉菲儿向她的房间走去。

陈石一手拿扫帚，一手拿拖把，苦笑了一下，自言自语道："这优秀女婿的称号，我容易吗？"他认真地把屋子打扫了一遍。菲儿父母回来，看陈石这么勤快，心里非常高兴，不停地夸他，反而让陈石有些不好意思了。

朱光磊和李燕秋逛完商场后去了一家西餐厅，一起共度二人世界。用完餐后，朱光磊看了看李燕秋说："燕秋，吃完饭，我们先回家休息一下，然后，去中州公园逛逛。我想约陈石去大名湖钓鱼。"

"你算了吧，你以为人家都像你啊，陈石肯定会在家陪菲儿，不信你打电话问问。"李燕秋不高兴地说。

"那下午你做主，你说了算，我全听你的。"朱光磊低着头说。

"现在都21世纪了，讲究男女平等，什么全听我的安排，要讲民主，懂不懂？不然那些带偏见目光的老外又嚷嚷着中国没有人权了。"李燕秋故意严肃地说。

朱光磊竖着大拇指，恭维道："老婆大人高见，咱让那些傲慢的老外也看看咱也是讲民主的地界，要不让他们来看看，咱们两口子是如何讲民主，重视人权的，然后再发表意见。整天睁眼瞎似的在自个儿地界里瞎嚷嚷。"

"就是！"李燕秋看着朱光磊，说，"我们先回家吧！"朱光磊主动拿着采购的物品，跟在李燕秋后面。

"真诚之中，与你相识相知；平淡之中，与你朝夕相伴。时间在你我相聚时是如此短暂，多希望时间就此停住，让你我拉着的手永不分离。每一天都为你心跳，每一刻都被你感动，每一秒都为你担心。我不想表达什么，只想对你说：秋洁，有你，真好！"林渝诗坐在书桌旁编辑短信息，他想了一下，按了发送键。

不一会儿，余秋洁给他回了一条短信息："走过风风雨雨，曾经的记忆依然清晰；经历年年岁岁，有你的时光仍然铭记。飘摇风雨中，恋你自信美丽的容颜；匆匆岁月里，有我深情如初的祝福！渝诗，在干吗呢？"余秋洁去超市买了些日用品，在回去的路上，她专门为林渝诗买了一支品牌钢笔。

"刚改完旧稿，闲了一小会儿，就突然想你了，一会儿能过来吗？一起吃晚餐吧！"林渝诗编辑短信发送道。

"嗯，那好吧，你在家吧？我一会过去找你。"

"在家的，那我等你。"

林渝诗放下手机，他到厨房看了一下，发现没有多少新鲜菜了，而且米也快没有了，于是换了件衣服，取了钱包，走出家门。

林渝诗去菜市场买了一些鸡鸭肉蛋和蔬菜，又到超市买了米面。当他大包小包拎回家时，发现余秋洁已经到了。他笑着说："我出去买了些菜和米面，家里存货不多了！"

余秋洁忙上前帮忙取下米面："早知道我和你一起去，看把你累得满头大汗的。"她取出手帕给林渝诗擦了擦汗。

林渝诗乐呵呵地看着她说："这次我露一手，虽然我的水平比不上大厨，但也不能小觑啊。"

余秋洁微笑说："好啊，还没见过林大作家进厨房呢，这回可要大饱眼福和口福了。"

"嗯，现在时间还早，正好你帮我审阅两篇稿子，看得我头都大了，有点儿视觉疲劳了。"

"嗯，那你休息，我帮你看看。"余秋洁走进书房，熟悉地从桌上翻看林渝诗的手稿。忽然想起了什么，她从包中取出刚买的钢笔放到书桌上。

林渝诗看到后说："秋洁，怎么又买笔了，我有笔用，不用在笔上花费钱。"

余秋洁微笑说："我看到你都用坏了好几支了，反正用得着。我看牌子还不错，觉得适合你，就买了，你应该会喜欢的！"

"当然，秋洁送的东西我都喜欢。"林渝诗看了看钢笔说，"这牌子不错，我挺喜欢的，咱们现在心有灵犀，不点都通啊！"

余秋洁笑了笑，说："有那么夸张吗？对了，渝诗，后天我父母要过来，商谈我们的婚事。"

林渝诗点了点头说："嗯，我会提前做好心理准备的，希望不会让二老失望！"

"不会，我都跟父母说了，他们很和蔼的，也非常尊重我的意见。"余秋洁看着林渝诗说。

林渝诗握着余秋洁的手："秋洁，能娶你做老婆，真是上天待我不薄啊。"

余秋洁微微一笑说："那你可要好好珍惜啊。"

"那当然，我会珍惜一辈子的。"

一晃又过了一个星期，周二的下午，陈石刚到公司，就感觉到氛围明显紧张了很多。前段时间一直传言有几个投资的股东闹着撤资，现在市场疲软，欧洲市场正面临严重的金融风暴，国际形势不容乐观，这直接影响像陈石所在的出口外贸型公司。

陈石坐在办公室里，脑海中对辛芸念念不忘。他想到辛芸那清纯的面孔和婀娜的身影，心里总有些不同寻常的感觉。他打开抽屉，并从抽屉拿出在海边辛芸送给他的镶玉边框照片，辛芸身着白色长裙，嘴角露出浅浅的微笑，简直美若天仙。看着照片，陈石自言自语道："人家都说得不到的总是最好的，可是，芸儿，我们真的是有缘无分吗？"他拿起桌上放着的手机，翻出辛芸的手机号码，犹豫了一下，随即摇了摇头。

这时，传来敲门声，陈石收好相片，将手机放回原处说："请进！"

秘书小王推门进来："陈经理，李总让你参加一个会议，在八楼小会议室。"

陈石点了下头："知道了，我马上过去。"整理好文件，锁好抽屉，起身走出办公室。

在电梯里，陈石在想，公司近期传出人事上要做调整，看来领导人交接肯定要新官上任三把火。面对目前的局势，他显现出难得的平静。这次突然的会议，他心里面似乎能预见一些，但不管怎么说，自己和公司各部门合作得很和谐，只能从容面对吧。

陈石走进会议室，他见各部门头头都在，估计不是一个短会，事先没有提前通知，有点儿仓促。陈石坐到秦玲对面，两人相视一笑，不知怎么的，自从和菲儿结婚后，秦玲似乎刻意在疏远自己。

总经理李岩是第三代领导人，为人爽直，很有经营头脑。五分钟后，李岩看了看到会的中层干部，严肃地说："人员都到齐了吧——王秘书，把资料给大家发一下，准备开会！"秘书小王把整理好的材料逐一发了下去。陈石看着资料，是近期公司的销售报表，还有市场预测分析报告。陈石看了一下，心里已猜测到今天会议的基本内容。

"大家先看一下资料，今天会议不做长篇讨论，主要有两个议题：一、根据市场预测报告，世界金融系统已出现危机症状，对于我们这些出口型企业来讲，这不是一个好兆头；二、公司经董事会研究决定，实行精兵简政措施，希望各部门贯彻执行。近期各部门人事上也会做些相应调整，希望大家不要过多紧张，以全新的心态投入工作当中去。"李岩看了看众人语气平和地说，"下面请营销一部的秦经理和二部陈经理、三部吴经理简单谈一下部门的营销计划及对公司营销方面的建议。"

秦玲做了一个报告式发言，针对目前的市场做了一些分析和产品建议。陈石整理了一下自己的发言稿，还好早有准备，不然真有点仓促。这时，手机震动了，陈石取出看了一下，是一条短信息："我用虔诚的手指，按出如风的文字，通过悠扬的短信发给你，期盼在你的心头弹奏出连绵的乐曲，让你知道我想你。芸儿"陈石看了一眼，是辛芸发来的，他心里一阵惊喜。

"下面请陈经理谈一下目前的市场情况，以及营销二部的具体措施。"李岩看着陈石说。

　　陈石放下手机，来不及回复信息，他调整了一下情绪，说："根据最新的欧洲市场分析报告来看，美国及欧盟的主体金融经济已经出现整体停滞和衰退迹象，加上我部门对市场的预测报告，近期公司产品销售渠道出现了不顺畅反应，甚至出现滞销局面。为此，我部提议公司将战略从欧洲市场转移到国内市场，以寻求和拓展全新的销售渠道。"

　　李岩微微点了点头道："陈经理分析得有道理，你提的报告我已经看过了，董事会在前期也讨论了你的战略调整提案，不过，如何调整整体的战略布局董事会还在研究当中，就你提的产品内销渠道方案，我表示赞同。经董事会研究决定，国内市场拓展由营销一部和三部负责，由秦玲经理主要领导负责，公司决定让陈石经理带领二部全体主要负责海外欧洲市场的开拓与巩固；另外，委派陈石经理去欧洲巴黎分部参与实施续展计划。"

　　接下来，李岩又宣读了近期的公司人事调整。陈石的手机又震动了一下，他悄悄打开，还是辛芸发来的短信息："如果身边走过一千个人，我都能辨认出你的脚步，因为九百九十九个人踏着大地，而你却踏着我的心！陈石哥，是否已将芸儿淡忘了？"陈石没有时间和心情回复，他关了手机，心里有些不太高兴，自己新婚宴尔，这个时候交给外派任务，而且又那么远，这着实让人不太理解。

　　一个小时后，会议才结束，李岩看了一眼陈石说："好了，今天会就开到这儿，大家会后仔细研究一下公司的近期动态调整，散会！请陈石经理十分钟后去我办公室一下。"

　　陈石默默地点了下头，先回自己办公室放好资料后，匆忙地给辛芸回复了一条短信息："我知道，我不能陪在你的身边。我知道，我能做的只有遥远的思念。我只愿你快乐，哪怕是为我。刚才在开会，对不起。"发完短信后，他犹豫了一下，接着又编辑了一条短信给辛芸："其实天很蓝，阴云总要散，其实海不宽，此岸连彼岸，其实梦很浅，万物皆自然，其实泪也甜，当你心如愿，其实我的想法很简单，只要你快乐每一天！芸儿，你一定要开心每一天！因为你开心，我才会开心！"发完短信后，他匆忙往总经理办公室走去。他猜想李总单独召见他的原因不过是做阵前的心理动员。他有点儿后悔提交建议公司进行战略调整的计划方案，这下倒好，把自己给调整到海外分部去了。

在电梯里，陈石收到辛芸回复的短信息："天使说只要站在用心画的99朵玫瑰中许愿，上帝就会听到，我把花画满整个房间，上帝终于对我说：许愿吧孩子。我说我要看短信的陈石哥开心幸福！我知道陈石哥很忙，我不会打扰你的工作和生活，祝愿你永远幸福！芸儿"

看了之后，陈石心里有种奇怪的感觉，编辑短信发送道："因为有星，夜才不会黑暗；因为有天，海才一片蔚蓝；因为有梦，生命充满期盼；因为有你，生活充满笑颜，因为有你，我的世界一片灿烂！芸儿，我会永远记住并想念你，永远……"

陈石来到李岩的办公室门外，秘书小王微笑着说："陈经理，李总在等你！"

陈石点了点下头，轻轻敲了下门。"请进！"屋内传来李岩的声音。

陈石推门走了进去："李总！"

"陈经理，快过来坐！"李岩放下手中的电话，站起身，招呼陈石坐到旁边的会谈沙发上。陈石知道一个不成文的规则，李总和部下谈话都是对面而坐，而重要的贵宾或熟悉的人才坐到会谈沙发上交流。陈石显得有些拘谨，这种拘谨是以前从未有过的。

"陈经理，刚才会议上宣布的决定，我应该事先通知一下你的，可是，我上午刚从北京回到公司，董事会要求我尽快拿出计划来，我这不，下午就召开了这个紧急会议，我有点仓促了。找你来是想听听你的意见，你之前提交的由海外市场向国内市场转移的产品战略方案，我深有感触，也很认同。可是董事会的那些老古板在欧洲市场赚了钱，认为美金比人民币更有诱惑力，所以，我没有全盘同意你的提案，但也不是全盘否定，我和董事长商议采取折中的办法，提出一个中庸方案。"李岩掏出烟递了一支给陈石，"陈经理，我很欣赏你，所以这次委派你去欧洲巴黎分部，我想让你调研海外市场的消费潜力，提交一份更有说服力的营销方案。"李岩顿了一下，看着陈石说，"我知道你刚刚新婚，我是不情愿做出这个决定的，但是，目前公司的情形你清楚，所以希望你能舍小家为大家，待遇方面我会给你补偿的，这个你不用担心。我想听听你个人对公司这个决定的意见！"

"李总，我服从公司决定，至于起程日期？"陈石无奈地说。

"越快越好吧，我看就下周一，我安排巴黎分部做好准备，你过去后，整体待遇上比现在要好很多。"李岩微笑着说。陈石抽了口烟，点了点头。

"那你先回去跟夫人交代一下，我放你三天假多陪陪夫人，周一上午我安排人送你去机场。你看这样行吗？"李岩用和蔼的口吻说道。

"谢谢李总！"陈石起身道，"那我先回去准备了。"

"好，有什么需要尽管跟我说，我一定会尽量满足你的。"

陈石走出李总的办公室，他径直回到自己的办公室，看了一眼时间，差不多快下班了。他收拾了一下办公室，将重要的资料放进包里。李岩用三天的假就换得他海外出差，这真是天大的"便宜"，陈石无可奈何，只能选择接受这项命令。下班前，他交代部门的一些事情后，心里似乎还有一些事情没有做完似的。陈石拎着包走出自己的办公室，这次出差不知道什么时候才能回来。

在回去的车上，他在想该如何跟菲儿讲这件事情，新婚宴尔却要远渡大西洋，这恐怕比牛郎织女的故事还要悲惨。他在想万一菲儿不同意怎么办。总之，可能要花一番工夫对菲儿进行解释。

陈石掏出手机，想先看看菲儿的心情如何，于是他编辑短信息道：

"送你一片晴空让你永远快乐，送你一片大海让你一帆风顺，送你一个太阳让你热情奔放，送你一轮月亮让你洁白无瑕，送你一颗星星让我最爱的老婆永远年轻、漂亮！"

当他走进小区到单元门口时，收到菲儿的短信息："少来了，都老夫老妻了，还发这么肉麻的短信，是不是在外面又犯什么错误了，老实交代，不然大刑伺候！"

看完短信息后，陈石有点忍俊不禁，于是回复道："佛说，你的心上有尘。我用力擦拭。佛说，你错了，尘是擦不掉的。我于是将心剥了下来。佛说，你又错了，尘本非尘，何来是尘。你有点灵气，我有点傻气；你有点秀气，我有点土气；你有点香气，我有点烟气；如果你生气，我不会发脾气！"按了发送键，他已经到家门口了，估计菲儿到家了，轻轻按门铃。不一会儿菲儿打开门，满脸疑惑地看着他："你没喝多吧？怎么发这么奇怪的短信息啊？不是有钥匙吗？"

陈石笑了笑："你不是说生活中要制造一些小插曲吗，太平凡两人就会容易厌倦的。"

"莫名其妙的！"菲儿瞪了陈石一眼，转身走进厨房说，"我是说要浪漫一点的，不是像你这样的，真老土！"

陈石倚着厨房门口说："老婆，我想买辆车，整天不是挤地铁就是坐公交，打车又贵，真该买辆车了。"

菲儿瞅了陈石一眼："不是刚换了房子，哪有那么多钱买车啊？"

"有啊，中国银行的卡里不是还有十万吗，再贷些款，一辆中档轿车费用够了。"陈石笑着说。

"我说你今天怎么了，怪怪的，车子买了又能怎么样，那么多的人没买车不照样活得很好的吗？"菲儿有点不高兴地说，"再说，那笔钱可是我用来给孩子的教育基金，不到万不得已不能动。"

"不是还没孩子吗，以后有了再存不也一样啊？"

"那可不行，专款要专用，计划外的资金使用我不批准，你还是省省心吧。"菲儿将热好的饭菜装起来，瞅了一眼陈石，"等以后有钱再说吧，现在车价也不稳定，说不定以后大降价呢。"

陈石叹了口气："唉，菲儿，你没结婚时可不是这样的啊。"

"当然不是了，没结婚前我是少女。"菲儿笑了笑说，"现在跟你结婚了，成少妇了，你还想把我退回少女程序不成？"陈石也乐了，他帮菲儿收拾餐桌，准备一起吃晚餐。

他们两人吃着饭，陈石心想迟说不如早说，事情已成定局，就算菲儿不同意，那也没有办法了，除非自己辞职。他放下手中的碗，抬头看着菲儿说："菲儿，我有件重要的事情要告诉你。"

菲儿也很严肃地看着他，说："陈石，我也有件很重要的事情要和你商量。"

陈石犹豫了一下："女士优先，老婆先说吧。"

菲儿深情地说："我们是不是该要个孩子？"

"就这事？"陈石疑惑地看着她。

菲儿点了点头："有了孩子，三口之家才有生气，男孩子还是女孩子我都喜欢，看着他慢慢成长就会很有成就感。"

"可是现在工作都那么忙，哪有时间照顾小孩子啊。"陈石犹豫地说，"以后再说吧，刚好我有件非常重要的事情也要和你商量。"

"什么事情？这么严肃！"菲儿看着陈石问。

"公司今天下午开会研究决定，要派我去海外出差。"陈石很平静地说。

"去海外？哪个国家啊？"菲儿开玩笑地说。

陈石严肃地说："这次要派我去法国巴黎分部，搞市场调研。"

"巴黎？"菲儿很吃惊地说，"那么远！那要多久才能回来啊？"

陈石摇了摇头："还不知道呢，看上层的决定吧，不过，我想早点完成工作就早点回来吧。"

菲儿低着头，沉默了一会儿，忽然抬头看着陈石："你不是在开玩笑吧？"

陈石认真地点点头："菲儿，这是真的，我从明天起休息三天，在家里好好陪陪你，下周一出发。"

菲儿没有再说什么，她默默收拾碗筷，陈石最怕这样的气氛，他抱着她："菲儿，我舍不得离开你和这个家，可是公司决定的，我没有办法，要么辞职，否则这趟差事是无法拒绝的。"

菲儿点了点头说："男人志在四方，以事业为重吧。"得到菲儿的这句话，陈石心里非常欣慰，他本以为菲儿会竭力反对，可是，现在他很欣赏她善解人意，那个任性的菲儿似乎只是表象，或许在婚后消失了，这或许就是爱情和家庭的责任感在影响着彼此的性格和言行。

时间过得很快，一转眼，两天就过去了。周日上午，沈菲儿给陈石准备的东西装了满满两行李箱。陈石在家里打扫卫生，见两个行李箱的东西，看着菲儿说："感觉像是在搬家，法国什么都有，公司分部那什么都不缺，生活用品都是比较高档的。"

菲儿只顾收拾，头也没抬地说："法国再好，哪有自个儿国家的好，我都给你准备上，穷家富路嘛。"

陈石心里非常感动，他放下手的扫帚，走到菲儿身边轻轻抱住她："菲儿，我不在家的日子里，你自己多保重！"菲儿依偎在陈石的肩膀上，她紧紧地抱着陈石，心里像是倒了五味瓶，各种滋味一下子全涌上了心头。两人就那么抱着，陈石用鼻子闻了一下，"什么味道？像是什么煮糊了？"菲儿这才想起来，她看着陈石，说："糟了，八宝粥煮糊了！"说着忙跑向厨房。

在厨房门口，陈石见菲儿手忙脚乱的，偷笑道："你煮八宝粥的手艺真是天下一绝，即使糊了，口感肯定也是很好的。想想，这一去恐怕有一段时间连糊的都吃不上了！"

菲儿瞪了他一眼："你还幸灾乐祸，都怪你，搞那么煽情的动作。这下好了，你就将就一下吧。唉，还是重做吧。"

她正准备倒掉粥，陈石阻止她："不要啊，这个我打包，到法国再吃吧。"

菲儿莞尔一笑："你还真认真起来了，这能带到异国他乡去啊，还不让老外笑死了。"

下午，陈石给朱光磊打了个电话："喂，磊磊，晚上有时间吧？"

朱光磊正陪李燕秋逛街，他看了一眼李燕秋："有啊，怎么？是什么风让伟大的石头同志突然间想起哥们了！"

"我明天要去法国出差，可能要一段时间回不来，晚上聚一下吧，算是给兄弟送行。"

"是吗？那晚上就是天塌了也得给兄弟捧场，在什么地方？"

"老地方，老时间！"

"好的！不见不散！"陈石挂了电话又给余秋洁打了个电话。

李燕秋瞅着朱光磊问："晚上又约了谁啊？"

"是陈石，他明天要去欧洲出差，哥几个聚一下，给他送行，反正也没什么事情，我们一起去吧，还是聚会的老地方。"

李燕秋皱了一下眉头，看着朱光磊说："这陈石和菲儿刚结婚，怎么就要到国外去啊，这不比牛郎织女还要远吗？"

"可不是，还是我们好啊，如胶似漆的，可以天天在一起。"朱光磊笑着说。

"谁愿意跟你如胶似漆的，真自以为是。"

"那我明天也去国外出差。"

"你去银河系出差才好呢，我倒图个清静。"

"真的，那我明天就联系银河系，我坐飞船飞过去，那可就永远都回不来了。"

"随你的便，我才不稀罕呢！"

"真的？"朱光磊装出要掐她的动作。

"别闹了，这可是在公共场合。"

"我才不管呢，你是不是真的舍得老公我去银河系？"

"呵呵呵，有那么一丁点儿舍不得。"李燕秋用手指比画了一下。

朱光磊做出晕倒的动作："晚上我要跟陈石换换，我去欧洲出差，让他留下来陪菲儿。"

"好啊，我批准了！"李燕秋说。

朱光磊拉着李燕秋的手："我才不要呢，舍不得这么漂亮、温柔的老婆。"

李燕秋偷偷笑了一下，"告诉你啊，晚上少喝点酒，自己控制一下，可别让我提醒你啊，不然家法伺候。"

"遵命，夫人！"

晚上，朱光磊、余秋洁等几个要好的朋友一起到博缘饭店，陈石中午就打电话订好了包间，他可是这家饭店的熟客，是杜怡的一个好朋友开的，他们常以聚会的名义前来捧场。陈石见人到齐了，就安排上菜，杜怡特别交代这次她来请客，给陈石送行。

大家边吃边聊，海阔天空，从余秋洁和林渝诗的婚事、杜怡咖啡店的生意，一直聊到陈石的欧洲之行。朱光磊和陈石干了一大杯白酒，他搂着陈石的肩膀说："石头，这次出国可是一件大事情啊，法国巴黎在国际上是非常有名的啊，记得多拍些照片给兄弟们传回来看看。"

陈石点了点头，说："这趟出差，可能有些时日，到时会想念大家的。"

"想不想念我们是其次，重要的是要重点想念菲儿。"余秋洁微笑着看了菲儿一眼对陈石说。菲儿说："我希望陈石此行，不要将个人的坏习惯带到国外去，不能让人家外国人瞧不起中国人，同时，也不要将西方的傲慢带回来，我们会接受不了的。"大家不约而同笑了起来。

朱光磊问着菲儿竖起大拇指："精辟！我发现菲儿结婚后变得更温柔、更有女人味了，连说话都那么有档次！"

陈石敲了敲桌子："唉，这拍马屁可不带这样啊！小心燕秋吃你的老陈醋。"

李燕秋瞪了朱光磊一眼："他还好没去法国。"大家再次笑了起来。

"哈哈哈！来，大家喝酒！"陈石举起酒杯说。

"对，这一杯祝陈石一路顺风，在国外一切顺利！"杜怡举杯说。

"谢谢怡姐，谢谢大家！"陈石一饮而尽。

杜怡举杯接着又说："这一杯呢，敬秋洁和渝诗两位，希望早日步入婚姻殿堂。"

余秋洁和林渝诗相互看了一眼，异口同声地说："谢谢！"陈石举杯看着他们问："你们时间定下来没有，要是近期，不知道我能不能够赶得回来！"

余秋洁看了一眼林渝诗对众人说："快了吧，我和渝诗商量过，会挑个好日子，到时一定请大家喝喜酒。陈石，我们会等你回来的。"

"来，大家为幸福干杯！"

"干杯！""干杯！"

众人酒足饭饱后又相约去K歌，杜怡安排了地方，大家一同前往。直到深夜才依依不舍地散去。陈石喝多了，菲儿扶他回到家里。她帮陈石梳洗了一下，看着熟睡的陈石，她的心里有点儿不知所措，明天就要离别，心里十万分的舍不得。

菲儿呆坐在陈石身边，静静地看着他，临睡前在他的脸颊上吻了一下，心里似乎有很多话，可一时之间又不知从何说起，只能安慰自己说："两情若是久长时，又岂在朝朝暮暮！"

　　星期一，天还未亮，陈石就起床梳洗。回到卧室，轻轻吻了沈菲儿一下，才拎着行李依依不舍地走出房门。

　　他一大早就到公司取了户照和签证等相关资料，和助理李浩明坐公司车直奔机场。在路上接了老总的慰问电话，一阵寒暄后，就是工作上的安排。

　　陈石讲完电话后，看了看车窗外，忽然想到给辛芸发一条短信息。他考虑了一下，编辑短信道："把薰衣草般纯净深长的气息送给你，把柠檬般静谧可人的气息送给你，把紫苏般婉转斑驳的气息送给你，把这个季节最清爽的感觉送给你，祝快乐每一天！"陈石手指犹豫了一下，看了一眼发白的东方，按下发送键。

　　不一会儿，辛芸便回了一条短信息："我有一双眼睛却无法时时见到你，我有一双手却无法时时抱着你，只有一颗心但却时时念着你。"

　　陈石看完短信息心中颇不平静，想起大海边青春妩媚的芸儿，又编辑短信："也许，在你的生命里，我只是个意外，而在我的心里，你是最大的奇迹。天很蓝，阴云总要散，其实海不宽，此岸连彼岸，其实梦很浅，万物皆自然。芸儿，我现在就要离开亲爱的祖国，最爱的城市了，这次去欧洲市场考察，第一站是法国，不知道多久才能回来，在不能相见却依然想念的日子里，希望你开心、幸福！"

　　陈石此刻心里面非常想念辛芸，有一种想要立刻见到她的冲动。这时，手机短信提示音响了起来，取出手机，一看是菲儿发来的，忙打开看："一封温馨，一包甜蜜，一袋幸福，一桶健康，一箱平安，一箩快乐，一粒爱心，加上我满满的祝福，愿收到此信息的你幸福、快乐、无忧、健康、如意！亲爱的，一路顺风！"

　　陈石收到这条短信息后，心里面有种说不出来的感觉，他编辑短信道："如果我是一丝风，我要为你拭去烦恼；如果我是一片叶，我要为你遮挡炎日；如果我是一缕光，我要为你照亮前程。我不在的日子里，亲爱的，你要多保重身体！我会每天每时每分每秒都想着你！"他刚发完短信息，就收到辛芸发来的："想念一个人是多么美好，就算只剩记忆可以参考，直到有一天你我变老，回忆随着白发风中闪耀，至少我清清楚楚知道。陈石哥，为什么要去那么远的地方啊？这让芸儿想见到陈石哥的机会都没有了，也许，只有彼此默默想念了。陈石哥，知道吗？芸儿非常珍惜这份缘，就算远隔天涯海角，都无法阻止我。或许，有一天，芸儿也会出现在巴黎香榭丽舍大街上，期盼能与你再一次邂逅浪漫。"

陈石看完只当她是随意说说而已，便编辑短信息："芸儿，我马上就要上飞机了，祝你永远美丽、开心每一天！再见！"

"也祝陈石哥一路顺风，保重身体，芸儿可能会随时出现在你的面前哦！"

看完短信息陈石不经意地笑了笑，他合上手机装入口袋。车子在高速行驶着，两边的围栏快速后退。

# 第十四章　情若久长时，天涯即咫此

日出日落也曾明白却不曾想过

今天过后或许明天已花落枝头

也许就这样彼此默默喜欢着

形影不离一辈子享受着快乐和忧愁


月光流传的故事可曾记得

为守护一个若有若无的承诺

最值得珍惜的人却被忽略

过了今夜再回到无法复制的沙漏


——《木栅栏》

　　法国，巴黎东北25千米处的鲁瓦西（夏尔·戴高乐）国际机场。陈石和助理李浩明先后走下飞机，在机场出口处，巴黎分部的工作人员已打出接机牌，李浩明说："陈经理，你看，接我们的同事在那边。"陈石也看到了，他和李浩明快步走上去。

　　陈石亮出胸牌，接机的两名工作人员热情地上前握手："陈经理，欢迎来到巴黎！我是巴黎分部的员工张洋，这位是同事李娜。"

　　"你们好！"

　　"陈经理，车子在那边，我们先上车，慢慢聊！"张洋收起接机牌，微笑着说。

　　车上，张洋简单介绍了巴黎分部的经营情况："陈经理，你们是第一次来巴黎吧，李总特别关照了，一定要配合您的工作，以及安排好饮食起居。下榻的宾馆已经订好了，这两天让李娜先陪你们到四处看看，也顺便考察一下市场。"

　　陈石点点头："太感谢了，我们住员工宿舍就好了，就不用住宾馆了。"

　　"宾馆已预订好了，先住下来吧，员工宿舍还在清理中。陈经理，一切请听我们安排吧，这李总交代了，我们不太好违背。"

　　"那好吧，客随主便。"陈石微笑着说。

　　当晚，陈石和巴黎分部的同事一起吃法式大餐。用完餐后，他们在巴黎的娱乐场所一通狂欢。陈石欣赏着巴黎这座国际大都市，心中感慨万千。

　　由于旅途劳累，陈石和李浩明回到宾馆梳洗后就躺到床上，虽在异国他乡，两人的心情却显得格外舒畅。入睡前，陈石给菲儿打了一个电话报平安："亲爱的，我已到巴黎，向夫人汇报一下今天的工作。"

　　"少来了，我在工作，你好好休息吧。记住，没事别到处乱跑。好了，多保重身体吧。"菲儿一口气说了一大段。

"遵命！夫人再见！"陈石挂了电话，他长长地舒了一口气，看着天花板慢慢闭上眼睛，不知不觉中就在异国进入甜美的梦乡。梦中，他居然见到辛芸了，他们两人一起坐到香榭丽舍大街旁的露天咖啡馆里，看着林荫道上来往的行人，喝着纯正的法式咖啡，看报纸、聊天，简直神仙似的快活。而后，两个人又一起来到塞纳河畔……

第二天早上，经过充分的休息后，陈石感觉精神好多了。漱洗完毕后，和助理一同吃了顿法式早餐，陈石感觉这花样不少，可就是填不饱肚子，哪有中国的馒头和包子实惠。

早上，李娜来到酒店，她微笑着说："陈经理，昨晚休息得好吗？"

"嗯！"陈石也微笑着说，"今天的日程怎么安排的？"

"我可是巴黎的专职导游，从小就在巴黎长大，先陪你们看著名的景点吧。走，请上车！"陈石只有客随主便了，毕竟与国内不同，工作方式也完全不一样。在法国还有下午茶，这在国内是根本不可能的事情。

在车上，李娜讲解着巴黎的各处名胜古迹，并介绍了当地的风土人情，她说："法国在欧洲素有浪漫国度之称。法国人很休闲，生活也很浪漫。整个巴黎共有20个区，其中第13区和19区是华人的聚居区，我就住在13区，那是巴黎有名的唐人街，是巴黎华人聚集谋生的地区。经过几代华人努力奋斗，13区现在高楼林立，街道宽阔，以意大利广场为中心，呈星状放射出六条大道，当地华人大部分为东南亚华人，巴黎士多和陈氏商场是华人购买东方物品的好去处。一会儿我们去那感受一下。还有，如果不习惯法式西餐，我们就去13区，那儿的华人餐馆很多，各种风味的美食应有尽有，到潮州城大酒楼就餐，还有乐队伴奏的歌舞节目，价格也不贵，晚上还可以到我家做客。"

"李娜，我想能不能先到巴黎商务区看看，了解一下。"陈石看着李娜说。

"当然可以啦，我们要不要先去香榭丽舍大道，那是巴黎的市中心，也是全城最古老、最热闹的地点。市中心的'中心'。西堤岛之北，是协和广场、巴黎歌剧院、马德莲教堂、罗浮宫、杜勒丽花园等都位于右岸市中心这一地区。从卡卢索凯旋门为起点，进入杜乐丽花园，经协和广场方尖碑，顺着香榭大道直通庄严的凯旋门，再延续到拉德芳斯的方舟建筑，这条中轴线是举世知名的风景线。如果以香榭大道为分界线，往西看，就是巴黎的象征埃菲尔铁塔、荣军院在左岸，更北一些，蒙马特山丘上的圣心堂白色尖顶如地标般耸立，是仅次于埃菲尔铁塔高度的巴黎地标景物。"

听着李娜滔滔不绝的讲解，陈石面露惊讶的表情："果然是专业的导游，虽未身临其境，听讲解就知了大概。"

李娜嫣然一笑："这也是熟能生巧吧，遗憾的是对祖国的首都和大都市却不太熟悉。"

"没关系，有机会回国我给你当导游。"陈石很热情地说。

"那太好了，我一直想着等我老了就回祖国居住。身在异国他乡，总会有一些让人无法释怀的感情。"李娜若所有思地说。

说话间，车子缓缓驶入香榭大道。巴黎的标志之一凯旋门已近在眼前。李娜建议说："陈经理，我建议先看看雄伟的凯旋门，然后顺着香榭丽舍大街，走进巴黎的商务中心区。"

"好的！"陈石点头说。

车子停好后，陈石一行人下车，李娜手指着凯旋门说："这里是香榭丽舍大街的尽头，又是沙佑山丘的最高点，有12条大道从戴高乐广场向四面八方延伸。宏伟、壮丽的凯旋门就耸立在广场中央的环岛上面。这座拱门是1806年由夏尔格兰负责动工建筑的。根据拿破仑的命令，它是法国为纪念拿破仑1806年2月在奥斯特里茨战役中打败俄、奥联军而建的，被用来纪念法国大军的战功。凯旋门建成于1836年。它只有一个拱洞，上为桶形穹窿，其规模超过了罗马的康斯坦丁凯旋门。高50米、宽45米、厚22米，四面有门，中心拱门宽15米，门楼以两座高墩为支柱，中间有电梯上下。凯旋门的每一面上都有巨幅浮雕。其中最著名也是最精美的一幅就是位于面向香榭里大街右下侧的那幅浮雕，就是我们现在看到的这一幅，上面描绘了1792年义勇军出征的情景，这一名取名《马赛曲》。拿破仑大捷庆祝仪式的场面则被刻在这幅浮雕上方的其他位置，在顶端的盾形饰物上刻有每场战役的名称。1920年在拱洞下建了一处'无名战士墓'，每到傍晚，这里便燃起不灭的火焰。建筑物里还有一座小开支的纪念馆，馆内记载着这座纪念性建筑物的历史，在那里，游人可以看到558位将军的名字，其中一些人的名字下面画了线，那是在战斗中阵亡的。"

陈石边看边点着头："就这一座城门，用了30年的时间修建啊，看来法国人搞建筑搞得挺细腻的。"

李娜笑了笑："当时法国还处在战争时期，巴黎的男丁都外出征战，所以修建这么宏伟的工程在速度上有些'精雕细刻'了。"陈石用了半个小时参观这座巴黎标志之一、象征拿破仑的杰出战功的凯旋门。

接着他们坐车来到巴黎市中心塞纳河南岸参观法国另一个标志性的建筑物——埃菲尔铁塔。陈石仰望这座与长城齐名的象征人类文明的建筑物，心中颇有感慨。

李娜微笑讲解着："埃菲尔铁塔是世界上第一座钢铁结构的高塔，几乎被世人视为巴黎的象征。因法国著名建筑师斯塔夫·埃菲尔设计建造而得名。这座铁塔修建于1887—1889年，据说当时可是一个宏伟的工程，整座塔高300余米，塔身重达9000吨，共分为三层：第一层平台距地面57米，设商店和餐厅；第二层平台高115米，设有咖啡馆；第三层平台高达276米，供游人远眺，底部面积1万平方米，在第三层处建筑结构猛然收缩，直指苍穹，非常宏伟、壮观！"

陈石微笑着说："不识铁塔真面目，只缘身在此塔底，我们上去看看。"

李娜微笑着说："这里可以电梯或徒步登塔顶，我们还是搭乘电梯吧。陈经理，有没有兴趣徒步登塔顶？"

"还是坐电梯上去吧，这么高，有点头晕。"陈石笑了笑，看着李娜说。

在电梯里，李娜指着塔结构说："从一侧望去，像是倒写的字母Y。整座塔身由1.8万多个组成部件和250多万个铆钉构成。到了晚上，塔顶发出转动着彩色探照的灯光是巴黎一大美景，不过更重要的是为了防飞机碰撞。塔旁竖立长方形白色大理石柱，柱顶安放斯塔夫埃菲尔镀金头像，一会儿我们可以去那合影，他可是一位了不起的建筑师。"

陈石点点头，他登上塔顶，放眼望去，繁华的巴黎市中心尽收眼底，他感叹道："真的非常了不起，太壮观了！"

"陈经理，你看！"李娜手指塞纳河右畔的罗浮宫说："那就是罗浮宫，法国最大的王宫建筑之一。北面就是巴黎歌剧院广场，罗浮宫原来是一座中世纪城堡，16世纪后经多次改建、扩建，至18世纪为现存规模。总占地面积大约45公顷，早在1546年，法王弗朗索瓦一世决定在原城堡的基础上建造新的王宫，此后经过9位君主不断扩建，历时300余年，形成一座现在看来呈U字形的宏伟辉煌的宫殿建筑群。"

李浩明摇摇头说："这跟我们的紫禁城相比还是有点差距，我们的故宫比它更壮观。"

陈石也摇头说："这是两个无法相提并论的文明遗物，各有所长，不过我还是喜欢中式的金瓦红墙建筑群。"

"故宫我也去过，看起来，我们中国的皇帝比法王更加懂得浪漫。连建筑都讲究精致和大气。"李娜也赞叹道，"不过也更加封建和古板，否则现在中国就是世界最强大的国家，美国也得靠边站。"

"罗浮宫内珍藏着很多珍贵的文物，有大量十七世纪及欧洲文艺复兴期间许多艺术家的作品，据说有藏品达40万件，其中最著名的是达·芬奇的作品《蒙娜丽莎》。不过，里面想必也有中国流落的宝物。"李娜声调略低地说。

"或许也就是文物的存留才造成现在人与人之间的态度吧，无可否认的是外国人的偏见确实是有的。"陈石喃喃自语道。

"可能是他们对东方文化存在误解吧，东西方文化有很多的差异性，不能理解也是很正常的。"李娜手指另一处说，"那里就是巴黎圣母院，法国很有正义感的大作家维克多·雨果的一部非常著名的同名文学作品，两者相得益彰。巴黎圣母院是最著名的中世纪哥特式大教堂，以其规模、年代和在考古、建筑上的价值而著称。巴黎主教莫里斯·德绪利曾设想将两座较早的巴西利卡式长方形教堂合成一座大型教堂，1163年由教皇亚历山大三世奠基，高圣坛于1189年举行奉献仪式，1240年唱诗班席、西立面和中堂竣工，门廊、祈祷室和其他装修在其后的一百年中陆续建成。不过遗憾的是塔的尖顶始终未能建成。教堂经过历代的损坏不得不于19世纪重修，只有三个巨大的圆花窗仍保持13世纪的彩色玻璃，而后堂的飞扶垛特别雄健优美。"

李娜在前面引着路："一会儿我们下去看看雨果大作家描绘的巴黎圣母院真容。"

陈石说："李娜，这些你都能记得这么清楚，真的是非常佩服。"

李娜微笑说："我从小就喜欢古代文明，包括建筑和书类，我曾经义务当过几次导游，这些都是耳熟能详的东西。"

"难怪呢，看来是专业级别的。"李浩明看着李娜赞赏地说。李娜莞尔一笑。

陈石看了看时间，问李娜道："李娜，知不知道这附近有没有做淮扬菜的中国餐馆，我想在异国他乡尝尝家乡特色菜，不知道能不能如愿？"

李娜想了想，说："应该可以吧，我们一会儿去看看，我记得中餐馆里有的，连满汉全席都有。"陈石点点头，迎面吹来异国的风，他心里突然非常想念菲儿，还有辛芸。

整整一天，他们几乎将巴黎的名胜古迹都看了一遍，他拍了许多照片，晚上回到宾馆挑了一些照片打包给菲儿发了电子邮件。发完邮件后，往床上一躺，轻轻闭上双眼，玩了一天，的确有些累了。这时，手机传来短信息提示音，陈石找到手机，打开一看，是辛芸发来的："总以为水是山的故事，海是帆的故事，天是云的故事，你是我的故事，却不知我是不是你的故事！今天我做了两件事：呼吸和想你！"陈石微微一笑，他编辑了一条短信息回复过去，"芸，相信缘分吗？那是一种神秘又美丽的牵系。至于我们之间，我只想告诉你，我很珍惜。"

发完短信息后，陈石将手机放到枕头边，闭上眼睛回想着在海边衣裙飘飘的美丽女孩子依偎在自己身旁，脸上露出幸福的微笑。不一会儿，手机短信息提示音又响了起来，翻开手机，依然是辛芸发来的手机短信息："陈石哥，我知道，我不能陪在你的身边。我知道，我能做的只有遥远的思念。我只愿你快乐！陈石哥，还记得我们彼此许下的诺言吗？都说巴黎是座浪漫的城市，我们可不可以许下一个约定，如果真的有缘分，就让我们相会在法国最浪漫的地方。呵呵，希望陈石哥多保重身体，哪怕只是为我。陈石哥，请记住我们的浪漫之约呵！"

陈石看完短信息，看着天花板愣了会神，心想，也许这只是女孩子的一个梦想吧，既然是纯真的梦想，就满足一下她吧。便编辑短信息发送道："芸，今天我去了很多地方，巴黎有很多名胜古迹，如果芸儿有机会来巴黎，我都可以当导游了。好了，玩了一天了，有点儿累了，想睡觉了，芸，多保重身体，晚安！"

"嗯，晚安！"

陈石合上手机，他闭上眼睛，不知不觉就进入梦乡。在梦中，他看到蔚蓝色的大海边，有一女孩子在奔跑，背影像辛芸，又有点儿像菲儿，他无法判断，但还是追了上去，可是无论如何也追不上。他气喘吁吁地停下脚步，那女孩子也停下脚步，却不肯回头看他。就这样，他追上去，那女孩子就跑，尽管追不上，他仍然没有放弃，追着追着，突然看到前面是悬崖，他大声喊叫，示意她停下脚步，可是他自己却没有停下，转眼间，女孩子便从视线里消失了。他快步走到悬崖边，向下望去，却是看不到底的深渊，陈石大声喊叫，可是只听到回声，紧接着一阵狂涛把他打翻在地。

陈石从梦中惊醒，他坐起身，原来是个梦。他揉了揉眼睛，翻身下床，走进洗手间，用清水洗了洗脸，"哗哗"的流水声里，他忽然想到梦中的场景，实在猜不透那个女子究竟是谁？他用毛巾擦了擦脸，走进卧室，看了一眼时间，六点半了。他拉开窗帘，繁华的巴黎都市又迎来了全新的一天。陈石站在阳台上看着巴黎的景色，呼吸着新鲜的空气，那是一种全新的感觉。他泡了杯清茶，边喝着茶，边欣赏这异域风景。

吃完早餐后，陈石和李浩明来到巴黎分部办公地点，开始来巴黎的首次工作。在李娜的配合下，他们针对性地对巴黎消费市场做了系统的抽样调研。

转眼一个月过去了，在繁忙的调研工作中，陈石看着案头一堆资料，对于巴黎消费市场已有概念性的了解。他发现巴黎人真的很会消费，也更懂得浪漫生活。在对最具竞争性的外贸商品做了纲领性的总结后，又对金融市场做了简要的分析。他发现不光在巴黎，西方世界都存在一种金融免疫漏洞，一旦发生经济连锁反应，这将是对经济最致命的打击。他相信西方更多的经济学家都应该发现这一问题了，只是都显得无可奈何，在整个西方经济市场中，美国经济占有不可忽视的主导性作用。他担心这金融风暴着陆点一旦选择最强盛的经济体，那后果简直不敢想象。因而，他准备了充足的证据，一旦西方经济出现衰退，那对于出口型企业，尤其是中国外贸出口将是最严重的冲击。若不及时调整经营思路，那后果将会被可能到来的金融风暴击垮。陈石越深入分析越感到害怕，公司所经营的业务随时都会被抛到风口浪尖上，他将数据加以个人分析，在整理完后，又追加了一份金融市场的评估分析简报，希望这些能引起公司领导层的重视。

在完成了紧张的调研工作后，陈石以密件的方式将调研数据报告传送到公司总部，接下来就是等待公司总部新的工作安排。他独自坐车到诺曼底海滩，站在这片曾经满是硝烟的海滩上，而今，风和日丽的美景吸引无数的游人，或许，更多是为缅怀几十年前的那场战争。陈石坐到海滩一角，海风中似乎还夹杂着火炮的呼啸声，他在想，如果辛芸要是现在陪在自己的身边，那肯定就不一样了。似乎看到大海，脑海中总能想到辛芸。陈石迎着海风，听着异域的海涛声，身边不时传来他听不懂的法语，有老人，也有孩子，还有金发碧眼的美丽姑娘。陈石心想，对于他们而言，自己才是真正的外国人，用普通话就是"老外"了。

正当他陶醉在异国他乡的优美风景中时，手机短信息提示音响了起来，他取出手机，打开一看，是辛芸发来的短信息："满怀思念遥寄月一弯，丝丝眷恋托付星几点，无论你是在他乡孤独的旅途，还是刚踏上归乡的客船，满天的星光和月色，都是我对你最真的思念！祝陈石哥一切都顺利，永远快乐！芸"

看完短信息后，他犹豫了一下，看了一眼蔚蓝海岸，编辑短信息道："送你一片晴空让你永远快乐，送你一片大海让你一帆风顺，送你一个太阳让你热情奔放，送你一轮月亮让你洁白无瑕，送你一颗星星让你永远年轻！送你一阵轻风，带着我的问候；送你一缕月光，映着我的影像；送你一片白云，浸透我的温暖；送你一条短信，连接你我友情！"发送完毕后，他想了一下，又编辑一条短信息，"芸儿，知道吗？我现在就在蔚蓝海岸——诺曼底，看着蔚蓝的大海，不禁想起那个美妙的夜晚，芸儿美丽的身影永远印在我的心灵深处。若是芸儿此刻能陪伴身旁，那将是在浪漫之都巴黎发生的一件多么浪漫的事情啊！"

陈石发完短信息后，他看着蔚蓝大海，心中浮想翩翩，辛芸在心里占据的位置似乎只增不减，而她仿佛有魔力般。过了一会儿，辛芸回复了短信息："思念就像一只神秘的沙漏，每时每刻都在悄悄下落，却又回到我的心里，周而复始，永不停息！陈石哥，如果真的想见到芸儿，或许，明天芸儿就会出现在你的面前呢！可能会让你非常惊喜。"

"那是当然，我真想现在就见到芸儿，可惜远隔重洋，用古人的话说真的是'生死两茫茫'了。我知道，这只是梦境的想象而已，唯有希望芸儿天天开心，永远美丽！"

"陈石哥，还记得在大海边我们许下的心愿吗？我现在正努力让它变成现实，或许用了不多久我们就能实现它了。"

"但愿吧，有些事情不能过于勉强，随遇而安吧。"

"嗯，尽力而为！对了，陈石哥，巴黎的大海会比中国的大海漂亮吗？"

"我相信全世界的大海都是连在一起的，要我说各有优点，巴黎的海充满浪漫的情调，而我们祖国的大海则更显得雄壮有力又充满慈爱的魅力。"

"陈石哥，我决定将我们共同的心愿留在祖国的大海边，这样更亲切，而且更富有其他地方没有的特殊情调。陈石哥，你说呢？"

"我有同感，现在我身在异国他乡，说实在的，现在非常想念自己的国家和家人，还有美丽的芸儿。"

"陈石哥回国会第一个来看望芸儿吗？"

"嗯，会的！"

"呵呵呵！"

"不要笑，我可是认真的，不过你得告诉我你现在在什么地方？"

"嗯，芸儿相信，芸儿决定去浪漫之都巴黎看望你，等着我啊！"

"好啊，不要给我太大的惊喜喔！"陈石只当是辛芸说的玩笑话，他很难想象一个小女生会远涉重洋来看自己。他合上手机，继续欣赏着异国的浪漫海岸。在金发碧眼的人群中，他感觉文化的差异是无法用语言来表述的。

两个星期后的周末，陈石和法国人一同享受着轻松快乐的假期。他早上独自去罗浮宫转了转，看了珍藏的许多名画古物。下午，他和李浩明两人坐在香榭丽舍大街旁的露天咖啡馆，喝着下午茶，欣赏法式商务风情。李浩明起身说："我去一下洗手间。"陈石点点头，他翻了翻桌上的商务休闲杂志。

不一会儿，李浩明手中拿着一份报纸急匆匆地走了过来："陈经理，好像出事了！"

陈石看了一眼李浩明，忙问："什么事？"

"你看，美国，这儿！"李浩明拿了份英文报纸走过来，将报纸递到陈石面前，手指着头版新闻报道，"你先前的预言果真应验了，美国，次资危机！"

陈石接过报纸，浏览了一遍，表情沉重，他沉思了片刻，起身说："小李，我们回分部。"李浩明拦了辆出租车，两人上车直奔巴黎分部。

在巴黎分部办公室，陈石将报纸扫描了一份，并附上了个人建议：马上停止对海外市场的供货，尤其是欧洲市场，同时，收缩市场空间，尽可能回收现金，并将仓储的积压迅速转向国内市场，现在若不马上停止对海外市场的投资，那结果将是灾难性的。陈石将文件直接发送到总经理紧急备用信箱，他待邮箱发送完毕后，又打了电话给公司总经理办，可是无人接听，总经理李岩手机又打不通。

李浩明见陈石焦急的神情，安慰道："陈经理，或许目前还没发展到那么糟糕的程度。"

"现在已经有金融危机爆发的前兆了，若不及时采取措施，很容易被这股漩涡拖垮的。"陈石担心地说，"现在我能做的努力都做了，听天由命吧。如果公司上层能领悟到危机，做出准确的判断和决策，那我们这段时间的努力就没有白做。"陈石起身对李浩明说，"小李，你这两天把所有关于美国信贷危机的新闻都收集起来，我们再抽时间到欧洲其他市场调研一下，看看这次金融危机的辐射空间有多大，若是严重波及欧洲市场，那么亚洲金融市场也必然会受到影响，中国也不例外。"

"好的！"李浩明内心似乎也有急迫感，他感觉上司陈石的直觉相当灵敏，内心非常佩服。

星座宫咖啡馆。杜怡安排了一间豪华包间，朱光磊和李燕秋、林渝诗和余秋洁、沈菲儿等人走了进来。杜怡微笑着说："今天除了陈石，大家又聚到一起了啊。"

朱光磊笑了笑，看着菲儿说："菲儿，石头最近好像又在玩失踪，一下子又没他的消息了，他和你联系了吗？"

李燕秋埋怨道："肯定跟菲儿联系了，人家是夫妻嘛！你又乱说话了，没跟你联系就失踪了？"

菲儿点了点头："前两天还给我发了电子邮件，发了一些照片给我。"

朱光磊说："是嘛！这小子恐怕在法国找了小情人了吧，听说巴黎的女人很懂风情，估计他未必经得起诱惑啊！"

菲儿微笑说："他敢！我可是在他身边安插了眼线的，他的一举一动都逃不过我的法眼。"

朱光磊看了看李燕秋，用夸张的表情说："女人太可怕了！"

李燕秋故意生气道："你要是不守夫道，我也会采用这种方法。菲儿，抽时间给我传授下经验。"

朱光磊做出痛苦的表情："天啊，这还让不让人活了！"

杜怡微笑着说："那就老老实实地恪守夫道吧。"

杜怡看了看林渝诗和余秋洁："大家好久没有聚到一起了，今天托渝诗和秋洁这对新人的福，我宣布一个大喜事，下月8号，渝诗和秋洁正式举行结婚大典，我们祝福他们白头偕老，幸福相伴！"

"真的？"朱光磊看着林渝诗和余秋洁，"真是天大的喜事啊，你们的马拉松长跑终于到终点了，值得庆贺啊！"

余秋洁和林渝诗相视一笑，余秋洁看着众人说："谢谢怡姐，谢谢大家的祝福！"

杜怡看了看菲儿："菲儿，陈石下个月能赶回来吗？"

菲儿摇摇头说："不知道呢，我尽快把这个好消息告诉他，看他能否及时赶回来。"

朱光磊乐呵呵地说："估计他现在正泡在温柔乡里呢，怎么舍得回来呢！"

"你就会以己度人，人家陈石才不像你有那么多花花心肠呢。"李燕秋故意生气地说。

"就是啊，我相信陈石不可能是花花公子，相反，光磊同志就难说了。"余秋洁笑道。

"看来我今天是犯了众怒了，怎么都针对我了？"朱光磊一脸无辜地说。

"我相信光磊在原则性问题面前是不会糊涂的，对吧，光磊！"杜怡给朱光磊解围道。

"还是怡姐了解我啊！"朱光磊微笑着说。

"来，我们大家敬两位新人一杯！"杜怡举杯道。

晚餐结束后，杜怡又安排了歌曲派对，众人一直玩到深夜才各自回去。菲儿一下子不开心起来，她也说不出具体原因，心里面突然很想念陈石了。

菲儿回到家里，看着冷冷清清的屋子，当她听到别人大婚的消息时突然很想念陈石，于是她取出手机，给陈石发了一条短信息："轻泻的月光，氤氲低语，笼住紧闭的窗口；萧瑟的小雨，徘徊踌躇，如何传递脉脉祝福？抱膝自语，就这样想你吧，在夜里！余秋洁和林渝诗下个月八号就要举行结婚典礼了，能赶回来吗？非常想念你的菲儿。"

过了一会儿，陈石回复了一条短信息："是吗？他们终于修成正果了，太好了，真心祝福他们。菲儿，我也非常想念你，下个月不知道能不能赶回去，我得向公司总部申请，应该很快就能回国了。菲儿，多保重身体，早点休息吧！"

"嗯！我等着你回来的好消息，晚安！"菲儿放下手机，匆匆梳洗了一番后就走进卧室，双人床如今只有单人眠，内心多少有点儿伤感的味道。

法国，巴黎。陈石得知余秋洁的婚讯后，他坐在临时办公室里想着如何能够尽快回国，目前手头上的工作已基本完成了，留在巴黎只是等待公司总部的最新工作安排，他一下子觉得非常空虚。偶尔独自逛逛香榭丽舍大街，看着各种品牌的时装店，早就听说巴黎的时装店里没有相同的款式，如今看来的确不是虚传，巴黎人的确非常懂得浪漫的生活方式。他有时也会去参观罗浮宫，看得最多的就是著名的《蒙娜丽莎》。

一转眼，两个星期过去了。陈石根据收集到的经济方面的信息，他觉得源自美国的次贷危机引发的金融风暴已经蔓延至欧洲，一些国家的经济出现崩溃的前兆。情形比他原先预想的要坏得多，可是几次关键性的建议总部至今没有任何回应，这让他非常纳闷。他打电话给秦玲询问公司现在的情况，秦玲跟他说了一个非常让人震惊的消息——公司股东间发生了严重争执，董事会一直在开会讨论，公司的财务状况相当混乱，营业额呈直线下降。陈石心里感觉这种情形似乎在说明什么，公司放弃了自己提交的建议，而今面临相当严重的危机。而今，自己何去何从，一下子没了主见。

公司总部发生严重的财务危机的消息一下子传到各分部，大家人心惶惶。李浩明连续几天没看到陈石的笑容，他预感公司目前的形势相当严峻。陈石将手头上的资料汇总后，再次将自己个人的建议发送到公司总部总裁办邮箱。他希望自己最后的建议能够给公司提供一个正确的决策依据。就这样，又过了一个星期，快到月底了，他不等公司的调令便收拾好行装，跟分部的领导们打了招呼，便让李浩明订月底回国的机票。

就在二十八号下午，陈石终于接到总裁办的调令，让他尽快回总部报到。陈石内心喜忧参半，他临行前再次来到会做淮扬菜的餐馆，在回国前，他最后一次品尝了在异国他乡的家乡菜的味道。

二十九号晚上，陈石仔细检查了一下自己的行礼，为菲儿买的时装和化妆品放满了一箱，其中巴黎的香水就有十几种。李浩明不解地问："陈经理，买这么多东西啊？都是送给夫人的？"

陈石微笑着点了点头："马上要起程回国了，自己不能留下，就把人民币留下吧。怎么？你不是也买了很多东西吗？"

李浩明低头笑了笑："巴黎给我最特别的印象就是东西太贵了，我这可是倾尽身上的财物才换了这么些回家要挨骂的东西。"

陈石拍了拍他的肩膀说："没事的，女人最大的心愿就是将美丽进行到底，当她们看到这么多让自己更加美丽的东西时高兴还来不及呢！"

"但愿如此吧！"李浩明抓了抓后脑勺，苦笑着说。

陈石走到玻璃阳台前，再次俯瞰巴黎的夜景，这也是他最后一次欣赏巴黎夜景了。正当他依依不舍地欣赏美丽浪漫之都时，床头柜上的手机响起了短信息提示音，他转身走进卧室，拿起手机，是辛芸发来的："从陌生到熟悉，从熟悉到知己，光阴创造真挚，使我们心与心的距离悄然靠近，在你的生活中，或许我不是最精彩的，可你却是我今生难忘的！陈石哥，我决定去法国，在巴黎最浪漫的地方和你见面。"

陈石看完短信息后，犹豫了一下，编辑短信息发送道："有一把伞撑了许久，雨停了也不肯收；有一束花摆了许久，枯萎了也不肯丢；有一种朋友希望能做到永久，即使青丝白发也能在心底深深保留！芸儿，我明天就要回国了，只好在祖国见面了。"

　　陈石放下手机，心想，辛芸一个女生怎么可以孤单来巴黎见自己呢！坐到床边，手机短信息提示音响了起来，翻开一看，还是辛芸发来的短信息："陈石哥，怎么会这么匆忙回国？我已订了今天去法国的机票，一个小时后就登机了。能否为芸儿多留一天？"陈石看完短信息后，心里有些为难了，他知道如果现在劝辛芸别来的可能性不大，他多少有些了解辛芸，她决定的事情是很难更改的。接着又收到辛芸发来的短信息，"陈石哥不是说要给芸儿在巴黎当导游吗？如果你太为难的话，芸儿就只好自己观光了。"

　　陈石想了一下，编辑短信息道："芸儿，好吧，我答应你，推迟回国日期，你告诉我到达的时间，我去机场接你。"

　　"不用，你只要在最浪漫的地方等着我就行了，相信你是一名出色的导游！"

　　"我还是去接你吧，你一个人过来我不太放心。"

　　"真的不用了，我可是带保镖来的哦！"

　　"真的吗？"

　　"嗯，还有，这次去巴黎还有点小事情，我办完后就去和陈石哥见面。"

　　"那好吧，我们电话联系吧，祝芸儿一路顺风！"

　　"谢谢陈石哥，我们巴黎见！"陈石合上手机，他到隔壁房间找到李浩明，"小李，我明天还有点事情要处理，你先回国，我过一两天就回去。"

　　"陈经理，要不我也留下来陪你吧。"李浩明关了电视起身说。

　　"不用了，我就有点私事，你回去就说我后天就回去。"

　　"那好吧，陈经理，我帮你改签后天的机票吧。"

　　"这个我自己订吧，你早点休息，明天一早还要赶飞机呢。"

　　"好的！"李浩明点了点头，看着陈石离开的背影，心里非常疑惑，又想到一些事情领导不说肯定有他的理由。不过，想想明天就要回国，心里还是非常高兴，身边没有领导在，倒也是一件轻松的事情。

陈石回到自己的房间，本想让李浩明将自己买的东西带回国交给菲儿，可是，转念一想还是自己亲自给吧，免得她疑神疑鬼瞎担心。他将收起的衣服取了一些又重新挂到衣架上，然后取来巴黎旅游地图，仔细梳理旅游线路。他在想，要是辛芸真的来法国，他还真要做好当导游的准备，不然，在巴黎这么长时间了，肯定会被辛芸笑话的。

三十号一大早，陈石送李浩明登上了回国的飞机。在登机前，他又特别交代自己留在巴黎的事情，在回公司时需要的一些说辞。李浩明也算是自己忠实的部下，完全可以值得信任，他一直目送飞机起飞，方才转身准备离开。

在离开机场时，突然想给辛芸打个电话，问问她的航班是什么时间的。他掏出手机又犹豫了一下，心想辛芸拒绝他到机场接她肯定是有原因的，至于什么原因，她不方便说，自己更不好直接问。

陈石摇了摇头，在机场零售超市买了瓶饮料，便坐车离开。一路上，他都在想自己的决定是不是正确的，或许，他此刻应该坐在回国的飞机上。

陈石喝着饮料，看着窗外飞驰的汽车，内心依然浮想联翩，也许，自己情场得意时，商场就得失意，此刻，他能感觉到一点。

# 第十五章　茉莉香四海，巴黎亦如春

没有谁一生下来就会为谁而存在

把握不住现在也就不再属于将来

那道厚重心门可以轻易打开

或许世间每个角落都允许自由徘徊


如果有一天真的遇见朝思暮想的女孩

也许整个生命都将融入无限的精彩

尽管这样的感动显得很苍白

我愿意用生命守护着她的未来


——《茉莉香》

辛芸从飞机上走下来，后面跟着一男一女两个人，她踏上法国的土地时，内心有种非常美妙的感觉。这里的空气她也非常熟悉，她曾在巴黎学习和生活过，对巴黎的人文风景相当熟悉。她在两个随从的陪伴下坐车到巴黎市中心，住到预订好的丽慈酒店。辛芸稍作休息后，先约见了几个大学的同学。她用熟练的法语和同窗交流着，她们一同来到母校校区，参加毕业后的首次聚会。

"世上最难断的是感情，最难求的是爱情，最难还的是人情，最难得的是友情，最难分的是亲情，最难找的是真情，最难受的是无情，最难忘的，是你开心的表情！"辛芸给陈石发了一条短信息。

不一会儿，陈石回复了她一条："因为有星，夜才不会黑暗；因为有天，海才一片蔚蓝；因为有梦，生命充满期盼；因为有你，生活充满笑颜！"

辛芸微微一笑，继续编辑短信息道："陈石哥，我已到巴黎，想到可以在异国他乡见到你，心里特别开心，我们明天早上在诺曼底见面，可以吗？"

"好的，那明天早上六点吧，我会在蔚蓝海岸边等你出现，一起欣赏巴黎海岸边的美丽日出。"

"嗯，那不见不散！"

"不见不散！"辛芸放下手机，这时一个法国同学走了过来。

"芸，怎么在这里啊，大家都在等你呢，快点！"

"好，我这就过去。"辛芸微笑着用法语说道。

陈石躺在床上，他想象着上一次在海边辛芸那清纯的倩影，而此刻在巴黎这座浪漫的城市居然再次邂逅，这或许就是缘分，更可能是命运中注定两个人的缘分。正当他浮想联翩时，手机短信息提示音响了，取出手机，是菲儿发来的短信息："我知道，我不能陪在你的身边；我知道，我能做的只有遥远的思念。爱你是一种幸福，想你是一种快乐，等你是一种考验，念你是一种习惯，疼你是一种珍惜，吻你是一种温柔，看你是一种享受，抱你是一种浪漫！早点回家吧，非常非常的想念你！"

陈石看完短信息，他犹豫了一下，心情很复杂，编辑短信息道："白云从不向天空承诺去留，却朝夕相伴；风景从不向眼睛诉说永恒，却始终美丽；星星从不向夜晚许诺光明，却努力闪烁；咱俩从不向对方倾诉思念，却永远挂牵！亲爱的老婆，我过几天工作安排结束后就可以回家了，我现在体会到'两情若是久长时，又岂在朝朝暮暮'的深刻内涵。"

"嗯，情人最怕离别苦，真的希望马上见到亲爱的，那种思念的痛苦真的很难描述。"

"亲爱的，我给你买了一些巴黎最流行的时装，让同事给你带回去了，希望你会喜欢。"

"是吗？可是，听说巴黎的时装非常昂贵，还是节省一些吧，现在不是流行性金融危机吗？"

"没关系的，钱花在美丽老婆的身上，多少都值，古语不是说得好吗，'千金散尽还复来'古人都有这种精神，我们可不能落伍啊。"

"嗯，亲爱的老公，时间不早了，早点休息吧，等着你回来。"

"嗯，多保重身体，再见！"

陈石放下手机，叹了一口气，他在想，家中红旗不倒，外面彩旗飘飘，似乎成为潜规则。而自己似乎也陷入这样的矛盾境地。他闭上眼睛，此刻脑海中显现的却是辛芸那妩媚的身影，努力控制自己不去想，反而起了反作用。甚至于梦中都是辛芸那美丽的微笑，那么的甜蜜和妩媚。

巴黎的夜晚始终是那么的浪漫和迷人，辛芸很晚才回到酒店，她一想到明天就可以见到心中思念的人，不免有些心潮澎湃。躺在宽大的床上，看着天花板，想象着明天和陈石的约会，那真的是一件非常浪漫的事情。

"时间是链子，快乐是珠子，用链子串上珠子挂在胸前就可以快乐一辈子。幸福是石子，烦恼是沙子，用筛子漏掉沙子幸福就会陪你一辈子！"沈晴儿正和好朋友苏慧逛商场，她听到手机短信息提示音后，从包中取出手机，打开短信息一看，是吴名客发来的，她微笑着看完短信息。

苏慧扭头看着她，用奇怪的声调问："晴儿，又是哪个男孩子发的短信息啊？"

沈晴儿看了苏慧一眼，故意走到一边说："不告诉你！"

"哎！这世界真的是不公平啊，怎么男人都喜欢漂亮女生呢？难道像我们这样长相平凡的女子就没有活路了吗？这究竟是什么世道啊！"苏慧用夸张的口吻说道。

晴儿抿嘴一笑，她专心给吴名客编辑短信息："天使说只要站在用心画的99朵郁金香中许愿，上帝就会听到，我把花画满了整个房间，终于上帝对我说：许愿吧孩子，我说我要看短信的人开心幸福！"发完短信息后，她见苏慧已站到时装专柜挑选衣服，忙走上前去。苏慧取了一件时装问道："晴儿，你看这件衣服怎么样？"

晴儿点点头："嗯，不错，感觉很适合你，换上试试看吧。"

苏慧高兴地点点头，三步并作两步走向更衣室。晴儿随手挑了几件衣服，却没有一件让自己满意的。这时，手机短信息提示音再次响起，晴儿将衣服挂到衣架上，翻看吴名客发来的短信息："晴儿，明天下午有时间吗？在市文学院大礼堂有场关于文学创作的公开课，来授课的是从北京来的几位著名大作家，机会难得。"

晴儿忙编辑短信回复道："是吗？明天下午几点啊？"

"明天下午两点整，那我帮你报个名吧，明天中午一起吃饭吧，我去接你。"

"嗯，看来又是一次难得的深造机会，谢谢！"

"都是好朋友嘛，还这么客气！就这么说定了，明天中午我去接你，再见！"

"好的，再见！"晴儿入神地看着手机，脸上露出微笑。苏慧从更衣间里换了衣服出来，对着镜子照了照："晴儿，看这件衣服怎么样？晴儿……"苏慧见晴儿没有回答，扭头一看，只见晴儿站在几步远的地方发呆。她轻轻走上前去，拍了一下晴儿的肩膀，"嘿！"晴儿猛一转身："啊！你吓我一跳，干什么啊？"

"怔在这儿做什么，我刚才叫你叫得整个商场都听到了，你还不理我。"

晴儿微着笑说："嗯，这件衣服很漂亮，很适合我们美丽的慧慧姑娘。"

"这种不是发自内心的赞美我可不稀罕啊，算了，我再换一件，你也挑一件试试啊。"苏慧继续挑着时装。

晴儿被面前的时装弄得眼花缭乱，她挑了一件蓝色的连衣裙，对着试衣镜看了看。这时营业员走过来说："真漂亮，您可以穿到身上试试，一定会更漂亮。"晴儿禁不住诱惑，看了一眼手中的衣服，迈进更衣室。

不一会儿，她换上蓝色连衣裙，站到试衣镜前，转了一圈，自己觉得非常漂亮。这时，苏慧也换了衣服走过来："晴儿，这衣服真漂亮，穿在你身上，就像是大海里的美人鱼。"

"还是收起你的华美词句吧，太夸张了。有那么漂亮吗？"晴儿瞅了一眼苏慧故意冷漠地说。

"唉！这人世间最悲哀的事情，就是不能发现自己的美丽。"苏慧故作深沉的语气说。

营业员抿嘴一笑，轻轻走过来说："两位都非常漂亮，我们这刚好搞魅力女人装活动，今天是最后一天了，所有服装八折优惠。"

"是吗？！"苏慧惊讶地说，"那真的非常幸运，晴儿，我们一人一件，这儿能刷卡吧？"

营业员点点头："嗯，可以的，确定只要这两件吗？"

"等一下，我再挑两件看看。"苏慧将衣服交给营业员打包，又走到时装柜台前仔细挑选。

晴儿走过去："这女子就是好打发，一两件衣服就把整个人征服了。"

"没听说过吗，漂亮是女子的资本，现在年轻不好好打扮自己，等到老了，想打扮自己都没有那个勇气了。"苏慧边挑选衣服边说。

晴儿也跟着挑了一两件不同款式的上衣，和苏慧两人相互评论着。营业员则在一边不失时机地用专业的营销术语进行导购。最后，晴儿买了两件，苏慧买了三件。两个人高高兴兴走出商场。

晴儿回到家，她把自己关在房间里，从购物袋中取出那件蓝色连衣裙换上。她站在化妆镜前，前后左右照着，还不断摆出各种姿势。有时候，自我陶醉也是一种快乐的事情。

清晨的巴黎同样让人着迷，陈石很早就醒来了，他挑了几件在巴黎时装店里刚买的衣服，在镜子前换了又换，看了一眼时间，已经五点十分了。他换好衣服，又将头发梳理了一下，对着镜子看了又看才走了出去。带着两份早餐，就坐车赶往诺曼底海滩。

陈石来到蔚蓝海边，海滩上只有三三两两晨跑的法国人，周边一片安静，还能听到海水的涌动声。他迎着海风走近大海，面向东方，朝阳还没有露脸，可是，他的心里忽然很想念祖国，还有家人。正在这时，他的手机短信息提示音响了起来，忙取出手机，打开手机短信息，是辛芸发来的："或许我只是你偶尔路过的树荫，为你我甘愿承受炎炎烈日的燃烧；或许我只是你抬头偶望星空时悄然划过的流星，只因你我才不惜一切绽放我自己！也许，在你的生命里，我只是个意外，而在我这里，你却是最大的奇迹。陈石哥，芸儿真的很希望当时当着你的面许下的愿望能够实现。"

陈石看完短信息，看了一眼汹涌的大海，编辑短信息道："打开手机，就打开了我对芸儿的祝福，把祝福折叠成小船，满载着幸福、好运、微笑、美丽、平安，随着黄金河流，缓缓注到芸儿身边！希望你的愿望成真！"

"陈石哥，真的非常谢谢你成全芸儿这个愿望，尽管没有得到真正想得到的，可是，芸儿心里已经满足了。陈石哥，芸儿此刻正默默地看着你高大的背影呢！"

陈石四处看了看，没有看到辛芸的身影，他面朝大海，编辑短信息道："不会和上次一样让我大吃一惊吧，我在想芸儿会在我的背后现身吗？"

"当陈石哥听到《大海》这首歌时，请转过身来。"陈石刚看到短信时，耳边突然隐约响起了《大海》美妙的旋律，他拿着手机，看了一眼发亮的东方，轻轻转过身去，只见三十米外一位身着蓝色连衣裙的美丽女子正朝自己微笑着走过来。陈石定睛一看，像是辛芸，只不过更加时尚了。

辛芸将事先编辑好的短信发了出去："缘分就如待放的花蕾，含一分喜悦，现二分惆怅，露三分娇羞，温四分诱惑，藏五分激情，带六分遐想，存七分希望，流八分眼泪，没九分把握，却十分浪漫！"陈石收到她的短信息，他微微一笑，合上手机走过去："芸儿，是你吗？我都快认不出来了。"

辛芸走到陈石面前，微笑着说："陈石哥，是不是觉得芸儿有很多变化啊？"

陈石点点头："是啊，变得更美丽了，更加妩媚动人。"

辛芸微笑道："真的吗？陈石哥也变了许多，变得更帅气了。"

陈石轻轻摇了摇头说："好了，我们不要再互相赞美了，感觉有点怪怪的。芸儿，吃早餐了吗？我带了两份，我们一起吃。"

辛芸打开手袋："喏，我也带了两份，真是心有灵犀啊，一起吃吧。"陈石点点头，找了个地方，铺上报纸，两人坐下来，取出各自准备的早餐，相互交换着，边吃边欣赏日出。

两人吃完早餐后，陈石收拾了一下，肩并肩走近大海边。陈石看了一眼辛芸，微笑着说："芸儿，你怎么会突然想到来巴黎？"

辛芸莞尔一笑："因为巴黎有位大帅哥在啊，我怎么能错过这个浪漫的时间，在一个浪漫的地点，遇见一个非常想见到的人呢！"

陈石笑了笑："是吗？我怎么没有发现我原来这么帅啊！"

"那好办啊，找面镜子，仔细看看啊！"辛芸乐呵呵地说，"或者照着蔚蓝大海，也会发现啊！"

陈石点点头说："嗯，这倒是一个不错的主意。"说着，他便朝大海走去，直到海水打湿他的脚。正当他还要往前走时，辛芸上前拉住他说："再往前衣服就要湿了，再说，让别人看到了，还以为我们想不开呢！"

"估计浪漫的法国人以为我们正在殉情呢！"陈石笑着说。

辛芸低下头，没有言语，她提着裙角，海水已经漫过了脚背。陈石拉着她走上岸边。一只皮球滚到辛芸的脚边，辛芸捡起沾上沙粒的彩色皮球，看着迎面跑过来的八九岁左右的法国小男孩子，十分懂礼貌的用法语说道："阿姨，能把球还给我吗？"陈石能明白法国小男孩想表达的意思，可是他不是太懂法语，他看着辛芸。

辛芸微笑着用流利的法语说："这个是你的吗？喏，还给你，不过，可不能独自在海边玩，父母在旁边吗？"

小男孩接过皮球，开心地说："我爷爷在那边，阿姨，谢谢！"

"不客气！小心点，别跑摔倒。"辛芸关心地说。

陈石只听懂小男孩对辛芸用法语说谢谢，其他都没有听懂，他惊讶地看着辛芸："芸儿，你什么时候学的法语，这么流利？"

辛芸微笑着说："我只是学着玩儿的，只是感兴趣。刚才那法国小孩子真的非常可爱。要是法律允许，我很想带一个洋娃娃回去！"

陈石轻轻摇摇头说："找个法国帅哥嫁了，不就有了吗？"他突然觉得自己说这话很唐突，忙改口道："芸儿，你这次准备在法国待多长时间呢？"

辛芸倒是没有在意他的话意，她看着那小男孩离开的背影说："陈石哥待多长时间，芸儿就待多长时间！"

"说实话，我倒是非常喜欢巴黎的，只是公司要我准备回国，我只能待两三天。"

辛芸上前几步回头看着他说："其实，陈石哥，你想待多久可以自己做决定啊，巴黎并不是所有人想来就能来的。"

"是啊，我也想啊，可是，公司的工作也不能因为浪漫的巴黎而丢弃啊。芸儿，你是不是准备跟我一起回国？"

"我啊，要让我欣赏完巴黎的海景还有一些名胜之后，再考虑回国，你可不可以陪我多一些时间？"面对辛芸的眼神，陈石看了一眼蔚蓝的大海，情不自禁地点了下头。辛芸非常开心地拉着他的手，在诺曼底海滩自由漫步，偶尔也有好几对法国情侣依偎着在海滩上漫步。

两人走累了，就坐到沙滩椅上，辛芸买了两大杯饮料，两人边喝着饮料边欣赏着水天一色的蔚蓝。和煦的阳光洒在海面上，泛起金黄色的波涛，柔和的海风迎面吹来，辛芸的长发被海风柔柔地吹拂着。陈石看着宛如仙女的辛芸，心里荡起一丝涟漪。

辛芸看着大海："陈石哥，记得那一次大海边，流星飞过时芸儿许下的愿望吗？真的希望有那么一天，在诺曼底海岸边或中国海边，建起一幢房子，不要太大，够两个人住就行，芸儿想和最心爱的人一起，坐在海边，每天面朝大海，春暖花开！"

陈石微微点点头："芸儿，很浪漫的愿望，我想，芸儿应该找一位诗人当伴侣，诗情画意的生活应该非常惬意。"

"其实！"辛芸看了一眼陈石说，"在芸儿的心中，陈石哥就是一位非常有诗意的绅士，不过，芸儿真的很想有这个机会，或许，有可能要等到来生！"

陈石见辛芸略带伤感的语调，忙安慰道："芸儿，这世间不是一切都非常完美的，比如爱情，有的人心境很高，从年轻一直挑到不再年轻，依然没有找到理想的归宿；也有一些人，他们一直等待缘分降临，可是机会往往在等待中消失了。缘分是可遇不可求的，我们无法反抗强悍的命运，只能顺从。"

辛芸微微点了下头说："芸儿知道，陈石哥，如果真的有来生，芸儿真的非常想和你一起在海边，在海涛声中白头到老。"

陈石听了之后，内心很感动，他抓住辛芸的手，说："芸儿，一生得一红颜知己足矣！可是，我不能背叛我许下的誓言，芸儿，谢谢你的爱，如果有来生，我一定会选择跟你在美丽海岸边生活，就算是捕鱼为生，再苦再累，我都愿意。"辛芸也非常感动，她看着陈石，微笑着点了点头。

中午，陈石陪辛芸来到香榭丽舍大街，辛芸挑了一家名叫马克姆西的西式餐厅，陈石见店面非常气派，价格肯定也不低。来法国这段时间，他只在香榭丽舍大街吃过一次，而且据说是非常便宜的店，几个人吃一次，消费相当于他两个月的工资。陈石心里暗自盘算口袋中的欧元是否够用，不然在辛芸面前就丢大脸了。

辛芸和服务生用流利的法语交流，随后服务生将他们领到一间小包间内。陈石看了一眼菜单，全是法式快餐，尽管不喜欢，他还是点了一份。辛芸看了一眼陈石熟练地跟服务生用法语说话，陈石在一边只能干瞪眼，根本听不懂他们在说什么。他看服务生的表情，感觉跟辛芸好像很熟悉似的，所以有些莫名其妙。服务生离开后，陈石喝了一口纯净水，这个水也不便宜，他见到过。

辛芸看着杯中的水说："陈石哥，知道吗？这杯是产自法国阿尔卑斯山的依云矿泉水，它经过最少15年冰川岩层过滤而成，含有多种矿物质，经常饮用对皮肤有保健作用。而且味道也不一样哦。我在法国学习时经常喝依云矿泉水，回国后，再喝国内的矿泉水还真有些不习惯呢！"辛芸话音刚落，一位身着礼服的中年女子走了进来，微笑着用法语向辛芸打招呼："芸，好久没看到你了，真是很高兴再见你！"

辛芸起身和法国中年女子拥抱行礼，用法语回答道："嗯，芸儿回国后非常想念艾丝蒙夫人，这不一到法国就赶紧到您店里坐坐。"

"嗯，非常欢迎！"艾丝蒙夫人瞅了一眼陈石，对辛芸问道，"这位是？"

辛芸忙介绍道："艾丝蒙夫人，这位是我的好朋友陈石先生。"她走到陈石身边说，"陈石哥，这位是这家店的主人。"

陈石点了下头："你好！"

艾丝蒙夫人也用不太熟练的中文说："你好，陈先生，欢迎光临！"随后，她向辛芸说了一通话便离开包间。

辛芸坐回到位置上，看着陈石说："我认识这位艾丝蒙夫人的时间不太长，不过她人很和蔼，像母亲一样很照顾人。这家店在香榭丽舍街是相当有品位的，艾丝蒙夫人是很有抱负的一个人，曾经想像铁娘子撒切尔夫人那样从政，可是，仕途不尽人意后，她放弃了从政的念头，就投资开了这家店，生意相当不错，如果不预留位置，可能过了时间点就订不到了。"这时两名服务生送来午餐，非常丰盛，"陈石哥，尽情享用吧，这是艾丝蒙夫人盛情招待咱们的，如果不对胃口，她会不高兴的。"陈石取了刀叉，有些不太习惯地用着。

吃完午餐后，两人下楼，陈石抢先一步要到总台付账，当陈石掏钱时，收银的服务生忙摇头，说了几句法语，陈石听不懂，他看着辛芸。辛芸微笑着走过来说："好了，不用付账了，我在这有白金诚信会员卡，定期结账的，再说，是艾丝蒙夫人盛情招待的。"辛芸微笑对服务生说："谢谢！请代我向艾丝蒙夫人道谢！"服务生很恭敬地送他们离开。

出了餐厅，辛芸看着陈石说："陈石哥，芸儿请你喝下午茶吧，顺便休息一下，下午我想去罗浮宫看看，你陪我一起去吧。"

陈石点了点头："我今天一整天全听芸儿安排，全身心地陪芸儿。"辛芸非常开心地拉着陈石的手，她感觉现在自己非常幸福，自己喜欢的人能够陪伴自己在浪漫的地方旅行，真是一件非常开心的事情。

他们到露天咖啡吧找了个安静的位置坐下来，陈石看了一眼辛芸："芸儿，喝点什么？"

辛芸见服务生微笑着走来，说："要一杯卡布奇诺，陈石哥，也要一杯吗？"陈石微微点了下头，辛芸又点了一些糕点。陈石顺手取了一份中文报纸，看了看新闻，几乎每条新闻都是关于金融危机的。他心想，这场金融风暴看来非常凶猛，而且波及面非常广，从美国到欧洲，甚至威胁到实体经济了。辛芸见陈石看报纸入了神，她也取了一份法文时尚杂志津津有味地看了起来。

辛芸喝着卡布奇诺，看了一眼表情忧郁的陈石，好奇地问："陈石哥，怎么了？"

陈石愣了一下，摇了摇头说："没事，现在欧洲经济出现衰退，希望不要影响中国，这仅仅是一种美好的愿景，不过，沿海出口企业肯定会遭遇灭顶之灾的。"

辛芸眨了眨眼睛，看着陈石："陈石哥对经济看得非常透彻啊！你觉得这次金融风暴仅仅会对中国出口企业有影响，那么对于实体经济，比如房地产业会有影响吗？"

陈石看了一眼辛芸，怔了一下，说："这很难说，影响肯定是会有的，尤其是那些上市的地产集团公司，身价缩水和贬值的可能性非常大。"

辛芸沉思了片刻："这真是一个不好的兆头啊！"

陈石点点头说："是啊，芸儿，我可能陪不了你几天了，我得尽快回国，公司有很多事情需要我去做。"

辛芸忧郁的眼神看着陈石，微微点了下头："陈石哥，芸儿知道，芸儿只希望陈石哥多陪一天，可以吗？"陈石点了下头，他喝了口咖啡，微苦的感觉如同此刻的心境。

陈石陪辛芸来到罗浮宫，辛芸看着名画，陈石陪辛芸欣赏着法国浪漫主义作品。讲解员用流利的法语讲解着每一幅名画的来历和不同寻常的故事。辛芸来到《蒙娜丽莎》的画像前，驻足许久。陈石陪在辛芸身边，见她入神，他也跟着欣赏《蒙娜丽莎》的微笑。

辛芸扭头看了一眼陈石："小时候学的课文里，有一篇关于达·芬奇画蛋的文章，当时觉得画个鸡蛋不是一件很容易的事情吗，可是现在看来，不是那么简单。若不是有画蛋的磨炼，或许就不会有今天的《蒙娜丽莎》了。"

陈石点了点头："是啊，不积跬步无以至千里！"

辛芸看着陈石说："芸儿当初选择来法国留学，就是想感受一下法式的浪漫情怀。以前对绘画那么的执着，看到什么就画什么，只是后来没有坚持，家里面的强烈要求下，只得改学不太喜欢的法律和工商管理。"

"女孩子学经济类专业的确需要很大的勇气。"陈石看着辛芸说。

"每个人都有属于自己的梦想，但是现实却总是很残酷，不断干扰实现梦想的信心。"辛芸走了两步说，"芸儿有时真的能体会'人在江湖身不由己'的无奈。"

"芸儿，不要太悲观，时间流逝，当我们不再年轻时，如果有缘分，我还会陪芸儿来这里看《蒙娜丽莎》，我们要微笑着看这幅传世之作。"

辛芸微笑着点点头："嗯，陈石哥，那我们就在此许下约定，不管以后发生什么事情，岁月把我们变成什么模样，彼此内心还会记得面对困难一定要微笑。"

陈石微微一笑，看着辛芸说："芸儿说得对，面对困难时，一定要记得微笑，这是一种美好的心态，会伴随我们渡过难关的。"

两人走出罗浮宫时天色已近黄昏。辛芸看着陈石说："陈石哥，晚上的时间交给芸儿安排吧。"

陈石看了一眼她说："好啊，一切听你安排，不过，现在处于金融危机，不去太奢华的地方哦！"

辛芸微笑着点点头说："嗯，知道了！我们先去吃饭。晚上，我就不安排西餐了，我们去吃中餐，我知道有一家中餐馆非常的有名，我们马上过去吧！"陈石点了头，他心想，中午的西餐就没吃饱，晚上再吃西餐肯定要饿得失眠，还好辛芸选择的中餐，可以不用饿肚子睡觉了。

辛芸带陈石来到一家名叫"望乡楼"的中餐馆。陈石一看到"望乡楼"三个字，心里就猜想，这家店的老板肯定带着思念家乡的情怀开了这家店。走进酒店里，见大厅非常奢华，金碧辉煌，尽显东方的富贵之气。

辛芸要了一间典雅的包间，她点了一些名贵的菜肴，让陈石有点发虚。尽管不太情愿，但他没有阻止辛芸的举动。点完菜后，看见陈石惊讶的表情，微笑着说："陈石哥，这算是芸儿的一份心意，今晚我来做东，请陈石哥千万不要推辞。"

陈石一听此言，内心更加的诧异，看着辛芸，他有点不能理解，这样清纯的女生，怎么会对法国高档的生活标准如此适应，他不能理解，但又不好追问她的身世，因为辛芸似乎有意避开自己的身世。他现在能做的就是接受她的奢华举动，在即将离开巴黎前，权当放纵和疯狂吧，尽管此举要付出昂贵的金钱为代价。

陈石看了一眼辛芸说："芸儿在巴黎要学习一段时间吧？"

辛芸乐观地说："嗯，主要是看我的心情了，不过，芸儿要努力修完这份任务式的学业，然后回家交差，接受一项任命。"话到嘴边却没有说下去，忙改口说："希望今晚的菜肴会符合陈石哥的口味。"陈石看着辛芸，觉得面前的这位女生很神秘，似乎有富家千金的潜质，不过，仅是自己的猜测。

陈石喝了一瓶红酒，辛芸也喝了一些，不过她喝的是加饮料的。两人用完晚餐后，陈石和辛芸走出包间，陈石走在前面，来到酒店服务总台，他掏出钱包刚想要付账，总台服务员微笑着说："先生您好！刚才有人已经付过账了，这是我们老板赠送的礼品，请收下，欢迎下次光临！"陈石看着服务员双手递过来的礼品袋，怔了一下。

辛芸走过来接过礼品袋，微笑着说："请谢谢林老板，再见！"说完拉着愣神的陈石走了出去。

陈石不明白谁会付账，他看着辛芸问："芸儿，刚才谁为我们买的单？"

辛芸乐呵呵地说："这不用管了，反正吃得开心就行了，对了，看看老板送的什么礼物？"她伸手取出精美的包装盒，打开看了一下，"哇，真漂亮！"陈石看了一眼，是一座水晶做的微型凯旋门模型。

"这个芸儿送给陈石哥当作礼物吧！"辛芸将水晶凯旋门模型装好后递到陈石手中说。

陈石接过凯旋门水晶模型说："这么贵重，那我就代为芸儿保管吧。"

辛芸微笑着说："好了，不要客气了，我们去赶下一场，芸儿知道一个好地方，陈石哥肯定没去过。"陈石不明就里地跟着她坐车往香榭丽舍大街而去，他心想，肯定又是一次奢华的经历。

陈石陪辛芸坐车来到巴黎最有名的夜店区，辛芸拉着他走近非常气派的巴黎著名夜店——宝丽都。陈石见外面到里面的装修比红磨坊还要奢华，心里知道这种地方是巴黎上流社会的象征。辛芸用流利的法语跟服务员交流着，不一会儿，服务员带他们来到一间宽大的包间内。陈石一看就知道这间费用不是一般工薪阶层能够承受的，他看一眼辛芸，面对这个女孩子，他很难开口说不，反正难得一次疯狂，口袋中的钱不够，大不了在巴黎市警察局待一晚上。

辛芸拉他坐下来，她亲自点了几首法语歌，动情地唱着。陈石看着辛芸动情地唱歌，觉得这个女孩子真的是捉摸不透。看她的消费标准，肯定不是出生在一般工薪阶层家庭，尽管自己非常想知道她的背景，可是，看着她那单纯和与世无争的眼神，很难有勇气去问。辛芸唱得非常开心，陈石也陪着哼了几首，尽管五音不着调。

辛芸喝了很多红酒，陈石惊讶地看着她，他劝说着，却不想自己也多喝了，桌上放着的三瓶红酒基本上被两人喝光了。辛芸靠着陈石的肩膀，微闭双眸，说着陈石听不懂的法语，他猜想应该是喝多了。陈石一心在盘算等会儿买单现金不够该怎么办，他没有想金钱之外的事情。

时间一分一秒地过去了，陈石眼见这样回避不是办法，他看了一眼渐入梦境的辛芸，轻轻地把她扶到沙发上躺下。随后他端起一大杯红酒，想到了一个可以逃账的方法。桌上的六瓶红酒基本上被喝光了，陈石喝下最后一口红酒，躺到沙发上，看着天花板，轻轻闭上双眼。

辛芸睁开眼睛时，见桌上那么多的空酒瓶，再看看醉倒的陈石，她用法语对服务员说了一些话，随后两名服务员帮忙将沉醉中的陈石架了出去。辛芸付完款后，就在附近订了一间上等套房。

在房间里，辛芸见陈石熟睡的样子，脸上露出幸福的神情，她在陈石身边躺下，看着天花板，内心中希望时间能够在此刻停止，这样，她就可以和陈石不拘俗套地在一起了。

第二天早上，陈石睁开眼睛，抬起昏沉的头，侧脸一看，发现辛芸躺在自己身边。他拍了一下脑门，慢慢地坐了起来，见辛芸熟睡的表情，仿佛传说中的睡美人。他慢慢翻身下床，倒了一杯水，一饮而尽，感觉脑袋清醒很多。他走进洗手间，冲了个澡，用毛巾擦干湿发后，他看着镜子，回想昨天的经历，感觉辛芸的经历和家世背景非同一般，第一感觉就是典型的富家女孩子。他在想，如果在菲儿之前认识辛芸，或许两人会相亲相爱，那自己至少可以少奋斗二十年，甚至三十年、四十年。陈石摇了摇头，如今一切都已成定局，自己根本无法改变的现实。

他走出洗手间，看到辛芸已经醒来了，正在看电视。他微笑着说："昨晚酒喝得有点多了，不过我很高兴。"

辛芸也说："我昨晚也有点醉了，和陈石哥在一起，真的非常开心。"

陈石坐到床边，斜躺在辛芸身边："芸儿，今天我再陪你一天，明天我得回国了，公司打来电话催促我赶紧回去。"

辛芸的神情有点忧郁，她看着陈石说："陈石哥，如果回国我们还能再相见吗？"

陈石点了点头，说："嗯，我觉得和芸儿是非常有缘分的，有缘人终会相见的。"

"人家都说有缘人终成眷属。"辛芸微低着头说，"我也非常相信。"

陈石一下子不知道该如何回答，他用手搓了搓脸："芸儿，我也很相信，但是，我现在是有家室的人了。"

"我知道！"辛芸非常冷静地说："我只是能见到你就很知足了，并没有那么多的想法，陈石哥，芸儿真的非常希望你能陪我实现那个愿望。尽管只是希望，不过还是非常期待的。"陈石看到辛芸非常认真的表情，他心里面越来越感觉到被动，如果上天再给他一次机会让他重新选择，他肯定非辛芸不娶，可是上天不会再给他机会的，他现在只想把辛芸当作一个红颜知己，别无他求。

辛芸梳妆完毕后，陈石也换好了衣服，两人到餐厅吃了早餐。辛芸看着陈石："陈石哥，今天我们去枫丹白露参观吧。"陈石点了点头，两人吃完早餐后，一起坐车前往位于巴黎市中心东南偏南55千米的枫丹白露市镇。路上，法国异域风情让陈石非常着迷，来法国后就一直在巴黎，很少到各个地方去参观。

辛芸非常开心，她看着陈石说："陈石哥，据说枫丹白露是巴黎的卫星城之一，非常有名，尤其是枫丹白露宫，枫丹白露森林是法国最美丽的森林之一，橡树、枥树、白桦等各种针叶树密密层层，宛若一片硕大无比的绿色地毯。秋季来临，树叶渐渐交换颜色，红白相间所以译名为'枫丹白露'。其实听到'枫丹白露'这个译名会让人不自觉地陷入无尽的遐想中。"陈石听着辛芸动情的讲述，他发现辛芸似乎对法国了如指掌，好像是在法国长大的。连开车的法国司机也在听她的讲述，尽管他不太懂中文。车子在宽敞大道上快速行驶，陈石看着车窗外的风景，心里有点想家了，尽管法国再美好，可心里面依然觉得自己的祖国才是最美丽的国家。

陈石陪辛芸走在枫丹白露镇的大街上，感觉枫丹白露镇唯一不同的就是绿色与宫殿、民房相得益彰。在枫丹白露镇子的一角，辛芸指着一大片皇家庄园，看着陈石说："陈石哥，这个建在森林中的宫殿建筑群就是法国最大的王宫之一的枫丹白露宫。建筑周围有很大面积的森林，估算差不多有1.7万公顷，据说这里曾经是供法国皇室成员狩猎的皇家宫苑。"

陈石看了看四周，微笑着说："我感觉是不是有点像中国的承德避暑山庄。"

辛芸点了点头，说："枫丹白露宫的确曾经是法国国王的行宫别苑，跟中国大清皇帝常去的承德避暑山庄非常相似。不过，现在成了法国国家枫丹白露博物馆。"这时，陈石听到熟悉的普通话解说的声音："大家请随我来，枫丹白露宫始建于1137年，是由当时的国王路易六世下令建造的，后经历代整建和装修，枫丹白露宫最终成为一座富丽堂皇的宫殿式建筑群落。它最初仅是国王的狩猎行宫，后经过扩建，成为法国的王宫之一，如拿破仑一世（拿破仑·波拿巴）就把枫丹白露宫作为他的第一皇宫。枫丹白露宫的建筑工程由法国建筑师完成，而内部装饰由意大利艺术家负责，因此融意法两国风格于一体，形成建筑艺术上著名的'枫丹白露派'。在枫丹白露宫中还有一座由拿破仑三世的奥日妮皇后主持建造的中国馆，里面陈列着中国明清时期的绘画、金玉首饰、牙雕、玉雕等上千件艺术珍品。游过圆明园的人只见过它的残垣断壁，而如果您想知道其中曾经的陈设，可以到枫丹白露的这座中国馆看看，这里的藏品可都是从圆明园运来的。"陈石扭头一看，只见一名导游用流利的汉语向前来参观的同胞解说着，他看了一眼辛芸，继续听着导游的讲解，"从建筑上讲，枫丹白露宫内部集中了宫殿、城堡、教堂、回廊、剧院等，外围集中了广场、石桥、木桥、喷泉、雕塑、人工湖、人工渠、英国式花园、法国式花园等。枫丹白露是一个非常庞大且复杂的建筑装饰群体。从历史上讲，枫丹白露不断修建、重建、扩建、改建，数一数在里面住过的法国国王，就能更清楚地了解这一点。弗朗索瓦一世、亨利四世、路易十三世、路易十四、路易十五、路易十六、拿破仑一世、拿破仑三世都在里面出生，整整八个世纪过去了，枫丹白露成为中世纪到十九世纪建筑全景图。就是法国人也难说清哪个部分属哪个时代，哪个国王在哪时出生，有人用毕生精力来研究枫丹白露，研究枫丹白露的书成箱成库。"导游微笑着解说道，"'枫丹白露'这个译名会让人不自觉地陷入无尽的美丽遐想。脑海里有树影的摇曳，有清秋的薄露，有季节的转换，有时光的永恒。大家现在请随我一同进入这个古老而又神圣的帝王行宫。"

辛芸微微点了下头："陈石哥，我们也进去参观一下吧。"

陈石好奇地问："芸儿，不知道这个美丽的中文译名是谁赋予它的？"

辛芸微笑着说："这个可就说来话长了，这个曾经的帝王宫邸有很多中文译名，但无论它是徐志摩笔下的'芳丹薄罗'，还是朱自清纸上的'枫丹白露'，它永远指的都是一个地方，一个和它的名字一样美的地方，那就是这里！陈石哥，我陪你进去，看看法国皇帝的奢侈生活是什么样的。"陈石和辛芸随着旅游团一同走进美丽的枫丹白露宫。

参观完枫丹白露宫后，陈石陪辛芸一同在枫丹白露镇上用了午餐。在镇上的露天咖啡吧坐了差不多两三个小时，两个人开心地聊着。辛芸像个法国通一样，陈石压在心里关于她的家世疑问，他不知道该如何询问。总觉得当面询问人家身世，是一件不礼貌的事情，他在法国至少学会了如何做一个懂得礼貌的绅士。尽管法国人，甚至于西方人的傲慢习性让他十分不悦，但是，在礼节方面，他感觉自己做得没有人家好。

辛芸看着蓝天白云，微笑着说："陈石哥，如果有一个机会在你面前，你会不会留在法国，留在这个美丽而浪漫的枫丹白露镇。"

陈石以为辛芸在开玩笑，他随口说道："如果真的有这个机会，我是非常想留下来的，不过，人生于世，身不由自己。无论机会多么充满诱惑力，可是，却有很多我们无法掌控的因素在左右着我们的思路。"

"有点深奥，不过，芸儿能够理解。"辛芸用忧郁的眼神看着陈石说，"陈石哥，芸儿常常在想，如果能和自己心爱的人一起生活，无论多么贫穷，多难走的路，我们都会手拉手，一起走下去。"

陈石看了看身边一对对的法国情侣在尽情说笑，尽管他听不太懂他们说的话，但是，却能够体会到辛芸此刻对爱情有种冲动，而自己却无法给她一个承诺，甚至可以说是没有资格给她任何的情感建议。

两人沉默了几分钟后，辛芸微笑着说："陈石哥，我们一起去看风景吧，坐在这儿感觉时间尽管过得很慢，但芸儿非常希望时间在此刻停止。"

陈石起身拎着辛芸买的纪念品，微笑着点点头，陪辛芸一起坐车在枫丹白露镇观看每一处风景。

# 第十六章　香消入前夜，职尽雪上霜

站在自己的高度往往会忽视很多

身边的人再好还想着别处红楼

总喜欢握着最爱的手走到生命尽头

可是自己的手上是否还有不曾放下的忧愁


人总在伤心过后对快乐太向往

才会让自己背负深沉许下愿望

谁能解释美丽消失总过于匆忙

在心灵深处总会烙下朦胧的伤


——《天仙子》

时间在不知不觉中流逝，陈石看了一眼时间，快到黄昏时分了。他想赶回巴黎，这样可以订到明天回国的机票，做好回国的准备。可是，辛芸却想在枫丹白露镇看晚霞，他不好拒绝，于是就答应在枫丹白露镇留宿一夜，明天一早赶到巴黎。之前，他已接到公司打来的电话，催促他赶快回国。

晚上，两人吃了晚餐后，从订好的酒店里走出来，大街上有很多人，好像在庆祝什么节日。两人并肩走了一圈后，来到一个中心广场，人还是非常多，有老人、小孩子，还有年轻的情侣。陈石和辛芸找了一个比较安静的地方坐下来。

辛芸自言自语道："记得刚来法国的时候，我就在想，法国的月亮是不是跟中国的不一样，我以为法国的月亮是蓝色或是紫色的。可是刚到巴黎时，等了好长一段时间，终于盼到了月亮，有点失望，原来法国的月亮和中国的一样，有圆也有缺。"

陈石笑了笑，看着辛芸说："这里除了人种和文化跟中国的不一样，其他的如月亮、星星和太阳都是一样的。我也记得小时候老听人家说，外国的月亮都比中国的圆，我不相信，现在见到了，都一样的圆和缺。"辛芸默默地点了点头。

他们背靠着背，一起看着广场上人来人往。

陈石见夜晚有点风凉，他脱下外套给辛芸披上。辛芸脸上露出幸福的微笑："陈石哥，芸儿想吃夜宵，一起去吧。"

陈石扶辛芸起身，两人一起往回走。辛芸拉着陈石的手，陈石没有拒绝，他握紧辛芸的手，两人默默向前走着。

辛芸领陈石到法式餐厅，这是一家提供24小时服务的古老餐厅，看建筑足有百年历史。辛芸和陈石面对面坐着，她点了两份牛排，一些点心，还要了一瓶陈年红酒。侍者恭敬地为他们倒了两杯红酒，微笑着说了一些什么，陈石没听懂，不过，辛芸用法语说的"谢谢！"他听懂了。

侍者离开后，陈石好奇地问："芸儿，刚才他说了什么？"

辛芸很淡然地说："就是一句简单的法国式问候，不过，他觉得我们像是情侣，说了句祝贺的话。"

陈石笑了笑："看来法国人不仅很傲慢，也很幽默。"

"陈石哥，芸儿在想，如果我们真的是情侣，那该有多好！"辛芸喝了一口红酒，若有所思说。

陈石看着辛芸泛起红晕的脸庞，他也喝了一大口红酒，想了一下说："芸儿，我很开心有你这么漂亮的红颜知己相伴左右，只是，我现在已失去了追求和被追求的权利，不配做你的恋人。"

辛芸摇了摇头说："陈石哥，请不要这样说，是芸儿在错误的时间出现在你的面前，或许，是缘分在捉弄我们吧。"停顿了一下接着说，"陈石哥，喝酒！芸儿想大醉一场。"

陈石此刻也找不到很好的表达方式，他默默地陪辛芸喝酒，毕竟明天就要再分东西，或许南北不再相见。一个小时后，桌上已有三只红酒空瓶，陈石感觉自己有点儿头晕，他在想，这红酒肯定跟这老餐厅一样，至少有百年历史。而且他第一次品尝到这种味道，或许只有在枫丹白露镇的这家百年老餐厅才能品尝得到。

辛芸在陈石上洗手间的时候，把账悄悄付了，然后回到座位上等着陈石。

陈石从洗手间出来，他感觉这家老餐厅什么都像古董。当他路过楼梯口时，侍者过来很有礼貌地向他鞠躬，用法语讲了好几句，陈石感觉应该是礼貌用语吧。他用法语说了声："谢谢！"餐厅侍者从口袋中掏出一份账单和一张发票，陈石接过一看，惊得目瞪口呆，这消费账单上面的数字对于他来说近乎天价。他的头顿时有点儿眩晕，没想到这样古老的餐厅东西会比一般的西餐厅贵那么多倍。

陈石支支吾吾地说不出话来。这时一位懂中文的法国男子走过来说：

"先生，刚才那位女士已经付过账了，这是她忘了拿的账单和发票，服务生给您送来，请转交给那位女士。"陈石这下子明白了，他又说了一句"谢谢！"只是这一次是用中文说的。

他收好账单和发票，慢慢地走上楼去，他感觉脚步非常沉重。这份天价账单和发票，让他的心情变得非常沉重。这更加重了他对辛芸的猜疑，这么有钱的公主级别的女孩子，自己以前怎么就没有一丝察觉。他轻轻走上楼，看到辛芸的眼神突然变得自卑起来。这份天价账单依自己目前的经济实力，是根本连看的机会都没有的。更没想到的是，这家不起眼的百年老餐厅的东西会这么贵。他将账单塞入口袋，故作镇静地坐到位置上，拿起桌上的水杯，喝了一口，他在想，这一杯水或许也是天价水。

辛芸见陈石脸上的表情有些不太对劲，以为是酒喝多了，于是微笑着说："陈石哥，我们回去吧，明天还要赶回巴黎呢！"陈石不由自主地点了一下头。

两人回到酒店，陈石送辛芸回她的房间，他坐了一会儿："芸儿，早点休息吧，我先回房间了。"

陈石说完起身要出去，辛芸拉住了他："陈石哥，陪芸儿说说话吧，也许，明天，芸儿可能就要和陈石哥天各一方了。"陈石看着辛芸的眼睛，他努力控制自己的情绪，可是，他仿佛突然间失去了理智，一下子抱住辛芸。辛芸面对这突然的举动很吃惊，可是却没有拒绝，她也紧紧地抱住陈石。

第二天，陈石醒来，已是早上九点了，他觉得脑袋很重，回想着昨晚发生的事情，忙起身下床，却发现辛芸不在房间里，他到另一个房间，也没有她的身影，连她的随身行李都不见了。陈石一下子不知所措，感觉好像是在做梦。他呆坐到床边，穿好衣服后，发现枕头上有一张字条，他仔细看了一下，是辛芸的笔迹："陈石哥，芸儿有事情先走了，请原谅芸儿的不辞而别，希望有缘再相见，珍重！芸"陈石一下子不知该如何是好，他看着辛芸帮自己收拾好的行李，其中有很多她买的纪念品，基本上都留给他了。

陈石用清水梳洗了一下，收拾行李，在房间里足足站了十多分钟，然后，转身走出房间。

在酒店总台退房时，服务员微笑着说房间费已结清了。陈石尽管听不太懂她说的话，可是接过账单和发票时，就知道辛芸在离开时结过账了。

陈石走出酒店，看了一眼耀眼的阳光，看着这座充满美丽回忆的枫丹白露镇，动情地用法语说了一句："枫丹白露，再见！"

陈石坐车离开枫丹白露镇，从车窗看着迷人的异域风景，心里感慨颇多。他慢慢回忆和辛芸一起度过的夜晚。不知道什么原因，辛芸的突然离开，让他心里非常困惑。辛芸非常突然地走进自己的世界，也非常让人疑惑地离开。她的身上有很多谜一般的东西，让陈石百思不得其解。他感觉辛芸与一般的女孩子很相似，一点也看不出像富家女，不过却有贵族的气质，这是陈石非常喜欢的。

来到巴黎市中心，陈石给辛芸发一条短信息："每一片花瓣，都带有我真挚的祝福，款款关怀，绵绵祝福，声声问候，拜托清风传送，愿鲜花与绿叶结伴，点缀你绚丽的人生，愿你永远快乐！"陈石合上手机，他回到酒店，收拾好自己的东西，装了满满两大箱。他提着行李走到房间门口时，犹豫了一下，之后，走向电梯。

陈石在总台前掏出自己的房间卡，并取出钱包准备付账时，值班的服务员微笑着用生硬的中文说道："您是陈石先生吗？"陈石微微点了下头。服务员从抽屉里取出一个纸袋，递到他面前说，"陈石先生，这是一个中国女孩子放在这里让转交给你的，并且，她结清了您所有的账单。"陈石疑惑地看着服务员，他打开纸袋，里面有一张回国的头等舱机票、一张光盘，还有包装精美的小木盒子，他打开一看，是自己和辛芸的合影。

"谢谢！"陈石装好纸袋，取出手机，拨了辛芸的手机号码，可是却无法接通。他呆呆地站了一会儿。服务员微笑着说：“先生，还有什么需要服务的吗？”

陈石摇摇头说：“不用了，谢谢！”说完他直接走出酒店，坐车去了机场。

在候机室内，他取出照片，一张一张地看着，心里面对辛芸的感情越来越深，超出了一般的喜欢，更超出红颜知己的范围。和辛芸在一起的时间尽管非常短暂，可是，他却感觉自己对她非常着迷，她美丽的身影和不凡的气质，不时出现在自己的脑海中。

陈石登上回国的飞机，在登机前，他心里默念着：“巴黎再见！芸儿，再见！”

在飞机离开地面时，陈石微闭双眼，他脑海中想了很多，更有一种难以控制的思绪在涌动。这次分别不知道何时才能再见面，或许，要很多年；或许，不用很长的时间。

飞机降落后，陈石一脚踏上祖国的土地，心情格外清爽，脸上的旅途疲劳也减轻了许多。他直接回到家中，菲儿还没下班，他放下行李，往沙发上一坐，他忽然想到辛芸送他的照片外，还有一张光盘，他忙从包中找出那张光盘，放到影碟机中播放。电视的画面里出现他和辛芸在海滩上开心的场景，还有在巴黎和枫丹白露镇的一些影像。这里面有些情景他甚至不知道是什么时候被拍下来的，不过画面很唯美，感觉是出自一位专业摄像师之手，可是他却没有发现这名摄像师的身影。画面播放了有一个多小时，陈石看得非常认真，他一直看到结束，心里百感交集。

他退出光盘收好，看了一眼时间，菲儿应该快下班了。他匆忙收拾照片，又把行李收拾了一下。之后取出手机，发了一条短信给菲儿：“时间是链子，快乐是珠子，用链子串上珠子挂在胸前就可以快乐一辈子。幸福是石子，烦恼是沙子，用筛子漏掉沙子幸福就会陪你一辈子！亲爱的，我已回到家中，早点回家。”陈石发完短信后，又拨了一遍辛芸的手机号码，可是依然无法接通，他心里甚至有点儿担心起来。辛芸离开得如此匆忙，肯定有说不清楚的理由，可是究竟是为什么，他却不知道。

沈菲儿收到陈石的短信息后，简直不敢相信自己的眼睛，她放下手中的工作，立即拨了家中的电话号码。她以为陈石是在跟她开玩笑，她要确认信息的准确度。当在电话中听到了陈石的声音后，心里非常高兴，可是口头上还嗔怪道："怎么回来也不事先通知一下，我好去接你。"

"不是想给我美丽的夫人一个惊喜吗？"

"的确是一个惊喜，现在待在家里哪也别去，我马上就回来。"菲儿挂了电话，她匆忙做完手头上的工作，跟领导打了个招呼，就拎包走出办公室。

陈石脱下衣服，在家里舒舒服服地洗了个澡，换上衣服走到客厅，打开冰箱，拿了瓶饮料，大口地喝了起来。他走进厨房，亲手煮了饭，又炒了几个小菜，还跑到小区商店买了一瓶红酒。

他把带给菲儿的礼物放满了整个沙发，心里在想，如果菲儿回来看到这么多礼物，心里面肯定有说不出来的开心。他走进房间，躺在床上想着巴黎之行，感觉就像是一场梦，而辛芸的出现让梦更加虚幻无比。他取出手机，又拨了辛芸的号码，依然无法接通。陈石心中很疑惑，他放下手中的手机，盯着天花板上的出神。

沈菲儿很高兴地打开自己家的大门，她赶到菜场买了好多陈石平时喜欢吃的菜，两只手拎满了东西。她把菜放到厨房，看了一眼沙发上各式各样的礼盒，心里非常兴奋，悄悄来到房间内，看到陈石躺在床上，她一下子跑过去扑到陈石身上，把陷入沉思的陈石吓了一跳。

菲儿搂着陈石狠狠地亲了一口："坏家伙，终于舍得回来了啊？"

"当然，我可是日夜思念着我美丽的老婆！"陈石微笑着说："我带给你的法国时装，你换上试试。"

菲儿起身看着陈石说："那你得先出去一下，要不，先到厨房把菜给洗好，我一会就出来。"

陈石翻身下床，微笑着说："好，在法国，我可是练成了专业的洗菜工。"菲儿看着陈石的背影，莞尔一笑。

陈石专心致志地洗菲儿买回来的菜，他边洗边想着辛芸。正当他陷入沉思时，水从手指间哗哗流淌着。菲儿轻轻走到厨房门口，她见陈石愣在厨房里，敲了敲门："哎，在想什么呢？这么入神，连面前天仙般的美女都视而不见啊。"陈石忙关了水龙头，他看着面前身着漂亮时装的老婆菲儿，心里有一种说不出来的感觉，俗语说得好，人靠衣装马靠鞍。

菲儿看着一脸着迷的陈石，扯了扯衣角，说："这老外设计的衣服是挺新鲜的，要是中国的服装设计师肯定不会这么设计。"

"那是肯定的，中西方文化上的差异导致思维上的差异化。"陈石打量着菲儿说，"不错，的确美若天仙，我说天仙穿上这衣服也没菲儿漂亮。"

"那是！"菲儿故意看着陈石说，"那得看穿在谁的身上了。"

菲儿走进厨房，系上围裙说："肚子应该饿了吧，我给烧你最喜欢吃的平桥豆腐和红烧肉。"

陈石点点头说："嗯，好久没有吃了，说得嘴都馋了。"

"先到客厅坐会儿，我一会就好。"

"我帮你打下手吧。"

"别，可别越帮越乱，还是我亲自来吧，你休息一会吧。"

"好，那相公我就静候美味了。"陈石用夸张的动作离开厨房，菲儿抿嘴一笑。

菲儿将陈石最喜欢吃的菜端了上来，陈石为菲儿装好饭，两人默默地吃着。陈石抬头看了一眼菲儿："好久没有吃到这么可口的饭菜了，唉，在巴黎吃的那些中餐就好像被西化了一样，没有家里面这个味。"

菲儿微微一笑："是你想家了吧。"

陈石点点头说："可能吧，可我最想念的还是美丽的老婆。"

"少来了！"菲儿心里面却非常受用，她微笑着说："对了，给我说说在巴黎的见闻吧，有机会我去了也不至于犯晕啊。"

陈石吃了几口菜说："也没什么好玩的，不过，人家对古建筑保存得相当好，不像我们国家，到哪几乎都一个样了，连古城墙根都给扒了盖公厕了。"

"没那么夸张吧。"菲儿看着陈石，"现在不是有很多古建筑保存得非常好吗？"

菲儿微笑着看陈石说："你是不是回来不适应了，是不是外国的月亮都比中国的圆很多？"

陈石摇了摇头："什么跟什么啊，我一会要到公司去，晚上再跟你聊吧。"说着他猛扒了几口饭。

菲儿不高兴地说："唉，不是刚回来吗，好歹也休息一下再上班啊。"

陈石放下手中的碗筷，走进厨房漱了口："不是碰上金融危机了吗，我手里的时间可都是金钱啊。"

"少来了！"菲儿不高兴地看着陈石说，"晚上可得给我早点回来。"

"知道了，老婆大人！"陈石用毛巾擦了擦脸，拎起公文包就走出家门。

坐在去公司的车上，陈石心里面想起在巴黎和辛芸度过的欢乐时光，同时，他觉得辛芸神秘而又可爱，或许这将是此生最难解的谜团。他又拨了辛芸的号码，可是始终提示无法接通。他放下手机，心中生出许多想象，有喜的也有悲的。不管怎么说，他最不愿想辛芸会出什么事情。

就在他胡思乱想的时候，手机突然想了起来。他以为是辛芸打来的电话，忙拿起来看，结果是秦玲打来的，他心想，自己正准备打电话问一下公司的情况，真是心有灵犀不点都通。他忙接了电话："喂，你好，玲姐！"

"陈石，你还在巴黎吗？"

"不，我刚回国，现在去公司的路上。"

"哦，那我等你，见面聊吧。"

"好吧，一会见！"陈石感觉秦玲说话的语气不对劲，他从来没有听到她用这样的语气跟自己说话，或许公司出了一些事情，不过，等到了公司就一切都明白了。

陈石匆忙到了公司，他不在公司这段日子，仿佛完全变了一个样。他搭电梯来到自己的办公室，空空的一层几乎没有几个人在上班。打开办公室，发现除了自己的桌椅还在，还有两个空空的文件柜，他一下子被浇了个透心凉。

身后传来高跟鞋的声音，他回头一看是秦玲："这，公司出了什么事情？"

秦玲看着陈石，低了一下头："一言难尽，如果公司上层早听你的建议，也不至于搞到现在，几个月来业绩连续下滑，国外的订单几乎少得可怜。没办法，只有大批量裁员，集团有几个大股东又在这个时候撤资，这对公司无异于雪上加霜。公司现在举步维艰，从你离开后的一个月开始到现在，大家没领到一分钱。有员工拿着积仓的货物低价去变卖抵工资。"

"怎么会这样，那李总呢？他在公司吗？"

秦玲摇了摇头说："好多家债主来催债，现在他的行踪没几个人知道，还有更坏的消息，听说银行可能查封我们的办公大楼和货仓。"

"也就是说公司要破产了？"陈石几乎不敢相信这一切是真的，从巴黎回来就碰到这个让人沮丧的消息，还以为自己在做梦呢。

"也可以这么认为吧。"秦玲无奈地摇了摇头，"陈石，还是为各自的前程考虑吧，我在这里再坚持几天就回老家去了，那儿有朋友开了家广告公司，要我去当人力资源部经理，你要是有兴趣，我们还能一起并肩战斗。"

陈石似乎还没有完全回过神来，他看了一眼秦玲说："我，想先回家休息几天再说吧。"

"也好，我下周二回去，你想好了给我打电话吧。"秦玲微微点了下头看着陈石说，"晚上我们部门的工作人员一起吃顿饭，你也参加吧，在老地方，一会跟我一起走吧。"

陈石点了点头："玲姐，我先一个人待会儿吧。"

"好吧，走时叫我一下，大家同事一场，就当最后的晚餐吧。"秦玲苦笑着走了出去。

陈石看着秦玲的背影，他把包扔到办公桌上，坐在椅子上，感觉真的像是在做梦。可是，现实又让自己不得不面对，自己从现在起正式失业了。一个而立之年的男人，本想事业有成的年龄，却再次失业，难免无法接受这样的事实。

他愣了好一会儿，拉出抽屉，发现办公用品还在，这些家伙还算有点良心，没有把什么都扫荡走。他从包中取出原本想来公司报销的在巴黎消费的差旅账单，一大摞发票，而今成了废纸。还好走之前领了差旅费用，不然，现在工资也没了着落，加上这一大堆发票，那自己真的是职业和金钱两空了。

晚上，他和秦玲一起出席了部门的最后聚餐宴会。他和几个部下多喝了几杯，尽管每个人心情都非常沉重，不过，大家这么长时间积累的感情还是没有受影响。李浩明端着酒杯看着陈石说："陈经理，你如果要开公司，兄弟们一定还跟着你干。来，我敬你一杯，感谢你对我工作的支持和照顾。"

陈石二话没说，干了杯中的酒，他点点头说："好，一定有机会的，兄弟们从头再来。"

宴席散去后，陈石独自来到运河大桥上，看着轮船鸣着汽笛徐徐从桥下穿过，他内心一片茫然。他从包中取出香烟，一根接一根地抽着，夜色笼罩下的城市很深沉。此刻他不知道自己该去哪里，回家，他不愿面对菲儿，他没法理直气壮地说自己现在正式失业了，一无所有了。作为一个男人，一个而立之年的男人，他根本就做不到。

陈石抽完了手中最后一根香烟，将烟雾从口中吐出，将烟头狠狠扔向天空，像流星般划过夜空坠入河中。这时，包里的手机响了起来，他摸了半天，取出手机一看是菲儿打来的，犹豫了一下，还是接了电话。

"现在都几点了，你现在在哪里啊，还不回来？"电话里传来菲儿的埋怨声。

陈石理了一下头发，镇静地说："不是说同事聚餐吗，多喝了几杯，马上就回来了。"

"别喝太多了，早点回来，我等你，路上注意安全。"

"知道了！我马上就到家了，再见！"陈石挂了电话，他看着天边挂着的缺了半边的月亮，长长地叹了口气，然后到路边拦了辆车回家去了。

在车上，他从手机里调出朱光磊的号码，拨了出去。电话响了一会后接通了，陈石拉长声音说："喂，光磊啊，在家吗？"

"石头，你小子还在巴黎啊？是不是巴黎的美妞把你给迷住了，不舍得回家了？"电话那头传来朱光磊粗犷的声音。

"光磊，哪有啊，我这不回来了吗？刚到家就第一个给你打电话了，怎么，你睡下了，那算了啊，明天一起喝酒啊。"

"好啊，你小子现在来我都照陪不误，过来不？"

"算了吧，燕秋肯定要骂你的，还是算了吧，我也准备回家了。"

"那好吧，明天见啊。"

"光磊，我现在要宣布一个重要的消息。"

"什么消息，你带了个洋妞回来了？"

"你就记得洋妞，我，算了，明天见面说吧，你睡吧，晚安！"

"石头，你这关子卖大了，我睡不着明天可要找你算账啊，拜拜！"

陈石很晚才回家，他打开门，看到菲儿坐在客厅看杂志。陈石解开上衣扣，丢下包，边走边说："怎么还没睡啊？"

沈菲儿放下手中的杂志："应该我问你才对，怎么才回来啊？都几点了，你不明白这么久不在老婆身边，回来的第一晚上应该陪老婆度过啊？"

"是！"陈石拖长了声音说，"那我先洗个澡，一会儿有重要的事情宣布。"

"切！别跟我假正经啊，我可不是小姑娘。"沈菲儿站起身，给陈石拿来干净的睡衣。

陈石从洗浴间探出脑袋，接过睡衣，郑重地说："谢谢老婆！"菲儿被弄得既好气又好笑，她转身关了客厅的灯，回到卧室，坐到床边，她回想陈石刚才沉重的表情，感觉不像是在恶作剧，可能真的会有什么事情告诉自己。她开始胡思乱想，甚至想到陈石可能在外面泡了外国妞，要跟自己坦白了。

陈石冲了个热水澡，感觉全身舒爽，他擦干身上的水珠，对着镜子又理了一下头发，才走出洗浴间。在漆黑的客厅里，他稍作停留了，想着该如何跟菲儿提起这件事情，如果不说，菲儿迟早也会知道的，还是果断点，早晚要说出来的，不如现在就坦白了好。

他用干毛巾擦干潮湿的头发，站起身往卧室走去。推开虚掩的门，看见菲儿半躺着靠在床头，眼睛微闭，便坐到床边。菲儿见陈石走进来，她坐起身，嗔怪的语气说："怎么洗这么长时间啊，是不是在国外都没有洗澡的地方啊？"

陈石笑了笑："没有啊，我这不是享受家庭VIP待遇吗，不管怎么说，就是五星级酒店也不如家里睡得踏实。"

"那是，你对家这么依恋，怎么不早点回来，害得我独守空房！"菲儿看着陈石嗔怪道。

"不是为了事业吗。"陈石一提到工作，心情顿时沉重起来，他严肃地看着菲儿说，"老婆，我现在有一件非常重要的事情要告诉你。"

"等等！"菲儿见陈石一脸严肃，她拦住了陈石的话头说，"先告诉我是私事还是公事，让我也有个心理准备。"

陈石看着她也严肃的脸，想了一下，说："老婆，我本着对家庭很负责地告诉你，我，陈石，从明天起正式失业了！"

菲儿见他说得既轻松也严肃，她弄不清到底是玩笑话还是认真的："看你那一本正经的样子，好像真有那么回事似的。好吧，失业就失业吧，不用担心，以后我包养你，行了吧。没什么其他重要的事情就睡觉吧。"

"老婆，你真是世界上最善解人意的老婆，我太感动了，我决定，明天就立即去准备再就业。"陈石看着菲儿感动地说。

"明天的事情明天再说吧。"菲儿躺到床上，做出熄灯的动作，"你不睡，那我睡了。"

陈石依偎在菲儿身边："我们一起睡啊！"

"不害臊，别以为从国外回来的就可以在家里要流氓啊。"菲儿说着关掉床头灯。

夜显得格外安静，菲儿突然侧起身，捏着陈石的鼻子轻声说："小坏蛋，我差点忘了，我也有一件非常重要的事情要告诉你。"

"什么重要的事情不能明天说啊。"

"不行，我怕明天又忘了，你可认真听好了。我现在很负责地告诉你，陈石，你快要当爸爸了。"

"什么? 真的?"

"这种事情，我还会欺骗你啊?"

"可是我还没有做好当爸爸的思想准备啊。"

"你就等着女儿出生就好了，要什么思想准备啊。"

"几个月了，就知道是女儿了？"

"我想要个女儿啊，不行啊？"

"可我想要个儿子啊。"

"这个得由老天说了算，要不你抽个时间许个愿吧。"

"最好生个龙凤双胞胎，儿子和女儿都有了，多好！"

"你以为我是猪啊，生那么多。"

"我一定要一个儿子！"陈石夸张地搂着菲儿说。

菲儿抿嘴一笑，"好了，睡觉了！"

第二天清晨，菲儿很早起床准备丰盛的早餐。她轻轻来到卧室，坐到床边，看着陈石熟睡的样子，捏了捏陈石的鼻子，大声说："懒虫，快起床了，太阳晒屁股了！"见陈石依然没有动静，便使劲掐了他一下，"小坏蛋，不用上班了，还睡！"

陈石尖叫着翻起身，看着菲儿坐在自己身边，他揉了揉蒙眬的眼睛说："我都失业了，还上什么班啊，让我好好睡一觉。"说完又躺下了。

菲儿听了一怔，她摇了摇陈石，生气地说："喂，是不是真的，你不去上班了？难道昨晚你说的都是真的，不是在做梦？"

陈石突然翻起身，看着菲儿："你昨晚说的话也不是梦话吧？"

"我不理你了！"菲儿起身走了出去，"饭在桌上，你爱吃不吃。"

陈石看着菲儿离开的背影，自言自语道："这女人的脸怎么就像天气一样说变就变了呢！"说完摇了摇头，倒床又大睡起来。

陈石醒来时已经是十点多钟了，他翻身下床，梳洗了一番后，出门去菜场买了一些菜回来，洗干净，有的切好放到冰箱里。忙完后，他坐到客厅里，看着时间快十一点了，他等着菲儿下班回来。他枕着靠垫，心里想着，自己不能就这么成为家庭主男吧。想着想着，他打电话给以前的几个客商，结果都不需要人，有的公司还在想着法儿裁人。他失望地放下手机，想想自己而立之年却失业，真是人生一大败笔啊。

陈石起身到厨房煮了米饭，还烧了几道小菜，又做了他最拿手的一个鸡蛋榨菜汤。看一眼时间，想着菲儿应该在回家的路上了，于是将菜肴端上餐桌，放好餐具，然后坐在沙发上等菲儿回来。陈石打开电视机，调换着频道看节目，在看到巴黎的新闻报道时忽然想起了什么，忙起身大步走到自己的书房，取出包，从里面取出一个刚买的相册，里面装着在巴黎和辛芸的合影。他左右看了看，寻找安全的地方藏着。如果这让菲儿看到了，那非得要暴发家庭革命不可。陈石找来找去，最后，把相册包好放到书柜最上面的盒子里，又在盒子上堆上一大堆没用的旧报纸。他拍了拍手，心想，这下应该比较安全的了，菲儿一般很少到书房来，只偶尔用一下书桌上的电脑，其他地方她基本上是不会去碰的。这时，外面传来开门的声音，他知道是菲儿回来了，忙把书桌上收拾干净，以免菲儿怀疑。

沈菲儿关好门，她见客厅电视开着，没见到人，她悄悄放下包，看卧室里也没有人，回头一看陈石独自在书房里收拾桌子，她走过去："在书房干什么，还开着电视机？"

陈石笑呵呵地说："我在打扫卫生，顺便收拾一下桌子。哦，对了，你饿了吧，我给你装饭去。"菲儿看着陈石勤快的样子，感觉好像有点儿陌生。

她走到客厅关了电视机，洗了下手，见陈石已经装好饭菜，她坐到陈石对面，看着陈石说："这样也好，我下班也能吃上热饭了，你干脆就不要出去工作了，就在家里当家庭煮夫好了，我赚钱养你。"

陈石笑了笑，他看着菲儿说："这怎么行？那我不成为小白脸了。"

"少臭美了，谁把你当小白脸了，我看你是小黑脸。"菲儿微笑说。

吃完饭后，陈石抢着去刷碗，又给菲儿削了个苹果递过去。菲儿接过苹果，用奇怪的眼神看着陈石："这无事献殷勤，非奸即盗啊。"

陈石乐呵呵地说："话咋说得这么不好听呢，我决定下午就去找工作，凭我这身本事怎么说也不能当失业青年啊。"

"少来了，我看你不如去考公务员，对于男人来讲，职业一定要稳定。"菲儿吃着苹果，看着陈石说。

"我试试看吧。"陈石不情愿地点了点头。

"现在听说不少单位都在裁人。"菲儿若有所思地说，"我一同学说不少农村进城的人都失业回家了，真不知道这金融危机什么时候才有尽头啊。"陈石没有说话，他坐在沙发上开电视，看中央二套经济频道的财经报道，股市又连续下跌，自己买的股票又被套牢了，他想都不愿去想。

下午菲儿出去上班了，陈石独自一个人在家，他走进书房，打开电脑，上网查看人才网，看能不能找到适合自己的工作。整整一个下午，他发出去几十份个人简历。

傍晚时分，他关了电脑，觉得四处撒网的策略总会有一家公司相中自己的。他看了一眼时间，刚走出书房手机便响了起来，整整一天了，手机第一次响起来，以前自己都怕听到手机铃音，现在，手机铃音仿佛就是希望一般。

他在客厅的茶几上找到手机，一看号码，是朱光磊打来的。他迟疑了一下，随后按了接通键："喂，光磊！"

"石头，晚上出来一起喝酒啊，一来为你回国接风洗尘，二来嘛我们好久没有在一起喝酒了。"

陈石想了一下，说："好吧，还在老地方吧。"

"那说定了，晚上六点，老地方不见不散啊！就这么着，先挂了啊。"还没等陈石说话，朱光磊已经挂了电话。陈石放下手机，他心里面非常不痛快，平时在众朋友当中，自己的收入是最高的，如今失业了，总有点儿不太适应。他在书房找到钱包，打开看了看，还有几百元，担心晚上不够用，平时都是他付账的，有时也AA制。他又找到工资卡，猜想里面的钱应该不是很多。他给菲儿留下一张便条后，就走出了家门。

　　陈石先来到银行，从自动取款机里取出两千元钱，顺便查了一下余额，瞪大了眼睛，怎么会多出这么多钱，不过他仔细算了算，连拖欠的工资和绩效奖金加在一起也差不多。陈石想肯定是公司总裁对自己出色的工作表现给予自己的最后关照吧。

# 第十七章　坐看云霞尽，生无可恋时

午夜过后，依然无法入眠

决堤海般的思念

咆哮在凌晨三四点

疲惫的心仍然期待

那失效过了期的美满


天已经亮了

阳光写满地面

却还感觉不到温暖

永远丢失的那份温暖


——《灵之端》

陈石打车赶往平时经常和朱光磊等一帮朋友聚会的酒吧。他付了车费，刚下车，就碰上朱光磊迎面走来，见朱光磊红光满面的，心里面却像打翻了五味瓶，一时不知道究竟是什么滋味。朱光磊微笑着走过来，一把抱住他："石头，你终于知道回来啊，我以为你泡到法国妞，乐不思蜀了呢！"

陈石轻轻击打了一下朱光磊的肩膀，不自然地看了一眼朱光磊："兄弟我现在是老虎掉海里了。"

"怎么讲？"朱光磊以为陈石在自嘲，这是他一贯的风格，他拍了拍陈石的肩膀，"走，我们边喝边聊。"两人相拥着走进酒吧。

朱光磊要了一瓶白酒和一箱啤酒，他打开白酒瓶盖，帮陈石倒满酒杯："石头，是不是刚回国太累了，没精打采的，嘿，说说在欧洲的新鲜事儿听听。"

陈石喝了一大口酒，叹了口气说："别提了，金融危机全球蔓延已经不可避免，我现在真的是，怎么说呢，用普通话叫'下岗了'，西方专业名词叫'失业了'。"接着又喝了几口酒。

朱光磊看着陈石："石头，不是真的吧？"

"咱兄弟，还能欺骗你，来，喝酒！庆祝一下，我步入人生转折点，我要重新开始，东山再起。"陈石举杯跟朱光磊碰了下，将杯中的酒一饮而尽。朱光磊看着满满一杯白酒，又看了一眼陈石晃了晃喝光的杯子，于是，深吸一口气，一下子喝光杯中的酒。

陈石给朱光磊倒上酒，笑了笑说："光磊，燕秋她一个人在家，你怎么不带她一起来？"

朱光磊抹了一下嘴，笑着说："你不也没带菲儿来吗？咱们是爷们喝酒，带个女人多碍事啊。来，再干！"陈石冲着朱光磊竖起大拇指，两人一杯接一杯喝起来。

沈菲儿下班回到家中，她将买来的菜放到厨房，都是陈石喜欢吃的。

她见房间里没有动静，就走到卧室，推开门，里面没人。接着，又到书房看了一下，也没人，她心里面犯嘀咕了，人跑到哪儿去了？她打开卫生间，里面也没人，又走回客厅，从包中取出手机，拨了陈石的手机号码，却传来语音提示："对不起，您拨打的电话已关机！"菲儿生气地扔下手机，她坐到沙发上，看着天色渐渐暗了下来。

过了半个小时，她起身走进厨房，将买来的菜洗干净，放到冰箱里，刚煮好粥，手机响了起来，她擦干了手上的水，走进客厅，从茶几上拿起手机，一看是晴儿打来的电话，她接了电话："喂，晴儿，嗯，在家呢，好，你来吧，饭刚做好，嗯，回来了，可不知道上哪去了，不管他了，你过来吧，我等你，好，再见！"菲儿挂了电话，放下手机就发现茶几的杯底下压了张字条，她拿起来看了一下，是陈石的笔迹，看完后自言自语道："都这个时候了，还有心思跟朋友聚会！"这时，厨房里水开的声音传来，她忙走进厨房。

菲儿烧了两样菜，晴儿突然来看她，肯定有事情。她将菜刚端上餐桌，门铃就响了起来。菲儿去打开门，看到妹妹笑着说："晴儿，快进来。"

"姐姐，我给你买了件衣服，你看喜欢不？"

"买什么衣服啊，真是的？"菲儿接过妹妹手里的提袋，待晴儿进来后，她关上门，"你还没毕业，哪来的钱啊，以后到姐姐这来，不准乱花钱。"

"知道了，姐姐，来看看，试下合身不？"晴儿从包装盒中取出一件黑色连衣裙递到菲儿面前。

菲儿接过衣服，她放到身上比了一下，看着晴儿说："挺合身的，先吃饭吧，不然冷了不好吃了。"晴儿点点头。

朱光磊有些醉意地看着陈石："石头，那你准备怎么办？想自己开公司？"

陈石摆摆手，抓起一瓶啤酒，倒满杯一饮而尽："现在开公司，风险多大，再说，我也得有那个实力啊！"

"怎么没有啊，兄弟我支持你，要人出人，要钱出钱，要力出力。"朱光磊拍着胸膛说。

陈石放下手中的酒杯，冲着朱光磊竖起大拇指："来，啥也不说了，喝酒！磊磊，我现在发现，患难见真情啊。那些平时看起来对你左拥右靠的，都是想在你身上捞点什么才会对你好。

"对，来，干杯！"朱光磊扔下一只空酒瓶，从酒箱子里又拎了两瓶上来，用牙齿咬开瓶盖子，递了一瓶到陈石面前。

陈石倒上酒，看着朱光磊说："磊磊，我想再找一份工作，先做着，等到时机成熟了，我再出来单干。"

"好，凭你老兄的实力，不怕没有公司上门邀请。我要是自己开公司，肯定八抬大轿来请你。"

"嗯，好！"陈石点头说，"要是真的开公司，我就取名叫兄弟公司。"

"绝对！"朱光磊竖起拇指，看着陈石，"这名字真的是太帅了，说好了，我可是要第一个入股的，你不能把兄弟给忘了啊。"

"这肯定不会了。"陈石拿起酒瓶，"来，感情深，干了！"

"好，干了！"两人举瓶一口气喝光了。

吃完晚餐后，晴儿帮姐姐刷碗。收拾好后，两人一同在客厅看电视。菲儿给妹妹削了一个苹果，递到她的手中。晴儿接过苹果，她看着菲儿："姐，晚上，我能住你家吗？我有些心里话，想跟你说。"

"当然没问题了。"菲儿一口答应下来。

"那姐夫怎么办呢？"晴儿咬了一口苹果，看着姐姐说。

"不要管他，晚上你陪我睡，他不回来才好，要是回来啊，让他睡地板。"菲儿生气地说。

"姐，你真舍得让姐夫睡地板啊？"晴儿微笑着说。

"让他睡客厅或者书房，反正，卧室里没他的地儿。"菲儿故意生气地说说。

"姐，姐夫不是刚从国外回来，你怎么对他这么有意见啊？"

"这个，等你结婚成家以后啊，你就会明白的。"

"是不是他做错了事，惹姐姐生气了啊？"

"嗯，你看，现在都几点了，到现在也不回家，而且，连个电话也不打，你说还不气人啊？"

"那不可以打电话给他问一下啊。"

"要是能打通就好了。"

"怎么回事？我试试看。"晴儿掏出手机，拨了陈石的号码，同样是语音提示已关机。她皱起眉头看着菲儿，又拨了一遍，还是打不通。

"算了，别打了，这家伙是有意关机的。"菲儿生气地说。

"姐，会不会是有事情啊？"

"能有什么事啊？要是有事倒好了，我倒省个清静。"

"姐，我不是那个意思，我是说，可能手机丢了呢，或者没电了。"

"不说他了，我现在是一肚子火，你以后千万记着，别嫁这样的人，真烦人。"

"姐姐，姐夫不在家，你又想他，可现在人回来了，你又生气了。"

"我可没生气，我干吗要生他的气啊。"

晴儿抿嘴偷偷笑了："这可不是姐姐的风格，我将来要找一个真心对我好的。而且啊，生活上还要听我的话。"

菲儿听了妹妹的话，不禁笑了起来："似乎是有目标了？"晴儿微微点点头，她对姐姐几乎是无话不说，"快跟我说说，他是哪儿的人？长什么样子？"菲儿看着晴儿问道。

"姐，你说，要是真心喜欢一个人，是不是很幸福的事情？"

"那是啊，但前提是，那个人必须也是非常喜欢你才行，不然生活在一起可是要吃苦头的。"

晴儿微微点点头："姐，我现在不知道他是不是喜欢我，但我们在一起，却总有一种默契，心有灵犀的那种，就是我想要知道的事情，他能立即告诉我。"

"你跟他认识多长时间了？"

"时间不长，才几个月，不过，我们都很喜欢文学，他是活动的策划人，每次搞活动都会邀请我参加，还能见到一些名人呢！"晴儿说话的目光带着兴奋。

"看样子你喜欢他？"晴儿微微点了点头，她将认识的过程及一些细节都告诉了姐姐。

朱光磊和陈石酒喝得有些醉了，朱光磊伸手拿酒时，发现酒箱空了，他大声叫服务员拿酒。陈石忙阻止："磊磊，好了，尽兴就好了，咱们把杯里的喝完就行了。"

朱光磊点点头："石头，那咱们把酒先存这儿，你什么时候，什么时候想喝，咱，们，就来。"

陈石起身说："我先去下洗手间。"陈石虽然酒量大，可是喝得太猛，还是有点儿头晕，他刚走两步，差点被两只酒瓶绊倒。服务员过来扶了他一把，他冲着服务员说，"谢谢，我自己能走，能走！"服务员放开手，陈石摇晃着走向洗手间。服务员不放心，很负责地跟在后面，确认不会滑倒才离开。

陈石在卫生间狂吐，他蹲在地上好一会才站起来，头重脚轻地走到水池边，拧开水龙头，哗哗的流水声让他感觉很畅快。洗把脸，随后看着镜子中疲惫的面孔，此刻非常自卑。他用手使劲搓了搓自己的脸颊，完全清醒后，大步迈出洗手间。

刚要走出门口，朱光磊也摇摇晃晃地走了过来。朱光磊轻轻拍了拍陈石的肩膀："石头，你没事吧？"

陈石摇了摇头说："没事，我的酒量，你又不是不知道的。"

"那就好，我还为你担心呢，那我先进去了。"

"你没事吧？"陈石也不忘关切地问了一句。

"没事，我没醉，你等我一下啊。"朱光磊快步走进男卫生间。

陈石忽然想起了什么，他大步走到吧台，对收银员说："买单！"

"先生，您好！刚才和您一起喝酒的那位先生已经付过账。"陈石将掏出的钱包拍到吧台上，他怔了一下，深深吸了一口气，缓缓从钱包中掏出一张百元大钞，向服务员要了两瓶冷饮，打开一瓶，大口地喝了起来。

陈石喝完饮料后，感觉头脑清醒多了。见朱光磊还没从洗手间里出来，便起身拎着饮料走过去。朱光磊扶着墙慢慢往外走，陈石忙上前扶了他一下："没事了吧？"

朱光磊摆摆手："没事，刚才我感觉墙要倒了，我就扶了它一下下，哎呀，它可真沉啊！"

陈石摇摇头，把饮料递了过去："来，喝点这个，会舒服一些。"朱光磊搂着陈石，拧开饮料瓶盖喝了起来，喝得快了都滴到了衣服上。陈石扶着他到椅子上，这时，酒吧里的人渐渐多起来，音乐也换成了刺激的舞曲。朱光磊喝光饮料后，倒在桌上，昏昏欲睡。陈石也想要小睡一下，尽管音乐声震天响，他们还是趴在桌上各自睡去。

陈石感觉到自己仿佛还在巴黎，他看到辛芸正微笑着向他走来，场景也非常温馨。他走上前去想问一大堆的问题，辛芸却只微笑着。他就上前拉她的手，可是，辛芸却转身跑开了，他忙大步追，却始终没有追上，一不小心身体前倾摔倒在了地上。

"先生，先生！醒醒，我们下班了。"服务员轻轻推了推陈石。

陈石慢慢睁开眼睛，瞅了服务员半天："这是什么地方？巴黎？"

服务员怔了一下："先生，这里是酒吧，不是巴黎。"

陈石拍了拍自己的脑袋，晃了一下，看到对面睡着的朱光磊，用手搓了一下脸，问服务员："你这里有睡觉的地方吗？我付钱！"

"这个？"服务员难为情地说，"对不起，先生，我们这里是酒吧，不是宾馆，没有睡觉的地方，您可以到隔壁的浴室去过夜。"

陈石挥了挥手，他站起身，走到朱光磊身边，轻轻拍了拍他的肩膀："磊磊，醒醒，我们回去了。"朱光磊掉过脸去，又睡着了。陈石没有办法，请一个服务员帮忙，架着朱光磊走出酒吧。看一眼时间，都半夜两点多了，回家肯定不行了，他架着朱光磊到服务员指的那家浴室，要了个包间，他挨着朱光磊就睡下了。

第二天早上，陈石睁开眼睛，抬起昏沉沉的头，看着朱光磊还在呼呼大睡，他翻身下床，打开包间房门，看到浴室的服务生在打扫卫生，便打招呼道："早上好，请倒两杯开水过来，谢谢！"服务生放下手中的工具，转身往服务台走去。不一会儿，两杯温开水就端了进来，陈石想看时间，发现两人手机都没带在身边，于是他接过水杯，微笑问，"现在几点了？"

服务生掏出手机看了看说："差十分钟就十一点了。"

陈石仰头把杯中的水一饮而尽，放下杯子，见朱光磊还在睡，他用脚踢了朱光磊："喂，醒醒，快吃午饭了。"朱光磊揉了揉蒙眬的睡眼，左右摸了摸，在找什么东西。

"别找了，我们俩都没带手机，把这杯水喝完，我们走吧。"朱光磊似醒非醒地抓起水杯，喝了一大口，跟着陈石走出了包间。

出了洗浴中心，朱光磊看着陈石，很认真地说："石头，我们只是在这里洗了个澡，然后睡了一晚，什么都没干吧？"

陈石微笑着说："是，什么都没做，但是，如果要是让燕秋妹妹知道了这事，即使什么都没有做，那都是一样的，呵呵呵！"

"你还笑，要是让菲儿知道了，你跳进黄河也说不清了。"

朱光磊整理了一下衣服说："对了，时间不早了，我们……"

"两个选择，一起吃午饭，顺便想想回家该怎么交代一夜未归的事，还有一个就是各自回家，准备礼物，再编些昨晚没做坏事的理由。"

陈石陪朱光磊一起吃了午饭，陈石结了账，然后两人各自离去。

陈石在外面独自闲逛着，从西门大街到老街，一直晃了两个小时，他估计菲儿已经上班了，便打车回家。打开门，探出脑袋向里面望了一下，见没有动静后，轻轻走进去，关上门。换了鞋子，脱去外衣挂到衣架上，走到卫生间想洗洗脸，就在他刚走到卫生间门口时，突然从卧室中传来菲儿的声音："陈石，你给我进来！"陈石心里一惊，他立在原地愣了一下，以为是幻觉，直到菲儿站到卧室门口，他才相信是真的。他偷偷看了一眼菲儿冷冷的面孔，低着头像是犯了错的孩子。

菲儿坐到陈石对面，她盯着陈石说："我问你，昨晚一夜没回来，去哪儿了？"

陈石答非所问地看了一眼菲儿说："你下午怎么没上班啊？"

"别打岔，我问你呢，老实交代。"菲儿把手机扔到茶几上，瞪着陈石说。

陈石低着头，不敢直视菲儿的眼睛："我和朱光磊晚上喝多了，就找了个地方睡了一晚。"

"就这么简单？"菲儿看着陈石说，"怎么也不打电话回来，你看看你手机上有多少未接电话，早上也不回电话，你知道不知道人家有多担心。"

陈石偷偷看了一眼菲儿，他见菲儿语气缓和了许多，便坐到她身边："不是说喝多了吗，手机都不知道在哪儿，打雷都震不醒呢。这不一觉睡到中午，就马上赶回来了。"

"真的？"菲儿半信半疑地闻了闻陈石身上的酒气，微微点了点头，"你吃饭了没？"

陈石搂着菲儿说："吃了，和朱光磊一起，不信你现在就打电话给他。"

陈石刚掏出手机，手机便响了起来，一看号码是朱光磊打来的，看了一眼菲儿说："你看，说曹操曹操就到了。"陈石接了电话，"喂，磊磊，什么事？啊？好，你把电话给燕秋，我跟她说。喂，燕秋啊，光磊昨晚确实是跟我在一起的，我发誓，他真的没有骗你。嗯，是的，我也刚回来，嗯！再见！"陈石挂了电话，看着菲儿说，"你看，朱光磊老婆也跟你一样，我还准备让他给我解释呢，没想到，他倒好，先打电话给我了。"

菲儿刚才听到电话里确实是朱光磊和李燕秋的声音，她看着陈石点点头说："好了，我相信你了，你先去洗洗吧，瞧你一身的酒气。"

"嗯，我这就去。"

菲儿起身，走进卧室拿来换洗衣服递给陈石说："你洗完澡休息一下，我去单位了。"

"哦，知道了。"陈石隔着卫生间门说。菲儿穿上衣服，听到卫生间"哗哗"的流水声，她摇了摇头取出钥匙，忽然想起什么，又隔着门说："陈石，晚上你哪也不许去了，等我回来啊。"

"知道了，我就待在家里，哪都不去。"陈石大声说。菲儿这才放心走了。

陈石洗完澡换了身衣服，看着空空的房间，心里百感交集，似乎缺了什么。他坐到电视机前，不停换频道，似乎没有一个节目是喜欢的。便关了电视到卧室躺着，看着天花板上的吊灯想着工作和感情上的事。他想起在巴黎工作的情景，还想到辛芸，越想越觉得她是一个神秘的女孩子，来去匆匆。

陈石翻来覆去睡不着，于是自言自语地说："不要胡思乱想了，现在最现实的是赶紧找工作，不然养家糊口都成问题。"他起床穿衣服，到外面报刊亭买了一堆报纸回家。他坐到客厅里，一份接一份地看着，目前最想找的是招聘的信息。他将报纸扔得满地都是，并用笔把适合自己的工作都画了出来，并把地址和电话抄下来，接着，又把个人简历整理了一下，用电子邮箱发了出去。还有几个打电话问了相关情况，尽管有的职位不是很乐意，但是目前自己不得不放下架子，现在工作真的非常难找，更别提高薪职位了。

陈石做完找工作的准备后，又核对自己发出去的邮件，心情才稍微好了一些。便玩自己平时不太喜欢的网络游戏，直到眼睛疲劳又走到卧室睡觉。

菲儿下班回家，刚换了拖鞋，看了一眼客厅，全是散落的报纸。更让她生气的是，陈石居然在家里抽烟了。她把菜放到厨房，捡起散落的报纸，本想叫醒陈石教训他，可是，看他熟睡的模样，有于心不忍了，干脆自己收拾。

菲儿收拾完客厅转身走进厨房，又菜清洗归类放好。她买的是陈石喜欢吃的菜，想让他心情好些。她最担心的就是他自暴自弃，男人丢了工作总不是一件体面的事。

她将烧好的菜端到餐桌上，看陈石还没有醒，也没有去叫他。看了一眼时间，她把烧菜的锅洗了一下，以前这活都是陈石干的。菲儿解下围裙，洗了手后，走进卧室，坐到床边，静静地看着陈石熟睡的样子。

她担心菜凉了不好吃，于是拍了拍陈石："陈石，起来吃饭了。"

陈石睁开眼，看了一下菲儿，问道："回来了，现在几点了？"

"天都黑了。"菲儿起来拉开窗帘说，"赶快洗脸，准备吃晚饭，我做了你喜欢吃的菜。"

陈石用鼻子闻了闻，点点头："嗯，我都闻到红烧肉的香味了，真香！"他翻身下床，忍不住跑到餐桌前用手抓了一块红烧肉放到嘴里，称赞道，"菲儿，老婆，真好吃！"

　　"真贪吃，还不快洗脸吃饭去。"菲儿走过来嗔怪道。陈石笑了笑，舔了舔手指才去卫生间。菲儿感觉到既好气又好笑，真像个大男孩。

　　陈石洗完手和脸，快步跑到餐桌前，看了一眼菲儿，一本正经地说："万能的上帝啊，请代我感谢我美丽的老婆菲儿赐给我这么好吃的美味食物吧！"

　　菲儿被他逗乐了："好了，快吃饭吧，上帝现在很忙，哪有闲工夫帮你做这些事情啊。"看着陈石大口吃饭的样子，菲儿的心里很高兴。

　　两人吃完饭后一起打扫卫生、刷碗。之后陈石坐到客厅看中央台财经频道的经济类节目。菲儿坐在他的身边，她看着陈石说："接下来你有什么打算啊？"

　　陈石顿了一下，用手搂着菲儿说："我要养足精神重新工作，赚更多的钱，养活咱们一家三口。"菲儿依偎在他的胸口，听到他坚实的心跳声，她相信自己选中的绩优股，给他重新树立信心，是自己作为贤内助的分内事。

　　菲儿走进卫生间洗澡，陈石一人在客厅看电视，他看到国家拨款数亿元资金救市的消息心里突然明朗起来，自己熟悉的外贸事业有可能还有转机。正在他兴奋的时候手机响了起来，这段时间，手机像是被施了魔法一般，很难有动静，他总惦记着应聘的公司人事部给他打电话，所以很在意此时手机的反应。看了一眼号码，却是朱光磊打来的。

　　"喂，磊磊，怎么？你还没跟燕秋解释清楚啊？"

　　"感谢神啊，终于让她相信了。石头，我现在在卫生间里给你打电话，对了，你怎么样了？菲儿没有对你进行严刑拷问吧？"

　　"没有，菲儿的性格现在跟以前不一样了。我也不知道为什么会变得这么贤惠了，很理解人，我还准备了一大堆解释呢，这次没有用上。"

　　"那我就放心了!好了，不多说了，我睡觉去了，不然被燕秋逮到非得要命不可，晚安！"

"多说好听的话，老婆是要哄的，晚安！"陈石放下手机，想到很多事情，人真的很复杂，要是以前的菲儿，那现在肯定还在冷战，弄不好还会更加严重。不过，他更喜欢现在的菲儿，非常温柔。

第二天，陈石起得稍晚一些。这在以前几乎是不可能的，那时能在床上多待一分钟也是一种奢侈。现在不用上班心里面有点放松，可以睡到自然醒了。陈石坐在床上，心里有点担心，以前因为工作不顺心也换过工作，但现在是金融危机，自己的职业又在这次危机爆发影响圈内，现在待业在家，与之前的风光相比，心里面还无法接受这个事实。他起床走出卧室，看到餐桌上菲儿做好的早餐，还有留的便条：饭在锅里，如果起来迟了就自己热一下。

陈石吃完早饭，换了身衣服，对着镜子轻轻点了下头，之后又走进书房，把整理好的简历装在包中。他要到人才市场去看看，他相信，机遇不是等来的，而是自己创造的。

他在人才市场门口就感受到里面人山人海，招聘单位足有上百家。他挤进去一家一家地看，稍好一些的，就上前问一下，不过大多都不太合适自己。

转了一圈后，陈石站在大厅前的电子屏幕前发呆，突然他感觉肩膀被谁拍了一下，回头一看是余秋洁，两人同时间："你怎么在这儿？"

余秋洁笑笑说："我被单位派过来采访，今天招聘人真多。陈石，你回来了也不招呼一声，我还以为你在巴黎呢。对了，你怎么也在这儿啊？"

陈石点点头，说："我们单位招人，我过来看看。"

"哦，哎，现在金融危机，各行业都在想办法节省资金，不少公司都在裁人。"余秋洁无奈地说。

陈石点头说："是啊，希望危机早点过去吧，我们也在刀口浪尖上。秋洁，你同事是不是在叫你？"

余秋洁微笑说："是，那我先过去了，有时间聚一下，代我向菲儿问好，再见！"

"好的，再见！"陈石挥了挥手，他不好意思说自己失业这件事，现在只有菲儿和朱光磊知道，所以，在没有丢人丢到家前赶紧找到份合适的工作吧。

陈石在人才市场待到中午才坐车回家。尽管心情低落，但他依然相信自己会找到工作的。

忙碌的时候时间过得快，可是闲下来却非常难熬。一转眼快一个月了，尽管有几个通知他面试的电话打来了，他也去看了，却都不满意。虽然菲儿没有埋怨过他，但他总觉得脸上无光，男人怎么可以让女人养活呢！

陈石东奔西走，终于接受去一家广告公司做平面设计工作。他是学美术出身，而且之前也有过设计基础。日子一天天过去，他在广告公司工作快半年了，虽然得心应手，但总觉得这不是自己最向往的职业，每天面对电脑，感觉枯燥无味，还总是加班。他总觉得自己在营销业务方面是专长，现在受聘的这家博德广告策划公司主要以房地产广告设计业务为主，涉及生活用品和化妆品广告设计及发布。他现在基本上将公司的业务熟悉了，闲时他就看看报纸，看设计广告和关于广告招商的信息。

坐在陈石对面的平面设计师是80后女孩，名叫韩小影，单身。她打扮得很非主流，给人的感觉像是艺术家。平时除工作上的交流外，陈石很少和她说话。跟陈石比较亲近的是坐在他右边的设计师钟亮亮，也是个二十好几还没结婚的大男孩。整个团队中，除陈石已外都是单身一族，工作和交流都十分融洽。

一整天的工作快要结束时，陈石收拾办公桌，关了电脑准备下班。这段时间工作不是很忙，几个设计师都比较轻松，大家正议论周末怎么放松。韩小影建议去公园或郊区野炊，钟亮亮提议去近一点的地方旅游，并且正在旅行地图查找合适的地方，他手指地图说："去西湖，可以拍些照片当素材用。"

陈石喝了口茶，没有发言，他倒是很想去海边，因为那儿有美好的回忆。他取出手机，拨了电话本里辛芸的号码，却得到无法接通的提示音。分别后的这段时光，每当拿起手机时就想到辛芸，想到曾经在一起的点滴。他担心菲儿发现，几乎删除了和辛芸的所有信息，但辛芸那美丽清纯的外表依然印在他的脑海中。或许，那只能是一种美好的回忆，自己也许跟辛芸再也无法见面。唯有一堆关于她的谜团让自己不断地想起她。

# 第十八章　此情海天鉴，生死不相忘

突如其来的一场烟雨弥漫

打破宛若静水的一帘凌乱

朦胧中可曾看见灵犀闪现

寂寞成了无法终结的孤单


为何总在阴霾中思慕蓝天

明明知道浮世如过眼云烟

却栖身其间依然疯狂迷恋

于是别无选择的面对冰颜


醉在这个冬至已至的夜晚

弦月何以左右似水般思念

究竟是谁在心灵书写浪漫

在寒冬里将缠绵情韵点燃


——《冬至恋》

法国巴黎。一间豪华的重症病房内，辛芸躺在宽大的病床上，整个房间除了电子仪器的轻微声响外，再也没有声音。辛芸的妈妈高兰馨一直留在病房外的家属休息室里。

几名医生走进辛芸的病房，仔细检查她的身体，一名中年医生摘下口罩，来到陪护病房。高兰馨英语询问辛芸的病情："医生，我女儿的身体怎么样？"

医生点点头说："情况比想象中的好，高女士，您放心，只要再过一个月左右，情况恢复得好一些就可以回家静养了。不过，病人的情绪一定要稳定，不能让她过分激动或生气，否则后果很难预测。"

高兰馨露出喜悦的表情："谢谢医生！"

医生想了一下，说："高女士，尽可能往好的方面去想，上帝会保佑辛芸小姐的，您也要多注意休息，晚安！"

"再见，医生！"

高兰馨送走医生便走进病房，看着女儿的睡颜，想到医生的话，心里多少有些安慰。但她看到女儿瘦弱的样子，心里又是一阵酸楚。

晚上，陈石自己做了点吃的，因为菲儿要加班。他独自坐在书房内，看了看国际和国内关于金融的消息。

已经快八点了，菲儿还没有回来，他有点担心，便披着外衣走出家门去接她。这段时间菲儿一直陪在他的身边不离不弃，而他以前几乎没有时间从心里关心她，所以，经历这么多，自己真的该爱护她。他决定到菲儿单位去接她。

陈石用手机发了短信息给菲儿："如果我是一缕风，我要为你拭去烦忧；如果我是一片叶，我要为你遮挡炎日；如果我是一束光，我要为你照亮前程！亲爱的老婆，什么时候回家啊？"

陈石刚走到小区的大门，跟门卫打了个招呼，便收到菲儿回复的短信息："呵呵，亲爱的老公，我知道你是我的一切，现在还有点事情，估计还要半个小时吧。你早点休息吧，如果没吃饱我回来再给你带些。"陈石看完短信息后，打车直奔菲儿的单位。

在菲儿单位大门口，他想进去找她，又担心打扰她的工作，便在路边的椅子上坐了下来。闲着无聊，他抬头仰望星空，一轮明月挂在夜空，脑海中突然想起辛芸，也许是自己命中注定要经历这段柏拉图式的艳遇。

他百无聊赖间取出手机，无意中拨了辛芸的手机号码，可是仍然是无法接通的提示音。他实在想不通究竟预示着什么，按辛芸的性格应该不会突然弃他而去，可至今依然杳无音讯，他忽然担心发生了意外。可是，他回忆两人在一起的那天晚上，早上醒来辛芸就不辞而别，这其中肯定有什么他不知道的。陈石看着辛芸的手机号码，或许，她真的只是他这一生最美丽的插曲，而自己和她之间，可能都只是彼此的匆匆过客，只能相识，却无缘相守。

菲儿和单位几个女同事一起推车走出来，一位女同事用手一指："菲儿，你看，坐在那边的不是陈石吗？"菲儿看过去，果然是陈石。

女同事笑着议论开了："看人家老公多好，都来接老婆。"

"那是，人家是恩爱的一对嘛！"

"真是羡慕啊，菲儿，你是怎么调教的，以后教教我们啊。"

"这可是好老公的典范啊，要是我们家那位也这样，我真要幸福死了。"

"好了，大家不要打扰人家了，菲儿，我们先走了，再见！"菲儿跟同事挥手道别，她推车向陈石走去，刚才同事一说，她真的感觉非常的幸福。

陈石刚刚把手机里的通讯录整理完，抬头见菲儿走过来忙收起手机，站起身迎了上去。

"怎么在这儿啊，外面多凉啊，怎么不进去找我？"菲儿嗔怪道。

"我是怕打扰你工作。"陈石忙解释。

"电话也不打一个，是不是等很久了？"

"没有，我刚到时间不长。"

"走吧，回家吧！"

"嗯，车子给我吧。"陈石推着菲儿的电动车，让菲儿坐到车后座上。

陈石骑车带着菲儿经过一家他们平时常去的烧烤店，他停下车，回头看了看菲儿："我们好久没来这儿吃了，今晚尝尝看，看味道有没有变化。"

"只要店主人没换，肯定还是那个味。"菲儿说。陈石停好车，拉着菲儿的手走进烧烤店。

烧烤店老板娘见老熟客光临，笑呵呵地迎了上来："两位好久不见了，到里面坐，今晚人不多，是不是还跟以前一样？"

"不了，今晚给我们上最贵的、最好的。"陈石故意一本正经地说。

"老板娘，别听他的，还是老样。"菲儿挽着陈石的胳膊微笑着说。

"好的，先坐着，我给你们泡刚进的绿茶，一会儿就好。"老板娘招呼他们坐下。这是他们俩以前经常约会的地方。菲儿喜欢在这儿吃，整个城市似乎只有这儿最对她的味口。

菲儿喝了口茶看着陈石："怎么会突然想起来这儿了，我记得你好久没带我来了。"

"嗯，以后我们还会经常来。菲儿，我发现你比以前更美丽动人了。"

"少来了，你不会又犯什么错误了吧？"

"没有啊，我现在可是往模范丈夫努力着呢，你瞧，我现在家务全包，工资全交。"

"那我可得好好监督一下了。"

"好啊，那我可要全心全意为家庭多做贡献。"

"别老嘴上说得动听，要落实到行动上才行。"

"嗯，我说到做到的。"菲儿抿嘴一笑，原本以为结婚后的日子是枯燥的，还好陈石没有让自己感觉到日子枯燥。

周末早上，沈晴儿独自一人待在家里，她把家里收拾了一下。两个小时后，她坐到客厅沙发上，打开一本文学杂志看了起来。放在茶几上的手机传来短信息的提示音，晴儿拿起手机看了一下号码，是吴名客发来的：

"真诚之中，与你相识相知；灵犀之间，与你朝夕相伴；时间在你我相聚的时候是如此短暂，多想时间在那一刻停住，让你我拉着的手永不分离。每一天都为你心跳，每一刻都被你感动，每一秒都为你担心；我不想表白什么，只想对你说：认识你，真好!"

看完短信息后，晴儿微微一笑，沉思片刻编辑短信息道："有一支心曲，是我们所共有的，它用欢乐作曲，用理解作词，用真诚和弦，用记忆尘封，时常用友谊打开共奏，认识你，是我今生很幸福的一件事情!"编辑完后她看了一遍短信息，按了发送键。

她握着手机，心中颇不平静，仿佛小石头落入一池静水中泛起阵阵波澜。不一会儿短信息提示音就传来："奔腾的江水流淌着我的回忆，爆发的火山喷吐着我的思念，盛开的鲜花绽放我的祝福，如泻的月光播撒着我的期待，移动的短信传递着我的问候！你在干什么呢？"

晴儿把李清照《一剪梅》中的词句找出来发了过去："红藕香残玉簟秋。轻解罗裳，独上兰舟。云中谁寄锦书来？雁字回时，月满西楼，花自飘零水自流。一种相思，两处闲愁，此情无计可消除，才下眉头，却上心头。"

过了约十几分钟，吴名客又发了一条短信息："中午可以一起吃饭不？"

"好啊！"

"那我十一点去你家接你吧，就这么说定了。下午去森林公园看动物杂技表演，晚上再一起看大片，我今天的日程安排得合理吧？"

"呵呵，那我恭敬不如从命了。"

"那不见不散！"

"不见不散！"

陈石和菲儿一起合作干家务，他拖地，菲儿洗衣服。这样半天就过去了，菲儿晾好衣服，看着干净整洁的屋子，微笑说："我们要把这种文明卫生的好习惯发扬下去，每天打扫一遍吧。"

"嗯，可是得有时间吧，最好一星期，每天工作都那么累了，还要再干这么多家务活，生活多没趣味啊。"

"好的，我同意！"菲儿高兴地说。

"对了，老婆，中午我们吃什么啊？"陈石洗完手，又擦了下脸说。

"看你今天表现非常优秀，我们出去吃吧，这次我请客，如何？"

"这么大方啊，好啊！"

"那还不赶紧换衣服啊，都几点了啊。"

"哦，那我先洗个澡，全身都是汗。"

"那你得快点，我有点饿了。"

"嗯，我很快的。"陈石边脱衣服边走进卫生间说。

辛芸睁开眼睛，她想坐起来，可是未能如愿。高兰馨让司机陪自己出去买了些东西，回到病房正好看见辛芸醒了，忙走过去，说："芸儿，你醒了，听医生说，过段时间我们就可以出院回家了。"

"真的吗？"辛芸看着母亲说。

"当然，妈妈什么时候跟你说过谎话啊。"

"嗯，妈妈，我感觉好像做了好长一个梦。"

"芸儿，吃点东西吧。"

"嗯，我有点饿了。"高兰馨按功能按钮，并将床调整好让辛芸坐起来。

"芸儿，我做了你喜欢吃的，尝尝看！"

辛芸接过母亲递过来的糕点，咬了一口，点点头说："嗯，真很好吃。"

"那就多吃点，我做了好多呢。"高兰馨高兴地说。

病房外，两名护士用法语交谈着："真的很不公平，这么漂亮的女孩子居然得了这么重的病，真可怜！"

"每个人的命运都是不一样的，愿上帝保佑吧。"

辛芸吃完糕点，由于身体虚弱，根本没有办法下床行走。高兰馨似乎猜到女儿的心思了，说："芸儿，要不我用轮椅带你出去晒晒太阳吧？"辛芸微笑着点点头。高兰馨去找医生帮忙。辛芸此刻逐渐恢复记忆，起自己在巴黎见过陈石，之后便什么都不记得了。

她用手摸了一下床头，什么也没有，看到旁边有柜子，但够不到。这时，高兰馨推着轮椅走进来，后面跟着两名医生和三名护士。她见辛芸在找什么东西，忙问："芸儿，你在找什么东西？"

"妈妈，我的手机？"辛芸着急地问。

高兰馨拉着辛芸的手想了一下，说："在这里，我想起来了。"转身走到衣柜边，拉开门，从辛芸的包中找出手机。辛芸接过手机，忙打开手机，在开机的音乐声里，她脸上露出了微笑。

辛芸坐到轮椅上，由母亲推着往室外走去。高兰馨为女儿的记忆恢复得好而高兴。辛芸看着手机，发现收到好多未接电话的短信息提示，其中最多的就是令她日思夜想的号码。此刻她真的很想回个电话给陈石，可是，这么长时间没有联系他，突然打电话过去可能不太妥当，得找个合适的理由才行。她扭头看了一眼母亲，轻声说："妈妈，我一个人待一会儿，这些日子您照顾我非常辛苦，去休息一下吧。"

高兰馨点点头，说："好吧，芸儿，有什么就叫护士，我出去办点事。"

"知道了，妈妈。"辛芸跟母亲道别，她按功能键，轮椅缓缓驶入花坛处，她用法语对后面的护士说，"我一个人待一会儿，可以吗？"两名护士点点头，在距离辛芸十米远的长椅上坐下来。

辛芸编辑手机短信息："有一种想见不敢见的伤痛，这一种爱还埋藏在我心中，让我对你的思念越来越浓，我却只能把你放在我心灵的最深处。许多个夜晚，我都在佛祖面前重复一个心愿，希望化做一棵小树，矗立在你每天经过的路旁。我将爱恋与思念挂满枝头，希望有一天你会与我再一次相见！陈石哥，芸儿非常非常想念你！"辛芸写完短信息后，她反反复复看了好几遍，最后按了发送键。短信息发送成功后，她心中轻松了许多，只是想到的陈石的面容却已经不太清晰了。

陈石陪菲儿吃完午饭后，菲儿看了一眼陈石，微笑说："哎，我请你吃饭了，你是不是要请我逛街啊？"

陈石眉头一皱："刚吃完饭就想着逛街啊？"

"俗话说饭后百步走，活到九十九。逛街也是健身啊，你不觉得吗？"

"是！"陈石故意做出痛苦的表情说，"不过，我得首先声明这次不可以买衣服、不可以买超过500元以上的物品、不可以……"

"哎，我可没说要买东西吧，只是逛街而已啊，真小气！"菲儿说这前走了两步。陈石微笑着摇了摇头，赶紧上前两步与菲儿并肩走着。

他们来到百货商城，菲儿首先想去的地方就是三楼的服饰区，她左看右看，经不住诱惑就挑了几件衣服进了试衣间。陈石无奈地坐在长椅上看着周末逛商场的人，不知不觉又想起辛芸。他掏出手机，无意间发现一条未读短信息，可能是刚才没有手机短信息提示音。刚打开短信，他就激动得站起来了。他一字一句读完短信息，心中颇不平静，仿佛中了百万大奖一般的。陈石看完短信息后，他真想把心中的疑问全告诉辛芸，又一想，这么长时间没有联系，肯定有特殊的原因。于是，编辑短信息道："有一把伞撑了许久，雨停了也不肯收；有一束花摆了许久，枯萎了也不肯丢；有一种朋友希望能做到永久，即使青丝白发也能在心底深深保留！"他本想继续打字，可是一激动按了发送键。

辛芸收到陈石发来的短信息，反反复复看了好多遍。她比任何人都了解自己的身体，此刻，她真的非常想见陈石，可是目前的情况医生是不会允许出院的。辛芸左思右想，真的不想把生命的最后时光消磨在医院的病床上，她编辑短信息道："隔着天窗，好像你就在我身旁。但你在这片天空的另一边，而我不在你身边，当你想念我的时候，是否也会看看天？想你的心空一片蔚蓝，想你的心海一片浩瀚，想你的心情一片温馨，想你的心声你是否在听？陈石哥，真的好想马上见面。"

"嗯，我也是，芸儿，那一次为什么要不辞而别？为什么这么长时间杳无音讯？"

"陈石哥的这些疑问，芸儿想当面向你解释，可以吗？"

"我们什么时候可以见面？你现在在哪儿？"

"我在，在处理一些事情，处理完后就去见你，好吗？"

"嗯，芸儿一定要多保重身体，我上次见你感觉到你有些虚弱，是不是要看看医生？"

"没，没关系的，我很好！能再次和你以这样的方式交流，我真的很高兴。我们再联系吧，想休息会了。再见！"

陈石看着手机发呆，他想到还能见到辛芸这个神秘的女孩，心中开始莫名的兴奋。

菲儿换了件衣服，对着镜子看了看，扭头喊了陈石一声，却没有反应。她见陈石坐在那玩弄着手机，以为是在玩游戏，就走了过去："哎，叫你怎么也不回应啊？坐在这儿发什么呆，看我的衣服漂亮不？"

陈石忙收起手机，看了看菲二，说："啊，不错，很好看。"

"真的？"菲儿盯着他的眼睛说，"不许骗我啊，你要是觉得好看我可买了，反正也是穿给你看的，你满意就行了。"陈石还在想着辛芸，他只是点头。没想到菲儿真的把衣服买下来了。那么贵的衣服，他虽然不太乐意，但又觉得还是应该奢侈一下，菲儿的形象就是自己的脸面。

他们一起回家，菲儿为陈石做了他最喜欢吃的红烧肉。陈石吃完晚餐后就坐到书房找了本书看，从下午收到辛芸的短信息到现在他还没有回过神来，他很想见到辛芸，可是现在他是有家庭的人，心里非常矛盾。

辛芸躺在医院的病房上，能再联系上陈石，她心里非常高兴，之前的忧虑开始消散。目前她只希望自己的身体早点康复，就算生命只剩下最后一天，她也要去见他。夜深人静，辛芸翻来覆去睡不着，考虑了很长时间，她开始编辑短信息："认识你，不论是生命中的一段插曲还是永久的知己，我都会珍惜。当我疲惫或老去，不再拥有青春的时候，这段旋律会滋润我生命的根须。我不知道流星能飞多久，值不值得追求；我不知道烟花能开多久，值不值得等候。但我知道你我的友谊能像烟花般美丽，恒星般永恒，值得我用一生去保留。"

第二天清晨，陈石被手机闹铃声吵醒，他起身打到手机，关了闹铃，无意间看到一条未读短信息，一见是辛芸发来的，忙取消了阅读。他穿好衣服，将手机装入上衣口袋，大步迈进洗手间，从厨房传来菲儿做早餐的声音。陈石锁上门，打开手机看短信息，他觉得像是在做贼。看完短信后，想了一下，他回道："风让树活起来，潮汐让海水活起来，灯光让城市活起来，星星让夜空活起来，音乐让气氛活起来，你的短信让我的心跳起来！花开如梦，风过无痕，但我还是无法躲避心的思念，遥寄一份祝福给你！"陈石发完短信息后，匆忙梳洗了一遍就打开门走了出去。见菲儿已将早餐放到餐桌上，便坐下来喝豆浆，可心里面却像五味瓶倒一般。

以前基本上都是打车上班，现在却不得不挤公交车。漫长的车程刚好给了他想象的时间。车子靠站时，上来一名年轻女孩子，陈石无意间看了一眼，顿时惊呆了，这个女孩跟辛芸长得非常像，若不是身高，他真的会以为她就是辛芸。陈石心里很平静，忍不住多看了那个女孩子几眼。

陈石坐在办公桌前，早上事情不是很多，他帮钟亮亮处理了几幅图片后就整理自己的图库。从网络硬盘中调出辛芸的照片，那是在海边拍的，黄昏、海景、清纯美女、非常唯美。正当他看照片时，韩小影刚好路过，看到这么美的照片，她非常惊讶："真漂亮啊！这是谁的照片啊？"

钟亮亮闻声也凑过来问："陈石，这照片是谁啊？简直比仙女还漂亮。"

陈石摇了摇头，他看着照片，没有说话。钟亮亮却一个劲儿追问："喂，这么美丽的姑娘不会是嫂子吧？"

"你啊，什么眼神，记得陈石刚在这上班的时候嫂子来送过饭的，我见过，不是这个。"韩小影摇着头说。

"那这到底是谁啊，石哥，你要是认识，能不能帮介绍下？"钟亮亮喜笑颜开地说。

"你啊，就是见着美女走不动路的家伙。"韩小影拍了拍钟亮亮的肩膀，摇着头走到自己的位置坐下说。

"怎么了，看美女不是很正常吗？你不也经常看帅哥吗？"钟亮亮说。

陈石勉强答应道："好吧，我以前认识的朋友，有机会给你介绍一下！"

"好啊，谢谢石哥，成了好事，我请你八大餐、十八大餐。"钟亮亮看着辛芸的照片说。

辛芸躺在病床上，她刚吃了点东西，稍微有了些力气，于是便慢慢自己起身下床，扶着床迈动依然虚弱的脚步，她沿着床来来回回地走。辛芸的母亲在外面看着这一切，她想进去帮她，可是却被医生拦住了："高女士，让她自己慢慢来，这对她身体恢复非常有帮助。"医生顿了一下，"辛芸小姐真的很坚强，愿上帝保佑她。"高兰馨看着女儿痛苦的模样，眼泪在眼眶打转，原来医生担心辛芸会在病床上一直躺到生命结束，如今，看着她能下床行走，尽管很困难，但对于她来说，也是非常了不起的举动。

辛芸累得满头大汗，她躺到病床上，看着窗外鸟语花香，她不相信上天会让自己的生命就此终结。她取出手机，编辑短信息道："因为有星星，夜才不会黑暗；因为有天空，海才一片蔚蓝；因为有梦想，生命充满期盼；因为有你，我的生活充满笑颜，因为有你，我的世界一片灿烂！"。

陈石正在赶一个房地产项目的平面设计稿，他看了一眼手机短信息，见是辛芸发来的，便停下手中的工作仔细看，看完后编辑短信息道："真诚之中，与你相识相知，灵犀之间，与你朝夕相伴。时间在你我相聚的时候是如此短暂，多想在那一刻时间就此停住，让你我拉着的手永不分离。每一天都为你心跳。每一刻都被你感动。每一秒都为你担心。我不想表白什么。只想对你说：有你，真好！"陈石将短信息发送出去后，突然觉得脑海一片空白。

一转眼，两个星期过去了，辛芸这段时间的努力终于让自己可以在短时间内自由行走。由于辛芸极力想回家，高兰馨便跟医生商量办理出院手续。出院前，医生仔细为辛芸做了一次检查。

病房外，高兰馨看着医生出来便问："医生，怎么样？"

医生看着高兰馨，把她拉到一旁："高女士，辛芸小姐的病情目前稳定，但是，千万不能让她情绪化，否则后果不堪设想。在有限的时间里开心一些，或许会有奇迹出现！"高兰馨点点头，她提前预订了回国的机票，让司机办理出院手续。她觉得在医院里或许会更有利于辛芸的病情，但辛芸执意要回家，作为母亲，她实在无法拒绝，现在也只能向上帝祈祷了。

辛芸登机前想发信息给陈石，可是又担心她目前的身体情况会让陈石吃惊，她便放弃了提前告知他行程的打算，或许，她真的应该给心爱的人一个惊喜。

辛芸回国后，在家静养了一个星期便向母亲高兰馨提出想在海边买一套能看到大海的别墅。高兰馨极力满足女儿的要求，别说一套海景别墅，就是要天上的月亮，她也会想办法摘下来给她。尽管辛芸身体还未完全恢复，但她还是要亲自去选了房子。高兰馨带着她到东海连岛别墅园区，这个地方是辛芸选的，因为这里离陈石工作生活的地方近，本来她想在海南买的，可是她知道自己的身体不能这样长途奔波。辛芸看了几套别墅，最后挑了一套价值888万的精装海景别墅。

高兰馨以为女儿买别墅只是为了修身养性，这么好的地方的确适合疗养的人居住，站在阳台上可以远观海天连成一线，非常壮观。她陪女儿住了几天，便安排两名保姆和一名司机负责照顾辛芸的饮食起居，一切安排妥当后她便回公司了。

一想到马上就可以见到喜欢的人了，辛芸心情特别开心，她觉得精神从来没有这么好过。她站在卧室大飘窗前远眺波澜壮阔的海景，聆听大海浪涛拍岸的声音。她叫来司机，给了他陈石的地址和电话，让他去接陈石过来。司机离开后，辛芸取出手机编辑短信息："流星落下要1秒，月亮升起要1天，地球公转要1年，想一个人要24小时，爱一个人要一辈子！陈石哥，不是因为寂寞才想你，而是因为想你才寂寞。孤独的感觉之所以如此重，只是因为想得太深。芸儿现在非常想见到你，你曾答应过芸儿的，还记得芸儿许过的一个心愿吗？芸儿现在就想实现它，一定要实现它。"

陈石正在会议室开会，他感觉手机震动了一下，但此时他正在阐述广告稿的设计思想，没有及时查看手机。过了半小时会议结束了，钟亮亮拍了拍他的肩膀，竖起大拇指说："石哥，不错，这个提案肯定会通过的，刚才客户被你说得直点头，真厉害！"陈石微微一笑，他取出手机查看未读短信，是辛芸发来的，他看完短信后心里有点迷糊，想发短信息问清楚，可是一肚子疑问一下也问不完。便拨了辛芸的手机号码。一阵音乐后，传来虚弱但甜美的声音：“喂，陈石哥，是你吗？”

这久违的声音让陈石内心非常兴奋，他见会议室里只有他一个人便关上门：“芸儿，是我！刚才在开会，所以没有及时回复你的短信。”

“芸儿知道肯定有事的，陈石哥，芸儿现在就在大海边，还记得芸儿曾经许下的心愿吗？你听大海的声音。”陈石隐约听到海涛的声音，他此刻真的是千言万语不知道从何说起，“陈石哥，明天早上会有一辆车去接你，芸儿希望能在黄昏时见到你，答应芸儿好吗？”陈石被突然而至的喜讯惊呆了，曾经在梦中出现过在海边与辛芸相见的场景如今似乎要实现了。

“陈石哥，你在听吗？”

“嗯，在！芸儿，我答应你！”陈石毫不犹豫道。

“那芸儿就静静等你，再见！”

“芸儿，再见！”陈石放下手机，他感觉像刚从梦里走出一般，回过神来才发现自己答应了辛芸的要求，可是他要面临两个难题：一是菲儿那边，他得想好解释的理由；二是公司这边，最近接了几个大的广告业务，工作量是平时的几倍，他此时能否请到假是最大的疑问。

正当他犹豫时会议室门开了，钟亮亮探头进来，看到陈石如释重负：“石哥，怎么还在这儿啊？老大到处找你，有事要安排，快过去吧。”陈石点点头，取了桌上的文件走出会议室。

他低着头走出总经理办公室，自己的请假没有被批准。他回到办公桌前，想了一会儿，觉得自己没日没夜做这份工作没少让菲儿担心，身体也不如从前，薪水就更不用提。他把自己的设计稿打包放到一个文件夹内，随后打出一份辞职报告，在辞职报告上签上自己的名字，亲自递到总经理办公室。

他收拾好自己的东西，在钟亮亮和韩小影惊讶的目光中走出办公室。

他打车回到家中，安置好自己的办公用品后，又把屋子收拾了一下，便出门到菜市场买了些菜。

陈石做了几样菲儿喜欢吃的菜，脑海中一直在想该以什么样的理由外出。他本以为公司那边很难解决，可是到现在他才发现，菲儿这一关才是自己真正很难面对的。

菲儿下班回家看到陈石已做好了饭菜，心里并不奇怪："今天怎么回家这么早？"陈石想把自己辞职的消息告诉她，可是一想，还是之后再告诉她吧。

"快洗手吃饭吧，这段时间有点忙，今天我可是翘班回来的。"

"真是稀罕啊，我们的大忙人终于学会旷工了。"

"为了家庭，牺牲事业也是应该的啊。"

"少来，我可不喜欢你的甜言蜜语。"

"好，好，吃饭吧！"

菲儿看着陈石这么勤快，微笑问："无事献殷勤，有什么事，说吧！"

陈石吃了一口饭，想了一下说："其实没什么事，就是明天要出差。"

菲儿似乎已经习惯了陈石出差，说："什么时候走？出去几天？"

"明天早上，可能有几天，到时会有通知的。"陈石低着头说。

"那我给你多准备点衣服吧，还有把银行卡带着，身上不要带太多的现金。"

"知道了。"

菲儿放下筷子，看了一眼陈石："要是你能找一份不用出差的工作多好，听说马上又有公务员考试，我建议你去试试，稳定的职业对你和家庭都有好处。"

陈石摇着头说："我可不想做那种一张报纸、一杯茶打发时光的工作，那会把我折磨得疯掉的。"

菲儿见劝说无用，便打消了这信念头："好吧，都依你，晚上早点休息吧，明天还要起早。"陈石点点头，他起身和菲儿一起收拾碗筷，总觉得面对菲儿心里面很愧疚。

第二天早上，陈石吃过早餐，拎着菲儿为他准备好的整包衣服和日用品，跟菲儿道别后像着了魔似的走出家门。

司机接到陈石后就打电话给辛芸。陈石坐到车上就觉得自己之前的疑问减少了许多，也或许验证了自己的猜测。他躺在座椅上，突然手机短信息铃声响起，他取出手机，看了一眼，是菲儿发来的一条短信息："如果有一天你走得太累，只要一转身，我的祝福就在你身边，不管离多远，不管多少年，化这祝福为蓝星点点，闪在晨曦，闪在日暮，闪在你生命的每一寸空间。亲爱的，一路顺风！记得早点回家！"

陈石看完短信息后，心里面泛起阵阵波澜，编辑短信息道："我不能决定生命的长度，只能控制它的宽度，我不能左右天气，只能改变心情，我不能改变容貌，只能展现笑容，我唯一能做的就是好好珍惜你！"

辛芸得到陈石即将到来的消息，心里面非常高兴，她顾不上吃早餐，就坐到镜子前梳妆打扮，又从衣柜里挑合适的衣服，一件一件地换着。

菲儿走进自己的办公室，她感觉心里面空空的，以前陈石也经常出差，可是都没有今天这样的感觉。正当她沉思时，手机响了起来，见是杜怡打来的忙接听电话："你好，怡姐！"

"菲儿，我们好久没有聚会了吧，晚上有时间吗？对了，带陈石一起过来吃饭吧，我还叫了朱光磊他们，大家工作忙，难得聚到一起了。"

"是啊，怡姐，陈石他刚出差。"

"那没关系，你晚上过来吧。"

"嗯，好吧。"

"那晚上六点，老地方见！"

　　"怡姐，再见！"菲儿放下手机，看了看时间，已经快到中午了。陈石不在家，她也不想回家做饭，于是便打电话叫了一份快餐。

　　下午三点，车子缓缓驶入连岛别墅区。司机停下车，轻轻推了一下陈石："陈先生，到了。"陈石睁开双眼，迷迷糊糊中他居然睡着了。他揉了揉眼睛，推门下了车。司机取出他的行李包，拎着向别墅走去。

　　陈石跟着司机走进别墅，这时走来一年轻保姆，微笑着说："陈先生，您好！辛芸小姐在换衣服，请您先到客房休息一下。"陈石跟随保姆来到客房，保姆将行李放入房间，并端来一些饮料放到桌上。陈石走到落地窗前，他推窗远眺，美丽的景象好像是做梦一般。

　　就在他欣赏美丽海景时，敲门声响起。保姆推门而入，她手中托着笔记本电脑，微笑着走过来："陈先生，高夫人想跟您视频通话，您看现在可以吗？"

　　陈石听后一脸茫然："谁是高夫人，我不认识啊！"

　　"高夫人就是辛芸小姐的母亲，她有话想亲自对您说。请您准备一下吧，我先将视频接通。"保姆将电脑打开，"夫人，您好！陈先生已经接过来了，嗯，好的！"保姆将无线耳麦交给陈石后转身走出了房间，并带上房门。

　　陈石带上无线耳麦，坐到电脑前，他看到一位中年妇女看着自己。"你就是陈石先生吧？我是辛芸的妈妈。"

　　陈石点了点头："您好，伯母！"

　　"听辛芸说起过你，今日一见果然不同一般，陈先生，我有些事情想跟你说一下，是关于辛芸的。"高兰馨将辛芸的情况告诉陈石。陈石认真听着，他非常的惊讶。

　　辛芸换好衣服后叫来保姆，让她请陈石过来。保姆神情不自然地说："小姐，陈先生说坐车子太累，先洗澡休息一下。"

　　辛芸点了点头："那好吧，晚餐准备得好一些。"

"是，小姐！"

陈石简直不敢相信辛芸母亲说的一切是真的，但他一想，她没有必要欺骗自己。不过，真的很难接受现实如此冷酷。"陈先生，辛芸身体真的很虚弱，所以希望你好好照顾她，就算她的生命仅有一天，我也希望她开开心心的。"

"我明白！"

"陈先生，刚才说的那几点请务必记住，不能让辛芸过分劳累和情绪失控。至于报酬，我想一天三千元人民币现金，并且当天支付，旁边有个信封，里面是今天的报酬，希望陈先生能让辛芸开开心心的。作为母亲，我也只能做到该做的。"

陈石看笔记本电脑旁果然有一个信封，他看着辛芸母亲流泪，内心非常难过："这钱我不能要，伯母，请别误会，我过来不是为了钱，您的嘱托我一定会办到的，请您放心，我一定会让辛芸开心的。"

"谢谢！陈石，你是个好人，好人都会有好报，我相信，有你在，辛芸一定会很开心的。有事请跟我说，不管你要不要，我都会支付的，再见！"

陈石拿起信封，摇了摇头，他将信封放回去，起身走到落地窗前，心情变得格外沉重，真的不敢相信刚才辛芸妈妈说的是真的。他想到在巴黎辛芸突然失踪，内心逐渐回归现实。遇到这种情况，连自己都会不知所措，更别说一个女孩子了。

陈石走出房间刚好遇到保姆，便在她的指引下来到辛芸的房间。保姆敲门时，他在心中想象着辛芸的变化，或许会很憔悴。

"请进！"熟悉的声音传来，保姆开门将陈石让进房间，她对辛芸说："小姐，陈先生来了！"陈石看着站在对面的辛芸，依然那么清纯，尽管看上去有一些虚弱。

陈石与辛芸四目相对，沉默了片刻，辛芸微笑着说："陈石哥，芸儿这不是在做梦吧？"

陈石走上前摸了下她那散发着清香的长发："没有，芸儿，不是在做梦。"

"陈石哥！"辛芸一下子扑到他的怀中。

夕阳西斜，海风温柔地吹拂着，空气是那么清新。辛芸拉陈石来到大露台上，两人坐到大沙发上，辛芸依偎在陈石的肩膀上，她紧紧地抓着陈石的手，说："陈石哥，还记得在海边我们许下的心愿吗？"

陈石看着大海，想了一下，点点头，他看着辛芸说："记得，不管过多久我都记得。"

"那说来听听啊。"

"我想要在海边建一所房子，不要太大，每天能看到日出日落，欣赏大海的平静与愤怒。"

"呵呵呵，芸儿现在可以和陈石哥一起实现这个心愿。"

"嗯，不过，这房大有点大呵，比想象中的要豪华得多。"

"不管大还是小，只要你陪着才是最重要的。陈石哥，知道吗，和自己最喜欢的人在一起欣赏世间最美丽的景色，度过最美好的时光。即使生命仅剩下最后一秒，也是幸福的，在彼此心中，永远！"

陈石搂紧了辛芸，内心充满了酸楚。辛芸喃喃自语道："如果每天晚上都能和心爱的人一起赏月看星星，聆听大海的呼吸。那该有多美好啊！陈石哥，你知道吗，我许下的愿望尽管短暂，可是却实现了，在遥远的星座宫里，那本书我至今无法忘怀，陈石哥就是芸儿命中注定的白马王子。"陈石几乎要流出泪水，他强忍着，不让自己脆弱的一面让辛芸看到。

时间一分一秒过去，夜幕渐渐降临。陈石见外面渐凉，他看着辛芸说："芸儿，我们回房吧，外面风大，小心着凉。"

辛芸抬起头看着陈石："陈石哥，如果有来生，愿意娶芸儿做妻子吗？"

"愿意！"陈石没有考虑便一口答应道。

"芸儿多想，就这样和你待在一起，白天看花开花落，云卷云舒；晚上一起欣赏明月和星星。"

陈石握着辛芸的手："芸儿，你听，大海的声音。"他取出手机，调出张雨生的那首经典歌曲《大海》。辛芸闭上眼睛，经典的旋律伴着海涛声，感动着两个人。

天上的星星在窃窃私语，一轮弯月挂在天边，将银光洒向海平面，大海仿佛也在倾听他们的心声……

菲儿拖着疲惫的身体回家，正在开门时，感觉有些异常。她快速打开门，只见饭桌上摆着她喜欢的菜，陈石听到动静，从厨房走出来说："你回来了啊？"

看到菲儿，陈石想起两周前的事。

商夫人说辛芸患有SLE（系统性红斑狼疮），这种病多与遗传有关，虽然一直在治疗，但这次医生已经宣布最后日期了，她希望陈石可以陪辛芸到最后。

听到这个消息，陈石毫不犹豫去了辛芸身边，他知道，现在的他已有菲儿，但他不想让辛芸孤孤单单地走。

而今，他回到家，回到沈菲儿身边，他知道，这才是他命中注定的人，这才是他的星座宫恋人。